Petra Ivanov

KALTE SCHÜSSE

Petra Ivanov

KALTE SCHÜSSE

Roman

Appenzeller Verlag

1. Auflage, 2007

Appenzeller Verlag, CH-9101 Herisau

Umschlaggestaltung: Anna Furrer
Umschlagfoto: Marcel Steiner
Satz und Druck: Appenzeller Druckerei, Herisau
Bindung: Schumacher AG, Schmitten
ISBN: 978-3-85882-456-1

www.appenzellerverlag.ch

Für Volodja

«Бутерброд всегда падает
маслом вниз»

«Ein Butterbrot fällt
fast immer auf die Butterseite»
(Russisches Sprichwort)

Moskau, 1992

I

Regina Flint umfasste den Griff der P228. Das Metall fühlte sich kalt an. Nebelfetzen krochen in die Ärmel ihrer Jacke. Sie fröstelte. Konzentriert baute sie ihr Gleichgewicht von unten auf. Erst dann nahm sie die linke Hand zu Hilfe, um die rechte zu stützen.

Ein eisiger Luftzug streifte ihr Haar und wehte ihr eine helle Strähne ins Gesicht. Sie blies sie weg und hob die Pistole. Während sie mit dem Finger den Abzug suchte, atmete sie langsam aus.

Es begann zu schneien. Feine Flocken, kaum von Regen zu unterscheiden, tauchten aus der Dunkelheit in den Kegel des Flutlichts ein. Dort führten sie einen hektischen Tanz auf und verschwanden anschliessend wieder im Nichts.

Regina fixierte das Korn und fasste den Druckpunkt. Vorsichtig zog sie den Abzug. Als ein lauter Knall den Dezemberabend erfüllte, zuckte sie unweigerlich zusammen.

«Gut gemacht!», sagte Tobias Fahrni. Mit seinen geröteten Wangen sah der Polizist aus wie ein Junge, der sich im Schnee vergnügte.

«Ich habe schon wieder abgerissen», sagte Regina.

«Das kommt noch. Versuch den Druckpunkt ganz langsam zu fassen und dann schön durchzuziehen. Willst du es noch einmal mit Flobertpatronen probieren?» Das Schiessen mit Kleinkalibermunition war sanfter, die Sportpistole leichter als die P228.

Regina nahm das leere Magazin heraus und reichte Fahrni seine SIG-Sauer. «Das reicht für heute, danke. Ich hole Cavalli vor der Feier am Bahnhof ab.» Bruno Cavalli war Fahrnis Vorgesetzter beim Kapitalverbrechen 2, kurz KV.

«Er könnte dir das Schiessen viel besser beibringen»,

sagte Fahrni zum wiederholten Mal. «Ich bin wirklich nicht besonders gut.»

«Ich möchte nicht, dass er davon erfährt! Du hast es versprochen.»

«Ich verrate nichts! Ich verstehe einfach nicht, warum du es ausgerechnet von mir lernen willst.»

Regina wusste genau, warum. Cavalli war zu gut. Vermutlich würde er mit geschlossenen Augen ins Schwarze treffen und damit die Latte zu hoch legen. Zudem setzte er Regina seit Jahren unter Druck, sich endlich eine Waffe anzuschaffen. Er war der Meinung, als Bezirksanwältin sei sie besonderen Gefahren ausgesetzt. Regina hatte sich geweigert, teils aus Abneigung gegenüber Schusswaffen, teils aus Trotz gegenüber Cavalli. Schliesslich hatte sie sich jedoch eingestehen müssen, dass Schiesskenntnisse ihr Sicherheit verliehen.

«Weil ich dich mag», erklärte Regina.

Fahrni sah zweifelnd zu ihr hoch, während er Patronenhülsen einsammelte. «Was schenkst du Juri und Irina?»

Regina seufzte. «Wenn ich das wüsste. Ich werde mich am Hauptbahnhof umsehen. Am Weihnachtsmarkt finde ich bestimmt etwas.» Der bevorstehende Hochzeitsapéro des Kriminalpolizisten Juri Pilecki schlug ihr aufs Gemüt. Vor zwei Jahren hatte sie im Zusammenhang mit einem Mordfall eine Razzia in einem Nachtlokal angeordnet. Gemeinsam mit anderen Frauen war Irina Kyrytschuk dem Migrationsamt zugeführt worden, weil sie ohne Bewilligung als Tänzerin gearbeitet hatte. Regina hatte zwar von der Beziehung zwischen Pilecki und der Ukrainerin gewusst, sie war aber davon ausgegangen, dass sich Kyrytschuk legal in der Schweiz aufhielt. Während der Einvernahme hatte sich Kyrytschuk über die Schweizer Justiz geärgert, die zwar an ihrer Aussage im Zusammenhang mit einem Mordfall interessiert war, ihr im Gegenzug aber keine Arbeitsbewilligung ausstellte.

«Warum hat sie mich überhaupt eingeladen? Irina mag mich nicht.»

«Vermutlich, damit sie die erste Begegnung mit dir hinter sich bringen kann. Früher oder später werdet ihr euch über den Weg laufen. Besser früher, denke ich.» Fahrni war aufgestanden und warf die Hülsen in einen Eimer. Er löschte die Flutlichter und fügte hinzu: «Sie wird es nicht einfach haben.»

Regina folgte ihm zum Parkplatz. An der Windschutzscheibe seines Opels klebte Schnee. Fahrni ballte die Masse zu einem schweren Klumpen und zielte auf eine Strassenlaterne.

«Freust du dich auf deine neue Stelle?», fragte er und sah dem Schneeball, der sein Ziel weit verfehlte, enttäuscht nach.

«Und wie. Ich war lange auf der Bezirksanwaltschaft. Es wird Zeit für etwas Neues. Allerdings nehme ich alle meine pendenten Fälle mit, so ganz neu wird es also nicht.»

«Aber du darfst dich Staatsanwältin nennen!» Aus Fahrnis Mund klang die Berufsbezeichnung wie ein Adelstitel.

Regina lachte. «Ja, aber das könnte ich auf der BAZ auch.» Die Reform der Zürcher Untersuchungsbehörden sah vor, die Bezeichnung Bezirksanwalt demnächst abzuschaffen. Regina wechselte zur Staatsanwaltschaft IV für Gewaltdelikte. Als sie sich beworben hatte, hatte sie sich keine grossen Chancen ausgerechnet. Stellen bei der STA IV waren begehrt, da die Fälle interessant und komplex waren. Das Anforderungsprofil war hoch. Doch Regina gehörte bereits nach der ersten Vorstellungsrunde zu den Favoritinnen. Als sie schliesslich die Zusage erhielt, konnte sie ihr Glück kaum fassen.

Vor ihnen tauchte der Bahnhof auf. Fahrni hielt an der Bushaltestelle und vergewisserte sich, dass Regina wirklich die S-Bahn nehmen wollte. Sie versicherte ihm, dass sie schneller am Hauptbahnhof wäre, und stapfte durch den Schneematsch.

Neben dem gigantischen Swarovski-Weihnachtsbaum sahen die Stände wie Zwerghütten aus. Regina reihte sich in den Strom der Besucher ein und wurde in den schmalen Durchgang geschwemmt. Eine halbe Stunde später tauchte sie ohne Geschenk am anderen Ende der Bahnhofshalle wieder auf. Sie sah auf die Uhr. Noch dreissig Minuten, bis Cavallis Zug ankam.

Ein Stand mit Matrioschkas zog ihre Aufmerksamkeit auf sich. Der Verkäuferin entging Reginas Blick nicht, und sie streckte ihr eine blaue Puppe entgegen.

«Eine Spezialanfertigung. Dieses tiefe Blau finden Sie sonst nirgendwo.»

Regina musterte das grosszügige Lachen auf dem Holzgesicht.

Die Verkäuferin legte Regina die Matrioschka in die Hand. «Sie kostet nur vierzig Franken.»

Sie war schwer. Im Gegensatz zu ihren filigran verzierten Artgenossinnen war sie grob, wie Schweizer Holzspielzeug. Es wurde ihr bewusst, dass sie auch für Irinas Tochter Katja ein Geschenk brauchte. Kurz entschlossen kaufte sie die Matrioschka.

Die Verkäuferin lobte ihre Wahl und holte Seidenpapier hervor. «Im ‹Rossija› erhalten Sie übrigens das ganze Jahr hindurch Matrioschkas. Kennen Sie den Laden?» Als Regina verneinte, erklärte sie: «Er liegt im Seefeld, Tramstation Höschgasse. Wenn Sie sich auf dieser Liste mit Name und Adresse eintragen, halten wir Sie über unsere Produkte auf dem Laufenden.»

«Nein, danke.»

«Dann frohe Weihnachten.» Die Verkäuferin reichte Regina den Plastiksack.

«Danke, das wünsche …» Ein heftiger Stoss in die Rippen verschlug Regina die Sprache. Sie stolperte und verlor das

Gleichgewicht. Im selben Augenblick wurde ihr der Plastiksack entrissen.

«Was soll das!»

Ein Passant griff ihr unter die Arme. «Alles in Ordnung? Haben Sie sich wehgetan?»

Regina stand auf und sah, wie ein Polizist in Zivil dem Dieb hinterher spurtete.

«Es geht schon, danke.»

Der Passant deutete auf ihre Handtasche. «Wenigstens hat er die nicht erwischt.»

Die Verkäuferin baute sich hinter ihrer Ware auf, als könnte sie so weitere Diebe abschrecken.

Regina wandte sich genervt dem Stand zu. «Haben Sie noch eine ähnliche Matrioschka?»

Mitleidig schüttelte die Verkäuferin den Kopf. «Das war die Letzte, aber ich …» Sie fixierte etwas hinter Regina, und ein Lachen hellte ihr breites Gesicht auf.

Regina drehte sich um. Der Polizist kam mit dem Plastiksack in der Hand zurück.

«Der Kerl ist über alle Berge, aber den Sack habe ich erwischt.» Er streckte ihn Regina hin.

«Vielen Dank!», sagte sie. «Es ging so schnell.»

«Diese Diebe sind geübt. Sie tauchen aus dem Nichts auf und sind im Nu wieder weg. Da haben Sie gar keine Chance.»

«Und erwischt werden sie nie.» Regina reichte ihm die Hand. «Regina Flint. Ich bin – war – bei der BAZ.»

«Dann kennen Sie sich ja bestens aus. Marko Simonovic.» Er musterte sie mit ernsten, tief liegenden Augen. «Die Diebe werden immer dreister. Es ist ihnen egal, ob sie Spuren hinterlassen. Sie kommen in die Schweiz, gehen zwei, drei Wochen ihren Geschäften nach und verschwinden wieder nach Rumänien, Georgien, wo immer sie herkommen.»

Regina hatte den Eindruck, dass der Polizist sich persönlich für die Taten der Kriminaltouristen verantwortlich fühle. «Diesem Dieb haben Sie einen Strich durch die Rechnung gemacht. Nochmals vielen Dank!»

«Passen Sie auf Ihre Handtasche auf!» Simonovic richtete seine Aufmerksamkeit wieder auf die Menschenmenge in der Bahnhofshalle.

Regina sah auf die Uhr. Cavallis Zug würde bald eintreffen. Rasch kaufte sie im Shopville eine Flasche Champagner und eine Glückwunschkarte für das Hochzeitspaar und kritzelte «Gutschein» unter das Bild der zwei Champagnergläser. Wofür? Einen Opernbesuch? Ein romantisches Essen? Mit Karte und Kugelschreiber in der Hand bahnte sie sich einen Weg durch das Gedränge.

Sie sah Cavalli schon von Weitem. Er stand mit einer Sporttasche über der Schulter etwas abseits und wartete. Die Ruhe, die er ausstrahlte, hob ihn von der hektischen Umgebung ab. Winkend lief Regina auf ihn zu.

«Cava! Entschuldige, ich bin spät dran. Ich fand kein Geschenk, und dann wurde mir noch mein Plastiksack entrissen, und bis ich durch das Getümmel ...» Sie verstummte, als sie Cavallis Lächeln sah.

«Darf ich auch etwas sagen?», fragte er mit einem Augenzwinkern.

«Was?»

«Hallo.»

Regina lachte und drückte ihm den Kugelschreiber in die Hand. «Hallo! Schreib etwas!»

Während er überlegte, holte sie ihren Taschenspiegel hervor und überprüfte ihren Lippenstift. Cavalli beobachtete sie aus dem Augenwinkel.

«Bitte sehr», sagte er und gab ihr den Kugelschreiber zurück.

«Das ging aber schnell. Gutschein für eine Nacht in St. Moritz», las Regina laut. «St. Moritz? Was ist in St. Moritz?»

Cavalli zuckte mit den Schultern. «Es wird dort wohl ein Hotel geben. Osteuropäer mögen doch St. Moritz.»

«Pilecki? In St. Moritz?» Regina stellte sich den Polizisten in seiner verbeulten Lederjacke vor. «Hättest du nicht wenigstens ‹Übernachtung› statt ‹Nacht› schreiben können?»

«Sie sind frisch verheiratet! Gibt es für ein Hochzeitspaar etwas Wichtigeres als die Nacht?» Cavalli hob seine Tasche auf. «Gehen wir.»

«Wenn man daran denkt, was Irina beruflich in der Schweiz gemacht hat, finde ich die Wortwahl ziemlich ungünstig.»

«Vielleicht hätte sie ihre berufliche Laufbahn sorgfältiger planen müssen.»

Sie waren kaum fünf Minuten zusammen, und bereits bahnte sich ein Streit an. Dafür hatte Regina keine Nerven. «Was macht die Bundes-Kopier-Anstalt?», fragte sie mit gespielter Leichtigkeit. Cavalli hatte die vergangenen drei Wochen beim Bundeskriminalamt BKA am Täterprofil eines Mörders mitgearbeitet.

«Sie generiert Papier. Ich muss kurz im Büro vorbeischauen. Kommst du mit oder treffen wir uns am Fest? Mein Wagen steht auf dem Kasernenareal.»

Regina ging mit. Alleine wollte sie auf keinen Fall am Hochzeitsapéro auftauchen. Sie folgten der Sihl zur Kaserne. Plötzlich drehte sie sich um.

«Was ist?», fragte Cavalli.

«Ich hatte das Gefühl, Schritte zu hören, aber da ist niemand.» Sie erzählte ausführlich vom Dieb, der ihr den Plastiksack entrissen hatte.

«Damit muss man am Weihnachtsmarkt leider rechnen. Der Polizist muss schnell gewesen sein. Wer war es?»

«Marko Simonovic. Kennst du ihn?»

«Nicht persönlich. Aber als erster Jugo», Cavalli zeichnete mit Zeige- und Mittelfinger Anführungs- und Schlusszeichen in die Luft, «bei der Kapo ist er den meisten ein Begriff.» Er zeigte dem neuen Portier am Eingang des Kripo-Gebäudes seinen Polizeiausweis und steuerte auf die Treppe zu.

Regina protestierte und deutete auf den Lift. Das KV lag im fünften Stock. Sie schritten den Flur entlang; das blaue Linoleum quietschte unter ihren feuchten Schuhsohlen. Vereinzelt brannte noch Licht in den Büros.

«Hast du deinen letzten Arbeitstag schon hinter dir?», fragte Cavalli.

«Erst übermorgen. Dann habe ich zwischen Weihnachten und Neujahr eine Woche frei, bevor ich meine neue Stelle beginne. Da wir schon beim Thema sind: Hast du über die Feiertage etwas vor?»

Regina zog ihren Mantel aus und stellte sich ans Fenster. Cavalli sah die Notizen auf seinem Schreibtisch durch.

«Arbeiten», murmelte er und deutete auf sein Postfach, das unter der eingegangenen Post nicht mehr zu sehen war. «Warum?»

«Nur so.»

«Was hast du vor?»

«Am liebsten würde ich wegfahren.»

Auf der Zeughausstrasse zeichneten Scheinwerfer gelbe Streifen auf die nasse Strasse.

Cavalli sah auf. «Warum? Bist du an Weihnachten bei deiner Familie eingeladen?»

Regina lachte. Er kannte sie einfach zu gut. Heiligabend bei Flints war ein Grund, ins nächste Flugzeug zu steigen. «Genau.»

Cavalli schüttelte amüsiert den Kopf. «Chris ist über die Feiertage zu Hause.»

Sein siebzehnjähriger Sohn wohnte seit vergangenem Sommer bei ihm.

«Ich dachte, er verbringt sie bei Constanze?»

«War so geplant.» Der amüsierte Gesichtsausdruck verschwand, als Cavalli an seine Ex-Frau dachte. «Aber sie hat einen neuen Freund, der sie seiner Familie vorstellen möchte. Und Chris ist dabei nicht erwünscht.»

Obwohl Regina die kühle Deutsche nicht mochte, hatte sie ein gewisses Verständnis dafür, dass sie ihren Sohn in dieser Situation nicht dabei haben wollte. Christopher war ein verschlossener, unzugänglicher Jugendlicher. Seit er seine Lehre abgebrochen hatte, war er orientierungslos. Im vergangenen Sommer hatte er zahlreiche Einbrüche begangen und war mit zwei Kilogramm Haschisch erwischt worden. Seither arbeitete er in einer Pizzeria, um der jugendstrafrechtlichen Massnahme zu entgehen.

«Aber jetzt ist er noch bei ihr?»

«Ja. Bis morgen Abend.» Der Gedanke an Christophers Rückkehr in seine enge Wohnung bedrückte Cavalli. Er wechselte das Thema. «Bist du nervös?» Er brauchte nicht mehr hinzuzufügen, Regina konnte seinen Gedankensprüngen fast immer folgen.

«Ich habe mir fest vorgenommen, meine Unsicherheit auf der BAZ zurückzulassen», sagte sie. «Ich werde am 3. Januar selbstsicher und locker ein neues Arbeitsleben beginnen!»

Cavalli stellte sich neben sie ans Fenster. «Solange du nicht wie Constanze wirst.» Das Selbstvertrauen seiner Ex-Frau grenzte an Überheblichkeit, und sie liess keine Gelegenheit aus, Cavalli seine Unzulänglichkeiten unter die Nase zu reiben. Er betrachtete Reginas schmale Silhouette und ihre feingliedrigen Finger, die über die Hochzeitskarte strichen. Wie so oft verspürte er den Wunsch, sich hinter sie zu stellen und ihr Rückendeckung zu geben. Bloss der Preis war ihm zu hoch. Sie wollte mehr, als er geben konnte. Ausserdem täuschte ihr Äusseres. Wenn es sein musste, konnte sie kompromisslos sein. Gedankenversunken spielte er mit ihrem Haar.

«Lass das!» Sie machte einen Schritt zur Seite.

Cavalli liess seine Hand fallen. «Du wirst Landolt mögen.»

Max Landolt, Leitender Staatsanwalt der STA IV, hatte die polizeilichen Weiterbildungen im Rahmen der Justizreform durchgeführt, wo Cavalli ihn kennengelernt hatte. Ab Jahresbeginn würde die Staatsanwaltschaft mehr Kompetenzen an die Polizei delegieren. So durften Polizisten in zahlreichen Fällen sogenannte delegierte Einvernahmen durchführen. Sie mussten dabei aber sämtliche Verfahrensrechte der Beteiligten wahren. Cavalli fragte sich, ob die neuen Kompetenzen im Alltag tatsächlich zu einer besseren Aufgabenverteilung führen würden, denn erste Einvernahmen waren heikel. Fehler konnten dazu führen, dass Aussagen nicht verwertbar waren.

«Ist Landolt wirklich so freundlich, wie er aussieht?», fragte Regina. Sie kannte ihn nur vom Vorstellungsgespräch.

«Ja. Und sehr geduldig. Ich bin so weit, gehen wir?»

Inzwischen war der Regen auch in Zürich in Schnee übergegangen. Doch die Spuren, die Cavalli und Regina in der nassen, weissen Schicht hinterliessen, wurden sofort dunkel. Regina war froh, als sie die Bäckeranlage erreichten. Das Quartierzentrum war hell erleuchtet, aus dem oberen Stockwerk erklangen Gelächter und Musik.

Regina trug ihre Geschenke wie ein Schutzschild vor der Brust, als sie die Betontreppe hochstieg. Der Raum war zum Bersten voll, was sie nicht erstaunte. Pilecki war beliebt. Über die Hälfte der Anwesenden waren Polizisten, die andere Hälfte vermutlich Familienangehörige von Polizisten. Regina erkannte auch einige Fahnder der Stadtpolizei. Ihr Blick fiel auf Irina, die souverän zwischen den ihr unbekannten Gästen auf sie zukam. Unterwegs wechselte sie in fliessendem Deutsch ein paar Worte mit einem Kriminaltechniker. Mehr als ein Augenpaar folgte ihr.

«Regina! Schön, dass du gekommen bist.» Irina streckte ihr die Hand entgegen. «Es ist doch in Ordnung, wenn ich dich duze? Schliesslich haben wir dieses Mal nicht beruflich miteinander zu tun.»

Regina spürte, wie ihr Gesicht glühte. Irina musterte sie scharf. Ihr dunkles Haar und ihre klare, weisse Haut verliehen ihr Ähnlichkeit mit einer Porzellanpuppe. Nur dass sie alles andere als zerbrechlich wirkte. Ungewollt schielte Regina zu Cavalli, doch Irinas Schönheit schien ihn nicht zu beeindrucken. Sein Gesichtsausdruck war verschlossen, er sah steif und abweisend aus. Regina wusste, dass er sich in Gegenwart von Prostituierten unwohl fühlte, aber er hatte ihr nie erklärt warum.

«Natürlich.» Regina streckte Irina die Champagnerflasche entgegen. «Wir haben euch etwas mitgebracht.»

Irinas Blick verengte sich und wurde hart. Plötzlich stieg eine Erinnerung in Regina hoch. Als sie vor zwei Jahren im Laufe der Ermittlungen mit Cavalli das Nachtlokal aufgesucht hatte, in dem Irina tanzte, hatte Pilecki ihr ein Glas Champagner geholt und ans Podest gebracht. Reginas Kopfhaut begann zu kribbeln, als ihr klar wurde, dass diese bis jetzt vergessene Erinnerung vermutlich der Grund war, warum sie Irina Champagner gekauft hatte.

«Herzliche Gratulation», hörte sie Cavalli neben sich sagen. Sie entnahm seinem Tonfall, dass ihm der Zusammenhang nicht entgangen war. Hatte er sie absichtlich nicht darauf hingewiesen?

«Regina?» Cavalli legte eine Hand auf ihren Rücken. «Die Karte.»

Automatisch zog Regina die Karte hervor und reichte sie Irina.

«Vielen Dank.» Irina öffnete den Umschlag nicht. «Ich warte damit auf Juri.»

Regina hätte Cavalli für seine sorglose Wortwahl beim Gutschein eine Ohrfeige versetzen können. Plötzlich fragte sie sich, ob er absichtlich eine zweideutige Botschaft platziert hatte.

«Häuptling!», erklang eine glückliche Stimme. «Du hast den Weg zurück in die Provinz gefunden.» Regina drehte sich erleichtert zu Pilecki um, der Cavalli auf die Schulter klopfte. Der Polizist wirkte ungewöhnlich elegant. Regina konnte sich nicht erinnern, ihn jemals in etwas anderem als in alten Jeans gesehen zu haben.

«Sieh dich mal an! Du hast sogar deine Haare gewaschen!», begrüsste ihn Cavalli.

«Und die Fingernägel geschnitten», grinste Pilecki. «Frauen stehen auf so etwas.» Er strahlte Irina an.

Irinas Gesichtszüge wurden weich, und sie küsste ihn auf die Nase. Pilecki strich ihr sanft über die Wange, die Welt um ihn herum existierte nicht mehr.

Regina spürte Cavallis Hand, die noch immer auf ihrem Rücken lag. Sie dachte daran, wie oft diese Hand sie gestreichelt hatte. Drei Jahre lang hatte sie fast jede Nacht neben diesem Mann geschlafen, aber die Hingabe, die Pilecki mit einer kleinen Bewegung auszudrücken vermochte, hatte sie nie erlebt. Stets hatte Cavalli etwas zurückgehalten. Regina beneidete Irina; gleichzeitig schämte sie sich für diesen Neid.

«Gehst du immer noch ins Yoga?», holte Pileckis Stimme sie wieder in die Gegenwart zurück.

«Ja, jeden Montagabend», sagte Regina. «Warum?»

Irina versuchte wortlos, ihrem Mann etwas zu sagen. Er

ignorierte sie, absichtlich, wie es Regina schien. «Nimmst du Irina nächstes Mal mit?»

«Klar», sagte Regina ohne Begeisterung. Sie vermied es, Irina anzusehen. «Übrigens, wo ist Katja? Wir haben ihr auch etwas mitgebracht.» Sie suchte den Raum ab, doch das Mädchen war nirgends zu sehen.

Irinas Blick schweifte ebenfalls über die Anwesenden, und ein besorgter Ausdruck trübte das klare Grau der Iris. Sie löste sich von Pilecki.

«Fahrni passt schon auf, keine Sorge», sagte Pilecki.

«Sie kennt ihn nicht. Fremde Menschen verunsichern sie.» Irina stand auf Zehenspitzen, um besser sehen zu können. «Vielleicht findet sie uns nicht mehr.»

Pilecki drückte ihren Arm. «Vor Fahrni hat kein Kind Angst. Aber wenn es dich beruhigt, gehe ich nachschauen. Sie sind bestimmt am Buffet.»

Irina nickte dankbar.

Die Lücke, die Pilecki hinterliess, wurde von einem kräftigen Mann mit Glatze gefüllt. Die Frau, die an seinem Arm hing, erinnerte Regina an die Models am Genfer Autosalon.

«Du musst Irina sein», sagte er mit starkem Akzent. «Wadim Tatarenkow.» Er reichte ihr eine grosse Hand und stellte auf Russisch seine Partnerin vor. «Das ist Sweta.» Das Lächeln der Russin wirkte aufgesetzt. «Juri hat viel von dir erzählt», fuhr Tatarenkow fort. «Aber du übertriffst die Schilderungen bei Weitem.»

Irina war nicht beeindruckt. «Aus Moskau?», kommentierte sie seinen Dialekt.

«Ich kann nichts dafür!», sagte Tatarenkow mit einem Lachen.

Als sich Irina und Sweta in ein Gespräch vertieften, gab Regina Cavalli, der immer noch schweigend neben ihr ausharrte, ein Zeichen. Zusammen bahnten sie sich einen Weg zum Buffet.

Katja war tatsächlich dort. Fahrni befand sich vor ihr in der Hocke und hielt ihren Teller, der mit einem Dutzend verschiedener Speisen beladen war. Das Mädchen musterte sie scheu und schob mit der Gabel eine Kugel Mozzarella hin und her. Sein dunkles Haar war zu einem Pferdeschwanz zusammengebunden, einzelne Strähnen hatten sich gelöst. Die Spitzen lagen in der Salatsauce. Pilecki stand neben den beiden und betrachtete die riesige Portion. Er zog die Haarsträhne aus dem Teller und klemmte sie mit einem humorvollen Kommentar hinter Katjas Ohr.

«Was sprecht ihr?», fragte Regina. «Russisch, Tschechisch oder Ukrainisch?»

«Kommt drauf an», sagte Pilecki. «Irina kann fliessend Russisch und Deutsch, versteht natürlich etwas Tschechisch. Katja versteht zwar Russisch, doch sie spricht nur Ukrainisch. Und mein Russisch ist ziemlich rostig. Ich versuche, ganz auf Ukrainisch umzustellen. Vermutlich wird das irgendwann unsere Familiensprache, damit Katja es nicht verlernt.»

Er wandte sich an Katja, die Fahrni bestaunte, weil er gleichzeitig zwei Tomaten in den Mund geschoben hatte, und sagte ihr etwas. Das Mädchen hörte Pilecki zu und sah anschliessend zögernd zu Regina.

«Ich habe ihr gesagt, dass du ein Geschenk für sie hast.»

Regina zog die Matrioschka, die in buntes Weihnachtspapier eingepackt war, aus dem Plastiksack.

Katja löste das Papier sorgfältig, damit es nicht zerriss. Sie reichte es Pilecki und machte sich am Seidenpapier zu schaffen. Als die Holzpuppe zum Vorschein kam, zog sie eine enttäuschte Grimasse.

«Sie denkt, bei uns gibt es nur Barbiepuppen. Aber Irina wird es freuen. Sie kann Barbies nicht ausstehen.» Pilecki strich Katja über den Kopf, und sie murmelte etwas. «Danke», übersetzte er.

«Irina findet Barbies wohl sexistisch», sagte Cavalli ironisch.

Pileckis Lachen erlosch, und er wandte sich an Regina. «Schön, dass du an Katja gedacht hast.»

«Wenn du nicht aufpasst, wirst du deinen besten – oder einzigen? - Freund bei der Kapo verlieren», warnte Regina. Sie sah dem Streifenwagen nach, der die Hohlstrasse hinunterdonnerte. Pileckis Freunde beim Korps hatten ihm die Fahrt ins Berner Oberland organisiert, wo er mit Irina und Katja eine Woche Ferien verbringen wollte.

«Ich hoffe, er weiss, worauf er sich einlässt», sagte Cavalli und drehte sich zu Regina um. «Fahren wir?»

Regina stieg in seinen Volvo ein. Sie war müde und hatte zu viel gegessen. «Auf die Liebe.»

«Was?» Cavalli drehte die Heizung auf.

«Er hat sich auf die Liebe eingelassen. Ist dir aufgefallen, dass er den ganzen Abend nicht geraucht hat?» Pilecki hatte bis vor Kurzem noch zwei Päckchen Zigaretten am Tag geraucht.

«Ich zweifle nicht daran, dass er verliebt ist. Aber sie? Was will sie von ihm?»

Regina hatte keine Lust, die Diskussion weiterzuführen. Sie schloss die Augen und lehnte den Kopf an die Scheibe. Draussen zog die Stadt an ihr vorbei.

Katja klemmte die Matrioschka unter ihren Arm und versuchte, den Oberkörper zu lösen. Sie drehte ihn hin und her, doch er klemmte. Drei Schichten hatte sie weggeschält, und sie war neugierig, wie viele noch zum Vorschein kämen.

Jasmin Meyer raste bei Rot über eine Kreuzung und lenkte

den Wagen auf die Gegenfahrbahn. Geschickt wich sie einem Lieferwagen aus, der zu spät zur Seite gefahren war.

«Bambi! Wir wollen lebend ans Ziel kommen!», sagte Pilecki.

Die Polizistin schaltete in einen niedrigeren Gang, drosselte das Tempo aber nicht. Selten hatte die gelernte Automechanikerin Gelegenheit, richtig Gas zu geben. Der Funk knisterte, und die Einsatzzentrale meldete einen Notruf. Meyer hörte zu. «Keine Sorge, ich habe noch nie einen Unfall gebaut.» Sie schaltete das Blaulicht ein.

«Das geht zu weit!» Pilecki lehnte sich nach vorne, um das Blaulicht wieder auszuschalten. «Du weisst genau, dass das keine Dienstfahrt ist. Ich will keinen Ärger!»

Bevor Meyer reagieren konnte, schoss ein Velofahrer aus einer Seitenstrasse heraus. Er schien weder das Blaulicht noch die Polizeisirene bemerkt zu haben. Schwankend rollte er auf den Mittelstreifen zu.

Meyer trat heftig aufs Bremspedal und riss das Steuer nach rechts. Die Hinterräder des Streifenwagens gerieten auf der nassen Fahrbahn ins Schleudern, und Katja schrie auf. Die Matrioschka flog ihr aus den Händen und prallte ans Armaturenbrett. Meyer löste die Bremse, wich aufs Trottoir aus und lenkte den Streifenwagen gekonnt an einem Abfallcontainer vorbei. Fünfzig Meter weiter vorne rollte sie wieder auf die Strasse zurück.

«Tut mir leid, ich wollte Katja nicht erschrecken», sagte sie und beschleunigte wieder.

Irina sammelte mit zusammengebissenen Zähnen Matrioschkateile ein, die im ganzen Auto verteilt lagen.

2

Marko Simonovic wickelte die Lichterkette um einen Kunststoffast. Er drehte das Kabel so, dass die kleinen Glühbirnen gut sichtbar waren.

«Sie sind nicht gleichmässig verteilt!» Marina Simonovic schnalzte mit der Zunge und stemmte beide Hände auf ihre breiten Hüften. «Bojan», fragte sie ihren jüngeren Sohn. «Was meinst du? Hat es unten nicht zu viele Kerzen?»

«Das ist doch egal.» Bojan schenkte seine Aufmerksamkeit wieder dem Fernseher.

Marko seufzte laut.

«Und du hörst mit diesem Geschnaube auf! Früher hast du darauf bestanden, an Heiligabend den Weihnachtsbaum zu schmücken. Ich sehe nicht, warum das nun plötzlich anders sein soll.»

Marko machte seine Mutter nicht darauf aufmerksam, dass das vor über zwanzig Jahren gewesen war. Damals, als sie in die Schweiz gezogen waren, war ihm viel daran gelegen, so wie alle andern zu sein. Er hatte nicht begriffen, warum seine Klassenkameraden Weihnachten zwei Wochen früher feierten als er. Doch mit den Jahren wuchs sein Selbstvertrauen und damit sein Interesse an seinem eigenen Glauben. Mit neunzehn war er der Serbisch-orthodoxen Kirchgemeinde in Zürich beigetreten. Die Geburt Jesu feierte er am siebten Januar in der Kirchgemeinde Heilige Dreifaltigkeit.

«Ich brauche etwas frische Luft. Ich mache einen kurzen Spaziergang.»

«Jetzt?», rief seine Mutter. Sie wandte sich an ihren Mann, der schwer atmend in seinem Polstersessel döste. «Milos, sag deinem Sohn, dass es nicht ohne seine Hilfe geht.»

Der schlafende Mann regte sich nicht.

«Ich bin nur kurz weg.» Marko legte eine Hand beruhigend auf die Schulter seiner Mutter. «Wir haben noch genug Zeit.»

Marina zeigte auf die Unordnung im Wohnzimmer, den halbgeschmückten Weihnachtsbaum und die Einkaufstaschen im Flur. «Genug Zeit? Der Fisch müsste längst im Ofen sein, das Tischtuch ist noch nicht gebügelt, der …»

«Schon gut, schon gut. Womit soll ich beginnen?»

Dankbar deutete Marina in die Küche.

Marko holte die Einkäufe aus dem Flur und forderte seinen jüngeren Bruder auf, ihm zu helfen.

Bojan riss die Augen auf. «Ich? Ich bin in der Küche nutzlos. Ich bin dir nur im Weg.»

«Fische säubern ist keine Hexerei!» Als Marko sah, wie seine Mutter die Hände rang, verstummte er. Er holte ein Küchenmesser und setzte sich an den Tisch.

Regina stand ratlos vor dem leeren Kühlschrank. Vor lauter Weihnachtsgeschenken hatte sie vergessen, sich um Lebensmittel zu kümmern. Bis zum Nachtessen bei ihren Eltern würde sie nicht durchhalten. Sie stöberte in der Vorratskammer, fand aber nichts, das sich einfach zubereiten liess. Sie holte die Pralinen, die sie von ihren Arbeitskollegen auf der BAZ zum Abschied erhalten hatte, und machte es sich auf dem Sofa bequem. Wäre dieser Abend doch bloss vorbei, dachte sie. Sie kannte den Film, der sich abspielen würde: Rosé und Smalltalk zum Empfang; ihre Mutter, die mit dem Gesicht einer Märtyrerin immer wieder in die Küche verschwand, aber keine Hilfe annahm; Chantals Jungen, die zum Weihnachtsbaum schlichen und unauffällig an den Päckchen rüttelten; ihr Vater, der schweigend zusah, wie unerfüllte Erwartungen die Stimmung trübten. Anschliessend das Filet im Teig, das aus unausgesprochenen Vorwürfen bestehende

Tischgespräch und zum Schluss die gespielte Freude beim Öffnen der Päckchen.

Das Telefon riss Regina aus ihren Gedanken, und sie sah, dass die halbe Schachtel Pralinen verschwunden war. Mit einem schlechten Gewissen legte sie sie beiseite und griff zum Hörer. Ihre Zunge fühlte sich klebrig an.

«Flint.»

«Guten Appetit», sagte Cavalli. «Und frohe Weihnachten.»

«Höre ich da einen neidischen Unterton?»

«Du weisst, dass ich Schokolade nicht mag.»

«Woher weisst du, dass ich Schokolade esse?»

«Ich kenne deine Vorratskammer: Teigwaren, Joghurt, Darvidas und Schokolade. Und ich weiss, was dir heute Abend bevorsteht. Ergo – Schokolade.»

«Du hast mich durchschaut. Aber wenn ich nicht aufhöre, kriege ich heute Abend keinen Bissen herunter. Was gibt es bei euch? Zur Abwechslung mal Maiskolben statt Polenta?» Cavalli konnte zwar besser kochen als sie, doch er empfand es als Zeitverschwendung.

«Mach dich nicht darüber lustig. Die erste Frau wurde aus einem Maiskolben erschaffen!» Cavallis Vorfahren waren Cherokee-Indianer, er selbst hatte zehn Jahre im Reservat gelebt.

Regina lachte. «Das erklärt einiges. Wie geht es Chris? Hatte er es gut bei Constanze?»

Cavalli zögerte. «Hatte ist nicht ganz das richtige Wort.»

«Sondern?»

«Constanze hat sich mit ihrem Freund gestritten. Sie fährt nicht zu ihm über Weihnachten.»

«Das heisst, Chris bleibt über die Feiertage bei ihr?»

«Genau.»

«Und du bist frei.»

«Richtig. Und», er dehnte die Silben aus, «wenn du heute Abend Verstärkung brauchst, stehe ich zu deinen Diensten.»

«Du willst mich zu meinen Eltern begleiten?»

«Oder dir zur Flucht verhelfen, deine Mutter verhaften, sie einer Gehirnwäsche unterziehen, ablenken, vergiften, überstimmen ...»

«Welche Kombination darf ich wählen?»

Alles war rechtzeitig fertig. Der Weihnachtsbaum stand leicht schief, weil eine Seite überladen war, aber niemand störte sich daran. Marina stellte die dampfenden Teigwaren neben den Fisch und setzte sich an den Tisch.

«Mmm, das riecht himmlisch», sagte ihre Nichte Ankica.

Marina strahlte. Sie kochte jedes Jahr ein traditionelles serbisches Heiligabendessen, achtete Marko zuliebe sogar darauf, alles nur mit pflanzlichem Öl zuzubereiten, wie es sich für ein Fastenmenü gehörte. Stolz füllte sie die Teller bis zum Rand, kaum war eine Schüssel leer, holte sie aus der Küche die nächste.

«Marko, feierst du wieder in Heilige Dreifaltigkeit oder mit dem Segen des Bischofs?», fragte Marinas Bruder.

Unter Konstantin Djokic, Bischof der Serbisch-orthodoxen Diözese für Mitteleuropa, hatten sich die orthodoxen Serben in Zürich gespalten. Der traditionalistische Djokic beharrte auf dem Standpunkt, dass das Kirchenrecht über dem Zivilrecht steht. Nur in Zürich wollte man dies nicht nachvollziehen.

«Ich verzichte auf den Segen des Bischofs», sagte Marko.

Marina schnalzte mit der Zunge. Dann sah sie ihn liebevoll an. «Marko ist bei der Polizei aufgestiegen! Er ist jetzt bei der Bahnpolizei.»

«Immer noch bei der Kantonspolizei», sagte Marko. «Aber beim Kriminaldienst am Hauptbahnhof.»

«Bulle ist Bulle, egal wo», sagte Bojan.

«Wenigstens arbeitet dein Bruder», stiess sein Vater hervor. Sein Atem pfiff leise, und er wartete, bis er wieder genug Sauerstoff hatte. «Das täte dir auch gut! Marko ist ein guter Junge.»

«Es ist noch nicht lange her, da hast du gesagt, kein Sohn von dir werde bei der Schweizer Polizei arbeiten», sagte Bojan.

«Er ist ein guter Junge.»

Marko stand auf, um in der Küche eine weitere Schüssel Nudeln zu holen. Er öffnete das Fenster und sog die frische Luft ein. Einige Kinder versuchten, eine grosse Schneekugel zu rollen. Sie hinterliess eine braune Spur auf der weissen Grasfläche. Die Kinderstimmen erinnerten Marko an seine eigenen Abenteuer auf der Spielwiese. Er war in dieser Siedlung gross geworden, hatte seine erste Zigarette im Spielhäuschen geraucht und im Kellerabteil zum ersten Mal ein Mädchen geküsst. Ihre Gesichtszüge waren zart aber deutlich gezeichnet gewesen, Nase und Augenbrauen schmal, ihr Kinn sanft gerundet. Sie hatte zerbrechlich gewirkt, ihn aber mit einem harten Blick überrascht, wenn ihr etwas missfiel. Marko versuchte zu begreifen, warum diese Erinnerung so deutlich war, und dann sah er es: Regina Flint. Die Staatsanwältin, Opfer eines Entreissdiebstahls am Weihnachtsmarkt. Die Ähnlichkeit war frappant. Er hatte es im Dienst nicht bemerkt.

«Marko?» Marinas Stimme durchdrang seine Gedanken.

Marko schloss das Fenster und gesellte sich wieder zu seiner Familie.

«Und sie hat wirklich nichts dagegen?», fragte Cavalli. Die spontane Einladung erschien ihm merkwürdig. Sie passte ganz und gar nicht zu Reginas Mutter.

«Nein. Sie freut sich.» Kaum hatten die Worte Reginas Mund verlassen, merkte sie, dass sie übertrieben hatte.

Cavallis Augenbraue schoss in die Höhe, und er sah zweifelnd zu ihr herüber. Marlene Flint hatte ihn nie gemocht. Damals nicht, als er mit ihrer Tochter zusammenlebte, und nach der Trennung schon gar nicht mehr.

Regina blieb vor dem Gartentor stehen und wappnete sich. Die Tanne neben dem Briefkasten war mit einer Lichterkette geschmückt, zuoberst leuchtete ein Stern. Er war neu. Den Drahtschmuck am Türkranz hingegen kannte Regina, wie auch den gläsernen Kerzenhalter neben der Türmatte. Sie bückte sich, um nachzusehen, ob der feine Sprung am Fuss des Halters auf magische Weise verschwunden war. Er war noch da, eine Erinnerung an ein ungeschicktes Bremsmanöver vor 26 Jahren, als man mit dem Schlitten noch bis vor die Haustür fahren konnte. Jetzt war der ganze Hang überbaut, die Einfamilienhaussiedlung erstreckte sich bis zur Hauptstrasse. Uitikon war ein typischer Vorort von Zürich geworden.

Cavalli hakte nicht nach. Er hatte keine Ahnung, was Regina ihrer Mutter erzählt hatte, aber bestimmt nicht die Wahrheit. Marlenes Gesichtsausdruck, als sie die Tür öffnete, bestätigte seine Vermutung.

«Regina», begrüsste sie ihre Tochter kühl. «Und … Bruno. Welch eine Überraschung!»

Regina lächelte dünn. «Frohe Weihnachten.»

Sie folgten ihr ins Haus. Reginas Vater kniete vor dem Cheminée und legte ein Holzscheit ins Feuer. Als er Regina sah, stand er erfreut auf. Er wischte sich die Hände an einem dafür vorgesehenen Handtuch ab und umarmte sie.

«Bruno, schon lange nicht mehr gesehen. Ich wusste gar nicht …» Er sah seine Frau fragend an.

«Regina hat angekündigt, dass sie ihren neuen Freund mitbringen möchte.»

Regina korrigierte sie nicht. Zwar hatte sie nicht von «ihrem neuen Freund», sondern von «einem Freund» gesprochen, aber ihre Mutter hörte das, was sie hören wollte.

Cavalli lächelte charmant. «Walter, du siehst immer noch blendend aus.»

Walter Flint strich sein schütteres Haar nach hinten und senkte den Kopf leicht. Während er nach Worten suchte, ging die Tür auf, und Reginas Schwester Chantal trat mit ihrer Familie ein. Regina nutzte den entstehenden Lärm, um Richtung Sitzgruppe davonzuschleichen. Sie setzte sich auf die Kante.

«Schön zu wissen, dass ich dein neuer Freund bin», flüsterte ihr Cavalli belustigt ins Ohr.

Regina war nicht zum Spassen aufgelegt. «Das habe ich nie behauptet!»

Cavalli fuhr ihr mit den Fingerspitzen übers Bein. «Schade.» Er zog seine Hand zurück, als Chantal auf sie zukam.

Die Schwestern glichen sich in keiner Weise. Obwohl Chantal drei Jahre jünger war als Regina, sah sie wie die Ältere aus. Ihre pummelige Figur und konservative Kleidung liessen sie mütterlich erscheinen. Doch sie beherrschte genau wie Regina die Fähigkeit, eine Maske künstlicher Fröhlichkeit zur Schau zu tragen, wenn es die Situation erforderte.

«Regina! Ich wusste gar nicht, dass ihr ...», sie suchte mit einem verstohlenen Seitenblick zu Cavalli nach den richtigen Worten.

«Wieder ein Liebespaar seid?», sagte Cavalli.

Chantal errötete. «Entschuldige, ich habe dich noch gar nicht richtig begrüsst. Ich bin etwas überrascht.» Sie zögerte und überlegte, ob ein Begrüssungskuss angebracht war.

Cavalli nahm ihr die Entscheidung ab. Er stand auf und umarmte sie.

Das Gespräch am Tisch verlief harzig. Nur Chantals Mann Arnold schien sich wohl zu fühlen. Ab und zu tupfte er sich den Schweiss von seiner hohen Stirn, eine Reaktion auf die Kerzen und den Wein.

«Du bist jetzt Staatsanwältin, nicht?», sagte er zu Regina.

«Ab 1. Januar», sagte Regina.

«Ändert die Bezeichnung nur auf dem Papier, oder hast du neue Aufgaben?», fragte Arnold weiter.

Marlene schenkte Wein nach. «Sprechen wir über etwas Angenehmeres. Gewalt und Verbrechen sollte man an Heiligabend ausklammern.»

«Regina ist befördert worden. Sie beginnt nach den Feiertagen auf der STA IV, die auf Gewaltdelikte spezialisiert ist», sagte Cavalli.

«Alle Bezirksanwälte sind ‹befördert› worden.» Marlene erhob sich. «Ich hole das zweite Filet aus dem Ofen.»

«Nein», sagte Cavalli. «Alle Bezirksanwälte nennen sich neu Staatsanwälte, aber Regina ist zusätzlich befördert worden. Um auf der STA IV zu arbeiten, braucht es jahrelange Erfahrung.»

Regina lachte verlegen. «Ich weiss nicht, ob man das wirklich ‹befördert› nennen kann. Ich bin zwar eine Lohnstufe höher eingeteilt, dafür ist der Erfahrungsanteil hinuntergesetzt worden.»

Marlene verschwand in der Küche.

«Jagst du immer noch Mörder?», fragte Chantals jüngerer Sohn Lukas.

«Klar. Aber nicht nur.» Als Regina Arnolds interessierten Blick bemerkte, fügte sie hinzu: «Die STA IV untersucht auch Hibo-Fälle, also Hilfe für bedrohte Opfer, …»

«Häusliche Gewalt», erklärte Cavalli.

«Genau. Dann alles, was mit qualifiziertem Kinderschutz zu tun hat, sowie medizinische Kunstfehler und den Schusswaffengebrauch der Polizei.»

«Wenn Bruno mit seiner Pistole schiesst, dann verhaftest du ihn?» Lukas war fasziniert.

Cavalli liess die Gabel fallen und streckte die Hände in die Höhe. «Ich werde mich hüten, meine Pistole zu gebrauchen!»

Lukas lachte.

Regina entspannte sich. «Es gibt nur eine Untersuchung, wenn der Polizist jemanden verletzt.»

Das Gespräch versiegte, als Marlene mit dem Filet zurückkehrte. «Ich weiss nicht, wie man sich Tag für Tag mit Verbrechern beschäftigen kann. Das ist doch ungesund. Nicht wahr, Walter?»

Reginas Vater schob das Gemüse auf seinem Teller hin und her.

«Das ist kein Grund, die Augen davor zu verschliessen», sagte Cavalli. «Tatsache ist, dass die Zahl der schweren Gewaltdelikte steigt.»

«Woran liegt das deiner Meinung nach?», fragte Walter.

«Schwer zu sagen. Unter anderem sicher an der Liberalisierung des Gastgewerbegesetzes. Das bringt natürlich auch negative Begleiterscheinungen mit sich. Und viele Gewaltdelikte weisen einen Bezug zu Drogen und zum Rotlichtmilieu auf. Dazu kommt der Kriminalitätstourismus, die mangelnde Integration junger Migranten …»

«Chantal, du bist heute so schweigsam. Was habt ihr an Silvester vor?», fragte Marlene.

Chantal, tief in Gedanken versunken, schaute erschrocken auf.

«Aber man kann etwas gegen diese negative Entwicklung unternehmen», sagte Cavalli. «Indem man beispielsweise die

Kleinkriminalität, die als Nährboden für Gewalttaten dient, konsequent bekämpft. Nicht wahr, Regina?»

Sie nickte.

«Über fünfzig Prozent der Personen, die eines Gewaltdelikts verdächtigt werden, sind in der Kriminalstatistik bereits vorher erfasst worden, haben also einen Hintergrund als Kleinkriminelle. Hinzu kommen jene Gewalttäter, welche ...»

«Zählst du deinen Sohn auch zu diesen Kleinkriminellen?», fragte Marlene, während sie mit dem Fleischmesser hantierte. «Oder gehören Einbrüche bereits zu den gröberen Delikten?»

Cavalli zeigte keine Reaktion. «Statistisch gesehen werden Einbrüche nicht als gröbere Delikte definiert. Es kommt aber natürlich darauf an, wie hoch der Schaden ist. Man darf sie nicht bagatellisieren. Die Gesamtzahl der Einbruchdiebstähle belief sich dieses Jahr auf rund 17 500. Das sind zwölf Prozent mehr als im Vorjahr. Dank der DNA-Datenbank gelingt es, immer mehr tatverdächtige Einbrecher zu eruieren.»

Eine unangenehme Stille trat ein. Regina versuchte, Chantal in ein Gespräch über ihren geplanten Wiedereinstieg ins Berufsleben zu verwickeln, doch es gelang ihr nicht.

Der linke Scheibenwischer war dem rechten immer einen Bruchteil einer Sekunde voraus. Er wirkte dadurch robuster. Wie zwei Strafverfolger jagten sie die Schneeflocken, die sich gegen die Scheibe warfen. Kaum waren sie weggewischt, nahmen neue den freien Platz ein. Cavalli und ich, dachte Regina. Aber war Cavalli wirklich der Robustere?

Endlich sagte Cavalli etwas. «Es wäre nicht nötig gewesen, ihr von Christopher zu erzählen.»

Regina spielte mit ihrem Fingerring. «Ich habe nicht mit

ihr darüber gesprochen. Aber mit Chantal. Es tut mir leid.»

Vor ihnen verlief eine Reifenspur quer über die Fahrbahn, wo ein Wagen auf dem Schneematsch ins Schleudern geraten war. Regina war froh, als sie das Steilstück hinter sich liessen und am Triemlispital vorbeifuhren.

«Danke, Cava.»

«Wofür?»

«Für deine Unterstützung heute Abend.»

Cavalli lenkte den Volvo stumm durch die Stadt. Er passierte das Bellevue und bog Richtung Kunsthaus ab. Vor der Universität nahm er die Abzweigung nach Fluntern. Als er die letzten Lichter der Stadt hinter sich gelassen hatte, hielt er an und stieg aus.

Er öffnete die Beifahrertür und reichte Regina die Hand. «Komm, hör dir die Stille hier oben an.»

Regina stieg aus. Der Schnee auf dem Zürichberg war trockener, er bedeckte knapp die Wiese. Die Schicht dämpfte die üblichen Abendgeräusche, so dass sich eine andächtige Stille über die Natur legte.

Cavalli stellte sich hinter Regina und umschloss sie mit seinen Armen. «Ich habe bloss die Wahrheit gesagt. Du bist diejenige, die auf der BAZ tolle Arbeit geleistet hat. Du erkennst sofort Zusammenhänge und holst bei Einvernahmen mehr Informationen aus Angeschuldigten heraus als jede andere Staatsanwältin.»

«So besonders ist das auch wieder nicht.»

«Du bist gut, Regina. Dafür musst du dich nicht schämen.»

«Ich schäme mich nicht. Ich finde es einfach normal, sein Bestes zu geben.»

«Das Beste ist nicht immer genug. Bei dir ist das anders. Darauf darfst du stolz sein.» Er zog sie enger an sich.

Regina lehnte sich gegen ihn und schaute in den Himmel.

Es fielen nur noch wenige Schneeflocken, stellenweise war die Wolkendecke aufgebrochen und liess spärliches Mondlicht durch. Cavallis Worte und sein muskulöser Körper hinter ihrem gaben ihr das Gefühl, stark zu sein. Sie versuchte, diesen Moment in ihr Gedächtnis einzuprägen, um ihn hervorzuziehen, wenn ihre Zweifel sie wieder einholten.

Marko holte seine Autoschlüssel. «Ich bin in zwanzig Minuten wieder da. Leg dich hin, Mama, ich wasche ab, wenn ich zurück bin.»

Die Familie seines Onkels wohnte in Dietlikon, bloss zehn Minuten von Dübendorf entfernt. Im Feierabendverkehr brauchte Marko für die gleiche Strecke mindestens das Doppelte. Doch an Weihnachten waren die Strassen leer.

Marina tätschelte seinen Arm und bat ihn, vorsichtig zu fahren. Marko wusste, dass sie sich nicht hinlegen würde, bis die letzte Spur des Abendessens weggeräumt war. Er schlüpfte in seine Turnschuhe und zog eine warme Jacke an. In der Tür blickte er zurück. Seine Mutter stand inmitten von zerknülltem Geschenkpapier und leeren Kaffeetassen. Sein Vater bückte sich mühsam und streifte seine Hausschuhe ab. Bojan war nirgends zu sehen. Einem Impuls folgend ging Marko noch einmal zurück und küsste seine Mutter, bevor er die Treppe hinunter zur Familie seines Onkels trabte, die draussen wartete.

Sein alter Golf sprang trotz der Kälte sofort an. Auf dem Rücksitz sass gähnend seine Tante. Er drehte sich zu ihr um, konnte ihr Gesicht aber nicht erkennen, da ein Fahrzeug hinter ihm die Lichter eingeschaltet hatte.

«Angeschnallt?», fragte er.

«Fahr los», befahl seine Cousine.

Marko bestand darauf, dass sie sich anschnallte. Ankica gab maulend nach. Marko achtete nicht auf ihre Einwände und bog in die Zürichstrasse ein. Die Temperatur war gesunken, stellenweise war die Fahrbahn mit Glatteis bedeckt. Er fuhr vorsichtig ins Stadtzentrum und dann die Dübendorfer Bahnhofstrasse hinauf. Die Weihnachtsbeleuchtung tauchte die leere Fahrbahn in warmes Licht. Einige Jugendliche standen am Bahnhof und rauchten; aus einem offenen Autofenster drang albanische Musik.

Bald hatten sie Dübendorf hinter sich gelassen. Die letzte Wohnsiedlung vor dem Waldstück zwischen der Chriesmatt und Dietlikon lag im Dunkeln. Die Strasse wurde schmal, der Schnee auf der Fahrbahn verbarg die Seitenmarkierung.

«Weisst du noch, wie du mit mir in diesem Wald den Samichlaus gesucht hast?», fragte Ankica.

Marko lächelte. «Natürlich. Du warst erst sechs und glaubtest, du wärst nicht brav genug gewesen.» Ankicas Eltern hatten die Bräuche am St. Niklaus-Tag nicht gekannt. Im Kindergarten erfuhr das Mädchen dann, dass die anderen Kinder Schokolade, Nüsse und Mandarinen erhalten hatten. Als sie weinend nach Hause gelaufen war, hatte ihre Mutter sofort Marko angerufen, der ihr die Tradition erklärte und Ankica mit in den Wald nahm. Dort verteilte ein Chlaus mit echtem Esel Chlaussäcke.

Marko betrachtete seine Cousine, die keine Ähnlichkeit mehr mit dem unsicheren Mädchen von damals hatte. «Heute gäbe er dir bestimmt die Rute.»

Ankica streckte ihm die Zunge raus. «Die könnte ich jetzt brauchen!»

Am Waldrand geriet der Golf leicht ins Rutschen, und Marko widmete seine ganze Aufmerksamkeit wieder der Strasse. Glücklicherweise hielt der Wagen hinter ihnen genügend Abstand. In Dietlikon leuchtete ihnen der blaue Elefant auf dem Jumbo-Schild entgegen, kurz darauf parkierte Marko vor der Wohnung seines Onkels. Der Abschied war kurz.

Auf dem Rückweg drehte Marko die Musik auf, um sich gegen die aufkommende Müdigkeit zu wappnen. Es hatte keine anderen Fahrzeuge auf der Strasse. Erst im Waldstück sah er die Rücklichter eines Mazdas, der vorsichtig über den Schnee kroch. Marko überholte nicht, sondern bremste ab, da er sich an die glatte Stelle erinnerte. Der Wagen vor ihm drosselte das Tempo weiter. Er schlich mit knapp dreissig dahin. Das hätte der Chlaus mit dem Esel auch geschafft, schmunzelte Marko für sich. Bald wurde er aber ungeduldig. Als er an der glatten Stelle vorbei war, wagte er auf einer übersichtlichen Strecke ein Überholmanöver. Er scherte nach links aus. Radio DRS spielte «Jingle Bells», und Marko lächelte, als er sich an Ankicas Staunen erinnerte, damals im Wald.

Er beschleunigte auf sechzig Kilometer pro Stunde. Der Wagen neben ihm zog nach. Überrascht drückte Marko auf das Gaspedal. Sah ihn der Lenker nicht? Er blickte hinüber, doch in der Dunkelheit konnte er ihn nicht erkennen. Vor ihm lag eine leichte Linkskurve; wenn ein Auto entgegenkäme, könnte die Situation gefährlich werden. Markos Handflächen wurden feucht. Er fuhr jetzt fast neunzig; der Motor heulte. Der Wagen neben ihm war immer noch auf gleicher Höhe. Die Strasse war schmal, doch Marko traute sich nicht, noch weiter an den linken Rand zu fahren. Er fluchte, nahm seinen Fuss vom Gas, aber das Pedal folgte seiner Bewegung nicht. Einen Augenblick war Markos Kopf leer; er begriff nicht, was geschah. Sein Atem stockte. Vor ihm lag die Brücke über den Chriesbach. Kurz dahinter befand sich ein Kreisel. Und dann sah er die Scheinwerfer. Sie kamen direkt auf ihn zu. Marko trat heftig auf das Bremspedal, Glatteis hin oder her, und riss das Lenkrad nach links. Er war bei der Brücke angelangt, sah das Geländer entlang dem Radweg. Das entgegenkommende Auto verlangsamte sein Tempo, doch es reichte nicht mehr.

Es prallte in den Kotflügel des Golfs, als Marko auszuweichen versuchte. Er spürte den Schlag und hörte Metall auf Metall treffen. Die Zeit schien stillzustehen, als er gegen das Geländer anschlug. Der Ansager kündigte «Stille Nacht» an, und Marko dachte noch flüchtig, dass er das Lied unpassend fand. Sein Golf flog über den Rand der Brücke hinaus. Die absurde Hoffnung, dass alles ein Albtraum war, stieg in ihm auf. Dann landete der Wagen kopfüber im Bachbett.

3

Cavalli holte Regina um Punkt sieben Uhr in Gockhausen ab. Sie wartete bereits vor der Tür. Unruhig trat sie von einem Fuss auf den andern, die Hände tief in die Taschen ihres Ledermantels vergraben, das Kinn im hochgeschlagenen Kragen verborgen.

Cavalli startete den Motor. Er nahm einen schwachen Duft von Parfüm wahr. Beyond Paradise, erkannte seine Nase. «Hast du …» Er wartete, als eine Boeing direkt über ihnen dröhnte. «… schlafen können?», beendete er eine halbe Minute später den Satz.

«Immer wieder ein bisschen. Wie hat Chris die Festtage überlebt?» Regina wollte nicht über sich oder den bevorstehenden Arbeitsbeginn reden.

«Er hat nicht viel erzählt. Kam aber selten vor drei Uhr nach Hause. Ich glaube, er durfte im Service mithelfen. Auf dem Küchentisch liegt viel Kleingeld.»

«Wie läuft die Wohnungssuche?»

«Über die Feiertage haben nicht viele Leute gekündigt.»

Seit Christopher bei Cavalli eingezogen war, war die Zweizimmer-Wohnung zu eng geworden. Regina hatte den Verdacht, dass Cavalli noch nicht viel dagegen unternommen hatte. Hoffte er, dass Chris bald zu Constanze zurückginge? Dafür schien seine Ex-Frau ihre neu gewonnene Freiheit zu sehr zu geniessen. Sie hatte Chris zehn Jahre lang allein grossgezogen, bevor er letzten Sommer zu Cavalli gezogen war. Cavalli hatte nur zugestimmt, um zu verhindern, dass Chris in ein Internat kam, nachdem er mehrere Einbrüche begangen hatte.

Sie kamen viel zu schnell am Helvetiaplatz an. Cavalli fuhr am Bezirksgebäude vorbei und bog in die Langstrasse ein. Eine Querstrasse weiter lenkte er seinen Volvo erneut nach rechts in die Molkenstrasse.

Regina blieb sitzen und betrachtete die Tauben vor dem Amtsgebäude.

«Dann wünsche ich dir einen guten Start.» Cavalli reichte ihr einen Plastiksack.

«Was ist das?»

«Ein Grundstock für deinen neuen Schreibtisch.» Er lehnte sich zu ihr hinüber und küsste sie auf die Wange. «Viel Glück.»

Regina öffnete den Sack und erkannte Darvidas, Traubenzucker, Bärentatzen, Grüntee, Vitamintabletten und Kaugummi. Gerührt bedankte sie sich und verliess widerwillig die Vertrautheit des Volvos.

«Schick mir ein SMS, wenn du fertig bist», rief Cavalli ihr nach. «Ich hole dich ab. Egal, um welche Zeit.»

Irina fuhr mit der Bürste ein letztes Mal durch Katjas Haar. Sorgfältig band sie die dunklen Strähnen zu einem Pferdeschwanz zusammen. Katja fragte unglücklich nach ihrer Matrioschka.

Irina seufzte. Seit die kleinste Puppe verloren war, diente sie Katja als Vorwand für alles, was ihr missfiel. Irina war überzeugt, dass ihr die billig verarbeitete Matrioschka nicht viel bedeutete. Während die qualitativ guten Holzpuppen bis zu zehn kleinere Figuren in sich trugen, beschränkte sich das Massenprodukt, das Regina ihr geschenkt hatte, auf fünf. Die Innerste war immer noch so gross wie eine Birne gewesen.

Irina strich ihrer Tochter übers Haar. «Sie wird bestimmt irgendwo wieder auftauchen. Komm, wir müssen los.»

Katja rührte sich nicht.

«Es wird dir im Kindergarten gefallen, Katjenka, du wirst sehen.» Irina kniete vor sie hin und zog sie in ihre Arme. Katjas Augen füllten sich mit Tränen, und ihre Unterlippe begann zu zittern.

Pilecki holte Katjas Winterjacke. Er betrachtete seine Familie, und Mitleid stieg in ihm auf. Er wusste nicht, wer von beiden elender aussah. Doch während Katjas Augen überliefen, riss sich Irina zusammen und holte mit zackigem Schritt ihre Sachen. Nur wer sie gut kannte, sah, dass ihr der bevorstehende Abschied genau so zu schaffen machte.

Pilecki hielt die Wohnungstür auf. «Huckepack?»

Katja schüttelte den Kopf und klammerte sich an Irina.

Pilecki begleitete sie bis zum Kindergarten. Ihm fielen keine aufmunternden Worte ein. Er fühlte sich schuldig, weil Katja seinetwegen in einem fremden Land Fuss fassen musste. Irina ging schweigend an seiner Seite. Pilecki betrachtete sie und spürte plötzlich die Verantwortung, die auf ihnen lastete. Sie hatten keine Möglichkeit gehabt, den gemeinsamen Alltag zu testen. Dazu hätte Irina eine Aufenthaltsbewilligung benötigt. Ihr Zusammensein hatte sich auf Ferien und Besuche in Kiew beschränkt. Das hier war etwas anderes. Mit ihrer Vergangenheit als Tänzerin in Zürich kam Irina gut zurecht, da hatte Pilecki keine Bedenken. Die Meinung anderer interessierte sie wenig. Aber wenn Katja sich schlecht einlebte, würde sie das nicht ohne weiteres wegstecken. Zudem fürchtete sich Pilecki davor, dass Irina sich unterfordert fühlte. In

Kiew hatte sie eine schlecht bezahlte, aber interessante Stelle auf dem Amt für Statistik aufgegeben. In der Schweiz wartete niemand auf eine Mathematikerin aus der Ukraine.

Die Kindergärtnerin empfing sie herzlich. Sie zeigte Verständnis für das scheue Mädchen und bot Irina an, den Morgen bei ihnen zu verbringen. Dankbar holte Irina Katjas Finken hervor. Pilecki beobachtete erleichtert, wie Katja Irinas Hand für einen Augenblick losliess und verstohlen aufsah.

Regina starrte auf ein Blatt Papier an der Scheibe des Empfangsschalters. Es war mit «Staatsanwaltschaft IV des Kantons Zürich» beschriftet. Konnte sich der Kanton kein Schild leisten? Sie war nicht zum ersten Mal hier, aber heute schien ihr alles anders. Der junge Mann hinter der Trennscheibe meldete Regina beim Abteilungsleiter an.

Kurz darauf holte Silvio Tozzi sie im Warteraum ab. Er streckte ihr eine braungebrannte Hand entgegen und hiess sie willkommen. Regina folgte ihm zum Lift neben den vergitterten Treppen, die Häftlinge an einer Flucht hinderten.

«Ich zeige dir zuerst dein Büro, danach machen wir einen kleinen Rundgang. Ich nehme an, du kennst das meiste schon.»

«Einigermassen. Ich war ein paar Mal hier.» Regina fühlte sich im engen Lift unwohl. Tozzi strahlte eine Präsenz aus, die zu viel Raum einnahm.

Im vierten Stock sassen erst wenige Staatsanwälte in ihren Büros. Reginas Schritte klangen laut auf dem Linoleum. Sie kamen zu einer bordeauroten Tür, die in ein Vorzimmer führte.

«Hier sitzt dein Protokollführer. Kevin kommt meist gegen acht. Er ist im ersten Jahr bei uns.» Einige Polizisten verbrachten im Rahmen ihrer Ausbildung zwei Jahre als Protokollführer auf der Staatsanwaltschaft. Sie protokollierten Einvernahmen, erledigten Schreibarbeiten, legten Aktenverzeichnisse an und passten auf Gefangene auf.

«Und das hier ist dein Büro.» Tozzi zeigte auf einen grosszügigen Raum mit Holzmöbeln aus den Siebzigerjahren.

Reginas Name stand bereits über dem B4 auf dem Metallschild. Sie trat ein und sah sich um. Links befand sich ein runder Tisch mit vier Stühlen, vor ihr stand ein Schreibtisch, leicht schräg, so dass sie durch die Glasscheibe neben dem Eingang freie Sicht auf das Vorzimmer hatte. Und der Protokollführer freie Sicht auf sie.

Eine blonde Frau in Reginas Alter erschien in der Tür und stellte sich vor. «Theresa Hanisch. Ich sitze im Büro gegenüber. Wenn du Fragen hast, zögere nicht anzuklopfen.»

«Fragen werde ich bestimmt haben.»

Tozzis Blick blieb an Hanischs engem Jupe hängen, als sie sich umdrehte. Er spürte, wie Regina ihn anschaute, und sah weg. Dann nahm er den Rundgang durch die Amtsstelle wieder auf und erklärte Regina gleichzeitig, was sie erwartete. «Wir gehen sieben bis acht Mal pro Jahr eine Woche lang auf Brandtour. Die erste Hälfte der Woche musst du selbst ausrücken, danach bist du nur noch Stellvertreter, falls ein Kollege zwei Fälle gleichzeitig bearbeiten muss.» Er öffnete die Tür zu einem winzigen, fensterlosen Raum. «Eine der Abstandszellen. Einmal pro Monat findet eine Abteilungssitzung unter meiner Leitung statt. Ebenfalls einmal pro Monat trifft sich die ganze Amtsstelle mit Landolt. Er ist noch in den Ferien, kommt erst Ende Woche wieder.»

Regina versuchte, sich alles zu merken. Sie war froh, dass sie ihre vertrauten Fälle weiterbearbeiten würde, so konnte sie sich langsam einarbeiten.

Tozzi schien ihre Gedanken zu erraten. «Du wirst am Anfang noch stark mit deinen Dossiers von der BAZ beschäftigt sein. Trotzdem ist es gut, wenn du auch unsere Fälle bearbeitest.»

Regina sah ihn überrascht an. Sie brachte über hundert Pendenzen mit. Wie sollte sie Zeit dafür finden?

Tozzi fuhr unbeirrt fort. «Ich hatte zwischen Weihnachten und Neujahr Brandtour. Über die Feiertage ist immer viel los. Ich musste jeden Abend ausrücken, einmal in einer Messerstecherei mit acht Beteiligten. Das gibt eine Menge Arbeit! Ich kann deine Unterstützung gut brauchen.»

Regina schwieg perplex. Staatsanwälte bearbeiteten Fälle nicht gemeinsam. Vielleicht warf ein Kollege einen Blick in eine Akte, aber nur, wenn er darum gebeten wurde. Wollte Tozzi sie auf diplomatische Art auf besondere Anforderungen bei der STA IV aufmerksam machen?

«Ich bringe dir nachher das Dossier eines Raserunfalls vorbei», fuhr er fort. «Zwei Raser haben sich ein Rennen geliefert. Das Tragische daran: Eine unbeteiligte Autofahrerin kam ums Leben. Die Frau hinterlässt einen fünf Monate alten Säugling. Und einmal mehr war der fehlbare Lenker ein Mann aus Ex-Jugoslawien.» Tozzi verzog das Gesicht.

Regina hörte aufmerksam zu. Eine Ahnung beschlich sie: «Du sprichst aber nicht den Unfall des Polizisten an, an Heiligabend?»

«Doch, genau der. Marko Simonovic. Hast du davon gehört?»

Regina nickte. Das war ein komplizierter Fall, dachte sie, mit wenig Aussicht auf Erfolg, da es keine Zeugen gab. Wenn ein Polizist in einen Unfall verwickelt war, schaute man ganz genau hin. Und wenn dieser Polizist der einzige Serbe im Korps war, erst recht. Dass die Raserproblematik ohnehin Aufmerksamkeit erregte, schuf zusätzliche Komplikationen.

«Polizei und Justiz nehmen das Raserphänomen ernst», fuhr Tozzi fort. «Du weisst bestimmt, dass wir eine Verkehrsgruppe aufbauen, die ab Mitte Jahr für die Bearbeitung von Raserfällen zuständig sein wird.»

Regina nickte.

«Ausgenommen sind natürlich die Fälle von eventualvorsätzlicher Tötung, die weiterhin hier auf der STA IV untersucht werden.» Tozzi rückte seine Krawatte zurecht. «Die Verkehrsgruppe besteht aus fünf Staatsanwälten aus allen Teilen des Kantons, die mit den Spezialitäten von Raserfällen besonders vertraut sind. Da teilweise langjährige Freiheitsstrafen in Aussicht stehen, muss die Beweissicherung entsprechend umfassend sein. Die involvierten Staatsanwälte müssen eine Affinität für Technik mitbringen, sonst sind seriöse Einvernahmen und Anklageschriften nicht möglich.»

«Ich verstehe nicht viel von Tech...», begann Regina.

«Wir treffen uns um halb zehn zum Kaffee. Richte dich zuerst einmal in Ruhe ein.» Tozzi verschwand mit einem freundlichen Lächeln.

Regina stand wie angewurzelt in ihrem neuen Büro. Sie spürte noch jemanden im Raum und drehte sich um. Ein bulliger Mann mit Millimeterschnitt und hängendem Kiefer lehnte sich hinter ihr an ein Regal.

«Wer sind Sie?», fragte Regina, als sich der ungebetene Besucher nicht vorstellte.

«Kevin Sutter. Dein Protokollführer.» Er drückte Reginas Hand so fest, dass sie einen entsetzten Laut von sich gab.

Sie musterte den Polizisten und wünschte sich in die BAZ zurück.

Cavalli holte sie wie versprochen ab. Dankbar kroch Regina auf den Beifahrersitz und liess sich gehen. Die Ereignisse des Tages sprudelten aus ihr heraus.

«Klingt für mich ganz danach, als wolle Tozzi eine ruhige Kugel schieben», sagte Cavalli.

«Und dieser Polizist! Er gibt mir das Gefühl, er tue mir einen persönlichen Gefallen, wenn er etwas erledigt, das zu seinem Pflichtenheft gehört!»

«Dein Vorsatz, mehr Durchsetzungsvermögen an den Tag zu legen, wird dir gelegen kommen.»

«Sehr witzig.» Regina zog ihre Schuhe aus und hielt die Zehen an die Heizung. «Kann ich etwas aufdrehen?»

«Nur zu.»

«Hast du gewusst, dass es Simonovic war?»

«Der Polizist, der den Unfall verursacht hat? Klar.»

«Wir haben doch neulich über ihn gesprochen. Er hat mir meinen Plastiksack am Weihnachtsmarkt zurückgebracht.»

«Er war ein guter Polizist. Schade, dass er Mist gebaut hat. Im Mai starten wir eine neue Kampagne: ‹Raser verlieren›. Es sollen Unfallfahrzeuge aufgestellt werden, um Raser abzuschrecken. Die Kollegen der Informationsabteilung freuen sich nicht über Simonovic.»

«Kann ich mir vorstellen. Er ist auf den vereisten Strassen ein Rennen eingegangen. Dabei ist eine junge Mutter gestorben. Simonovic schwebt immer noch in Lebensgefahr.»

«War Alkohol im Spiel?»

«Offenbar nicht. Auch keine Drogen. Er hat sich ganz bewusst auf das Rennen eingelassen.»

Cavalli parkte vor Reginas Wohnung und stieg aus. Er holte einen Einkaufssack aus dem Kofferraum. «Lust auf Nudeln?»

«Nudeln à la Cavalli?» Das bedeutete, ohne Sauce, direkt aus der Pfanne.

«Nein, à la …» Er holte einen Beutel Sauce aus dem Sack und las die Aufschrift: «Citron.»

«Du isst bei mir?»

Cavalli hatte den Anstand, ein wenig verlegen auszusehen. «Chris hat frei.»

«Du brauchst eine grössere Wohnung.»

«Richtig. In der Zwischenzeit kochen wir Nudeln. Wenn du möchtest, koche ich allein, und du kannst dich in die Badewanne legen.»

«Wo ist der Haken?»

«Du wäschst ab.»

«Hat sich Regina wegen dem Yoga bei dir gemeldet?», fragte Pilecki. Er suchte nach einem Päckchen Zigaretten, bis ihm einfiel, dass er nicht mehr rauchte.

Irina holte ihm ein Bier aus dem Kühlschrank und räumte das Geschirr weg. «Nein. Das wird sie auch nicht. Aber stell dir vor, wen ich heute getroffen habe. Sweta», sagte sie, als Pilecki sie fragend ansah. «Sweta Tatarenkowa. Sie war an unserem Hochzeitsfest, erinnerst du dich nicht mehr?»

Pilecki grübelte. Plötzlich sah er die Russin wieder vor sich. «Ach ja, genau.»

«Ich ging am Nachmittag mit Katja zum See. Wir sind uns dort über den Weg gelaufen. Sie hat einen Sohn in Katjas Alter. Sie kommt mich nächste Woche besuchen. Du hast doch nichts dagegen, oder?»

«Dagegen? Was soll ich dagegen haben?» Pilecki nahm einen tiefen Schluck Bier. «Mach, was dir gut tut.»

«Was mir gut tut?» Irina ging um Pileckis Stuhl herum und legte ihre Wange auf seinen Kopf. «Du tust mir gut.»

Pilecki stellte die Bierflasche auf den Tisch, drehte sich um und umfasste ihre Taille liebevoll. «Schläft Katja?»

«Tief und fest.» Irina nahm ihn an der Hand und führte ihn ins Schlafzimmer.

Später lagen sie lange wach und tauschten Erinnerungen aus. Schliesslich strich Irina Pilecki mit der Handfläche über die Augen und befahl ihm zu schlafen.

«Sonst kommst du morgen wieder zu spät. Hast du eigentlich einen Rüffel bekommen?»

«Klar», murmelte Pilecki. Cavalli hatte kein Verständnis dafür gezeigt, dass er Katja zum Kindergarten begleitet hatte.

Irina schwieg.

Pilecki öffnete die Augen und stützte sich auf seinen Ellenbogen. «Cavalli macht dir keine Sorgen, oder?»

«Nur, wenn er seine Abneigung mir gegenüber an dir rauslässt.»

Pilecki wollte Cavallis Gefühle herunterspielen, doch Irina hob warnend den Zeigefinger.

«Ich kann damit umgehen», antwortete er schliesslich.

«Gut. Dann schlaf jetzt.»

Pilecki grinste. «Du hättest zum Militär gehen sollen.»

Irina zog seinen Ellenbogen weg, so dass er wieder auf dem Rücken lag. «Wie sagte Präsident Juschtschenko doch so schön? Wo zwei Ukrainer sind, da gibt es drei Chefs.»

Marina erkannte ihren Sohn inmitten der Schläuche kaum. Nur der ernste Zug um seine Augen, die er seit zehn Tagen nicht mehr geöffnet hatte, war derselbe. Sie strich seine Bettdecke glatt, als könnte er sich an den Falten stören. Die Verzweiflung, die sich in ihrem Innersten festkrallte, seit man ihr die Nachricht vom Unfall überbracht hatte, liess nicht nach. Marina war abhängig von kleinen, alltäglichen Verrichtungen, um überhaupt zu funktionieren. Sie kochte für Milos und Bojan, putzte die Wohnung, kaufte Lebensmittel ein und beantwortete Fragen, auf die sie keine Antworten hatte. Mit starrem Entsetzen hatte sie den Einzelheiten des Unfalls zugehört. Die Bedeutung der Worte drang erst nach und nach in ihr Bewusstsein. Nicht Marko, rief eine Stimme in ihr. Marko ist ein guter Junge.

Milos rührte sich kaum mehr von seinem Sessel. Markos Unfall hatte ihm den letzten Rest Sauerstoff geraubt, der seiner Asbest-Staublunge geblieben war. Er ärgerte sich nicht mehr über Bojan, der bis in den Nachmittag hinein schlief. Er spendete Marina keine Worte des Trostes. Für ihn gab es keinen Trost. Der anstrengende Weg, den er eingeschlagen hatte, als er vor 24 Jahren seine Heimat verlassen hatte, war in einer Sackgasse geendet.

Marina folgte mit den Augen den Schläuchen. Floss Markos Leben durch diese Kunststoffröhrchen? Was war übrig geblieben? Wenn er wieder aufwachte, wäre er nicht mehr der Gleiche, erklärten die Ärzte. Wer dann? War seine Grosszügigkeit ausgelöscht worden? Seine Hilfsbereitschaft? Seine Liebenswürdigkeit?

Sie sah sich um, als fände sie die Antwort darauf am sterilen Vorhang, der Marko vom benachbarten Patienten abschirmte. Keine Blumen sorgten für Farbtupfer, keine Karten wünschten gute Besserung. Die Geschenke waren auf das Grab der jungen Frau gelegt worden, die Marko in den Tod gerissen hatte. Nur ein Chlaussack, der über seinem Bett hing, deutete darauf hin, dass jemand auch an den schwer verletzten Polizisten dachte. Ankica hatte ihn mit Nüssen, Mandarinen und Schokolade gefüllt.

4

Am Donnerstag begann Reginas Arbeitstag mit einem lauten Klopfen an der Bürotür. Im Gegensatz zu ihren Kollegen brauchte sie diese Barriere zwischen sich und ihrem Protokollführer. Sutters Gepolter war zu laut, als dass man daneben hätte konzentriert arbeiten können. Er schloss seine Schreibtischschubladen mit Schwung, knallte den Telefonhörer auf das Gerät und bellte seine Anweisungen in den Raum.

Tozzi wartete nicht auf Erlaubnis, um einzutreten. Der Abteilungsleiter setzte sich Regina gegenüber und erkundigte sich nach ihrem Wohlbefinden.

Regina unterbrach widerwillig den Bericht, den sie seit zwei Tagen zu schreiben versuchte. «Gut, danke.»

«Darf ich dich zu einem Kaffee einladen?»

«Ich mache lieber gegen zehn eine Pause.»

«Was hältst du vom gestrigen Urteil des Obergerichts?»

«Im Raserfall?», fragte Regina resigniert.

«Fünf Jahre und drei Monate wegen eventualvorsätzlicher Tötung.» Tozzi strahlte, als sei es sein Verdienst, dass ein Raser in Zürich erstmals zu einer so hohen Zuchthausstrafe verurteilt worden war.

«Der Korreferent hat Bedenken zum Vorsatz geäussert.»

«Die zwei haben sich auf der Autobahn ein Rennen geliefert! Der Angeklagte überholte auf der Ausfahrt einen Unbeteiligten mit fast zweihundert Kilometern pro Stunde, und stritt das Rennen erst noch ab. Seltsamerweise konnte er sich nicht einmal an den Unfall erinnern.»

«Siehst du Parallelen zu deinem Raserfall?»

«Natürlich. Abgesehen davon, dass es wieder ein Jugo war, kamen in beiden Fällen Unbeteiligte ums Leben.» Tozzi lehnte sich zurück. «Dem Rivalen die fahrerische Überlegenheit zu beweisen, zählt auf dem Balkan mehr als das Leben unschuldiger Menschen.»

«Ich habe deine Unterlagen gelesen.» Regina war aber noch nicht dazu gekommen, sich nach dem Stand der technischen Untersuchung zu erkundigen. «Simonovic hat ein schweres Schädel-Hirntrauma erlitten. Es sieht nicht gut aus.» Wenn er sterben würde, wäre ein Strafverfahren überflüssig.

«Das ist kein Grund, die Untersuchung schleifen zu lassen», ermahnte Tozzi.

Regina wollte ihn darauf hinweisen, dass er der zuständige Staatsanwalt sei und nicht sie. Dafür fühlte sie sich aber noch zu unsicher. «Was erwartest du von mir?»

«Wir müssen wissen, wer der zweite Raser war. Seine Aussage ist zentral. Er ist der einzige Zeuge des Unfalls.»

Regina zweifelte daran, dass sich der fehlbare Lenker freiwillig melden würde.

«Nun gut, dann sehen wir uns in der Kaffeepause.» Tozzi stand auf. «Ach ja, Theresa ist krank. Ich muss sie vertreten, habe aber heute Abend einen wichtigen Termin. Könntest du diese Nacht ihre Brandtour übernehmen?», fragte er beiläufig.

«Ich?»

Doch Tozzi war bereits weg.

«Ich dachte, auf den spezialisierten Staatsanwaltschaften hätte man weniger Stress», sagte Fahrni. Er öffnete eine neue Schachtel Munition.

«Man hat weniger Fälle als auf der BAZ, aber dafür sind sie komplexer. Ausserdem gibt es viele Haftfälle. Wenn jemand in U-Haft sitzt, musst du dranbleiben, du kannst die Akte nicht für sechs Monate auf die Seite legen.» Regina sah gespannt auf die Zielscheibe, die auf dem mechanischen Rücklauf näher kam. Alle Schüsse waren zu tief.

«Das macht nichts. Das Trefferbild sieht gut aus.» Fahrni füllte schmunzelnd das Magazin nach.

«Was ist daran so lustig?», fragte Regina.

Fahrni reichte ihr das Magazin. «Ich musste gerade daran denken, wie ich das erste Mal mit dem Häuptling Schiessübungen gemacht habe. Damals, als ich neu bei ihm angefangen habe.»

Regina schob das Magazin in den Griff und machte eine Ladebewegung. «Ich kann mir nicht vorstellen, dass es unter seinem wachsamen Auge viel zu lachen gegeben hat.»

«Nein. Er wollte von mir wissen, wie viele Probeschüsse ich machen müsste, damit mein mittlerer Treffpunkt mit neunzigprozentiger Wahrscheinlichkeit nicht weiter als drei Zentimeter vom effektiven mittleren Treffpunkt entfernt ist.»

«Wie bitte?»

Fahrni strahlte. «So ähnlich habe ich auch geantwortet.»

«Und du hast nicht gleich eine Versetzung beantragt?»

«Als er mir eine Tabelle mit Stichprobenmittelwerten vorlegte, habe ich es mir überlegt. Aber wem hätte er dann seine Statistiken zeigen können?»

Regina versuchte, sich auf die letzten Schüsse zu konzentrieren, doch es gelang ihr vor lauter Lachen nicht. Sie leerte das Magazin und reihte die Patronen wieder in die Schachtel ein. «Hast du die Antwort je herausgefunden?»

«Neunzehn. Aber es hat lange gedauert, bis ich die Rechenformel gefunden habe. Es ist mir ein Rätsel, wie er das alles in seinem Kopf speichert.»

«Er liebt Statistiken. Saugt sie auf wie ein Schwamm.»

«Dann freut er sich bestimmt über Pileckis Heirat.» Fahrni steckte die Pistole in sein Holster.

«Über Pileckis Heirat? Ist sie eine statistische Besonderheit?»

«Irina ist doch Statistikerin. Der Häuptling wird sich blendend mit ihr verstehen.»

Regina verstummte überrascht. Sie hatte sich gar nie überlegt, dass Irina einen anderen Beruf als Cabaret-Tänzerin haben könnte.

Fahrni nahm sie bis zur Bushaltestelle in Wangen mit. Der 796er fuhr direkt nach Stettbach, wo sie Anschluss nach Gockhausen hatte. Regina setzte sich auf einen Fensterplatz in die Nähe eines Heizkörpers und ging in Gedanken ihre erste Arbeitswoche auf der STA IV durch. Die Gesichter zogen an ihrem inneren Auge vorbei; Informationsfetzen, die sie unbewusst gespeichert hatte, tauchten wieder auf. Gähnend verliess sie in Gockhausen die wohlige Wärme des Busses und stählte sich gegen den Januarabend.

Vor ihrer Wohnung blieb sie stehen. In der Küche brannte Licht. Unschlüssig trat Regina vor dem Eingang von einem Fuss auf den anderen. Hatte sie das Licht brennen lassen? Oder war jemand in ihrer Wohnung? Es gab nur einen Reserveschlüssel, und den hatte sie Cavalli zur Aufbewahrung gegeben, nachdem sie vor gut einem Jahr im Schlaf von einem Eindringling überrascht worden war. Schliesslich klingelte sie.

Cavalli öffnete die Tür. «Wo warst du?»

«Was machst du hier?» Regina unterdrückte ein unpassendes Glücksgefühl. Die Aussicht, den Abend mit ihm zu verbringen, vertrieb ihre Müdigkeit.

«Ich warte auf dich. Das Nachtessen ist längst fertig.»

«Habe ich, ich meine, hatten wir etwas abgemacht?»

Cavalli verneinte und verschwand in der Küche. Er nahm eine Pfanne vom Herd und stellte sie vor Regina auf den Tisch.

«Hat Chris wieder frei?»

«Hast du Hunger?»

«Was ist das?» Regina studierte den Reis, der mit kleinen grünen Kügelchen gespickt war.

«Gemüsereis.» Cavalli zeigte auf die einzelnen Bestandteile. «Erbsen, Kapern, Salznüsse. Mehr habe ich in deiner Küche nicht gefunden.»

Regina nahm vorsichtig einen Bissen. Der Reis schmeckte nicht schlecht. «Findest du es gut, jedes Mal, wenn Chris frei hat, die Flucht zu ergreifen?»

«Soll ich ihn hierher zum Essen einladen?»

«Nein, aber vielleicht für ihn kochen.»

«Sonst noch einen Wunsch?»

Regina seufzte. «Cava, ich weiss, es geht mich nichts an, aber …»

«Richtig, es geht dich nichts an. Wie war das Yoga mit Irina?», fragte er, obschon er wusste, dass Regina nicht hingegangen war.

Regina sah schuldbewusst auf. «Montag war mein erster Arbeitstag. Ich nehme sie nächste Woche mit.»

Cavalli setzte Teewasser auf und hielt einen Beutel Grüntee hoch. Als Regina nickte, fuhr er fort. «Ist der Raserfall nun tatsächlich an dir hängen geblieben?»

«Es sieht ganz danach aus. Ich verstehe aber nicht recht, was Tozzi von mir erwartet.» Regina erzählte, dass sie nun auch den Pikettdienst von Theresa Hanisch übernommen hatte.

«Tozzi scheint Überstunden nicht zu mögen», sagte Cavalli trocken, während er eine dampfende Tasse Tee vor Regina stellte. «Pass auf. Lass ihn nicht zu weit gehen, sonst glaubt er, er könne dir alles abschieben.»

«Ich weiss, aber er ist mein direkter Vorgesetzter. Ich muss mit ihm zusammenarbeiten. Ich will keinen schlechten Start.»

«Du kannst es nicht immer allen recht machen.»

Regina spielte mit dem Teebeutel. Cavalli ging vor ihr in die Hocke und nahm ihre Hände. Ihre Finger waren kalt, ihre Haut fast durchsichtig. Er roch Patronenöl. Ein wissendes Lächeln umspielte seine Mundwinkel. «Ich lass dir ein Bad einlaufen.»

Regina protestierte nicht. Kurze Zeit später lag sie unter dem warmen Daunenduvet und genoss das Gefühl von Geborgenheit, ausgelöst durch das Rascheln der Zeitung aus dem Gästezimmer.

«Gvheyui», flüsterte eine vertraute Stimme auf Tsalagi, der Sprache der Cherokee-Indianer. «Adalii, wach auf.»

Regina spürte Cavalli, der auf der Bettkante sass, und zog sich die Decke bis ans Kinn.

«Regina! Wach auf.» Er strich eine Haarsträhne aus ihrem Gesicht.

Der fordernde Tonfall weckte sie. «Was willst du?»

«Die Einsatzzentrale hat angerufen. Komm, wir müssen los.» Er schlug ihre Decke zurück.

Regina setzte sich überrumpelt auf. «Hör auf!» Dann drang die Bedeutung seiner Worte in ihr Bewusstsein. «Die EZ?» Wie ein Blitz durchfuhr sie die Erinnerung daran, dass sie für Hanisch einspringen musste. Ihr Handy lag vergessen in der Küche. «Mist. Was ist passiert? Wie spät ist es?»

«Vier Uhr. Ich kenne die Einzelheiten nicht. Schüsse in Wollishofen. Eine Tote.» Cavalli war bereits im Flur.

«Ich komme.» Regina zog sich hastig an.

Zürich schlief um diese Zeit. Cavalli brauchte lediglich eine Viertelstunde bis an die Seestrasse. Er parkierte neben der Sanität auf dem Trottoir und sprang aus dem Wagen. Regina folgte ihm etwas langsamer.

Ein Stadtpolizist kam ihnen im Treppenhaus entgegen und zeigte auf eine offene Wohnungstür. «Da, im Hochparterre. Ich bin draussen, wenn ihr mich sucht.»

«Waren Sie der Erste am Fundort?», fragte Regina.

«Tatort. Sie ist im Bad erschossen worden. Ja, ich war der Erste. Der Brandtour-Of der Stapo ist draussen.» Er fischte ein Päckchen Zigaretten aus einer Tasche und stieg die Treppe hinunter.

Cavalli hielt auf der Türschwelle inne. «Hallo?», rief er in den Raum.

Ein Sanitäter kam aus dem Bad.

«Cavalli, Kripo. Wer ist drin?»

«Bloss wir, aber da gibt es nichts zu machen. Der Rechtsmediziner wird nur noch ihren Tod feststellen können.»

Auf der Strasse hörte Cavalli weitere Fahrzeuge. Rosmarie Koch vom Wissenschaftlichen Dienst eilte die Treppe hinauf. Sie bellte den Pikettleuten Anweisungen zu und wandte sich an Cavalli. Hinter ihr tauchten Antonio Schmid vom Kriminalfotodienst und der Brandtouroffizier der Stadtpolizei auf.

Bevor Koch Cavalli mit Vorwürfen zuschütten konnte, hob er beschwichtigend die Hand. «Nein, ich war noch nicht drin. Ja, ich warte, bis du mich rufst. Aber beeile dich! Ich werde in der Zwischenzeit den Polizisten befragen, der die Tote gefunden hat.»

Cavalli fand die Streife zusammen mit einem Kollegen neben dem Eingang. Der junge Mann lehnte sich gegen die Hauswand und zog an seiner nächsten Zigarette.

«Sieht es schlimm aus?», fragte Regina.

«Ich habe unserem Brandtour-Of schon alles erzählt», sagte der Stadtpolizist.

Cavalli sah ihn drohend an und zog einen Notizblock hervor.

«Es hat fast kein Blut», seufzte der Polizist. «Nur dort, wo sie liegt, hinter der Badezimmertür.»

«Habt ihr die Wohnung durchsucht? Sind die Täter weg?», frage Cavalli.

«Ja. Das Fenster im Bad steht offen. Claudio», er deutete auf seinen Kollegen, «war im Hof. Der Täter ist längst über alle Berge.»

«Hat ihn jemand gesehen?»

Der Polizist zuckte mit den Schultern. «Nicht, dass ich wüsste.»

Cavalli gab Anweisungen, die Hausbewohner zu befragen, und orientierte per Funk die Einsatzzentrale. «Warum bist du sicher, dass er weg ist? Wann wurden die Schüsse gemeldet? Wer hat sie gehört?»

Der junge Polizist drückte nervös die Zigarette aus. «So etwa vor einer Stunde? Nein, mehr. Neunzig Minuten? Der Nachbar im Hochparterre hat angerufen.»

«Sechzig oder neunzig Minuten?» Cavalli ärgerte sich darüber, dass die Stadt so lange gewartet hatte, bis sie die Kapo informierte.

Der Polizist sah zu Boden. «Ich muss nachfragen.»

Cavalli kehrte ihm den Rücken zu und bot weitere Kräfte auf. «Regina, hol den Brandtour-Of der Stapo und beginn mit den Hausbewohnern, bis die Kollegen vom Kriminaldienst eintreffen. Ich werde mich im Hof umsehen.»

Regina nahm seine Anweisungen kommentarlos entgegen. Wenn es darum ging, effizient zu arbeiten, scherte sich Cavalli nicht darum, wer wofür zuständig war. Bis Verstärkung eintraf, würde sie helfen, nach Zeugen zu suchen. Die ersten Stunden nach einem Mord waren zu wichtig, um untätig herumzustehen.

Cavalli ging ums Haus und musterte den Parkplatz im Hof. Das Wohnhaus befand sich zwischen der Seestrasse und dem Bahngleis. Es lag kein Schnee mehr auf dem Asphalt, der Fussabdrücke konserviert hätte. Cavalli roch die kalten Eisenbahnschienen; ganz in der Nähe lag Hundekot. Die klare Nacht trug Geräusche heran, die sonst kaum zu hören waren: ein Auto unten am See, Katzenpfoten, die auf einer Holzplatte landeten. Cavalli durchkämmte die Gegend, suchte Hinterhöfe und Schleichwege ab. Er hörte keine Schritte, kein Rascheln, nur seinen eigenen Atem, der eine Wolke vor seinem Gesicht bildete.

Inzwischen waren Kaderfunktionäre vom Kanton eingetroffen. Cavalli erkannte hinter dem rotweissen Absperrband den Audi seines Vorgesetzten, Mathias Hug.

In der Wohnung sicherte ein Mitarbeiter der Kriminaltechnischen Abteilung sorgfältig eine Glühbirne. Koch fuhr einen Praktikanten an, der magnetisches Pulver auf den Spurenträger aufbringen wollte, und erklärte ihm das Flammruss-Verfahren. Dieses war für Spuren geeignet, die hohen Temperaturen ausgesetzt und damit besonders spröde waren.

Hug gab Cavalli ein Zeichen, dass er warten solle. Wenn Koch in Fahrt kam, war es besser, zu schweigen. Warum sie für ihren Tonfall nicht längst gerügt worden war, wusste niemand. Man hatte sich inzwischen daran gewöhnt.

«Im Labor wird die Glühbirne über brennende Polyesterharzstäbchen gehalten und vollständig eingerusst. Wenn sie erkaltet …»

«Kann ich jetzt hinein?», fragte Cavalli, seinen Chef ignorierend.

«Ich bin am Reden!», herrschte Koch ihn an. «… kann der Russ mit der Marabu-Feder vorsichtig ausgekehrt werden», beendete sie den Satz. Erst dann wandte sie sich an Cavalli. «Ja, du kannst rein. Aber bleib auf dem Pfad.»

Cavalli folgte dem Band, das den freigegebenen Bereich markierte. Im Flur beleuchteten Scheinwerfer Wände und Boden. An der Decke hing eine Lampe ohne Glühbirne.

«War sie losgeschraubt?», fragte er.

«Ja. Aber sie steckte noch in der Fassung. Es sieht so aus, als befänden sich Fingerabdrücke darauf. Vielleicht gelang es dem Täter nicht, sie mit Handschuhen loszuschrauben», sagte Koch.

«Wir schicken die Infos so schnell wie möglich nach Bern», sagte Hug. «Vielleicht haben wir Glück, und er ist bereits im System.»

Cavalli ging vorsichtig weiter. Der Grundriss der Wohnung war symmetrisch. Der Flur mündete in die Küche, links und rechts führten zwei Türen ins Schlafzimmer und ins Wohnzimmer. Um ins Bad zu gelangen, musste man durchs Schlafzimmer hindurch.

Uwe Hahn hatte die erste Untersuchung bereits abgeschlossen. Der Rechtsmediziner stand neben dem Körper einer etwa vierzigjährigen Frau, die zusammengekrümmt zwischen Badewanne und Tür lag.

«Die Totenstarre setzt erst langsam ein», sagte Hahn zur Begrüssung.

Cavalli deutete zum offenen Fenster.

«Kälte verzögert den Prozess. In der Kiefermuskulatur hat er angefangen, Hals und Arme sind noch nicht betroffen.» Hahn ging neben der Frau in die Hocke und nahm ihre Hand. Im kleinen Badezimmer wirkte der lange Deutsche noch grösser als sonst. Ein Mann vom KV drückte sich an die Wand, um ihm Platz zu machen.

Hahn prüfte die Reaktion der Muskeln, indem er durch einen kleinen Schlag zwischen den Mittelhandknochen der Toten eine Bewegung der Finger auslöste.

Cavalli betrachtete die Frau. Sie hatte einen athletischen Körper und schien Wert auf Praktisches zu legen. Ihre Fingernägel waren kurz geschnitten, wie auch ihr braunes Haar. Ihre Schultermuskeln waren für eine Frau stark ausgebildet. Unter dem linken Schlüsselbein klaffte eine Wunde, wo ein einziger Schuss Haut, Muskeln und Knochen zerfetzt hatte.

«Die Wunde ist ungewöhnlich gross.»

«Ein Deformationsgeschoss?», fragte Regina, die ebenfalls ins Bad gekommen war.

«Die Gewebezerstörung ist erheblich. Ich kann aber nichts Genaues sagen, bevor ich nicht die Wundhöhle untersucht habe. Was mir auf den ersten Blick auffällt, sind diese kleinen Verbrennungen rund um die Wunde. Das habe ich noch nie gesehen», sagte Hahn.

«Ist das nicht der Schmutzsaum?», fragte Cavalli.

Hahn bemerkte Reginas fragenden Blick und erklärte: «Der Abstreifring, oder eben Schmutzsaum, entsteht dadurch, dass vom Projektil Ölreste, Schmutz- und Schmauchrückstände aus dem Laufinneren der Waffe mitgenommen und beim Durchdringen der Haut abgestreift werden.» Er sah wieder zu Cavalli. «Aber wenn ich Verbrennungen sage, dann meine ich auch Verbrennungen.»

«Kannst du sagen, woher geschossen wurde?» Regina trat zur Seite, um Hug Platz zu machen.

Hahn folgte mit seinen blassen Augen einer imaginären Linie durch das Badezimmer. Er runzelte die Stirn und legte den Kopf schräg.

Alle warteten. Aus Erfahrung wussten sie, dass Hahn äusserst genau war. Ungeduld verärgerte ihn, ebenso wie voreilige Schlüsse. Nach einigen Minuten, die Regina wie eine Ewigkeit vorkamen, zeigte er auf eine Stelle neben der Toilette.

«Aus dieser Richtung. Der Lauf der Pistole lag tiefer als die Einschussstelle. Der Schütze sass, lag oder kniete auf dem Boden.»

«Woher könnten die Verbrennung an der Wunde stammen?», fragte Regina.

«Wie gesagt, das habe ich noch nie gesehen. Ich kann es mir nicht erklären. Ich muss die Ausschussöffnung sehen. Kann ich sie umdrehen?»

Cavalli verneinte. «Die Schusswaffenspezialisten waren noch nicht da.»

Hug wies Cavalli an, sich nach den Kollegen zu erkundigen. Cavalli blieb stehen.

«Der Durchmesser der temporären Wundhöhle wird uns über das Projektil Auskunft geben», murmelte Hahn. «Wir können die Geschossgeschwindigkeit daraus ableiten.»

«Ich frage Koch, wann die Spezialisten eintreffen.» Regina verschwand Richtung Wohnzimmer.

Die Frage erübrigte sich. Die Kollegen kamen Regina bereits im Flur entgegen. Als sie im Badezimmer mit den Ausmessungen begannen, machten die Polizisten am Tatort Platz. Hahn beobachtete die Techniker konzentriert.

Regina brachte Cavalli auf den aktuellen Stand. «Lynn Fasolin, 39 Jahre alt, wohnt allein. Personalfachfrau bei Tec-Art, in der Softwarebranche. Freundlich, ruhig, hilfsbereit und Single. Selten Männerbesuch. Und niemand hat heute Nacht etwas Aussergewöhnliches bemerkt.» Regina steckte ihren Notizblock ein. «Bis auf den Schuss. Der soll gemäss dem Nachbar, der die Polizei alarmiert hat, um zwanzig vor drei gefallen sein.»

«Dann setzen wir die Maschinerie in Gang.» Cavalli sah auf die Uhr, es war bereits halb sechs.

Pilecki nahm erst beim siebten Klingeln ab. Cavalli verstand seine verschlafene Begrüssung nicht. Er fasste das Wichtigste kurz zusammen und bestellte seine Kollegen ins Büro.

«Ich will dich, Gurtner, Fahrni und Bambi um sieben Uhr zum Rapport treffen. Sieh zu, dass du alle erreichst.»

Pilecki setzte sich müde auf. Nicht zum ersten Mal wünschte er sich, der Häuptling wäre morgens weniger munter. Neben ihm murmelte Irina etwas im Halbschlaf.

«Schlaf weiter», flüsterte er ihr zu. «Ich muss zur Arbeit.»

Irina liess sich das nicht zweimal sagen. Pilecki sammelte seine Kleider ein und schlich aus dem Schlafzimmer. Die Dusche weckte ihn kaum, dafür half der Kaffee. Während er mit der Tasse am Küchentisch sass, rief er seine Kollegen an. Nur Fahrni schien noch müder als er. Allerdings waren Fahrnis Gedanken auch oft verworren, wenn er wach war.

Die Küchentür bewegte sich leicht und Pilecki hatte das Gefühl, nicht allein zu sein. Er horchte in die Stille hinein, die seine Gedanken wie Watte von äusseren Einflüssen schützte. Langsam erschien eine kleine Hand im Türspalt.

«Katjenka?»

Der Hand folgte ein Arm, dann ein Gesicht, das unsicher in die Küche spähte.

«Katjenka, bist du schon wach?» Pilecki stand auf und kniete vor das Mädchen. «Du bist ja barfuss!» Er nahm sie auf den Arm und umfasste mit seiner warmen Hand zuerst den einen, dann den anderen Fuss.

Katja zögerte, schliesslich sagte sie: «Ich habe Hunger.»

«Möchtest du Kascha?» Als sie nickte, setzte Pilecki sie auf die Ablage neben dem Herd und holte Grütze aus dem Schrank.

Die Stadt erwachte langsam, einzelne Frühaufsteher machten sich bereits auf zur Arbeit. Ein Motor wollte in der Kälte nicht anspringen, er verstummte nach mehreren stotternden Versuchen. Der köchelnde Brei verströmte einen milchigen Duft in der Küche.

Katja zeigte auf eine dünne Schneeschicht auf dem Fenstersims. «Heute gehen wir mit Dimka schlitteln.»

«Dimka? Geht er mit dir in den Kindergarten?»

Katja schüttelte den Kopf. «Sweta wohnt nicht in der Stadt.»

Sweta? Pilecki grübelte. Dann kam ihm Irinas Kollegin in den Sinn, die einen Sohn in Katjas Alter hatte. Das musste Dimitri sein.

«Hat es genug Schnee?» Pilecki goss den heissen Brei in einen Suppenteller.

«Bei Sweta schon.» Katja widmete sich ihrem Morgenessen.

Als sie fertig war, brachte Pilecki sie zurück in ihr Zimmer. Sie versprach, ruhig zu spielen, bis Irina wach war. Doch als Pilecki seine Jacke von der Garderobe nahm, sah er, wie sie leise durch den Flur schlich und zu Irina ins Zimmer schlüpfte. Er schmunzelte.

Jasmin Meyer hatte Brötchen mitgebracht.

«Zum Glück haben wir eine Frau im Team.» Pilecki grinste und streckte die Hand nach dem Sack aus.

Meyer schnappte ihn und hielt ihn ausser Reichweite. «Nimm das zurück.»

«Das war ein Kompliment! Bambi, bitte.»

Sie schaute demonstrativ weg.

«Also gut: Frauen taugen bei der Polizei nichts. Sie sind Weicheier, können nicht schiessen, haben kein Durchhaltevermögen, fahren schlecht Auto und machen sich zu viele Sorgen um ihre Fingernägel. Darf ich jetzt ein Brötchen?» Pilecki machte die hohle Hand.

Meyer nahm ein Brötchen aus dem Sack und warf es mit voller Wucht über den Tisch. Sie traf Pilecki, der zu langsam reagierte, an der Schulter. Das Brötchen landete auf dem Boden.

«Prallschuss», sagte Fahrni.

Die Tür ging auf, und Cavalli betrat die Kripoleitstelle. Er machte einen Bogen um das Brötchen und stellte seinen Kaffeebecher auf den Tisch. «Um viertel vor drei wurde an der Seestrasse ein Schuss gemeldet.»

«Guten Morgen», brummte Heinz Gurtner und schielte nach dem Sack Brötchen, der vor Meyer lag.

«Morgen. Die Stadtpolizei traf um fünf vor drei am Tatort ein. Natürlich versuchte sie zuerst, den Täter selber zu fassen, bevor sie uns informierte.» Er schilderte die Ereignisse der Reihe nach. «Die Schusswaffenspezialisten sind immer noch an der Arbeit. Die Tote ist bereits bei Hahn im Institut für

Rechtsmedizin. Eines wissen wir schon: Der Täter hat ein Deformationsgeschoss verwendet. Genauer, eine 9mm Makarov.»

«Ein Deformationsgeschoss?», fragte Pilecki. «Und du sagst, es habe im Badezimmer wenig Blut?»

Cavalli nahm einen Schluck Kaffee. «Ja», sagte er schliesslich und schaute fragend in die Runde.

«Das muss die Frau doch zerfetzt haben!», sagte Meyer.

«Die Wunde ist sehr gross. Aber von Zerfetzen kann nicht die Rede sein.»

«Deformationsgeschosse sind doch verboten!», sagte Fahrni.

Gurtner schlug sich vor die Stirn. «Ach ja, genau! Verhaften wir doch den Mörder, weil er ein illegales Geschoss benützt hat!»

Meyer schob ihm den Brötchensack zu. «Beruhige dich, da hast du dein Futter.»

«Hat der Täter das Bad geputzt?», fragte Pilecki.

Cavalli nickte. «Oberflächlich. Aber das erklärt nicht, warum das Geschoss keine grössere Wirkung hatte. Sagt euch die Patrone etwas?»

«Klar, sie wird häufig in einer CZ-83 verwendet», sagte Pilecki.

«Das ist doch die tschechische Armee-Pistole?», fragte Cavalli.

«Schon damals, als du im Militär warst?», fragte Gurtner.

«Juri war doch nie in der tschechischen Armee», sagte Fahrni.

Gurtner sah überrascht zu Pilecki. «Nicht?»

«Natürlich nicht.» Pilecki schob seinen Stuhl zurück und hob das Brötchen vom Boden auf. «Ich lebe seit 1968 in der Schweiz.»

Fahrni konnte sich eine weitere Bemerkung nicht verkneifen: «Mit einem tschechischen Pass wäre er kaum bei der Kantonspolizei.»

Cavalli setzte dem Geplänkel ein Ende. «Ihr könnt eure Lebensläufe nach Dienstschluss austauschen. Es steht uns viel Arbeit bevor. Ihr wisst, wie wichtig die ersten 24 Stunden sind.»

«Die CZ-83 wird seit 1982 von der tschechischen Armee benützt», sagte Pilecki. «1980 musste die damalige Tschechoslowakei auf Druck der UdSSR ihre Munition mit russischen Makarov-Patronen ersetzen. Dazu brauchte sie eine neue Pistole. Statt die Makarov PM zu übernehmen, entwickelten die Tschechen eine eigene Waffe. Sie hat zwölf statt acht Schüsse und ist ein bisschen schwerer. Ist aber trotz ihres Gewichts eine der besten Pistolen auf dem Markt.»

«Munition?», fragte Cavalli.

«Neben 9mm Makarov gibt es sie auch im Kaliber 9mm Browning Kurz und 7.65 Browning.»

«Wie hoch schätzt du die Wahrscheinlichkeit ein, dass der Täter aus dem Osten stammt?»

Pilecki kniff skeptisch die Augen zusammen. «Heikel. Ein Waffennarr kann ganz eigene Gründe dafür haben, eine bestimmte Pistole zu kaufen.» Plötzlich runzelte er die Stirn. «So viel ich weiss, stellt Makarov keine Deformationsgeschosse her.»

«Das werden wir vom WD erfahren. Machen wir weiter.» Nachdem Cavalli seinem Team alle Informationen weitergeleitet hatte, sah er erwartungsvoll in die Runde. «Wer benachrichtigt die Familie?»

Fahrni senkte den Blick und studierte einen Strich auf der Tischplatte. Meyer liess einige Haarsträhnen ins Gesicht fallen und schwieg. Gurtner kaute konzentriert auf einem Bissen Brot.

«Nicht schon wieder ich», wehrte sich Pilecki.

«Also gut», seufzte Cavalli. «Ich übernehme das.»

Plötzlich kam wieder Leben in den Raum. Meyer schob ihren Stuhl zurück und knackte mit den Knöcheln, Fahrni schnappte sich ein weiteres Brötchen.

«Pilecki, Gurtner, beginnt beim Arbeitgeber von Fasolin. Meyer, Fahrni: Nachbarn, nähere Umgebung und so weiter. Sind noch Fragen?»

Pilecki meldete sich. «Wann beginnt Hahn mit der Obduktion?»

«Heute Morgen. Ich fahre hin, sobald ich den Familienbesuch hinter mich gebracht habe.»

Regina nahm ihr Handy nicht ab, als sie sah, dass es ihre Mutter war. Zuerst wollte sie Tozzi damit konfrontieren, dass sie keine Kapazität für einen neuen Mordfall hatte. Ein Gespräch mit ihrer Mutter würde ihr die Energie rauben, die sie für ihren Vorgesetzten brauchte. Mit schlechtem Gewissen drückte sie auf Aus. Sie hatte sich seit Weihnachten nicht mehr bei ihrer Familie gemeldet.

Tozzi war noch nicht zur Arbeit erschienen. Regina nutzte die Ruhe an der Molkenstrasse, um ihren Bericht fertig zu schreiben und die Termine bei ihren offenen Fällen zu überprüfen. Sie eröffnete das Verfahren im Fall Fasolin und stellte eine Delegationsverfügung aus, die es Cavalli erlaubte, Einvernahmen mit einem möglichen Angeschuldigten durchzuführen.

Sutter setzte der Ruhe ein Ende. «Morgen!»

Regina schreckte auf. «Guten Morgen.»

Er stellte sich breitbeinig neben Regina.

«Ist etwas?»

«Einvernahme um zehn?»

«Das haben wir gestern besprochen. Wenn ich einen Termin verschiebe, werde ich es dich wissen lassen.»

Sutter nickte kurz. «Dann lasse ich den Angeschuldigten aus der Untersuchungshaft überführen.»

«Hast du den Transport noch nicht veranlasst? Das hättest du gestern erledigen sollen!»

«Verstehe.» Sutter marschierte zurück in das Vorzimmer.

Regina druckte die Delegationsverfügung aus und suchte Tozzi auf.

Der Abteilungsleiter stand in der Tür und versuchte, sich von einer jungen Frau zu verabschieden. «Hören Sie, Frau …»

«Vukotic.» Sie schob ihr Kinn vor.

«Frau Vukotic. Ich verstehe, wie schwierig das für Sie sein muss. Einen Menschen zu verlieren, der einem so nahe steht …»

«Marko ist nicht tot! Und ich lasse mich nicht mehr abwimmeln! Die Stadtpolizei Dübendorf nimmt die Sache nicht ernst, und …»

Tozzi hob seine Hand. «Dübendorf ist nicht zuständig.»

«… bei der Kantonspolizei hört mir niemand zu, und nun sagen Sie mir, dass ich meinen eigenen Cousin nicht kenne. Ich bin mit Marko aufgewachsen. Nie im Leben würde er etwas Illegales tun und sich auf ein Autorennen einlassen schon gar nicht!»

Tozzi ging die Geduld aus. «Frau Vukotic, niemand kann voraussagen, wozu ein Mensch fähig ist. Ich habe die Akte gründlich studiert. Marko Simonovic wäre nicht der Erste in seiner Familie, der sich im Strassenverkehr auffällig benommen hat.» Er machte eine Pause und liess die Worte wirken.

Ankica Vukotic wusste, was als Nächstes kommen würde.

«Bojan Simonovic wurde im vergangenen August wegen grober Verletzung der Verkehrsregeln zu vierzehn Monaten Gefängnis bedingt verurteilt.»

«Marko ist nicht Bojan», sagte Ankica mit zittriger Stimme.

«Es tut mir leid.» Tozzi kehrte in sein Büro zurück.

Ankica Vukotic presste ihre Hand vor den Mund und versuchte, die Tränen zu unterdrücken. Regina spürte die Ohnmacht der jungen Frau und ging auf sie zu. Sie bot ihr ein Glas Wasser an.

«Danke», flüsterte Ankica Vukotic.

Regina führte sie in ihr Büro. Um Ankica das Gefühl zu geben, dass man ihre Bedenken ernst nahm, fragte sie, warum sie Zweifel an Markos Schuld hege.

Dankbar schilderte Ankica Vukotic, was sie über den Unfall wusste. Regina war mit dem Tathergang aus den Akten vertraut, doch die Worte der jungen Frau liessen ihn in einem anderen Licht erscheinen. Sie versprach, den Fall noch einmal zu überprüfen.

Nachdem die Tür hinter Cavalli ins Schloss gefallen war, trabte er die Treppe hinunter ins Freie. Er eilte die Quartierstrasse entlang, bis der Wohnblock ausser Sichtweite war. Erst dann verlangsamte er seine Schritte.

Als er Lynn Fasolins Mutter gesagt hatte, dass ihre Tochter erschossen worden war, senkten sich ihre Augenlider, wie um die Erinnerung an Lynn vor den grausamen Bildern zu schützen, die ihr gewaltsamer Tod auslöste. Dann fiel die Frau in sich zusammen. Ihre Kiefermuskeln erschlafften, ihr Bauch wölbte sich leicht nach vorne. Cavalli blieb stumm bei ihr, bis der Pfarrer eintraf. Innerhalb weniger Minuten hatte er das Leben einer alten Frau zerstört.

Cavalli presste die Handballen an die Schläfen und atmete die kalte Januarluft ein. Als er im IRM ankam, hatte Hahn die Voruntersuchung bereits abgeschlossen.

«Regina Flint hat angerufen. Sie schafft es nicht. Du sollst dich melden, wenn die Obduktion zu unerwarteten Ergebnissen führt.»

Cavalli nickte und streifte sich Schutzbekleidung über. «Und?»

«Nichts Neues. Wie ich schon am Tatort festgestellt habe, die Einschusswunde ist aussergewöhnlich gross. Ich kann es mir immer noch nicht erklären. Ich habe die Verletzungen ausgemessen und im Schusskanal eingeschleppte Textilfasern sichergestellt.» Er zeigte Cavalli die Röntgenbilder. «Die Ausschussöffnung ist noch grösser, aber das war zu erwarten.»

«Wo lag das Projektil?»

«Gleich hinter der Leiche. Es hat Knochensplitter mitgerissen und so erheblich an Geschwindigkeit verloren. Es reichte knapp, um die Haut am Rücken zu durchdringen, doch die Badezimmerwand war intakt.»

«Also kein absoluter Nahschuss?»

«Das sowieso nicht. Hätte der Schütze die Waffe auf die Haut aufgesetzt, so lägen sternförmige, mehrstrahlige Hautaufplatzungen vor. Das ist nicht der Fall. Aber schau dir die Verbrennungen an. Ich kann sie mir nicht erklären!» Hahn zeigte auf einen Kranz von kleinen Verbrennungen um die Einschusswunde. Der Mediziner wirkte unruhig, als hätte die Wissenschaft ihn im Stich gelassen, indem sie unberechenbar geworden war.

Cavalli betrachtete die kleinen Pünktchen, dann wanderte sein Blick weiter. Er vertiefte sich in Fasolins Gesichtszüge, die grosse Ähnlichkeit mit denjenigen ihrer Mutter hatten. Ihre Augenbrauen waren stark gewölbt, die Nase darunter gross. Unwillkürlich berührte er seine eigene, die an der gleichen Stelle gekrümmt war.

«Gebrochen», bestätigte Hahn. «Schätzungsweise vor zehn Jahren.»

«Woran starb sie schliesslich?»

«Die hydrodynamische Sprengwirkung hat ihr Herz zerfetzt. Das geschieht, wenn in der Erschlaffungsphase die Herzkammern mit Blut gefüllt sind.»

Sie verfielen in Schweigen. Hahn arbeitete routiniert weiter, sein Assistent notierte die Daten. Am frühen Nachmittag erklärte er die Untersuchung für abgeschlossen.

«Ich habe Hunger.» Hahn streifte seine Handschuhe ab. «Kommst du mit in die Kantine?»

Cavalli wollte lieber an die frische Luft. Doch er hatte seit dem Vorabend nichts gegessen, also sagte er zu.

Das Softwareunternehmen TecArt befand sich im Schlieremer Industriequartier. Weder Pilecki noch Gurtner wussten genau, womit die Firma handelte.

Der Marketingleiter drückte ihnen einen Hochglanzprospekt in die Hand und erklärte, dass TecArt Software-Lösungen und Technologien für Mobiltelefone und PDAs anbot.

Gurtner war nicht viel schlauer als vorher. «Für Handys?»

«Unter anderem.» Der Marketingleiter führte die Polizisten in einen Konferenzraum. «Unsere Lösungen werden auch in den Bereichen Home Multimedia und Konsumgüterelektronik eingesetzt.»

Gurtner quetschte sich in einen verchromten Stuhl. Auf der Wand gegenüber hing ein Werbeplakat: «Grosses auf engstem Raum.»

Pilecki unterdrückte ein Grinsen und wandte sich dem Marketingleiter zu. «Wie lange gibt es das Unternehmen schon?»

Bevor er eine Antwort bekam, klopfte es an der Tür. Der Marketingleiter bat Julia Bischoff herein und verliess widerwillig den Raum, als Pilecki ihn dazu aufforderte.

«Frau Bischoff, wir sind wegen Lynn Fasolin hier», begann Pilecki.

«Sie ist heute nicht zur Arbeit erschienen.» Die Mittdreissigerin faltete die Hände auf dem Tisch. «Ich habe versucht, sie zu erreichen, aber sie geht nicht ans Telefon.»

Pilecki schilderte, was Fasolin in der Nacht zugestossen war.

Die Personalleiterin hörte mit aufgerissenen Augen zu. Sie schob eine lange, blonde Haarsträhne hinters Ohr. «Lynn Fasolin? Erschossen? Grosser Gott!»

Pilecki liess einige Sekunden verstreichen. Als Bischoff zu verstehen schien, was passiert war, stellte er seine Fragen. Er erfuhr, dass Fasolin seit 1995 bei TecArt das Personal im Hauptsitz betreute. Zudem war sie für die Arbeitsverträge mit den Angestellten im Osten zuständig. TecArt hatte in Polen, Russland, Hong Kong und Taiwan Niederlassungen.

«Sie war hoch qualifiziert», sagte Pilecki. «Warum leitete sie nicht die Personalabteilung?»

Bischoff errötete. «Frau Fasolin wollte nicht mehr als achtzig Prozent arbeiten. Sie ist eine leidenschaftliche Sportlerin, trainiert mehrmals pro Woche und betreut die Junioren in ihrem Klub.»

«Welche Sportart?»

«Kickboxen.»

Pilecki und Gurtner tauschten Blicke aus. Cavalli war aktiver Kickboxer. Doch er hätte es erwähnt, wenn ihm der Name Lynn Fasolin etwas gesagt hätte.

Nach einigen Fragen über die Geschäfte von TecArt bat Pilecki darum, Fasolins Arbeitsplatz zu sehen. Bischoff führte sie in ein modernes Büro. Pilecki und Gurtner durchsuchten Schubladen, Regale und Schränke. Sie sammelten die persönlichen Gegenstände der Personalfachfrau ein, um sie später in Ruhe durchzusehen. Es befanden sich viele Fotos darunter. Eines zeigte Fasolin vor einer Metrostation, die in kyrillischen Buchstaben beschriftet war.

Pilecki nahm das Bild in die Hand. «Das ist der Hidropark!»

«Was für ein Park?», fragte Gurtner.

«Der Hidropark am Dnjepr, ein riesiger Freizeitpark. Im Sommer gibt es dort Schaschlik, Musik, es wird draussen getanzt. Die Cafés sind zum Bersten voll.»

«In Prag?»

«Was? Nein, natürlich nicht. Kiew.»

«Frau Fasolin war letzten Sommer in Kiew. Sie hat dort ihre Ferien verbracht», sagte Bischoff. «Sie war auch schon in Russland.»

«Sprach sie Russisch?»

«Ich glaube, einige Brocken. Ich bin mir aber nicht sicher.»

«Hatte sie zu jemandem bei TecArt eine engere Beziehung?», fragte Pilecki zum Schluss.

Bischoff verneinte. «Wir verstehen uns gut, doch die Beziehungen gehen selten über das Berufliche hinaus. Ich kann aber fragen, vielleicht täusche ich mich.»

«Danke, das würde uns weiterhelfen.» Pilecki gab der Personalleiterin sein Kärtchen. «Falls Ihnen noch etwas in den Sinn kommt. Wir werden im Lauf der Ermittlungen noch einige Mal auf Sie zukommen müssen.»

«Selbstverständlich. Wir sind Ihnen gerne behilflich. Frau Fasolin ist, war … ich kann mir nicht vorstellen, wer ihr etwas antun würde.» Bischoff sah die Polizisten verwirrt an. «Aber so ist es vermutlich immer. Wer rechnet schon damit, dass jemand ermordet wird?»

Auf der Fahrt zurück nach Zürich rief Pilecki Cavalli an.

«Grundsätzlich trainieren Frauen in jedem Klub. Das

Oriental Sports Center im Seefeld hat aber die stärksten Kickboxerinnen und ein grosses Kursangebot für Junioren. Ich würde dort beginnen.» Cavalli erzählte, was die Obduktion ergeben hatte.

«Hahn ist unsicher?» Das war ein Novum. «Wie geht er damit um?»

Cavalli lachte. «Er wird es überleben. Sucht ihr jetzt die Kickbox-Klubs auf?»

«Ja. Wir beginnen mit dem Oriental Sports Center und arbeiten uns durch, bis wir den richtigen gefunden haben. Hast du von Bambi und Fahrni etwas gehört?»

«Nein. Ich möchte vor Dienstschluss kurz die Resultate zusammentragen. Zwanzig Uhr?» Das war keine Frage, sondern ein Befehl.

Pilecki zögerte. Irina erwartete ihn gegen sieben. «In Ordnung», sagte er schliesslich.

Gurtner sah ihn fragend an. Als Pilecki ihm vom Abendrapport erzählte, schnippte er mit den Fingern. «Bischoff.»

«Bischoff?»

«Ja. Bischoff. Wir behaupten, sie verstecke irgendetwas. Der Häuptling fährt hin, und das wärs dann. Den sehen wir erst wieder am nächsten Morgen.»

«Die Sache hat einen Haken.»

«Und der wäre?»

«Er übernachtet nie bei seinen Frauen.»

«Scheisse. Dann wird deine … Familie wohl ohne dich auskommen müssen.»

Sie hielten unterwegs bei einem McDonald's, wo Pilecki die Gelegenheit nutzte, Irina anzurufen, ohne dass Gurtner zuhörte.

«Mach dir deswegen keine Gedanken. Katja und ich machen uns einen gemütlichen Abend.»

Statt sich über Irinas Selbstständigkeit zu freuen, fühlte

sich Pilecki ausgeschlossen. Noch vor wenigen Wochen hatte er Angst davor gehabt, über seine Freizeit Rechenschaft ablegen zu müssen. Er hatte sich vorgestellt, dass er kein Bier mehr trinken gehen konnte, ohne sich abzumelden. Und nun war er einsam, weil Irina einen Abend ohne ihn zurecht kam.

«Juri? Bist du noch dran?»

«Ja, entschuldige. Wie war das Schlitteln?»

«Sweta hat abgesagt. Etwas ist ihr dazwischen gekommen. Dafür waren wir im Puppentheater, das hat Katja sehr gefallen.»

Pilecki wollte alle Einzelheiten wissen. Erst als ihm Gurtner auf die Schulter tippte, verabschiedete er sich von Irina.

Regina fuhr ihren Computer herunter und rieb sich die Augen. Draussen war es seit Stunden dunkel, sie hatte jegliches Zeitgefühl verloren. Seit sich Sutter um siebzehn Uhr verabschiedet hatte, war eine wohltuende Ruhe eingekehrt. Regina erledigte mehr Arbeit als während des ganzen Nachmittags.

Sie hatte keine Gelegenheit gefunden, mit Tozzi zu sprechen, und den folgenden Tag würde er am Obergericht verbringen. Das bedeutete, dass sie den neuen Fall frühestens am Montag abgeben konnte. Schicksalsergeben beschloss sie, kurz bei Cavalli vorbeizuschauen, um sich auf den neusten Stand bringen zu lassen. Sie konnte davon ausgehen, ihn am Schreibtisch zu finden, denn in den ersten Tagen nach einem Mord arbeitete er meistens rund um die Uhr.

Als sie die Lichter löschte, dachte sie an die junge Frau, die am Morgen – war es erst heute Morgen gewesen? – verzweifelt versucht hatte, Tozzi von der Unschuld ihres Cousins zu überzeugen. Regina hatte ihr versprochen, die Unterlagen noch einmal durchzusehen. Sie ging zurück und holte die Akte.

Cavallis Büro war leer, doch in der Kripoleitstelle brannte Licht. Regina klopfte an die angelehnte Tür und trat ein.

«Als Kickboxerin muss sie sich doch mit Händen und Füssen gewehrt haben», sagte Fahrni. Er verstummte, als er Regina bemerkte.

«Regina!» Cavalli klang erfreut. Er schlug eine kurze Pause vor, die dankbar angenommen wurde.

Meyer bot an, Pizza zu bestellen. Sie sah Regina fragend an.

«Ich kann nicht so lange bleiben, danke. Ich muss noch bei jemandem vorbeischauen.» Regina wandte sich an Cavalli. «Marko Simonovic. Ich habe seiner Cousine versprochen, die Sache noch einmal anzuschauen.»

«Den Raserunfall? Haben wir im Moment nicht Wichtigeres zu tun?»

«Er hat ein Recht darauf, dass wir den Fall ernst nehmen!»

Cavalli zeigte mit dem Finger Richtung Flur. «Dort draussen läuft ein Mörder frei herum, und soviel ich weiss, hast du immer noch die Verantwortung für diesen Fall. Da verschwendest du deine Zeit mit einem Raser?»

Regina versuchte, Haltung zu bewahren. Wenn Cavalli so gereizt reagierte, war er entweder übermüdet oder überfordert. Ihren eigenen, brennenden Augen nach zu beurteilen, war seine Laune auf die kurze Nacht und den langen Tag zurückzuführen. «Genau weil ich im Moment noch, wie du so schön sagst, die Verantwortung für diesen Mordfall trage, bin ich hier. Also bring mich bitte auf den neusten Stand.»

«Berisha kommt auch aus Dübendorf, oder?», fragte Fahrni plötzlich.

Regina und Cavalli sahen ihn verständnislos an.

«Wie Simonovic», sagte Fahrni.

«Und was hat das miteinander zu tun?», fragte Regina.

«Er ist auch Kickboxer. Und stammt aus Serbien.»

«Berisha ist Albaner und wohnt in Winterthur», korrigierte Meyer ihn.

«Eben.»

«Ich verstehe immer noch nicht, was das mit Simonovic zu tun hat», sagte Regina.

Meyer zuckte mit den Schultern. «Fahrni zu verstehen ist nicht einfach. Man muss sich das wie ein Dominospiel vorstellen: Simonovic kommt aus Serbien. Zu Serbien gehört der Kosovo. Aus dem Kosovo stammt Berisha. Berisha ist Kickboxer. Kickboxer gleich Lynn Fasolin. Et voilà», schloss sie lakonisch. Dann fügte sie noch hinzu: «Und manchmal ergeben seine Überlegungen sogar einen Sinn.»

«Welchen denn?», fragte Regina.

«Serbien-Montenegro», maulte Fahrni.

«Zum Beispiel, dass zwischen Simonovic und Fasolin ein Zusammenhang besteht.»

«Ich schlage vor, wir brechen ganz ab», sagte Cavalli. «Das bringt nichts mehr. Schlaft euch aus. Wir treffen uns morgen um sieben.»

«Das nenne ich aber wirklich ausschlafen», sagte Gurtner.

Als alle gegangen waren, fasste Cavalli die Resultate des Tages zusammen. Es gab nicht viel zu berichten. «Seine Fingerabdrücke sind nirgends registriert. Auf die restlichen Ergebnisse müssen wir warten. Vielleicht helfen uns die DNA-Auswertungen weiter. Im Bad hat er grosszügig Spuren hinterlassen.»

«War es deswegen so sauber?»

Cavalli nickte. «Er – oder sie natürlich - hat versucht, möglichst alles wegzuputzen. Mit blossem Auge sieht man nicht viel. Aber Koch sagt, es sei eine Fundgrube.» Er sammelte alle Unterlagen ein. «Was Fahrni sagt, stimmt vermutlich. Sie hat sich gewehrt.» Er erzählte, dass Fasolin Kickboxerin war. Sein Tipp hatte sich als richtig erwiesen. Sie war Mitglied im Oriental Sports Center. «Ich bin so weit.»

«Ich fahre noch nicht nach Hause», erinnerte Regina.

Cavalli holte seine Jacke und ging die Treppe nach unten. Regina folgte ihm schweigend. Als er draussen zu seinem Wagen schritt, schlug sie die Gegenrichtung zur Tramstation ein.

«Regina!», rief er ihr nach.

Sie ignorierte ihn.

Er holte sie ein und legte eine Hand auf ihren Arm. «Stell dich nicht so an. Ich fahre dich.»

Regina bockte. «Die Eltern von Simonovic wohnen in Dübendorf.»

«Das liegt auf dem Weg. Komm.» Er wartete nicht auf ihre Zustimmung.

Regina zögerte. Es war die kalte Januarluft, die ihr die Entscheidung abnahm.

Erst als sie den Milchbuck hinter sich gelassen hatten und langsam auf Schwamendingen zurollten, brach sie das Schweigen. «Was heisst Gvheyui?» Mit diesem Wort hatte Cavalli sie letzte Nacht geweckt.

«Nichts.»

Regina hatte nicht erwartet, eine Antwort zu bekommen. Cavalli hielt seine Geheimnisse unter Verschluss. Doch sie wusste inzwischen, dass Christopher viel mehr verstand, als ihm Cavalli zutraute. Cavalli hatte, als der Junge noch klein war, mit ihm in seiner Muttersprache Tsalagi gesprochen. Mit der Zeit hatte er jedoch aufgegeben, weil Christopher kein Interesse daran zeigte, die Sprache der Cherokee-Indianer zu lernen. In Wirklichkeit war sein Sohn jedoch von der Sprache seiner Familie fasziniert. Die Gleichgültigkeit täuschte er nur aus Angst vor, seinem Vater nicht zu genügen.

«Und Adalii?», fragte sie der Vollständigkeit halber.

Cavalli schaltete das Radio ein.

Regina hatte Skrupel, Familie Simonovic um diese Zeit aufzusuchen. Besser spät als nie, sagte sie sich, und drückte auf die Klingel.

Eine heisere Frauenstimme erkundigte sich, wer da sei. Regina nannte ihren Namen, und die Tür ging langsam auf. Sie sah sich einem flackernden Lichtermeer gegenüber, das von unzähligen Kerzen stammte.

Marina Simonovic war eine kleine Frau. Sie wirkte durch ihre gebückte Haltung noch kleiner, als sie Regina in ein Wohnzimmer führte, in dem eine feierliche Stimme aus dem Radio predigte. Im Sessel döste ein alter Mann.

Marina drehte das Radio leiser. «Ich wäre gerne selbst zur Kirche gegangen, doch die mehrstündige Liturgie ist zu viel für meinen Mann.» Sie erklärte, dass sich seine Gesundheit seit Markos Unfall verschlechtert hatte. «Die Feier bedeutet Marko viel, er geht jedes Jahr hin. Er hält stärker an den Traditionen fest als wir.» Sie lächelte abwesend. «Er mag auch unseren Christbaum nicht. Er nimmt alles so genau.»

Regina wusste nicht, wovon sie sprach. Sie liess ihren Blick durch das Wohnzimmer schweifen. Er blieb an einer Ikone hängen, die Maria mit Jesus auf dem Schoss abbildete. Plötzlich dämmerte es ihr. Heute war der siebte Januar, nach julianischem Kalender der erste Weihnachtstag.

«War Marko gläubig?» Kaum hatte sie die Worte ausgesprochen, merkte Regina, dass sie erneut in der Vergangenheitsform gesprochen hatte. Sie biss sich auf die Unterlippe und beobachtete die alte Frau.

Marina liess sich auf einen Stuhl fallen. «Ja, das ist er. Er hält sogar die vierzigtägige Fastenzeit vor Weihnachten ein.» Sie holte ein Taschentuch und tupfte sich die Augen ab. «Möchten Sie ein Foto von ihm sehen?»

Um ihr eine Freude zu machen, nickte Regina. Marina holte ein Album, schlug es auf und vertiefte sich in ein Bild ihres Sohnes vor einem Schulhaus.

«Markos erster Schultag», erklärte sie stolz.

Der Junge auf dem Bild blickte ernst in die Kamera. Er stand kerzengerade, die Arme seitlich an den Körper gedrückt. Nur sein Haar war widerspenstig: über den abstehenden Ohren stellten sich die Strähnen wie ein Fächer auf.

Marina blätterte weiter. Sie schien Regina zu vergessen, als sie in ihre Erinnerungen eintauchte. Sie nahm das Album auf ihre Knie, und ihr ganzer Körper schmiegte sich um die Seiten. Je weiter sie blätterte, desto älter wurde Marko. Jetzt erkannte Regina in ihm den Polizisten vom Hauptbahnhof. Doch auch der junge Polizeiaspirant in Uniform blickte mit der gleichen Ernsthaftigkeit in die Kamera wie der Erstklässler.

«Er ist so gewissenhaft», flüsterte Marina. «Und so grosszügig. Er kann niemandem einen Gefallen ausschlagen. Wir waren überrascht, als er zur Polizei ging. Er wollte immer Lehrer werden.»

«Warum hat er sich anders entschieden?», fragte Regina. Marinas Trauer drückte auf ihre Stimmung.

«Ich glaube, es war der Krieg. Als er sah, wozu die Polizei in Serbien fähig war, wollte er sichergehen, dass sich so etwas in der Schweiz nie abspielt. Das hat er aber nicht gesagt.» Jetzt flossen Marinas Tränen, und sie machte keine Anstalten, diese wegzuwischen. «Er behauptete, er würde Karriere machen, weil er der Einzige wäre, der sich mit den Kriminellen unterhalten konnte. Er leidet unter dem Ruf der Serben in der Schweiz. Er wollte anders sein. Er würde nie etwas Verbotenes tun.»

Als Regina die Treppe hinunter schlich, fühlte sie sich ausgepumpt und leer. Die Trauer der alten Frau lastete auf ihr. Der lange Tag machte sich bemerkbar, und ihr Bett schien ihr unendlich weit weg.

Der Wohnblock befand sich an der Zürichstrasse, die um diese Zeit kaum noch befahren war. Nur vor einem Laden, der DVDs auslieh, herrschte Betrieb. Regina holte gerade ihr Handy hervor, um ein Taxi zu rufen, als die Tür eines geparkten Autos aufging.

«Komm, steig ein», rief Cavalli ihr zu.

Reginas Schwermut verwandelte sich in Erleichterung, als sie seine Stimme erkannte. Sie eilte über die Strasse und schlüpfte auf den Beifahrersitz. Im Volvo roch es nach Pizza.

«Hast du auf mich gewartet?», fragte sie angenehm berührt.

Cavalli bot ihr ein Stück Pizza an.

«Danke, das ist lieb.» Regina pickte die Oliven heraus.

Cavalli spürte, wie ihr zumute war. Er drehte die Heizung auf und fragte, ob sie sofort fahren oder zuerst fertig essen wollte.

«Fahren bitte», antwortete sie mit vollem Mund.

Sie kamen nach fünf Minuten in Gockhausen an. Cavalli fragte nicht, wie der Besuch bei Simonovics verlaufen war. Regina erwähnte Markos Mutter nicht.

5

Wieder riss ein Klingelton Cavalli aus bleiernem Schlaf. Er drehte sich auf die Seite und suchte nach seinem Handy. Christopher reichte es ihm. Die Einsatzzentrale meldete den Fund einer Leiche in Mettmenstetten. Cavalli setzte sich auf und schob die Decke zurück. Er notierte die Koordinaten und fragte nach dem zuständigen Staatsanwalt. Als er erfuhr, dass Theresa Hanisch benachrichtigt worden war, legte er enttäuscht auf. Mit Mühe erhob er sich von seiner Schlafmatte. Reginas Gästebett war bequemer.

«Du bist schon auf?», fragte er Christopher verwundert.

Sein Sohn musterte ihn schräg. «Noch auf. Es ist erst halb zwölf. Heisst der Notruf, dass du dieses Wochenende arbeitest?» Christopher folgte seinem Vater ins Bad.

War heute Samstag?, fragte sich Cavalli. Nein, immer noch Freitag.

«Du hast versprochen, dass wir Roller anschauen gehen», sagte Christopher.

Cavalli putzte sich rasch die Zähne und liess kaltes Wasser über sein Gesicht laufen. «Ich ruf dich an.» Unter Christophers vorwurfsvollem Blick schnürte er seine Schuhe und machte sich auf in die Nacht.

Er hatte noch nie mit Theresa Hanisch zusammengearbeitet. Ihrem Ruf nach war sie eine begabte, aber harte Juristin, die keine Widerrede duldete und wenig Verständnis für die Schwäche anderer hatte. Als Cavalli vor der Polizeiabsperrung parkte, beobachtete er, wie sie wütend auf einen älteren, gesetzten Polizisten einredete. Man sah ihr nicht an, dass sie bis vor Kurzem krank im Bett gelegen hatte. Ihr blondes Haar war sorgfältig zusammengebunden, die Perlen in ihren Ohren schimmerten weich.

Cavalli ging auf sie zu.

Hanisch musterte ihn. Anscheinend gefiel ihr, was sie sah. Ihre Gesichtszüge entspannten sich, und sie stellte sich als Theresa vor. Sie deutete auf den Polizisten neben sich, ohne den Kopf zu wenden. «Peter Jäggi. Er war drin, im Haus. Überall.»

Jäggi hob sein Kinn. «Woher hätte ich wissen sollen, dass ein Verbrechen geschehen war?»

«Sie müssen doch gemerkt haben, dass etwas nicht stimmte!» Hanisch stützte die Hände in die Seite. «Trotzdem sind Sie durch das ganze Haus marschiert und haben alles angefasst.» Hanisch holte Luft, schüttelte den Kopf und wandte sich an Cavalli. «Elsbeth Ingold, 72 Jahre alt. Sie wohnt allein. Die Kassiererin im Volg war beunruhigt, weil sie die Frau so lange nicht mehr gesehen hatte. Sie rief Jäggi an.» Hanisch legte eine bedeutungsvolle Pause ein. «Das war nach Ladenschluss, um halb sieben heute Abend.»

«Und warum wurde der Leichenfund erst jetzt gemeldet?», fragte Cavalli.

«Jäggi war beschäftigt.»

Aus dem Haus hörte Cavalli Rosmarie Koch laut fluchen.

Hanisch zuckte die Schultern. «Siehst du.»

«Ist der Rechtsmediziner schon da?», fragte Cavalli.

«Ja. Uwe Hahn hat Dienst.» Hanisch schritt auf den Eingang des alten Riegelbaus zu. «Sie liegt oben.»

Eine schmale Holztreppe führte in den ersten Stock. Koch kam mit zackigen Schritten herunter, so dass sich Cavalli und Hanisch an die Wand drücken mussten, um sie vorbeizulassen.

«Kaum zu glauben! Er hat die Türfalle angehaucht!»

«Wer, Jäggi?», fragte Cavalli.

«Wer sonst?»

Früher war es üblich, Spuren anzuhauchen, damit sie besser sichtbar wurden. Jäggi hatte die DNA-Entwicklung wohl verschlafen, dachte Cavalli, als er sich das zerstörte Beweismaterial vorstellte. Er folgte Hanisch die steile Treppe hinauf. Sein Blick blieb an ihren perfekt sitzenden Wollhosen hängen. Ein starker Verwesungsgeruch erinnerte ihn jedoch sofort wieder an die bevorstehende Arbeit.

Vor dem Schlafzimmer war der Gestank kaum auszuhalten. Hanisch zog einen Kohlenfilter hervor und legte ihn über Mund und Nase. Sie hielt Cavalli ebenfalls einen Filter hin, doch er lehnte ab. Seine Nase gehörte an einem Tatort zu seinen wichtigsten Arbeitsinstrumenten.

Elsbeth Ingold lag neben ihrem Bett. Zumindest nahm Cavalli an, dass es sich um Elsbeth Ingold handelte. Ihre Haut war mit Fäulnisblasen überdeckt und stellenweise grün verfärbt, die Blutadern als dunkle Verästelung gut sichtbar. Dort, wo ihr Nachthemd zur Seite gerutscht war, hing die Haut nur noch in Fetzen am Körper.

Jäggi deutete auf ihre gespreizten Beine und versuchte, gelassen zu wirken. Cavalli hatte nicht gemerkt, dass er ihnen gefolgt war. Er wollte ihn bitten, draussen zu warten, aber Hanisch kam ihm zuvor. Sie forderte ihn unwirsch auf, das Haus zu verlassen. Jäggi sah Hilfe suchend zu Cavalli.

Cavalli gab ihm ein Zeichen, zu bleiben. Nicht, weil er Jäggi im Raum haben wollte, sondern weil er Hanisch bremsen musste, bevor sie begann, auch ihn herumzukommandieren.

Die Staatsanwältin wandte sich verärgert an Hahn. «Ist Ingold vergewaltigt worden?»

«Die Spreizung der Beine lässt sich nicht immer auf ein Sexualdelikt zurückführen», sagte Hahn ohne aufzuschauen. «Die Weichteile werden mit Fäulnisgasen durchsetzt, das kann zu monströsen Auftreibungen in einzelnen Körperteilen führen. Dadurch verschieben sich die Glieder.»

Jäggi schlich unauffällig aus dem Raum. Cavalli ging neben Hahn in die Hocke und schloss die Augen. Er konzentrierte sich auf die Gerüche, stellte aber nichts Aussergewöhnliches fest. Hahn arbeitete ruhig weiter.

«Wie lange ist sie schon tot?», fragte Hanisch.

Hahn notierte die Temperatur der Leiche. «Zwischen acht und vierzehn Tagen.»

«Können Sie das genauer sagen?»

«Nein. Sie weist unter dem linken Schlüsselbein eine Schussverletzung auf. Es scheint sich um einen Durchschuss zu handeln. Die Wunde ist aussergewöhnlich gross.» Hahn sprach die letzten Worte langsam aus und heftete seinen Blick auf Cavalli.

Cavalli spürte, wie Hahns Worte ihn elektrisierten. «Ein Teilmantelprojektil?»

Hanisch bemerkte die Spannung im Raum. «Was ist damit?»

«Möglich», beantwortete Hahn Cavallis Frage. «Die Schusswaffenspezialisten können sich in etwa zehn Minuten auf die Suche nach dem Geschoss machen. So lange brauche ich hier noch. Ich will einige Aufnahmen von ihrem Rücken, sie wird im IRM nicht so ankommen, wie sie den Tatort verlässt.» Er winkte Antonio Schmid mit seiner Kamera herbei. «Lynn Fasolin wurde mit einem Deformationsgeschoss getötet», erklärte er Hanisch. «Die Einschussstelle befand sich unterhalb des linken Schlüsselbeins.»

«Reginas Fall», fügte Cavalli hinzu, als er sah, dass ihr der Name nichts sagte. «Du warst krank.»

«Zieh keine voreiligen Schlüsse», ermahnte Hanisch.

«Danke für den Rat!», sagte Cavalli ironisch. Während die Schusswaffenspezialisten ihrer Arbeit nachgingen, streifte er durch das alte Riegelhaus. Es war voll gestellt mit Holzmöbeln aus den Sechzigerjahren und dunklen Ölbildern. Cavalli blieb vor einem Gemälde stehen, das mit einem leichteren Pinselstrich gemalt worden war. Es zeigte einen verschneiten Birkenwald in der Nachmittagssonne. Wo die Sonnenstrahlen hinreichten, taute der Schnee, und braune Erde kam zum Vorschein.

In der Küche führte eine zweite Tür ins Freie, daneben befand sich eine Garderobe, an der ein Mantel und eine Wolljacke hingen. Cavalli schnupperte an den Kleidungsstücken, sie rochen staubig. Er musterte die Schuhe neben der Tür, entdeckte keine Erde an den Sohlen.

«Was sagt deine Nase?», fragte Hahn neugierig.

Cavalli stand auf. «Die Wolljacke trug Ingold lange genug, dass sich ihre Ausdünstung in den Fasern festsetzen konnte. Das liegt aber bereits länger zurück. Ich rieche nur noch einen Hauch davon. Der Mantel hingegen ist staubig.»

Hahn nickte nachdenklich. «Eigentlich wundert es mich, dass du nicht mehr Kinder hast.»

«Kinder?», stutzte Cavalli.

Hahns Züge erhellten sich. «Kürzlich stiess ein Forscher bei der Untersuchung von Riechrezeptoren auf ein überraschendes Ergebnis: Spermien können riechen. Sie finden offensichtlich über einen Duftstoff, der dem Geruch von Maiglöckchen ähnelt, ihren Weg zur Eizelle.» Er rieb sich nachdenklich das Kinn. «Ich weiss nicht, ob ein Zusammenhang mit den Riechrezeptoren der Nase besteht.»

Hanisch tauchte neben ihm auf, dicht gefolgt von Jäggi. «Du kannst mit der Befragung beginnen», wies sie Cavalli an. «Ich werde in dieser Zeit dem WD auf die Finger schauen.»

Hahn verabschiedete sich mit einem knappen «Wiedersehen».

Cavalli holte tief Luft. «Müssen Angehörige benachrichtigt werden?»

«Nein, ihr einziger Sohn ist vor fünf Jahren gestorben», sagte Hanisch.

Jäggi bestätigte. «Nimmt mich wunder, wer die ganzen Kosten übernimmt. Vermutlich die Gemeinde. Eigentlich sollte man im Voraus für seinen Tod zahlen müssen.»

«Eine Art vorgezogene Entsorgungsgebühr», sagte Hanisch trocken. Sie wandte sich wieder an Cavalli. «Notiere

Jäggis Aussage sorgfältig. Ich will genau wissen, was er am Tatort verändert hat.»

Cavalli ignorierte sie und marschierte zu den Schusswaffenspezialisten. Er blieb in der Tür stehen und beobachtete einen Techniker, der Schmauchspuren sicherte. Als er Cavalli erblickte, griff er nach einem Asservatenbeutel und verliess das Zimmer. Im Flur zog er seinen Mundschutz herunter. «Schon wieder eine 9mm-Makarov-Hülse.»

Cavalli nahm den Beutel in die Hand. «Gibt es Makarov-Patronen als Deformationsgeschosse?»

«Im Handel? Nein. Aber ich möchte die Geschosse und die Hülsen untersuchen, bevor ich Genaueres dazu sage.»

«War es die gleiche Waffe?»

«Auch das kann ich noch nicht sagen. Wir werden die Geschosse im Labor vergleichen müssen. Vorerst kümmern wir uns um den Schmauchniederschlag.»

«Partikel an der Toten?»

Der Techniker nickte. «Ihr werdet sogar ein waffentypisches Verteilungsbild bekommen.»

«Er hat diesmal nichts weggeputzt?»

«Nein.»

Cavalli war versucht, Regina herzubestellen. Wenn ein Zusammenhang zum Mord an Fasolin bestand, würde sie diesen Tatort sehen wollen. Er entschied sich schliesslich dagegen. Hanisch würde die Akte akribisch genau anlegen. Somit wären Regina alle Informationen zugänglich.

«Jäggi wartet im Wohnzimmer auf dich», sagte Hanisch mit gepresster Stimme neben seinem Ohr. «Wenn sein IQ ein Massstab für sein Gedächtnis ist, würde ich sofort beginnen, seine Aussage aufzunehmen!»

Cavalli drehte sich langsam um. Hanisch wich nicht zurück. Sie war so nah, dass er die Wimperntusche an ihren Augen sah. Cavallis Blick glitt ihrem engen Rollkragenpullover entlang. Hanisch kniff die Augen kaum merklich zusammen, rührte sich aber sonst nicht. Die Luft zwischen ihnen schien sich aufzuladen.

«Ich weiss nicht, ob ich das als einfacher Polizist alleine schaffe.»

Cavallis Sarkasmus beeindruckte Hanisch nicht. «Ich könnte deinem Vorgesetzten empfehlen, dich in einen Befragungskurs zu schicken. Dort lernst du die Technik von Grund auf.»

«Vielleicht wäre es besser, ich könnte dir dabei zuhören. Es geht nichts über kompetente Vorbilder.»

Hanisch lächelte. «Befragungen am Tatort gehören nicht zu meinen Aufgaben.»

«Mir ist nie aufgefallen, dass Staatsanwälte an einem Tatort eine Aufgabe haben.»

«Das erstaunt mich nicht. Deine Aufmerksamkeit scheint auf etwas ganz anderes gerichtet zu sein.»

«Was dich weniger stört als die Tatsache, dass ich hier die Tatortarbeit leite, und nicht du.» Er löste seinen Blick nicht von ihrem Körper.

«Was du hier zu tun hast, bestimme ich. Wenn unsere Arbeit abgeschlossen ist, überlasse ich dir gern die Führung.»

Rosmarie Kochs Stimme setzte dem Machtkampf ein Ende. Sie rief Cavalli zu sich in die Küche und zeigte ihm die Kratzspuren an der Tür. Ihrer Meinung nach hatte der Täter einen Elektro-Pick benutzt, um das Schloss zu knacken. «Keine Fingerabdrücke. Er trug Handschuhe.»

«Oder sie», sagte Cavalli automatisch.

Koch presste die Lippen zusammen. «Sie? Hast du je eine Frau erlebt, die mit einem Deformationsgeschoss schiesst?»

«Ja, 1989 in Horgen. Eine Frau hat dort ihre Nebenbuhlerin mit einer Winchester Silver Tip niedergestreckt.»

«Der Mord im Göhner-Block? Das war eine Ausnahme.

Frauen leben ihre Zerstörungswut normalerweise anders aus.»

Cavalli grinste. «Genau. Und deshalb muss ich mich jetzt um Jäggi kümmern.» Er deutete auf den oberen Stock: «Hanisch.»

Jäggis Gedächtnis liess tatsächlich zu wünschen übrig. Cavalli ging mit ihm jeden Schritt durch, den er im Haus gemacht hatte. Zum Schluss wusste Cavalli nicht mehr, als dass Jäggi in allen Zimmern des unteren Stocks nach Ingold gesucht hatte, bevor er die Treppe hinaufgestiegen war. Dabei hatte er ausser dem Geruch nichts Aussergewöhnliches festgestellt. Alles sei an seinem Platz gewesen, keine Schränke waren offen, keine Schubladen herausgezogen worden. Cavalli hatte allerdings seine Zweifel, ob Jäggi fähig war, versteckte Hinweise zu erkennen: leicht verschobene Gegenstände, am feinen Abdruck in Staub zu erkennen; die gestörte Symmetrie eines Raumes; Fotos, die nicht mehr so standen, dass man sie vom Sofa aus gut sehen konnte.

Nach einer Stunde war Jäggi am Ende seiner Kräfte. Er begann sich zu wiederholen. Cavalli schickte ihn nach Hause und machte sich auf die Suche nach Hanisch. Er erfuhr, dass die Staatsanwältin vor einer halben Stunde gegangen war.

Es war dunkel, als Cavalli um fünf Uhr durch das Säuliamt fuhr. Die Strassen waren frei von Verkehr, in den Häusern brannten noch keine Lichter. Cavalli kurbelte das Fenster hinunter. Er gähnte und dachte an den bevorstehenden Tag. Fasolin hatte Priorität, überlegte er. Ingold war seit über einer Woche unentdeckt in ihrem Haus gelegen. Ob er die Ermittlung heute oder morgen aufnahm, dürfte keinen grossen Unterschied machen. Er stellte im Kopf eine Liste der Aufgaben zusammen, die er heute erledigen wollte. Zuoberst stand das Oriental Sports Center. Fasolins Kollegen würden ihm als aktivem Kickboxer vielleicht andere Informationen geben als einem Polizisten, der nichts von diesem Sport verstand. Dem Geschoss mass Cavalli auch grosse Bedeutung bei. Es wurde in der Schweiz nicht häufig verwendet, vielleicht würde er weitere Opfer finden, die mit einer 9mm-Makarov-Patrone getötet worden waren. Darauf würde er Fahrni ansetzen. Dann musste er Regina darüber informieren, dass möglicherweise ein Zusammenhang zwischen den beiden Delikten bestand. Auf diese Aufgabe freute er sich. Reginas scharfsinnige Bemerkungen bestätigten meistens seine eigenen Gedankengänge und motivierten ihn. Am liebsten hätte er damit begonnen, doch so dringend war es nicht, dass er sie um fünf Uhr morgens wecken musste.

Vor ihm tauchte die Ortstafel von Uitikon auf. Er fuhr langsam bergauf und dachte an Heiligabend zurück. Ob sich Marlene Flint je dazu durchringen würde, Reginas Leistungen anzuerkennen? Oder würde sie ihre Tochter bis ins Alter für alles verantwortlich machen, was in ihrem eigenen Leben schief gelaufen war? Cavalli dachte an seine Grossmutter, die sich über jeden Schritt gefreut hatte, den er als Kind gemacht hatte. Sie war entzückt gewesen, als er seinen Namen schreiben lernte, hatte ihn in den Himmel gelobt, als er den langen Schulweg erstmals alleine unter die Füsse nahm. Sie fing ihn auf, wenn er stolperte, und machte ihm Mut, Misslungenes noch einmal zu versuchen. Nur als seine Mutter beschlossen hatte, sie sei nun bereit, ihr Kind grosszuziehen, gab seine Grossmutter ihn widerstandslos her. Die Liebe zu ihrer Tochter war stärker gewesen als die zu ihrem Enkel. Was man von Marlene Flint nicht behaupten konnte.

Cavalli spürte, wie Bitterkeit in ihm hochstieg. Er verdrängte die Erinnerungen und konzentrierte sich auf den bevorstehenden Tag. Er beschloss, seine Müdigkeit im Kraftraum abzuschütteln.

Ankica schlug die Augen auf und versuchte sich zu orientieren. Ihr Nacken schmerzte, und ihr linkes Bein, das sie untergeschlagen hatte, war eingeschlafen. Die künstlichen Atemzüge des Respirators rissen sie aus ihrem Dämmerzustand. Sie folgte mit den Augen dem Tubus, der in Markos Mund verschwand. Sein Brustkasten hob und senkte sich regelmässig. Bei der Vorstellung, dass Technik ihren Cousin am Leben erhielt, schossen ihr Tränen in die Augen. Sie wischte sie weg und stand auf. So lange ihr niemand das Gegenteil bewies, würde sie davon ausgehen, dass Marko wieder gesund werden würde. Sie fragte sich, was in seiner verletzten Hülle von ihm übrig geblieben war.

Sie setzte sich ans Bett und griff nach dem Buch auf dem Nachttisch. Sie war keine grosse Leserin, aber Marko liebte Albaharis «Mutterland». Ankica war sicher, dass er sie hören konnte, deshalb las sie ihm täglich daraus vor. Bald war sie selbst in die Geschichte vertieft und teilte ihren eigenen Schmerz mit der Figur im Buch, die aus Serbien geflohen war und im kanadischen Exil lebte. «Nichts ist schlimmer, als wenn man sich das Leben als eine Serie von Möglichkeiten vorstellt, statt es so zu akzeptieren, wie es kommt», las sie laut und schluckte den Kloss herunter, der ihre Worte zu blockieren drohte. Der Satz führte ihr den Unterschied zwischen ihr und Marko vor Augen. Niemals würde sie seinen Unfall als vom Schicksal vorgesehen akzeptieren. Sie würde weiter Druck machen, bis das Verbrechen gegen ihren Cousin aufgeklärt war. Sie spürte einen Luftzug neben sich und zuckte zusammen. Eine Pflegerin erkundigte sich, wie es ihr gehe. Nach Marko fragte sie nicht. Alle schienen die Hoffnung aufgegeben zu haben, dass sich Markos Zustand verbessern würde. Ankica lächelte müde und legte das Buch beiseite. Dann packte sie ihre Sachen zusammen, während die Pflegerin ein Becken mit warmem Wasser füllte. Ankica strich Marko über den Kopf und legte ihre Lippen behutsam auf seine Stirn.

In der Cafeteria holte sie eine Tasse Kaffee und setzte sich ans Fenster. Die Januarnacht hatte am Fensterrand feine Verzierungen aus Eis gezeichnet, die jetzt langsam schmolzen. Die hauchdünnen Eisfäden verwandelten sich in plumpe Tropfen, die die Scheibe hinunterrannen. Wie Markos Leben, stellte Ankica fest. Sie spürte die Trauer des Verlustes in allen Gliedern. Um nicht von ihr weggeschwemmt zu werden, liess sie die Wut zu, die ständig in ihr brodelte. Sie würde dafür sorgen, dass der Fahrer, der Marko von der Strasse gedrängt hatte, bestraft wurde. Ein Rennen! Dass sie nicht lachte. Marko, der nicht einmal die Strasse bei Rot überqueren würde, der sogar von seinen Polizeikollegen gehänselt wurde, weil er alles so genau nahm.

Einem Impuls folgend nahm Ankica ihr Handy hervor und wählte Regina Flints Nummer. Sie war erstaunt gewesen, dass sie im Telefonbuch zu finden war, und deutete dies als gutes Omen. Die Staatsanwältin verschanzte sich nicht in ihrem Büro. Sie war erreichbar.

Die Stimme, die abnahm, klang aber alles andere als erfreut. Erst jetzt merkte Ankica, dass es sieben Uhr morgens war. Nicht nur das, sondern Samstagmorgen. Sie begann zu stottern.

«Entschuldigung, ich wollte nur fragen, ob Sie, ich meine, Sie hatten versprochen ...»

«Wer spricht da?»

«Ankica Vukotic, ich bin ...»

«Ich weiss, wer Sie sind! Was ist passiert?», fragte Regina.

«Passiert? Nichts ... ich meine, nichts Neues. Bei mir. Aber vielleicht bei Ihnen?»

«Sie rufen um sieben Uhr an, weil Sie wissen möchten, ob sich im Fall ihres Cousins etwas getan hat?»

«Entschuldigung.» Ankica fühlte sich immer elender. Dann dachte sie an Marko, der bewusstlos am Beatmungsapparat hing. «Ja! Haben Sie die Sachen gelesen? Die Papiere meine ich?»

«Die Akte?» Regina erinnerte sich an ihren Besuch bei Marina Simonovic und schlug einen hilfsbereiteren Ton an. «Wenn ich etwas verspreche, dann tu ich es auch. Ich werde sie heute durchsehen.»

Ankica hatte nichts mehr zu verlieren. «Rufen Sie mich an, wenn Sie fertig sind?»

Regina brachte nur ein überraschtes Ja zustande. Nachdem sie aufgelegt hatte, liess sie sich auf ihr Kopfkissen zurücksinken. Sie war gleichzeitig verärgert über die Störung und beeindruckt vom Mut der Frau. Um zehn hatte sie mit Chantal in der Stadt abgemacht. Weiterzuschlafen lohnte sich nicht mehr. Sie setzte Teewasser auf und holte Simonovics Akte hervor.

Cavalli starrte den Telefonhörer in seiner Hand an. Pilecki hatte aufgelegt, nachdem er sich geweigert hatte, an seinem freien Samstag ins Büro zu kommen. Zuvor hatte bereits Hahn erklärt, dass er Ingold erst am Montag unters Messer nehmen würde. Hahns Absage hatte Cavalli erwartet. Der Mediziner widmete seine Wochenenden ausschliesslich seiner Frau und seinen vier Töchtern. Nur ein Notfall brachte ihn dazu, seine freien Tage auf Kosten der Familie im IRM zu verbringen. Eine Frau, die seit mindestens einer Woche tot war, zählte nicht dazu. Nicht einmal der Vorschlag, den Mord an Fasolin zu rekonstruieren, stimmte Hahn um, obwohl ihm die ungewöhnliche Schussverletzung keine Ruhe liess.

Aber Pilecki? Cavalli knallte den Hörer auf, überlegte es sich anders und wählte Meyers Nummer. Ihr Anrufbeantworter verkündete, dass sie nicht erreichbar war.

«Was machst du denn hier?», fragte eine freundliche Stimme in der Tür.

Cavalli traute seinen Augen nicht, als er Fahrni erblickte. «Das müsste ich doch eher dich fragen.» Er hatte den jungen Polizisten noch nie in seiner Freizeit im Büro angetroffen. «Hast du dich verirrt? Du hast doch kein Pikett?»

Fahrni lächelte. «Ich muss noch etwas fertig schreiben.»

«Ist dein Pferd krank?»

Fahrni zupfte verlegen an seinem Ohr.

«Verletzt?»

«Ich verbringe nicht meine ganze Freizeit im Stall.» Fahrni erzählte, dass er soeben die neue Einsatzzentrale im Dachgeschoss der alten Militärkaserne besichtigt habe. «Jeder Arbeitsplatz hat fünf Bildschirme! Du kannst gleichzeitig einen Fall eröffnen, Einsatzmittel abrufen und die Bilder der Überwachungskameras aufschalten. Ist das nicht toll?»

«Und der ganze Spass hat lediglich zwanzig Millionen gekostet», sagte Cavalli trocken.

«Wir bekommen zweitausend Anrufe pro Tag, da lohnt es sich, in die Technik zu investieren.»

«Nur an Spitzentagen. Der Durchschnitt liegt bei 1185 Anrufen.»

Fahrni sah ihn bewundernd an. «Lernst du diese Zahlen auswendig?»

Cavalli deutete auf seinen Computer. «Du bekommst unsere Statistiken doch auch zugeschickt. Liest du sie nicht?»

Fahrnis Blick glitt über Cavallis Schreibtisch und blieb an der offen liegenden Akte hängen. «Fasolin?»

Cavalli erzählte ihm von der Leiche in Mettmenstetten. Fahrni versprach, nach Fällen zu suchen, bei denen mit einer 9mm-Makarov-Patrone geschossen worden war.

Nachdem Fahrni sich in sein eigenes Büro zurückgezogen hatte, wählte Cavalli Reginas Nummer.

Als sie abnahm, hörte er Musik im Hintergrund. Er begann, von Elsbeth Ingold zu erzählen, doch Regina unterbrach ihn.

«Ich verstehe dich kaum, es ist zu laut. Können wir später telefonieren?»

«Wo bist du?»

«Im neuen ‹Esprit› an der Bahnhofstrasse. Mit Chantal.»

«Im ‹Esprit›? Du hast ja schon eine Platinum-Karte, was willst du noch mehr?»

«Einen hellblauen Pullover.»

«Den bekommst du bei der Polizei gratis.»

Regina lachte. «Das sind keine Pullover, sondern Hemden. Ausserdem sind eure kobaltblau, und das steht mir nicht. Die Stapo trägt hellblaue. Du willst doch nicht etwa, dass ich mich dort einkleide?»

Cavalli stellte sich Regina in Uniform vor. «Gott bewahre!» Er lehnte sich zurück und legte seine Beine auf den Schreibtisch.

Bevor er weiterreden konnte, sagte Regina: «Hör zu, ich muss los. Wenn du magst, kann ich dich nach unserer Einkaufstour treffen. 16 Uhr im ‹Marché›?»

«Das ist in fünf Stunden! Willst du so lange …»

Regina hatte schon aufgelegt.

Als Regina zur verabredeten Zeit auf das «Marché» zuschritt, wartete Cavalli bereits vor dem Eingang.

«Willst du hier wirklich etwas trinken? Unsere halbe Klientel sitzt da drin.» Cavalli zeigte mit dem Daumen auf eine Gruppe junger Männer, die sie stumm beobachtete.

Regina hob ihre Einkaufstaschen. «Ich bin nicht fähig, auch nur einen Schritt weiterzugehen.»

Sie zogen sich in eine ruhige Ecke zurück, wo Cavalli ihr vom Leichenfund berichtete.

«Mit einer 9mm-Makarov-Patrone wurde letztmals im September 1999 geschossen», schloss er. «Bei einem Raubüberfall.»

«Ich werde die Sache mit Theresa anschauen.»

«Wann?»

«Am Montag.» Regina hatte noch keine Gelegenheit gehabt, mit Tozzi über die Zuständigkeiten zu sprechen. Wenn tatsächlich ein Zusammenhang zwischen den Tötungsdelikten bestand, würde Theresa vielleicht den Fall Fasolin übernehmen.

«Für Montag wurde eine Pressekonferenz einberufen», sagte Cavalli. «Es wäre gut, wir wüssten bis dann mehr.»

Regina seufzte. «Ich tue, was ich kann.»

«Ich hoffe, das reicht.» Cavalli nahm einen Bissen ihres Apfelkuchens. «Wie war die Einkaufstour?»

Regina ging nicht auf seine Kritik ein. «Im Globus war die Hölle los.» Sie verstummte und sah zu ihren Einkaufstaschen. «Ich fass es nicht! Ich habe die Vase stehen lassen!»

«Vase?»

«Für meine Mutter. Sie hatte sie in einem Katalog gesehen und mich gebeten, ihr eine zu besorgen.» Regina schob Cavalli den Kuchen hin.

«Warum macht sie das nicht selber?»

«Du weisst doch, wie anstrengend sie Zürich findet.»

«Und wo hast du sie stehen lassen?»

«Bei der Polizei.» Regina schlüpfte in ihren Ledermantel.

«Bei der Polizei?»

«Beim Kriminaldienst, hier am HB.»

Cavalli hörte auf zu kauen. «Ich dachte, du warst einkaufen. Warst du wegen Simonovic dort?»

Sie mied seinen Blick. «Willst du hier warten oder hast du etwas vor? Ich bin in zehn Minuten zurück.»

Cavalli liess die Gabel fallen. «Ich will wissen, warum du

deine Zeit mit diesem Polizisten vergeudest, wenn du zwei unaufgeklärte Morde am Hals hast!»

Am Tisch nebenan wurde es still.

«Darüber schulde ich dir keine Rechenschaft! Ausserdem habe ich bloss einen unaufgeklärten Mord am Hals, Theresa Hanisch ist für den zweiten zuständig.» Sie bahnte sich einen Weg zwischen den Tischen hindurch.

Cavalli folgte ihr. «Regina!»

Sie sah ihn nicht an.

Cavalli packte sie am Arm. Als sie sich umdrehte, sah er, dass sie feuchte Augen hatte. «Regina», fuhr er sanfter fort. «Ich verstehe dich einfach nicht. Was Simonovic getan hat, ist für seine Familie tragisch. Aber jeder Mensch hat irgendwann einen schwachen Moment. Das heisst nicht, dass er einen kriminellen Geist hatte. Lass es doch einfach dabei sein.»

Regina holte ein Taschentuch hervor. «Ich habe es satt, mich immer rechtfertigen zu müssen. Ist es so schlimm, wenn ich in meiner Freizeit mit Markos Kollegen rede? Verlange ich von dir, dass du das tust, was ich für richtig halte?»

Cavalli nahm ihr die Einkaufstaschen ab. «Was glaubst du, ist passiert?»

Regina vergewisserte sich, dass die Frage ernst gemeint war. «Ich glaube gar nichts. Ich finde es einfach seltsam, dass Marko sich so untypisch verhalten haben soll.»

«Seine Familie kennt vielleicht nur eine Seite von ihm.»

«Auch seine Arbeitskollegen sind überrascht, dass er sich zu einem Rennen hinreissen liess.» Regina steuerte auf den Ausgang Landesmuseum zu.

Auf dem Posten holte der Polizist am Schalter sofort ein Paket hervor, als er Regina erkannte. «Edlin ist übrigens zurück von seiner Runde, falls Sie ihn auch noch sprechen möchten.»

Regina erklärte Cavalli, dass Kaspar Edlin mit Marko das Büro geteilt hatte.

Cavalli stand auf. «Reden wir also mit dem Mann.» Er ging am Polizisten vorbei, ohne seinen Ausweis zu zeigen.

«Moment, ich muss …»,

Cavalli ignorierte den Polizisten. Er hörte, wie sich Regina für sein Verhalten entschuldigte. Als sie seinen Namen und seine Funktion nannte, versicherte der Polizist rasch, es sei kein Problem.

Edlin sass an seinem Schreibtisch und studierte die Fahndungsliste im Intranet. Der Arbeitsplatz gegenüber war leer.

Cavalli stellte sich vor. Edlin sprang auf. «Das ist Regina Flint. Sie möchte dir einige Fragen stellen.» Er wandte sich ab und begann, Simonovics Arbeitsplatz zu untersuchen.

Regina stellte dem nervösen Polizisten Fragen über seinen Alltag. Edlin beantwortete sie perplex.

«Und wie oft seid ihr unterwegs?»

«Auf der Gasse?» Edlin kratzte sich am Ellenbogen. «Kommt drauf an, ob viel läuft. Sobald es ruhig wird, drehen wir unsere Runden. Nach einer erfolgreichen Fahndung folgt der ganze Papierkram, das dauert dann wieder ein Weilchen. Wir machen alle angerissenen Fälle fertig. Nur die grossen geben wir ab.»

«Woran hat Simonovic zuletzt gearbeitet?»

«Vor Weihnachten hatten wir es hauptsächlich mit Dieben zu tun. Das Getümmel am Weihnachtsmarkt lädt sie geradezu ein, etwas mitgehen zu lassen. Ab und zu gab es Schlägereien. An seinem … letzten Arbeitstag hatte Marko einen schwierigen Fisch an der Angel. Dieser wehrte sich sogar noch, als er Eisen an hatte. Als wir einen Ripol machten, sahen wir, dass er bereits wegen verschiedener Delikte gesucht wurde.»

Regina machte sich Notizen. «Er war in der Datenbank Ripol ausgeschrieben? Name?»

«Ich kann Ihnen den Verhaftsrapport ausdrucken, wenn Sie wollen.»

«Danke. Wie war die Zusammenarbeit mit Marko?»

«Marko war super. Du konntest dich hundert Prozent auf ihn verlassen. Er hat sich auch nie um den Papierkram gedrückt.» Edlin tauchte in seine Erinnerungen ab. «Ich muss zugeben, ich war am Anfang skeptisch. Mit einem Jugo zusammenzuarbeiten, konnte ich mir nicht vorstellen. Als ich ihn das erste Mal mit einem Föhn – einer Pistole - in der Hand sah, wurde mir ganz schön mulmig. Aber schon nach wenigen Wochen vergass ich, dass sein Name auf ‹ic› endet.» Edlin versuchte abzuschätzen, ob Regina ihn verstand. Als sie nickte, sagte er: «Marko hätte es noch weit gebracht. Er hatte auch Grips.»

«Wollte er aufsteigen? Sich für eine Stelle bei einer Spezialabteilung bewerben?»

Edlin lachte. «Nein, die haben doch alle Finken neben dem Pult …» Erschrocken sah er zu Cavalli. «Ich meine … nein, das war ihm zu … er wollte auf der Gasse sein, bei den Menschen.»

Cavalli sah nicht auf, aber Regina merkte, dass er aufmerksam zuhörte. Sie kam auf den Unfall zu sprechen.

«Wie erklären Sie sich, dass ihr Kollege auf eisiger Strasse mit fast hundert Stundenkilometern einen anderen Wagen überholte?»

«Gar nicht. Ich weiss nicht, was in Marko gefahren sein konnte.»

«Wie gut kannten Sie ihn privat?»

«Mittelmässig. Marko trieb keinen Polizeisport, kam nach Dienstschluss selten mit auf ein Bier. Vermutlich fühlte er sich zu fremd. Dann war da noch die Geschichte mit seinem Bruder, das war ihm total peinlich.»

«Der Führerausweisentzug?»

«Unter anderem. Bojan hat dauernd Mist gebaut, und Marko hat das von Kollegen zu spüren bekommen.»

«Wissen Sie, ob er eine Freundin hat?»

«Ich glaube, sie haben sich getrennt. Aber er hat nie darüber gesprochen. Ich kannte sie nicht. Er stellte keine Bilder von ihr auf, erwähnte nie einen Namen.»

Regina faltete ihre Notizen zusammen und bedankte sich.

«Warum stellen Sie diese Fragen?» Edlin kratzte sich wieder.

«Weil ich verstehen möchte, was genau passiert ist.»

«Ist das nicht klar? Ich meine, die Verkehrspolizei weiss doch recht genau, wie der Unfall ablief.»

Aus dem Augenwinkel sah Regina, wie Cavalli sie beobachtete.

«Ich suche nach Gründen für Markos Verhalten.»

«War er in etwas verwickelt?»

«Nicht, dass wir wüssten.»

«Du nennst ihn beim Vornamen», stellte Cavalli fest, als sie kurz darauf zum Parkplatz auf dem Kasernenareal schritten.

Regina zog ihren Schal enger.

«Pass auf! Du kannst es dir nicht leisten, die Distanz zu deinen Fällen zu verlieren.»

Nein, das kann ich nicht, dachte Regina. Sie war schon dünnhäutig genug, ohne dass sie sich mit einem Opfer identifizierte. Täter, korrigierte sie sich in Gedanken. Marko – Simonovic – ist immer noch ein Täter. Gegen ihn läuft ein Strafverfahren. Sie legte ihre Einkäufe in Cavallis Volvo und fragte, ob er zu ihr komme oder ob Chris auf ihn warte.

Als Cavalli den Namen seines Sohnes hörte, schlug er den Kofferraumdeckel heftig zu. Er hatte sein Versprechen, mit Christopher Roller anschauen zu gehen, vergessen. Verdammt, fluchte er innerlich. Hoffentlich hatte der Junge nicht den ganzen Tag auf seinen Anruf gewartet.

«Ich muss kurz zuhause vorbei. Anschliessend können wir zu dir fahren.»

In den Fenstern seiner Wohnung brannte kein Licht. Cavalli schloss vorsichtig auf und horchte in die Dunkelheit hinein. Er vernahm aus dem Schlafzimmer leise Geräusche.

«Chris?»

Die Geräusche verstummten einen Augenblick lang, dann setzten sie wieder ein. Regina folgte Cavalli ins Wohnzimmer.

«Schläfst du immer noch auf dem Sofa?», fragte sie, als sie kein Bett sah. Christopher wohnte bereits seit mehr als einem halben Jahr hier.

Cavalli deutete auf eine zusammengerollte Matte auf dem Boden. «Das Sofa macht meinen Rücken kaputt. Chris?»

Sein Sohn lag bäuchlings auf dem Bett und hielt einen X-Box-Kontroller in beiden Händen. Konzentriert focht er einen Krieg auf dem Bildschirm aus.

«Ich habe es vergessen», sagte Cavalli gerade heraus.

Christopher löste seinen Blick nicht vom Bildschirm. Seine langen, schwarzen Haare bedeckten zur Hälfte sein Gesicht.

«Morgen … am Montag», korrigierte sich Cavalli, «am Montag gehen wir Roller anschauen.»

«Montags haben die Geschäfte zu», nuschelte Christopher.

«Dann eben am Dienstag.»

«Ich arbeite am Dienstag.»

Cavalli knirschte mit den Zähnen. «Hast du einen Vorschlag?»

«Ist eigentlich nicht so wichtig.»

Cavallis schlechtes Gewissen schlug in Ärger um. «Kannst du bitte aufschauen, wenn ich mit dir rede?»

Christopher spielte weiter.

«Chris!» Cavalli schaltete den Fernseher aus. «Sieh mich an!»

Der Junge setzte sich langsam auf, ohne Cavalli anzusehen.

Cavalli setzte sich auf das Bett. «Ich habe es vergessen! Ich war die ganze Nacht im Dienst! Es … Es tut mir leid.»

Christopher sagte nichts. Cavalli trommelte mit den Fingern auf seinem Oberschenkel. Plötzlich spürte er eine Hand auf seiner Schulter.

«Hast du schon gegessen?», fragte Regina Christopher. Sie wusste, dass der Junge unersättlich war.

Chris sah auf. «Nicht viel.»

«Wollen wir Pizza bestellen?», fragte Regina.

Christophers Interesse war geweckt. «Bloss das nicht! Davon habe ich bei der Arbeit genug. Chinesisch?»

«Gute Idee. Gibt es hier in Witikon einen Hauslieferdienst?»

Christopher stand auf und schlenderte in die Küche. Geschirr stapelte sich in der Spüle, daneben stand eine offene Dose Bohnen. Regina sah die Unordnung und schlug vor, auswärts essen zu gehen. Christopher nickte begeistert.

«Weisst du zufällig, was ‹adalii› heisst?», fragte sie, als Cavalli ausser Hörweite war.

Christopher schüttelte den Kopf.

«Und ‹gvheyui›?»

«Liebe», antwortete Christopher prompt.

«Liebe?»

«Ja, so wie im Satz: Meine grosse Liebe ist … Pizza.»

6

Pilecki spürte im Halbschlaf ein sanftes Hauchen am Hals. Er schlug die Augen auf und sah zur Digitalanzeige seines Weckers. Es war fast sechs. Neben ihm lag Katja, die während der Nacht zwischen ihn und Irina gekrochen war. Er glitt vorsichtig unter der Decke hervor und schaltete den Wecker aus, bevor er klingelte. Irina murmelte etwas und drehte sich auf die Seite. Pilecki blieb noch einen Moment auf der Bettkante sitzen und betrachtete seine Familie. Die Liebe, die er für sie empfand, war so stark, dass sie schmerzte. Gleichzeitig lastete der Preis dieser Liebe schwer auf ihm: die Angst, sie zu verlieren. Er dachte an Cavalli, und erstmals seit Langem brachte er wieder Verständnis für dessen Verhalten gegenüber Frauen auf. Sein Chef ging auf Nummer Sicher, so dass er nie befürchten musste, einen geliebten Menschen zu verlieren. Pilecki wusste, dass er selbst diese Wahl gar nicht hatte. Er konnte sich ein Leben ohne Irina nicht mehr vorstellen.

Bevor er ins Bad ging, schlich er um das Bett und küsste Irina. Sie versuchte, ihren Arm zu heben, doch es gelang ihr nicht, genausowenig, wie ihre Augen zu öffnen. Pilecki legte seinen Kopf auf ihre Brust. Am liebsten wäre er zurück ins Bett geschlüpft.

Als er aus der Dusche kam, sah er, dass der Platz in der Mitte des Bettes leer war. Er schmunzelte und ging in die Küche. Katja sass wie immer am Tisch und wartete auf ihr Frühstück. Pilecki wusste nicht, ob es der Hunger war, der sie jeden Morgen so früh aus dem Bett trieb, oder ob ihr das morgendliche Tête-à-tête so gut gefiel.

Nachdem er ihren Brei gekocht hatte, setzte er sich mit einer Tasse Kaffee zu ihr.

«Nach dem Kindergarten treffen wir Dimka», erzählte Katja.

«Geht ihr schlitteln?»

Katja schüttelte den Kopf und liess den heissen Brei vom Löffel tropfen. «Dimka kommt zu uns. Mit Sweta. Sweta ist viel netter als Onkel Wadim. Als er sich wehtat, hat er Dimka angebrüllt. Wegen seinem Finger. Aber Sweta ist immer traurig. Warum? Weil sie nichts versteht?»

«Spricht sie kein Deutsch?»

«Nein, sie kann nicht einmal Grüezi sagen.»

«Dann ist sie vielleicht einsam.»

«Aber sie hat doch Onkel Wadim. Und Dimka.»

«Stimmt. Aber manchmal genügt das nicht.»

«Mama ist nicht einsam.»

Pilecki zögerte. Er wollte Katja nicht als Informationsquelle missbrauchen, doch seine Neugier war zu stark. «Bist du sicher?»

Katja merkte, dass er an ihren Worten hing. Sie schien zu überlegen, ob sie ihm etwas verraten sollte. Pilecki wartete gespannt.

«Einmal war sie komisch. Sie hat an deinem Leibchen gerochen und es umarmt.» Katja rümpfte die Nase und kicherte.

Pilecki lachte mit.

Pilecki schritt durch die Dämmerung. Der Kreis vier war widerwillig zum Leben erwacht. An der Bushaltestelle standen die Menschen dicht beisammen, um möglichst rasch in den geheizten Bus zu kommen.

Im fünften Stock des Kripo-Gebäudes brannte in einigen Büros Licht. Cavallis Fenster war dunkel, dafür schien Fahrni schon da zu sein. Verblüfft ging Pilecki zum Lift. Als er oben ankam, steuerte er direkt auf das Büro seines Kollegen zu. Fahrni sass tatsächlich vor dem Bildschirm.

«Alles in Ordnung?», begrüsste Pilecki ihn.

Fahrni stand auf und holte einige Seiten vom Drucker, die er Pilecki reichte. «Klar. Viktor Lukasch. Trainiert die männlichen Jugendlichen im Oriental Sports Center. Vorbestraft wegen Körperverletzung. Der Häuptling ist unten in der KTA, um sich nach Fingerabdrücken zu erkundigen.»

Pilecki betrachtete die Seiten. «Wie bist du auf ihn gekommen?»

«Der einzige Osteuropäer, mit dem Fasolin zu tun hatte.»

«Du misst der Munition grosse Bedeutung bei.»

«Irgendwo müssen wir anfangen. Lukasch stammt aus Odessa. Und Fasolin hat ihre Ferien in Kiew verbracht, das ist keine übliche Feriendestination.»

Pilecki musterte ihn. «Bist du sicher, dass alles in Ordnung ist? Warum bist du so früh hier?»

«Weil wir zwei Morde …» Fahrni verstummte, als Cavalli ins Büro trat.

«Lukasch war bei ihr zu Hause!» Cavalli rieb sich die Hände. «Man hat seinen Fingerabdruck auf einer CD-Hülle gefunden.»

«Und auf der losgeschraubten Glühbirne?», fragte Fahrni.

Cavalli schüttelte den Kopf. «So einfach wird es nicht. Der Abdruck auf der Glühbirne ist nirgends registriert.» Er nahm Fahrnis Computerausdruck entgegen. «Ich will, dass Lukasch reingeholt wird. Als ich gestern im Oriental Sports Center war, bestritt er, Fasolin privat gekannt zu haben. Aber vorerst bloss als Auskunftsperson. Sehen wir mal, was er zu sagen hat.»

«Soll ich jemanden vom Kriminaldienst vorbeischicken?», fragte Pilecki.

Cavalli schaute auf die Uhr. «Um diese Zeit ist niemand

beim KD. Holt ihn selbst. Wir lassen den Morgenrapport ausfallen. Bambi ist sowieso nicht da, und um elf ist eine Pressekonferenz angesagt. Wir können danach kurz zusammensitzen.»

«Wo ist sie?», fragte Pilecki.

«Bei den Diamanten», sagte Fahrni. «Sie trainieren heute mit Atemschutzgeräten bei der Feuerwehr.» Meyer war seit zwei Monaten Mitglied der Einsatzgruppe Diamant. Die Grenadiere kamen bei besonderen Sicherheitsaufgaben zum Einsatz. Das Korps setzte sich aus Polizisten der Uniform- und Kriminalpolizei zusammen, die ihren Zusatzdienst im Nebenamt leisteten. Cavalli war nicht begeistert gewesen, als sie sich beworben hatte. Er hatte nur unter der Bedingung zugestimmt, dass sie ihre reguläre Arbeit nicht vernachlässigte.

«Hat sich schon herumgesprochen, dass Bambi zur EG Diamant gestossen ist? Die Zahl der Geiselnahmen wird schlagartig sinken», grinste Pilecki.

Cavalli lächelte. «Frauen kommen nur beim Personenschutz zum Einsatz. Fahrt ihr zu Lukasch? Ich will ihn noch vor zehn befragen. Dann kommt Regina für eine kurze Vorbesprechung.»

«Wegen der Besprechung mit den Big Bossen?», wollte Fahrni wissen.

Cavalli nickte. «Und dem Mediensprecher.»

«Ist sie immer noch zuständig für den Fall Fasolin?», fragte Fahrni weiter.

«Ich habe noch nichts Gegenteiliges gehört.»

«Für Ingold ist Hanisch zuständig, oder?», vergewisserte sich Pilecki.

Cavalli bestätigte. «Die Obduktion findet heute Morgen statt. Viel wissen wir noch nicht. Hahn hat das Wochenende frei genommen.» Er warf Pilecki einen vorwurfsvollen Blick zu.

Pilecki ignorierte die Anspielung. «Gut, dann holen wir Lukasch aus dem Bett. Hast du überhaupt Zeit?», fragte er Fahrni. «Oder soll ich auf Gurtner warten?»

«Ich komme.» Fahrni sperrte seinen PC und folgte Pilecki aus dem Büro.

Viktor Lukasch hatte nicht vor, zu kooperieren. Erst als Pilecki mit einer Verhaftung drohte, lenkte der kräftige Ukrainer ein. Fahrni beobachtete ihn misstrauisch aus sicherer Distanz, die Hand fest um den Griff seiner Pistole geschlossen. Lukasch war fast doppelt so breit wie der drahtige Pilecki.

Im Kripo-Gebäude atmete Fahrni auf. Sie führten Lukasch in Pileckis Büro.

«Sie haben mir diese Fragen schon gestern gestellt!», ereiferte sich Lukasch.

«Und Sie haben gelogen», sagte Pilecki. «Jetzt geben wir Ihnen noch einmal Gelegenheit, mit der Wahrheit herauszurücken.»

Lukasch verschränkte die Arme vor seiner breiten Brust und blickte die Polizisten finster an.

Fahrni hörte auf zu tippen und sah auf. «Herr Lukasch, Sie ersparen sich eine Menge Ärger und uns eine Menge Zeit, wenn Sie zugeben, dass Sie in Lynn Fasolins Wohnung waren.»

Lukasch schaute von Pilecki zu Fahrni und wieder zurück. Er rutschte auf seinem Stuhl hin und her und liess seine Oberarmmuskeln spielen.

Pilecki stand auf. «Hören Sie, die Beweise sprechen für sich.»

«Welche Beweise?»

Pilecki liess die Frage ruhen und erkundigte sich nach Lukaschs Herkunft. Der Ukrainer erzählte widerwillig, dass er nach einer Profikarriere in seiner Heimat beim Sicherheitsdienst angestellt wurde und seither für besonderen Personenschutz zuständig war.

«Und wie kamen Sie in die Schweiz?»

«Durch einen Auftrag.» Mehr verriet er nicht. Er betonte, dass Diskretion zu seinem Beruf gehörte.

«Sie arbeiten immer noch als Bodyguard?»

Lukasch zog seine Oberlippe hoch und schwieg. Er erinnerte Pilecki an einen knurrenden Hund.

«Seit wann trainieren Sie beim Oriental Sports Center?»

«Seit vierzehn Monaten.»

«Warum?»

«Um in Form zu bleiben.»

Fahrnis Finger hielten auf der Tastatur inne. Er musterte Lukasch interessiert. «Nehmen Sie eigentlich Steroide?»

Lukasch grunzte verächtlich. «Nein.»

«Kannten Sie Fasolin schon, als Sie in den Klub eintraten?», fragte Pilecki.

«Nein.»

«Waren Sie mit ihr in Kiew?»

«Nein.»

«Aber Sie wissen, dass sie in Kiew war.»

Lukasch zögerte kurz. «Ich habe davon gehört.»

«Eine Kollegin verbringt ihre Ferien in ihrem Heimatland, und Sie haben nicht mit ihr darüber gesprochen?» Pilecki neigte den Kopf skeptisch zur Seite.

«Kann schon sein. Ich erinnere mich nicht mehr daran.»

«Genauso, wie Sie sich nicht mehr daran erinnern, dass Sie bei ihr in der Wohnung waren?»

Lukasch seufzte und richtete den Blick zur Decke.

Max Landolt war zurück aus den Ferien und hatte Regina zur Begrüssung zu einem Kaffee eingeladen. Sie mochte den Leitenden Staatsanwalt. Hinter seiner ruhigen Art verbarg sich ein scharfer Verstand. Regina hatte das Gefühl, dass ihm nicht viel entging.

Als sie in ihr Büro zurückkam, verkündete Sutter, dass die Kapo angerufen habe.

Regina sah ihren polizeilichen Mitarbeiter an. «Wer genau?»

«Pilecki. Ich nehme an, du hast seine Nummer.»

«Und wie bist du zu diesem Schluss gekommen?»

Sutters Kinn klappte nach unten. «Was?»

«Ich möchte, dass du dir die Telefonnummer notierst, wenn ich jemanden zurückrufen soll.»

Sutter stand auf. «Aber du ...»

«Kevin! Ich will nicht darüber diskutieren. Gib mir nächstes Mal eine vollständige Notiz.» Sie zeigte auf einen Block neben dem Telefon. «Die Blätter sind vorgedruckt. Du brauchst sie nur auszufüllen.»

Eine Röte kroch über Sutters Stiernacken und breitete sich bis zu seinem Haaransatz aus. Regina suchte Pileckis Nummer hervor.

Er schilderte das Gespräch mit Lukasch. «Er lügt. Eine Zelle würde vielleicht seine Zunge lockern. Ich brauche einen Vorführbefehl.»

«Bitte faxe mir zuerst eine Kopie der Laborresultate», antwortete Regina. Sie wollte schriftlich sehen, dass man Lukaschs Fingerabdruck in Fasolins Wohnung gefunden hatte. Sie konnte sich keine Fehler erlauben, wenn sie sich bei ihren neuen Kollegen Respekt verschaffen wollte.

Pilecki stutzte. «Warum?»

«Ich möchte erst über den dringenden Tatverdacht entscheiden, wenn ich den Bericht gelesen habe.»

«Und wann wird das sein?», fragte Pilecki ungewohnt scharf. «Sobald wir ihn laufen lassen, wird er allfälliges Beweismaterial beseitigen.»

«Ich werde mich gleich an die Arbeit machen. Du wirst die Papiere rechtzeitig haben.»

Nachdem sie aufgelegt hatte, ging sie zum Faxgerät, wo Tozzi mit Landolts Sekretärin stand, die ebenfalls aus den Ferien zurück war. Er stellte sie Regina vor.

«Kathrin Salina. Landolts rechte Hand und der gute Geist der STA IV.»

«Guten Start! Wenn du etwas wissen musst, zögere nicht, mich zu fragen», sagte Salina.

«Regina darf sich gerne an mich wenden. Ihre Fragen werden juristischer Natur sein», sagte Tozzi.

Salina wandte sich mit einer versteckten Grimasse ab, und Regina wusste sofort, dass sie gut miteinander auskommen würden. Sie unterdrückte ein Schmunzeln und nützte die Gelegenheit, Tozzi wegen Fasolin anzusprechen. Je rascher sie den Fall abgeben konnte, desto besser.

«Natürlich hast du noch deine alten Fälle», sagte Tozzi, «aber die Arbeit geht nun einmal weiter. Ich weiss, im Normalfall hättest du noch keine Brandtour gehabt, aber manchmal müssen wir eben flexibel sein.»

Regina hörte ihm ungläubig zu.

«Andere würden sich freuen, so früh einen STA IV-Fall zu bearbeiten! Manche neuen Staatsanwälte warten Monate darauf. So wirst du dich rascher einarbeiten. Ich wollte sowieso mit dir über diesen Fall sprechen. Theresa war bei mir, sie hat mir berichtet, dass zwischen euren Fällen möglicherweise ein Zusammenhang besteht.» Tozzi legte eine Hand auf Reginas Rücken. «Ich möchte dir die Leitung für den Mord an Ingold übertragen. Wie du weisst, ist Theresa neben mir die einzige Staatsanwältin unserer Abteilung, die berechtigt ist, vor Obergericht zu klagen. Sie ist deshalb überlastet und froh um deine Unterstützung. Natürlich wird sie dir zur Seite stehen, du kannst dich jederzeit an sie wenden, wenn du Hilfe brauchst.»

Zwei Staatsanwälte und drei Abteilungsleiter der STA IV hatten die Venia, um Untersuchungen vor dem Ober- und dem Geschworenengericht zu vertreten. Diese erweiterte Anklage- und Berufungskompetenz brachte viel Arbeit mit sich, da die Staatsanwaltschaft für Gewaltdelikte naturgemäss zahlreiche Anklagen bearbeitete, die direkt an die Oberinstanz gingen.

Regina spürte, wie sich ihr Magen zusammenzog. Die Aufgaben, die ihr bevorstanden, erdrückten sie. Sie erinnerte sich an ihren Vorsatz, stark und sicher aufzutreten, doch sie fand die Worte nicht, um den Fall abzulehnen. Sie hatte sich noch kein Bild darüber machen können, wie gross die Arbeitslast der anderen Staatsanwälte war, und wollte nicht den Anschein erwecken, nicht belastbar zu sein.

Das Faxgerät begann zu surren. Langsam erschienen die Seiten des Laborberichts. Als sich alle auf der Ablage befanden, sammelte Regina sie ein und begann, die Unterlagen im Gehen durchzulesen.

«Regina!», rief Hanisch. «Kommst du bitte einen Moment herein?» Sie erhob sich und stützte beide Hände auf den Schreibtisch. «Hat Silvio schon mit dir gesprochen?»

«Ja.»

«Gut. Dann gebe ich dir hier die Akten. Der Fall ist bereits im System, die Nummer findest du auf dem Dossier.» Hanisch holte ein blaues Mäppchen. «Unterdossiers habe ich noch keine angelegt.»

Regina nahm das Hauptdossier wortlos entgegen und blätterte darin.

«Hast du Fragen?»

«Nein.»

«Kommst du damit klar?»

«Natürlich.»

Hanisch schien sich etwas zu überlegen. «Ich komme mit an die Besprechung.»

«Das ist nicht nötig!»

«Das ist dein erster STA IV-Fall. Etwas Unterstützung kann nie schaden.» Ihr Blick fiel auf das Fax in Reginas Hand. «Hat der WD etwas gefunden?»

Regina erzählte ihr von Lukaschs Fingerabdrücken.

«Da darfst du nicht zögern! Bei solchen Typen musst du Härte zeigen. Stell sofort einen Vorführbefehl aus!»

«Ich bin nicht sicher, ob wirklich ein dringender Tatverdacht besteht. Dass seine Fingerabdrücke auf einer CD-Hülle sind, heisst nicht, dass er tatsächlich in der ...»

«Es heisst, dass er lügt. Das genügt! Stell einen Durchsuchungsbefehl für seine Wohnung aus.»

Irina drehte Pileckis Handy in der Hand und überlegte, ob er es vermisste. Wäre er froh, wenn sie es ihm vorbeibrächte? Oder wäre es ihm unangenehm, wenn sie an seinem Arbeitsplatz auftauchte? Sie könnte es gleich mit dem Besuch bei Cavalli verbinden, der seit Langem fällig war.

Der Portier am Eingang des Kripo-Gebäudes musterte sie misstrauisch. Der Polizist liess sie nicht aus den Augen, als er sich telefonisch erkundigte, ob sie erwartet werde.

«Tut mir leid, Herr Pilecki ist nicht hier.»

«Und ... Herr Cavalli?»

«Haben Sie nicht behauptet, Sie müssten zu Herrn Pilecki?»

«Herr Cavalli tut es auch.»

Wieder griff der Polizist nach dem Hörer. «Tut mir leid, Herr Cavalli ist in einer Besprechung.»

Irina ärgerte sich über den Tonfall des Mannes. «Dann eben Herr Gurtner.»

Der Portier lehnte sich zurück und liess seinen Blick über sie gleiten. «Möchten Sie nun zu Herrn Cavalli oder zu Herrn Gurtner?«

Irina wandte sich wütend ab und zog Pileckis Handy hervor. Gurtners Nummer war darauf gespeichert. Zwei Minuten später liess er Irina herein und führte sie mit rotem Kopf zum Lift. Er lockerte mit zwei Fingern seinen Kragen.

Irina erzählte ihm, warum sie da war.

«Juri ist bei einer Wohnungsdurchsuchung. Du kannst das Handy bei mir lassen, er kommt gegen Mittag zurück.»

«Und Cavalli?»

Gurtner mied den Augenkontakt. «Was willst du von ihm?»

«Das ist wohl meine Sache!»

Gurtner trat aus dem Lift und deutete mit der Hand in die Richtung von Cavallis Büro.

«Ich finde es selbst, danke.» Irina warf ihr Haar zurück und marschierte den Flur entlang.

Cavallis Bürotür stand offen. Er sass am Schreibtisch und kritzelte etwas auf ein Formular. Als er Irina erblickte, legte er den Schreiber hin und setzte sich aufrecht.

Irina blieb vor ihm stehen und holte hundert Franken aus ihrem Portemonnaie, die sie ihm auf den Schreibtisch legte.

Verblüfft starrte Cavalli auf das Geld. Bevor er sich dazu äussern konnte, kam Regina mit einer Tasse Tee zurück.

«Die Kickboxer-Szene wird … Irina! Hallo.»

Cavalli winkte sie herein. «Machen wir weiter.» Er wandte sich an Irina. «Wenn du uns bitte entschuldigen würdest. Wir sind beschäftigt.»

Regina nahm einen Schluck Tee. «Was wollte sie von dir?»

Cavalli steckte das Geld in eine Schublade. «Nichts. Wo waren wir stehen geblieben?»

Die Besprechung fand in der Kripoleitstelle statt. Regina fasste für die Chefs des KV und der SA 2 die Informationen der Staatsanwaltschaft zusammen. Unter Hanischs Aufsicht wirkte sie nervös. Cavalli spürte ihre Unsicherheit und übernahm die Gesprächsführung. Er schloss mit einer Zusammenfassung der Fakten und bat den Mediensprecher, nur ein kurzes Bulletin herauszugeben.

«Ist die Hausdurchsuchung immer noch im Gang?», fragte Hug.

Cavalli bejahte. Aus der Kantine im sechsten Stock drang der Geruch von Bratensauce. «Habt ihr Hunger?»

«Ich bin verabredet», sagte Hug.

Hanisch rümpfte die Nase. «Auf Kantinenessen kann ich verzichten. Aber auswärts käme ich mit.»

Cavalli sah sie mit gespieltem Bedauern an. «Keine Zeit. Wir treffen uns gleich zum Rapport. Ausserdem esse ich über Mittag nie gross.»

Hanisch lächelte. «Ich gehe auch lieber abends essen.»

«Ich werds mir merken.» Cavalli wandte sich an Regina, die dem Wortwechsel finster zuhörte. «Und du?»

«Ich will an eurem Rapport dabei sein.»

«In Ordnung. Holen wir uns in der Kantine ein Sandwich.» Cavalli drückte Hanisch die Hand beim Abschied ein bisschen länger als nötig.

Als die Staatsanwältin im Lift verschwunden war, bohrte Regina ihren Zeigefinger in Cavallis Brust. «Sieh zu, dass du in deinem eigenen Teich fischst! Das fehlt mir gerade noch!»

«Ich wusste gar nicht, dass du auch auf Frauen stehst», scherzte Cavalli.

«Es gibt noch einiges, das du über mich nicht weisst. Ich warne dich!»

Sie reihten sich in die Warteschlange vor der Kasse ein. Der Lärmpegel im grossen Raum war so hoch, dass Regina schwieg. Ihr Blick glitt über die langen, weissen Tische, und sie erkannte Fahrni, der in ihre Richtung sah.

Sie winkte ihm zu, doch sein Blick war auf eine der runden Glaslampen geheftet, die wie Christbaumkugeln von der Decke hingen.

Sie nahmen ihre Brötchen mit nach unten, wo Cavalli Regina einen Bericht der Spurensicherung reichte. «Ingold.»

Regina überflog die Seiten. «Wann bekommst du die Resultate der Schusswaffenexperten?»

«Nicht vor Ende Woche.»

«Wir müssen wissen, ob es Zufall ist, dass beide mit dem gleichen Geschoss getötet wurden.»

«Dasselbe Geschoss war es bestimmt nicht», witzelte Cavalli.

«Findest du heute eigentlich alles zum Lachen?»

«Beruhige dich. Du schaffst das schon.»

«Darum geht es nicht!»

«Doch, genau darum geht es. Du hast vor einer Woche bei der STA IV angefangen, bist nervös, möchtest es allen recht machen, und hast nun zwei Tötungsdelikte am Hals, die kaum von heute auf morgen zu lösen sein werden und die erst noch das Interesse der Öffentlichkeit wecken.» Cavalli lehnte sich vor. «Unschuldige Frauen, die in ihren eigenen vier Wänden brutal erschossen wurden. Ohne ersichtliches Motiv.»

Regina legte ihre Stirn auf ihre Handflächen. «Hör auf, mir wird übel.»

Cavalli schlug einen sanfteren Ton an. «In zehn Minuten beginnt unsere Sitzung. Du kannst dich bis dann an meiner Schulter ausweinen, deine Kündigung schreiben, deinen Ärger an meinem Boxsack auslassen oder dein Sandwich essen und überlegen, wie wir vorgehen.»

Regina wählte das Sandwich. «Was schlägst du vor?»

«Wir bearbeiten die Fälle getrennt, bis wir von den Technikern wissen, ob die gleiche Waffe benutzt wurde.»

«Okay.» Regina nahm einen grossen Bissen. «Keine Vergleiche, keine Schlussfolgerungen.»

Cavalli suchte seine Unterlagen zusammen. «Daten sammeln, wie üblich. Wir dürfen auf keine noch so bedeutungslos erscheinende Informationsquelle verzichten. Wir brauchen eine Übersicht über den Tatort, über die Leben der Opfer, über jede aussergewöhnliche Beobachtung. Und vergiss nicht, auch fehlende Spuren liefern uns Hinweise. Warum fand man keine Fremdzellen unter Fasolins Fingernägeln? Warum hörte niemand bei Ingold Schüsse? Wurden Beobachtungen vergessen? Oder verschwiegen?»

«Bei Lukasch zu Hause hängt eine Postkarte aus Moskau – von Lynn Fasolin», sagte Pilecki. «Er kannte sie besser, als er zugibt.»

Cavalli nickte zufrieden.

«Kannte er Berisha?», überlegte Fahrni laut.

Gurtner schlug mit seiner Pranke auf den Tisch. «Was hast du bloss mit diesem Berisha?»

Fahrni konnte den Zusammenhang nicht erklären. Cavalli reichte ihm einen Stift und bat ihn, alle bekannten Daten über Fasolin zu notieren. Fahrni füllte die Tafel mit Stichwörtern.

«Mir fehlt etwas Zentrales.» Cavalli schaute erwartungsvoll in die Runde.

«Ein Mann», sagte Regina, die bis jetzt geschwiegen hatte.

«Eine Beziehung», sagte Cavalli.

«Denkst du, sie war lesbisch?», fragte Pilecki.

«Was ich denke, tut nichts zur Sache. Was meinen ihre Bekannten und Arbeitskollegen?»

«So direkt haben wir nicht gefragt», gab Fahrni zu.

«Dann holt es nach.»

Fahrni nickte. «Ich werde Bambi fragen.»

«Bambi?», entfuhr es Pilecki und Gurtner gleichzeitig.

«Mit einer Frau sprechen die Leute eher über so etwas», sagte Fahrni.

«Ach so.» Gurtner klang enttäuscht. «Was war das übrigens für eine CD, die mit Lukaschs Fingerabdrücken drauf?»

«Irgendetwas Russisches», erklärte Fahrni.

«Alla Pugatschova, Zolotye Hity. Goldene Hits.» Pilecki drehte sich zur Tür, als es klopfte.

Cavalli stand auf und liess Hahn herein. «Du kommst genau richtig. Wir wollten soeben mit Ingold beginnen.» Er wandte sich an sein Team. «Gibt es noch etwas zu Fasolin? Gut, dann schlage ich vor, dass wir fünf Minuten Pause machen und anschliessend zu Ingold übergehen.» Er bot Hahn eine Tasse Kaffee an, die der Rechtsmediziner dankend ablehnte.

Als sich alle wieder um den Besprechungstisch versammelt hatten, ergriff Hahn das Wort. «Ich beginne mit dem Wichtigsten: Es gibt keine Hinweise auf ein Sexualdelikt. Auch keine Anzeichen von einem Kampf. Elsbeth Ingold wurde mit einem einzigen Schuss aus nächster Nähe getötet. Das Teilmantelprojektil drang unterhalb des linken Schlüsselbeins in den Körper ein und zerstörte augenblicklich Gewebe, Knochen und Muskeln. Ihre Organe wurden buchstäblich zerfetzt.»

Regina sah Hahn überrascht an. Es war ungewöhnlich, dass der Mediziner sich zu solch unwissenschaftlichen Äusserungen hinreissen liess.

Hahn erklärte die Zerstörung im Detail. Als er seine Ausführungen beendet hatte, sah er von seinem provisorischen Zwischenbericht auf und wartete auf Fragen.

Die Runde schwieg.

«Wer richtet eine 72-jährige Frau hin?», durchbrach Fahrni die Stille.

«Und warum vermisst sie niemand?», fragte Regina.

Cavalli wandte sich an Hahn. «Kannst du etwas zu ihrem Gesundheitszustand sagen? Zu Lebzeiten.»

«Ich habe die Unterlagen von ihrem Hausarzt ans IRM überstellen lassen. Ingold litt unter Arthrose, besonders betroffen waren ihre Hüften. Die Abnützung war auf eine angeborene Gelenkfehlstellung zurückzuführen, die nie korrigiert wurde. Bei kaltem und nassem Wetter muss sie besonders Schmerzen gehabt haben. Aus diesem Grund verliess sie gemäss Hausarzt im Winter selten ihre Wohnung. Ansonsten war sie angeblich gesund, abgesehen von den üblichen Altersbeschwerden.»

«Siehst du eine Ähnlichkeit zwischen den Schussverletzungen von Ingold und Fasolin?», fragte Pilecki.

Cavalli stoppte ihn. «Ich möchte noch keine Vergleiche ziehen. Dazu kommen wir später, wenn wir genügend Daten gesammelt haben.»

«Aber es ist doch ...»

«Uwe, woran hast du gedacht, als du die Schussverletzung untersucht hast?», fragte Cavalli.

«Gedacht?»

«Was kam dir spontan in den Sinn?»

Hahn überlegte lange. «Ich dachte, ein normales Geschoss hätte genauso sicher zum Tod geführt. Wozu diese Zerstörung? Aber das sind meine persönlichen Gedanken! Ich kann sie nicht wissenschaftlich begründen!»

«Danke. Beginnen wir damit, die Fakten über Ingold zusammenzutragen. Bleibst du?»

«Nein, ich lasse euch den provisorischen Bericht hier. Mein Assistent wird euch nächste Woche die ausführliche Version zukommen lassen.» Er holte ein weiteres Blatt Papier aus seiner Mappe. «Ich habe noch die Analyse von Fasolins Mageninhalt.»

«Erzähl», sagte Cavalli.

Hahn beschrieb die chemische Zusammensetzung von Fasolins letzter Mahlzeit und schweifte ab zum Verdauungsvorgang. «Durch die chemische Spaltung entstehen aus hochmolekularen Kohlenhydraten, Fetten und Eiweissen niedrigmolekulare Verbindungen. Das sind zum Beispiel Mono- und Disaccharide, Fettsäuren, Aminosäuren, Di- und Tripeptide, ...»

Gurtner verlor als erster die Geduld. «Woraus bestand nun ihre Henkersmahlzeit?»

Hahn erzählte ruhig weiter. «, ... die zum einen Teil in Energie umgewandelt und zum anderen Teil bei der Produktion von neuer Körpersubstanz eingesetzt werden. Das geschieht, indem sie der lebende Organismus nach einem chemischen Umbau in die verschiedensten Zellstrukturen einbaut.»

«Und was genau hat Fasolins Magen umgebaut?», fragte Pilecki.

«Kaviar.»

«Kaviar? Fasolins letzte Mahlzeit bestand aus Kaviar?», fragte Gurtner.

«Gereinigte und gesalzene Rogen», sagte Hahn.

«Ich weiss, was Kaviar ist! Eier.»

«Nicht zu verwechseln mit Hühnereiern», sagte Pilecki.

«Nein, Kaviar ist in der Tat etwas anderes», sagte Hahn ernst.

Fahrni hörte dem Wortwechsel mit offenem Mund zu.

Regina bemerkte seine Verwunderung. «Ist alles in Ordnung?»

«Was?» Fahrnis Mund klappte zu. «Ja ja. Ossietra Kaviar?»

«Richtig», sagte Hahn überrascht. «Vom Acipenser gueldenstaedtii, dem Ossietra- oder Russischen Stör. Das Korn ist silbergrau bis schwarz und hat meist einen goldenen Schimmer.»

«Eine Dose mit gelbem Deckel?», fragte Fahrni.

«Die Dose hat sie kaum mitgegessen», sagte Gurtner.

Pilecki brach in Gelächter aus.

Cavalli strafte ihn mit einem irritierten Blick. Ungeduldig wandte er sich an Fahrni. «Rück heraus mit der Sprache!»

Fahrni zupfte an seinem Ohr. «Bei Lukasch steht eine solche Dose im Kühlschrank.»

Cavalli ging im Raum auf und ab. «Ein osteuropäisches Geschoss, Fingerabdrücke in Fasolins Wohnung, eine gemeinsame Mahlzeit vor ihrem Tod ...»

Regina schüttelte den Kopf. «Das beweist höchstens, dass sie sich besser gekannt haben, als Lukasch zugibt. Seine Fingerabdrücke waren beispielsweise nicht auf der losgeschraubten Glühbirne.»

«Durch eine rückwirkende Telefonkontrolle kämen wir zu mehr Informationen.»

Regina stand auf. «Es ist mir immer noch zu wenig. Ich muss los.» Sie fand schon die Verhaftung gewagt, hatte sich aber dem Druck von Hanisch gebeugt. Bevor sie Cavallis Büro verlassen konnte, klingelte ihr Handy. Sie kannte die Nummer nicht.

«Stadtpolizei Dübendorf, Rossner am Apparat. Spreche ich mit Staatsanwältin Flint?»

«Richtig.»

«Ich rufe im Zusammenhang mit einem Verkehrsunfall an. Marko Simonovic. Sagt Ihnen der Name etwas?»

«Ja.»

«Wir haben eine ... junge Frau hier, die behauptet, Sie würden die Unfallursache noch einmal überprüfen.»

Regina stellte überrascht ihre Tasche auf Cavallis Stuhl. Er reichte ihr einen Schreiber.

«Jaaa», gab sie langsam zu. «Haben Sie Neuigkeiten?»

«Neuigkeiten? Die Kapo ist für den Fall zuständig. Diese … Frau weigert sich, mein Büro zu verlassen.»

Wieder hörte Regina im Hintergrund eine Frauenstimme, diesmal lauter, dann folgten ein Knall und entnervte Männerstimmen.

«Ankica Vukotic?», fragte Regina.

Rossner schnaubte ins Telefon. «Moment bitte.»

Cavalli sah Regina fragend an, und sie zuckte mit den Schultern.

«Hallo? Herr Rossner?»

Er meldete sich wieder, doch seine Stimme wurde von lautem Schluchzen übertönt.

«Herr Rossner?»

«Dieses … Frau Flint, entschuldigen Sie. Ich wollte nur wissen, ob sie die Wahrheit erzählt.»

«Bitte holen Sie Frau Vukotic ans Telefon.»

Ankica meldete sich weinend. Regina verstand nicht, was sich zugetragen hatte. Sie verlangte wieder Rossner und bat ihn, Ankica auf dem Posten zu behalten.

Die Stadtpolizei Dübendorf befand sich gegenüber der Post. Regina meldete sich am einzigen Schalter, wo aufgelegte Prospekte vor Dämmerungseinbrüchen warnten. Man führte sie in ein Sitzungszimmer und zeigte auf Ankica Vukotic, die auf einem Stuhl kauerte. Zwei Polizisten standen neben der Kaffeemaschine und diskutierten leise.

«Frau Vukotic?», sagte Regina.

Ankica schaute auf. Ihre Schminke rann in zwei dünnen, schwarzen Strichen über ihre Wangen.

«Können Sie uns bitte allein lassen?»

Die Polizisten verliessen rasch den Raum. Gleichzeitig trat ein Uniformierter ein. Er stellte sich als Rossner vor. Regina wiederholte ihre Bitte, und er verliess widerwillig das Besprechungszimmer.

Regina setzte sich zu Ankica. «Frau Vukotic, was ist passiert?»

Das Gesicht in beiden Händen vergraben, erzählte Ankica, dass man ihr nicht sagen wolle, wer als erster am Unfallort eingetroffen war.

«Aber das steht doch in meinen Akten, das ist kein Geheimnis. Ausserdem hat die Stadtpolizei nur die Absperrarbeit vorgenommen. Der Kanton untersucht den Fall.» Regina verstand nicht, warum die Frau derart aus der Fassung geraten war. Plötzlich dämmerte es ihr. «Wie geht es Marko?»

Ankica begann hemmungslos zu schluchzen.

Regina kaute auf ihrer Unterlippe. «Er ist doch nicht … hat sich sein Zustand verschlechtert?» Hilflos schaute sie zu, wie Ankica die Beine anzog, als könnte sie sich so in sich selbst verkriechen. Wenn Marko gestorben wäre, hätte ich es bestimmt erfahren, dachte Regina. Ausser, man hätte Tozzi benachrichtigt.

«Man hat ihm so ein … ein Röhrchen in den … Kopf gesteckt.»

«Ein Röhrchen? Wozu?»

«Ich weiss es nicht. Aber es ist die letzte Hoffnung, sagt der Arzt.» Ankica schaute auf. «Stimmt das?»

«Ich kenne mich da nicht aus. Aber ich kann mich erkundigen, wenn Sie möchten. Wollen wir zuerst ausfindig machen, welcher Polizist Dienst hatte, als der Unfall geschah?»

Auf Ankicas Nicken hin suchte Regina Rossner.

Der Polizist betrachtete sie misstrauisch. «Das war ich, warum?»

Regina bat ihn, Ankicas Fragen zu beantworten.

«Aber da gibt es nichts mehr zu sagen! Ich habe sofort die Kantonspolizei informiert. Der Lenker hatte die Herrschaft über sein Fahrzeug verloren, als er auf eisiger Strasse überholte.»

«Ich weiss. Trotzdem, bitte.»

Rossner lenkte ein. Er strich mit einer Hand über seinen kurzen Bart und schilderte, was er am Unfallort gesehen hatte.

Ankica wollte alle Details wissen, immer wieder kam sie darauf zurück, ob es nicht eine andere Erklärung für den Unfall geben könnte, wie zum Beispiel kaputte Bremsen.

Rossner erklärte, dass der Unfallwagen untersucht worden war.

«Von einem Mechaniker?», wollte Ankica wissen.

«Natürlich! Vom Technischen Verkehrszug der Kapo und vom Wissenschaftlichen Dienst.»

Ankica klammerte sich an das, was von ihrer Hoffnung noch geblieben war. «Es muss eine andere Erklärung geben!»

Regina spürte, dass die Situation bald eskalieren würde. Sie schlug vor, zu Marko zu fahren, um mit dem zuständigen Arzt zu reden. Rossner atmete dankbar auf.

Unterwegs versuchte Regina, das Gespräch auf ein anderes Thema zu lenken. «Haben Sie heute frei?»

«Montags immer.»

«Sie arbeiten im Verkauf, nicht?»

«Im Glattzentrum», antwortete Ankica mechanisch. «Warum findet man das andere Auto nicht?»

«Weil es keine Zeugen gibt.» Vor ihnen tauchte das Universitätsspital auf. Sie stiegen aus dem Neuner und gingen auf den Haupteingang zu.

Auf der Intensivstation fragte Regina nach dem zuständigen Arzt. Als sie ihm erklärte, sie komme von der Staatsanwaltschaft, gab er ihr bereitwillig Auskunft. Das Röhrchen entpuppte sich als Ventrikel-Drainage, eine Sonde, die in den Hohlraum von Markos Gehirn eingelegt worden war, um eine Einklemmung zu verhindern.

«Sind Sie mit seinen Verletzungen vertraut?», fragte der Arzt.

«Er hat ein schweres Schädel-Hirn-Trauma erlitten. Und Lungenverletzungen?»

Der Arzt nickte. «Das Thoraxtrauma sowie die Rippenserienfraktur machen die Beatmung notwendig. Wir konnten seinen Zustand bis jetzt halten, doch die Sauerstoffsättigung im Blut sinkt. Wir können den Beatmungsdruck nicht beliebig steigern. Als erste Massnahme versuchten wir, Herrn Simonovic mit Medikamenten zu behandeln. Als er nicht mehr darauf reagierte, legten wir die Sonde ein. Wenn das Hirn schwillt, drückt es die Bereiche zusammen, die für die Atmung zuständig sind. Durch diese Sonde können wir einen Teil dieses Druckes abbauen.»

«Wie gross sind seine Chancen?»

«Er bekommt zu wenig Sauerstoff. Sein Körper nimmt es nicht auf. Es tut mir leid», sagte er zu Ankica.

Regina arbeitete bis in den Abend hinein, da sie tagsüber fast nicht im Büro gewesen war. Sie bereitete sich auf einen Gerichtstermin am nächsten Morgen vor, erledigte anschliessend ihre Korrespondenz und begann dann, die Akten von Fasolin und Ingold zu studieren. Um sieben versuchte sie, Cavalli zu erreichen, der sich nicht mit dem Resultat von Lukaschs erneuter Befragung gemeldet hatte. Er nahm sein Handy nicht ab.

Regina stand auf und öffnete das Fenster. Die kalte Luft streifte ihr Gesicht und regte ihre Durchblutung an. Ihre Gedanken kehrten zu Marko zurück. Simonovic, korrigierte sie sich. Sie schob das Bild seiner verzweifelten Cousine beiseite und suchte in ihrem Schreibtisch nach einem Beutel Grüntee. Im Kaffeeraum setzte sie Wasser auf. Die Abendgeräusche in der Staatsanwaltschaft waren ihr noch nicht vertraut. Als sie Schritte hörte, schreckte sie auf.

«Immer noch da?», fragte Hanisch.

«Du auch, wie ich sehe.»

«Es liegt fast nicht drin, krank zu sein. Was nützen einige Tage im Bett, wenn man anschliessend doppelt so viel Arbeit hat?»

Regina wusste nicht, was sie dazu sagen sollte. Die forsche Staatsanwältin verunsicherte sie.

«Kommst du mit deinen Fällen klar?» Hanisch wartete nicht auf eine Antwort. «Lass dir von Tozzi nicht zu viel aufhalsen.» Sie sah auf die Uhr. «Ich muss los, mein Freund wartet.»

Regina trug ihren Tee ins Büro. Sie stellte sich wieder ans offene Fenster und beobachtete, wie Hanisch in einen schwarzen Porsche stieg. Dann vertiefte sie sich wieder in ihre Akten.

Um acht meldete sich Cavalli endlich. Er berichtete, dass Lukasch an seiner Geschichte festhielt.

«Habt ihr ihn bis jetzt befragt? Cava, das sind sieben Stunden!»

«Bist du noch im Büro?»

«Ja. Woher weisst du das?»

«Ich höre deinen PC im Hintergrund. Willst du mitfahren?»

Sie vereinbarten, dass er sie in einer Stunde abholen würde.

Regina nutzte die verbleibende Zeit, um Sutters Korrespondenz zu kontrollieren. Seine Rechtschreibfehler verärgerten sie. Sie strich sie mit einem Rotstift an und legte die Seiten auf sein Pult. Daneben stellte sie einen Duden.

Cavallis Volvo stand direkt vor dem Eingang. Die Klänge von Jan Garbareks Saxophon drangen aus dem offenen Fenster. Als Cavalli Regina erblickte, lehnte er sich zur Beifahrertür und öffnete sie. Er drückte ihr einen Begrüssungskuss aufs Ohr.

«Hast du es eilig?», fragte er.

«Das kommt auf das Alternativprogramm an.»

«Heute haben die Junioren im Oriental Sports Center Training. Fasolins Junioren.»

Regina hatte keine Lust, sich weiter mit dem Fall zu beschäftigen. «Du kannst dir auch eine Liste der Namen zukommen lassen.»

«Natürlich. Und ein Passfoto jedes einzelnen. Dann müsste ich mir nie die Mühe machen, das Büro zu verlassen.»

«Cava! Das ist nicht fair. Ich bin müde. Ich hatte einen langen Tag.»

«Verstehe.»

«Also gut, fahren wir.»

Cavalli lenkte den Wagen zufrieden Richtung Seefeld.

Der Eingang ins Sportzentrum war unscheinbar. Lediglich eine Glasvitrine mit Fotos von Wettkämpfen liess darauf schliessen, was sich hinter der Tür befand. Doch das Innere war mit modernsten Sportgeräten ausgestattet, die Räume erstaunlich grosszügig. Warme, schweissgeschwängerte Luft schlug ihnen entgegen.

Cavalli fragte am Empfang nach den Junioren und wurde auf einen kleineren Trainingsraum im Untergeschoss verwiesen. Er steuerte langsam auf die Treppe zu, während er die Wettkampfbilder an der Wand studierte. Regina beobachtete, wie er die Hände zu Fäusten ballte und schmunzelte. Sie fanden den Raum auf Anhieb. Rund zwölf Jugendliche übten unter der Leitung einer Frau, die kaum älter als zwanzig schien, verschiedene Techniken.

Cavalli erklärte ihr die Kombinationsabläufe. Sein Blick blieb an einem schmalen Jungen hängen. «Nicht schlecht, diese Schläge. Hart und schnell. Er zögert nicht, nachzusetzen.» Cavalli verlagerte sein Gewicht im Takt der Schläge.

Als die Trainerin sie bemerkte, unterbrach sie die Übung und verordnete Liegestützen.

«Alex Gerini. Kann ich Ihnen helfen?»

Cavalli erklärte, warum sie gekommen waren.

«Es ist schrecklich. Wir sind alle geschockt.» Gerini zeigte auf die Jugendlichen hinter ihr. «Lynn hat sie seit Jahren trainiert. Sie holte aus jedem das Beste heraus. Ich kann mir nicht vorstellen, wer ihr etwas antun würde.»

«Waren Sie mit ihr befreundet?»

«Nein. Sie hat mich früher trainiert, aber privat kannte ich sie nicht gut. Natürlich haben wir uns an Vereinsaktivitäten getroffen, am Chlaushöck zum Beispiel, oder an Wettkämpfen. Aber sonst hatten wir nicht mehr viel miteinander zu tun.» Die Junioren hatten mit den Liegestützen aufgehört und sahen neugierig in ihre Richtung. «Los, macht weiter! Fragen Sie doch Viktor, er kannte sie am besten. Viktor Lukasch. Normalerweise trainiert er sogar um diese Zeit.»

Cavalli bedankte sich. «Stört es Sie, wenn wir beim Training zuschauen? Ich möchte im Anschluss einige Fragen an die Jugendlichen richten.»

«Kein Problem.» Gerini wandte sich wieder an die Junioren und erklärte, warum die zwei Besucher anwesend waren. Von diesem Moment an fiel es den meisten schwer, sich zu konzentrieren.

Cavalli beobachtete die ungelenken Bewegungen eines schlaksigen Jungen und konnte sich nicht mehr beherrschen. Er zog seine Schuhe aus, ging auf ihn zu und korrigierte seine Fussstellung. Als Gerini merkte, dass er etwas vom Kickboxen verstand, nickte sie ihm ermunternd zu.

Regina machte es sich auf einer Matte bequem und fragte sich, warum Cavalli zu seinem eigenen Sohn keinen Zugang fand.

7

Als Regina am Dienstagmorgen mit brennenden Augen die Staatsanwaltschaft betrat, beschloss sie, sich von Cavalli nie mehr unter der Woche zu einem nächtlichen Ausflug überreden zu lassen. Unter dem empörten Blick der Eltern hatte er bis elf Uhr die Personalien der Junioren aufgenommen und Termine für Einzelbefragungen festgesetzt, um sich anschliessend mit dem Leiter des Kickbox-Zentrums in eine Bar abzusetzen.

Sutter schaute nicht auf, als Regina an ihm vorbeiging. Sie erinnerte sich an ihre Korrekturen und deutete sein Schweigen als Zeichen dafür, dass er beleidigt war.

Auf ihrem Pult lagen bereits die ersten Nachrichten: Tozzi erinnerte sie an die Abteilungssitzung mit anschliessendem Mittagessen, von dem Regina nichts gewusst hatte. Sie hatte über Mittag mit Chantal abgemacht. Der Transportdienst der Kapo hatte eine Rückfrage zu einem Gefangenentransport, und eine «A. Wukitic» habe angerufen. Regina nahm den letzten Zettel und hielt ihn Sutter unter die Nase.

«Wann hat Frau Vukotic», sie betonte das O, «angerufen?»

Der Polizist sah von der Gefangenenpost auf, die er sortierte. «Zirka vor einer halben Stunde.»

«Zirka oder bist du sicher?»

«Willst du die genaue Minute wissen?»

«Dazu sind die vorgedruckten Formulare da.»

Sutter verschränkte die Arme im Nacken. «Acht Uhr null vier.»

«Und was wollte sie?»

«Dich.»

Regina ging kopfschüttelnd in ihr Büro zurück und wählte Ankicas Nummer. Sie befürchtete, Marko könnte während der Nacht gestorben sein, aber Ankica wollte nur wissen, ob Regina weitergekommen sei. Regina verneinte und legte energielos auf. Den Kopf in eine Hand gestützt, huschte ihr Blick über die Aktenberge, und sie fragte sich, wie sie die Arbeit bewältigen sollte. Bevor ihr Selbstmitleid überhandnehmen konnte, rief Gurtner an und bat um die nötigen Papiere, um Einsicht in Ingolds Finanzen zu bekommen. Regina startete ihren PC und machte sich an die Arbeit.

«Die Frau war nicht reich, ihr einziger Sohn ist tot, sie lebt zurückgezogen, spendet für die Krebsliga, isst kein Fleisch …»

«Was hat das damit zu tun?», fragte Pilecki.

«Was weiss ich?»

Pilecki grinste. «Du bist verzweifelt. Komm schon, streng dich an, ich weiss, irgendwo in deinem Dickschädel verstecken sich einige Hirnzellen.»

«Du glänzt auch nicht gerade mit Vorschlägen!»

Pilecki musste zugeben, dass Gurtner Recht hatte. Elsbeth Ingold hatte ein einfaches Leben geführt. Die Liste der Personen, die etwas über sie zu sagen hatten, war kurz.

Gurtner nahm einen grossen Bissen von seinem Sandwich, und ein Stück Salami fiel aufs Lenkrad. Er wischte den Fettfleck mit dem Ärmel weg.

«Schmutz!», sagte Pilecki plötzlich.

Gurtner starrte ihn an.

«Ingold hatte Arthrose. Putzen muss ihr schwer gefallen sein.» Pilecki schnippte mit den Fingern. «Was schliessen wir daraus?»

«Nicht schlecht! Wer kann für sie geputzt haben? Ein Spitexdienst oder so?»

«Das herauszufinden, ist ein Kinderspiel. Los, fahr zurück. Nachbarn wissen über solche Details immer Bescheid.»

Kurz darauf sassen sie im Wohnzimmer von Paula Loureiro, die seit acht Jahren bei Ingold putzte. Die Portugiesin war soeben aus Lissabon zurückgekehrt, wo sie die Feiertage bei ihrer Familie verbracht hatte. Die Nachricht von Ingolds Tod schockierte sie. Nervös bot sie den Polizisten Süssigkeiten an.

Auf ihren letzten Besuch bei Ingold angesprochen, sagte Loureiro: «Alles war wie immer. Frau Ingold hat Radio gehört und nach dem Essen einen Mittagsschlaf gemacht.»

«Hat sie etwas Aussergewöhnliches gesagt?», fragte Pilecki.

«Wie, aussergewöhnlich?» Loureiro schielte zu ihrem Mann, der stumm neben ihr sass.

«Worüber haben Sie gesprochen, wenn Sie bei ihr waren?»

«Ich habe geputzt, nicht gesprochen.»

«Hat Ihnen Frau Ingold nie etwas erzählt?»

«Manchmal sprach sie über ihren Sohn. Er lebte in Australien. Er … ist vor fünf Jahren gestorben.»

«Hatte sie Kontakt zu ihm?»

«Er schickte ihr an Weihnachten und zum Geburtstag Karten, aber er kam nie in die Schweiz. Auf jeden Fall nicht, seit ich bei Frau Ingold putze … geputzt habe.» Sie senkte den Blick.

Pilecki stellte Routinefragen, doch keine führte weiter. Auch Gurtner war ratlos. Nach einer Stunde verabschiedeten sie sich und gingen schweigend zum Wagen.

Als sie Mettmenstetten hinter sich gelassen hatten, sagte Pilecki: «Das ist nicht möglich.»

«Nein.»

«Irgendetwas übersehen wir.»

«Ja.»

Pilecki griff aus Gewohnheit an seine Brusttasche und liess die Hand wieder fallen.

«Hast du immer noch Lust zu rauchen?»

«Eigentlich nicht. Es ist ein Reflex.»

«Ich dachte nicht, dass du es durchziehst.»

«Irina ist froh, dass ich aufgehört habe.»

«Sie rauchte doch auch?»

«Früher. Aber nur in Begleitung von Kunden. Frag mich nicht warum, aber sie waren grosszügiger, wenn sie mitrauchte.»

«Tatsächlich? Das … ich wusste nicht, dass es … wichtig ist.»

«Geteilte Sünde, halbe Sünde, denke ich», sagte Pilecki. «Eigentlich ein interessanter Gedanke. Warum morden Menschen nicht öfters in Gruppen?»

«Das nennt man Krieg.» Gurtner schaltete in den dritten Gang, als sie an den ersten Häusern von Hedingen vorbei fuhren.

«Stimmt. Aber im Krieg gibt es wenigstens Regeln.»

«Was willst du damit sagen?»

«Nichts, ich denke nur laut. Das Geschoss geht mir nicht aus dem Kopf. Deformationsgeschosse sind seit der Haager Konvention verboten.»

«Wann war das?»

«Ende 19. Jahrhundert. Die Briten waren der Meinung, sie bräuchten stärkere Geschosse. Sie führten damals in Indien Krieg gegen Aufständische. Das gebräuchliche Mark-II-Geschoss tat es nicht mehr, also wurde das erste Teilmantelgeschoss entwickelt. Die Munitionsfabrik lag in Dum Dum, daher der Name. Heute verstehen wir darunter natürlich etwas anderes. Aber das ‹echte› Dum-Dum-Geschoss ist ein Teilmantel-Rundkopf-Geschoss. An der Friedenskonferenz von Den Haag wurden die Briten wegen dieses Geschosses angegriffen. 1899 wurden dann Deformationsgeschosse verboten.»

«Sie hätten den Krieg verbieten sollen», sagte Gurtner.

«Erzähl mir über den Fall, den du heute vor Gericht vertrittst», bat Chantal. «Geht es um Mord?»

Regina klemmte den Hörer zwischen Kinn und Schultern ein und hob die Tastatursperre an ihrem PC auf. «Nein, ich vertrete immer noch meine alten Fälle von der BAZ.» Sie erzählte vom jungen Drogenkonsumenten, der dreizehn Raubüberfälle begangen hatte. «Er bedrohte die Anwesenden mit einer ungeladenen Militärpistole und zwang sie, Geld auszuhändigen. Ich werde mindestens eine dreijährige Zuchthausstrafe beantragen. Die Überfallenen wussten nicht, dass die Waffe ungeladen war. Sie glaubten, die Situation sei lebensbedrohlich.»

Chantal hing an ihren Worten: «Und du wirst damit durchkommen?»

«Vermutlich wird man den Vollzug der Strafe zugunsten einer stationären Massnahme aufschieben. Die Straftaten hängen eng mit seiner Kokainsucht zusammen. Er muss behandelt werden.» Regina schaute auf die Uhr und entschuldigte sich noch einmal dafür, dass sie ihre Verabredung absagen musste. «Ich wusste nichts vom Abteilungsessen.»

Das Bezirksgericht folgte Reginas Argumentation und bewertete das Verschulden des Räubers als schwer. Eine Therapie wurde angeordnet. Regina verabschiedete sich zufrieden. Sie machte einen Abstecher in den «Bar-à-Graph», der sich im obersten Stock des Bezirksgebäudes befand. Sie hoffte, in der Kantine ehemalige Kollegen von der BAZ zu treffen, doch bis auf einige Polizisten und Juristische Sekretäre vom Gericht war der Raum im Dachstock leer.

Regina versuchte, ihre Arbeit aus Chantals Perspektive zu betrachten. Sie verstand, weshalb ihre Schwester sie beneidete. Dass die Realität nicht halb so abenteuerlich war wie Chantals Vorstellungen, war schwierig zu erklären. Genauso schwierig wie die Tatsache, dass Regina sich manchmal den geregelten Alltag ihrer Schwester und das Chaos ihrer Neffen wünschte.

Sie leerte ihr Glas und stellte es zurück. Was, wenn Cavalli über seinen Schatten springen könnte? Sich auf sie einlassen, auf seine zahlreichen Eskapaden verzichten und sich einer Familie widmen würde? Plötzlich sehnte sie sich nach ihm. Wir sind zusammen single, dachte sie. Beide allein, doch weil sie diese Einsamkeit nicht ertrugen, suchten sie Linderung, indem sie die Bürde teilten. Nein, gestand sie sich ein, es lag mehr zwischen ihnen als der Wunsch, nicht allein zu sein. Cavalli teilte ihre Welt, sowohl ihre Arbeits- als auch ihre Gefühlswelt. Er verstand ihre Neugier; auch er wollte begreifen, was Menschen antrieb, wo ihre Grenzen lagen.

Die Glastür ging auf und Regina verliess das Bezirksgebäude durch die Schleuse. Die kalte Luft war wie eine Ohrfeige. Regina dachte daran, wie sie vor Kurzem die Tage gezählt hatte, bis sie bei der STA IV anfangen würde. Jetzt musste sie ihre Energie darauf konzentrieren, ihre Arbeit in den Griff zu bekommen.

Sie überquerte die Strasse und marschierte zum Helvetiaplatz. Auf dem Brunnenrand sassen einige Tauben, die erschrocken die Flügel ausbreiteten, als Regina mit raschen Schritten vorbeiging. Sie verschwand durch den unscheinbaren Eingang der Staatsanwaltschaft und fuhr in den vierten Stock, um Landolt aufzusuchen. Sie wollte endlich Klarheit darüber, wie viele Fälle Tozzi ihr abschieben durfte.

Kathrin Salina begrüsste sie herzlich.

«Ich suche Max.»

«Er ist an der Feier im Hyatt.» Die Sekretärin merkte, dass Regina nicht Bescheid wusste. «Die Oberstaatsanwaltschaft hat zahlreiche wichtige Leute zu einer Veranstaltung im Park Hyatt eingeladen. Sie feiern den Startschuss zur Umsetzung der Strukturreform. Kann ich dir helfen?»

«Ist er morgen da?»

«Nur kurz. Er ist praktisch die ganze Woche ausgebucht. Am besten, du schreibst ihm ein Mail.»

«Ich würde ihn lieber persönlich sprechen.»

Salina zuckte mitfühlend die Schultern. «Sag mal, hast du eine Ahnung von Urteilskontrolle?»

«Warum?»

«Ich bin neu dafür zuständig, eine weitere Folge der Strukturreform.» Salina verzog das Gesicht. «Eigentlich mag ich Veränderungen, aber von der versprochenen Schulung habe ich bis heute wenig gemerkt. Es gibt kein Handbuch, nichts Greifbares.»

«Zeig mal her.» Als Regina sich eine halbe Stunde später von Salina verabschiedete, hatte sie eine Verbündete auf der STA IV.

Cavalli stand auf. Die Luft war stickig, aber er öffnete die Fenster nicht. Lukaschs Gesicht glänzte, und er atmete schwer. Cavalli legte seine Handflächen auf die Tischplatte und lehnte sich zu Lukasch vor. Er zählte darauf, dass Lukasch die Schweizer Gesetze nicht genau kannte. Er hatte kein Recht dazu gehabt, seine Anrufe zu überprüfen.

«Sie haben Lynn Fasolin am 6. Januar um 17.53 Uhr angerufen. Das Gespräch dauerte sechs Minuten. Das geht aus Ihrem Telefonspeicher hervor.»

«Und?»

«Warum haben Sie sie angerufen?»

«Wegen Trainingsräumen.»

«Genauer.»

«Ein Raum war doppelt belegt.»

Cavalli bohrte seine Augen in Lukaschs. «Welcher?»

«Ich weiss es nicht mehr.»

Cavalli sagte zu Pilecki: «Wir unterbrechen kurz. Ruf im Oriental Sports Center an und klär das mit dem Raum.»

Lukasch, der glaubte, man würde ihm eine Verschnaufpause gönnen, wischte sich den Schweiss von der Stirn. Cavalli blieb reglos vor ihm stehen, bis Pilecki zehn Minuten später mit einer Wasserflasche und drei Gläsern zurückkam.

Pilecki schenkte sich Wasser ein und nahm einen grossen Schluck. Lukasch folgte der Bewegung, doch sein Stolz liess es nicht zu, dass er um Wasser bat. Die Polizisten boten ihm kein Glas an.

«Keine Doppelbelegung. Er lügt.»

«Beginnen wir von vorne», sagte Cavalli. «Sie haben Lynn Fasolin am 6. Januar um 17.53 Uhr angerufen.»

Lukasch blinzelte müde. «Ja.»

«Worüber habt ihr gesprochen?»

«Das habe ich gesagt.»

«Und jetzt will ich die Wahrheit wissen!»

Der Ukrainer legte seine kräftigen Arme auf den Tisch und lehnte sich vor, bis sich sein Gesicht wenige Zentimeter vor Cavallis befand. Er schwieg. Der Machtkampf war eröffnet.

Pilecki setzte sich und schenkte Wasser nach. Er unterdrückte ein Gähnen und sah sehnsüchtig zum Fenster. Aus Erfahrung wusste er, dass Cavalli Ausdauer hatte. Lukasch vermutlich auch.

Regina kämpfte dagegen an, dass ihr die Augen zufielen. Sie beschloss, früh Feierabend zu machen und ihr Versprechen an Ankica einzulösen. Sie wählte Cavallis Nummer, doch er nahm nicht ab. Sie versuchte es anschliessend bei Fahrni.

«Bambi?», sagte er. «Natürlich habe ich ihre Handynummer. Sie ist aber schon gegangen.»

«Wo wohnt sie?»

«Privat?»

Regina schmunzelte. «Ich nehme nicht an, dass sie ein Zimmer im Kripo-Gebäude hat!»

«Wenn, dann wäre es der Kraftraum.»

Meyer war überrascht, als Regina anrief. «Klar kannst du vorbeikommen. Ich bin zu Hause.»

Eine halbe Stunde später stand Regina vor dem Coiffeursalon an der Tramlinie elf, den Meyer beschrieben hatte. Ihre Wohnung befand sich darüber im ersten Stock. Ein dunkelhaariger Mann in einem engen T-Shirt öffnete die Tür. Er war einen halben Kopf kleiner als Regina, was er aber an Breite wettmachte. Das musste Giulio sein. Fahrnis Beschreibung war zutreffend. Der Sizilianer sah aus wie ein Mövenpick-Cornet: Seine dünnen Beine passten nicht zu seinem durchtrainierten Oberkörper.

Meyer drängte sich an ihm vorbei und bat Regina herein. Sie führte sie zu einem schwarzen Ledersofa und holte eine Flasche Cola. Im Hintergrund lief eine italienische Talkshow.

«Du fragst dich sicher, warum ich hier bin.»

«Natürlich.»

Regina erzählte von Markos Unfall und von Ankicas Skepsis. Meyer hörte aufmerksam zu. Als Regina mit den Worten schloss, sie wolle Ankicas Zweifel aus dem Weg räumen, machte die Polizistin ein grimmiges Gesicht.

«Du denkst, unsere Techniker hätten etwas übersehen?»

«Wäre es theoretisch möglich?», fragte Regina.

«Klar. Aber unwahrscheinlich. Unfallwagen werden von

Spezialisten untersucht. Aber das weisst du ja. Giulio! Stell den Fernseher leiser! Und nun willst du, dass ich mir das Auto ansehe.»

«Würdest du das tun?»

«Ich habe weniger Erfahrung als unsere Unfallspezialisten, Automechanikerlehre hin oder her.»

«Du bist neutral. Du verurteilst Marko nicht von vornherein.»

«Mach dir nicht zu viel Hoffnung. Manchmal tun Menschen Dinge, die überhaupt nicht zu ihnen passen.»

«Trotzdem wäre ich froh um deine Meinung.»

«Geht in Ordnung. Giulio! Hast du mich gehört?»

Giulio schlenderte ins Wohnzimmer und setzte sich neben Meyer. Er legte einen Arm um ihre Schulter. Sie stiess ihn irritiert weg. Als sich Giulios Gesicht verfinsterte, verabschiedete sich Regina hastig.

Draussen schwebten dünne Schneeflocken behutsam vom Himmel. Ein Handy klingelte, und es dauerte einen Moment, bis Regina merkte, dass es ihres war.

«Du hast mich gesucht?», sagte Cavalli ohne Umschweife.

«Es hat sich erledigt, danke.»

Regina erzählte ihm nichts vom Besuch bei Meyer. Er erwähnte nicht, dass er Lukasch erneut über sechs Stunden befragt hatte.

«Ich mache noch einen kurzen Abstecher in den Kraftraum. Soll ich anschliessend etwas vom Thailänder mitbringen?»

«Nur wenn du mir versprichst, dass du die Akten von Fasolin und Ingold im Büro lässt.»

«Nichts leichter als das.» Nachdem sie sich seit bald einer Woche im Kreis drehten, war er froh, die Fälle einen Abend lang ruhen zu lassen.

Pilecki freute sich auf das Essen, das ihn erwartete. Irina kochte einfach, aber gut. Er hatte sich rasch an die warmen Mahlzeiten am Abend gewöhnt und sich von Gurtner bereits Kommentare über seine Figur anhören müssen.

Nach den langen Stunden im stickigen Zimmer sog er die kalte Luft gierig ein. Lukasch war trotz Sauerstoffmangels nicht zu knacken gewesen. Pilecki, in der Regel geduldig, hatte mehr als einmal auf die Uhr geschaut und dafür von Cavalli einen vorwurfsvollen Blick kassiert.

Es war nach acht, als er endlich die Tür zu seiner Wohnung öffnete. Kein Duft von Kartoffeln schlug ihm entgegen. Er rief nach Irina, erhielt aber keine Antwort.

Sie sass im Wohnzimmer. Langsam drehte sie den Kopf in seine Richtung. Ihre Augen blitzten gefährlich, und Pilecki machte sich auf das gefasst, was kommen würde. Er hoffte, dass er nicht der Auslöser für ihre Wut war.

«Ich habe dich dreimal angerufen», schleuderte sie ihm entgegen.

«Ich weiss. Ich war in einer Befragung, sah deine Anrufe erst vor zwanzig Minuten.»

«Du hast nicht zurückgerufen!»

«Ich dachte, es lohne sich nicht mehr. Es tut mir leid, wenn ich das falsch eingeschätzt habe.» Pilecki setzte sich neben sie, traute sich aber nicht, sie zu berühren. «Warst du einsam?»

Irina warf ihre Haare mit einer rabiaten Geste über ihre linke Schulter. «Natürlich nicht! Wofür hältst du mich? Ich würde kaum dreimal anrufen, nur um zu plaudern.»

Pilecki schwieg.

«Komm mit.» Irina marschierte in Katjas Zimmer. Es war leer.

Pileckis Herz machte einen Satz. «Ist … Katja … wo …»

«Sie schläft in unserem Bett.» Dann deutete sie auf die Unordnung im Zimmer. «Schau dir das an!»

Pilecki betrachtete die Puppen, Kleider und Bücher am Boden. Er verstand nicht, was Irina ihm sagen wollte.

«Juri! Jemand war da! Katja hinterlässt nie eine solche Unordnung.»

«Wie, jemand … du meinst, ein Einbrecher?»

«Woher soll ich das wissen! Wir waren mit Sweta und Dimka im Zoo. Als wir zurückkamen, sah das Zimmer so aus.»

Pilecki versuchte, das Zimmer aus Sicht eines Polizisten zu betrachten. Er sah ein Kinderzimmer, das zwar nicht aufgeräumt, aber in dem auch kein totales Chaos war.

«Vielleicht hat sie einfach vergessen aufzuräumen.»

«Ich kenne doch meine eigene Tochter!»

«Schon gut, ich denke nur laut. War die Tür verschlossen, als ihr zurückkamt?»

«Ja.»

«Hast du Spuren eines gewaltsamen Eindringens bemerkt?»

«Nein.»

«Irina …»

«Du glaubst mir nicht», unterbrach sie.

Pilecki seufzte müde. Irina wandte sich ab und ging ins Schlafzimmer. Sie schloss die Tür hinter sich.

Cavalli zeichnete mit seinen Stäbchen ein Kreuz in die Luft.

«Er ist tot?»

Cavalli nickte. «Milieumord.»

Regina liess sich gegen die Stuhllehne zurückfallen. Seit zwei Jahren ermittelte sie gegen den Bordellbesitzer Peter Zuberbühler. Sie hatte unzählige Stunden Arbeit investiert, damit er wegen Menschenhandels verurteilt wurde. Die Untersuchung stand kurz vor dem Abschluss, und Regina war sicher, dass sie damit durchkommen würde. Sie legte ihre Stäbchen hin. Sie hatte keinen Appetit mehr.

«Wann hast du es erfahren?»

«Vor einer Stunde.»

«Weiss man, wer es war?»

«Die Konkurrenz.» Cavalli fischte ein Stück Poulet aus der Sauce. «Sie haben den Türken sozusagen mit dem tropfenden Messer in der Hand erwischt.»

«Semih Okur?»

«Genau.»

Regina hätte schreien können. Sie wollte Zuberbühler hinter Gittern sehen. Vor allem war ihr wichtig, an ihm ein Exempel zu statuieren. Er hatte Dutzenden von Frauen das Leben zur Hölle gemacht.

«Hoffentlich hat er gelitten!»

«Bestimmt. Okur ist nicht zimperlich.»

Regina schob ihm ihre Nudeln hin. «Es geht das Gerücht herum, dass die Russen ins Geschäft einzusteigen versuchen. Weisst du, ob das stimmt?»

«Russen? In Zürich? Kaum. Soviel ich weiss, waschen sie nur ihr Geld hier. Aber in Deutschland sind sie gut vernetzt, kontrollieren ganze Rotlichtviertel.»

«Vielleicht entsteht mit Zuberbühlers Tod ein Vakuum.»

«Wir werden es sehen.» Plötzlich erstarrte er.

«Was ist?»

«Die Birken.»

«Die Birken?»

Cavalli sprang auf. «Das Bild bei Ingold. Ein verschneiter Birkenwald. Ist es dir nicht aufgefallen?»

«Ich war nicht dort, das war Theresa», erinnerte ihn Regina. «Was ist damit?»

«Es ist anders. Alle Bilder in ihrem Wohnzimmer sind düster und schwer. Nur dieses eine ist mit einem leichten Pinselstrich gemalt worden. Die Farben sind hell, fast fröhlich.»

«Ein fröhlicher Birkenwald?»

Cavalli rief Hanisch an. Sie nahm nicht ab. Frustriert ging er in der Küche auf und ab. «Ich will es mir noch einmal ansehen. Kommst du mit?»

«Jetzt?»

Cavalli sah sie erstaunt an. «Wir haben es mit einem Mord zu tun!»

«Cava, du hast es immer mit einem Mord zu tun! Das liegt daran, dass du beim KV arbeitest!» Regina räumte das Geschirr weg. «Nein, ich komme nicht mit.» Sie drehte sich mit einer Drohgebärde zu ihm um. «Und mach mir keine Vorwürfe! Es ist halb elf, ich bin müde und muss morgen fit sein.»

«Wie du meinst», sagte Cavalli kühl. Er holte seine Jacke.

Regina folgte ihm. «Sagst du mir noch, was an diesem Bild so besonders sein soll?»

«Ich weiss es nicht», antwortete er und ging.

Pilecki willigte ein, mit nach Mettmenstetten zu fahren. Cavalli war erfreut, dass er noch für nächtliche Ausflüge zu haben war. Er fragte nicht, was Irina dazu meinte. Während sie stadtauswärts fuhren, erzählte er seinem Kollegen vom Bild.

«Und was genau möchtest du nun herausfinden?» Pilecki fischte ein Fisherman's Friend aus der Tasche und bot seinem Chef eines an.

«Danke. Ob es ein russischer Birkenwald ist.»

«Und wenn der Wald nun russisch ist?»

«Dann frage ich mich, warum Ingold das Bild eines russischen Waldes ins Wohnzimmer hängt. Das überhaupt nicht zur restlichen Einrichtung passt.»

Pilecki dachte nach. Er versuchte, sich Wohnungen alter Frauen in Erinnerung zu rufen. Seine eigene Mutter, die in Prag lebte, hatte vieles aufgehoben, das sich im Laufe ihres

Lebens angesammelt hatte. Kinderfotos von ihm hingen neben gestickten Teppichen und Postkarten; auf den Regalen standen neben den zahlreichen Büchern Souvenirs und Geschenke. Nichts passte zusammen, trotzdem erzählten die Gegenstände ihr Leben nach.

Er bat Cavalli, das Wohnzimmer zu beschreiben. Er wusste, dass sein Chef ein fotografisches Gedächtnis hatte, und wollte sehen, wie sein Unterbewusstsein die Einrichtung gewichtete. Manchmal verzerrte die Erinnerung ein Bild, weil gewisse Bestandteile als wichtiger eingestuft wurden.

Cavalli fixierte die Strasse vor ihm. «Wenn du ins Wohnzimmer kommst, steht rechts eine Wohnwand. Aus massiver Kiefer. Sie ist tabakfarbig gebeizt. Ein alter Fernseher ragt über die Kante hinaus, eine Hängepflanze, die auf dem Gestell direkt darüber steht, wächst seitlich an ihm herunter. Rechts davon liegt ein altrosa gehäkeltes – wie sagt man diesen Deckchen? – egal, darauf steht eine Aufsatzuhr, an der sich zwei Engel räkeln.»

Pilecki schloss die Augen und malte in Gedanken das Bild, das Cavalli beschrieb. Langsam füllte sich das Zimmer mit Möbeln, Bildern und Gebrauchsgegenständen. Cavalli zählte auf, was in den Regalen stand, an den Wänden hing und auf dem Sofa lag. Als sie fast in Mettmenstetten ankamen, ging er zu den Gerüchen über.

«Nur die Aloe auf dem Beistelltisch war frisch. Ein trockener Staubgeruch bedeckt das ganze Wohnzimmer. Er sitzt in den Ritzen, so als wären die Gegenstände lange nicht bewegt worden.»

«Aber es wurde doch regelmässig geputzt.»

«Das hat nichts mit Schmutz zu tun. Der Geruch stammt davon, dass die Luft nicht zirkuliert und dass stark geheizt wird.» Cavalli bog an der Kreuzung Richtung Bahnhof ab.

«Wohin fährst du?»

«Jäggi hat den Schlüssel. Die feinen Gerüche konnte ich nicht mehr erkennen, dazu war die Leiche zu … penetrant.»

Pilecki verzog das Gesicht. «Es erstaunt mich, dass du überhaupt etwas anderes gerochen hast!»

Jäggi übergab ihnen ohne Zögern den Schlüssel. Er bot nicht an, mitzukommen. Kurz darauf standen sie vor Ingolds Tür. Cavalli bat Pilecki, draussen zu warten, bis er die ersten Gerüche erfasst hatte.

Der Staubgeruch war stärker als beim ersten Mal, doch der Leichengestank kleisterte immer noch die feinen Nuancen zu. Cavalli bezweifelte, dass das Haus je wieder wie früher riechen würde. Nachdem er die Luft hatte auf sich wirken lassen, rief er Pilecki herein und steuerte aufs Wohnzimmer zu. Pilecki folgte ihm und nickte anerkennend. Das Zimmer sah haargenau so aus, wie Cavalli es beschrieben hatte.

Cavalli stand vor dem Bild und suchte nach einem Hinweis darauf, wer es gemalt hatte. In der linken unteren Ecke waren zwei Zeichen hingekritzelt. Eines sah aus wie ein umgekehrtes N, das andere schien ein A zu sein.

«N.A.?»

«I.A.», sagte Pilecki. «Kyrillisch.»

Natürlich, dachte Cavalli, leicht beschämt. Dann ergriff ihn ein Gefühl von Aufregung. «Es ist nicht nur ein russischer Birkenwald, er wurde von einem Russen gemalt!» Er nahm das Bild von der Wand und drehte es um. «Was heisst das?»

Pilecki konnte den Satz, der mit hellem Bleistiftstrich auf die Rückseite des Bildes gekritzelt war, kaum entziffern. «Wessenneje solntse w lessu. Frühlingssonne im Wald.»

«Russisch?»

Pilecki nickte langsam. «Ich verstehe aber immer noch nicht, was uns das sagen soll.»

Cavalli grübelte. «Birken, Kaviar, Ferien in Kiew – du weisst, was ich von Zufällen halte.»

«Du klingst wie Fahrni.»

«Der Auslöser ist die Makarov-Patrone. Seither zeigt die Kompassnadel immer nach Osten.»

«Vergiss nicht, dass Russland und die Ukraine zwei verschiedene Länder sind. Westeuropäer werfen alles in einen Topf. Ausserdem hast du selber gesagt, dass es zu früh ist, um Vergleiche zwischen Ingold und Fasolin zu ziehen.»

«Das sind keine Vergleiche. Wir sammeln Daten. Und viele stammen aus dem Osten.» Cavalli schlug vor, im Haus nach anderen Souvenirs aus Russland zu suchen.

Sie teilten sich auf und gingen jedes Zimmer durch. Die Suche verlief erfolglos. Nach einer Stunde gaben sie enttäuscht auf.

Pilecki gähnte.

Cavalli streckte seinem Kollegen die Autoschlüssel hin. «Ich brauche mehr Zeit.» Er wandte sich ab und vertiefte sich wieder in das Bild des Birkenwalds.

Pilecki verliess kopfschüttelnd das Haus.

Cavalli begann noch einmal im Schlafzimmer, wo er Zentimeter für Zentimeter unter die Lupe nahm. Mit jedem Gegenstand, den er berührte, glaubte er, Elsbeth Ingold besser zu kennen. Er versetzte sich in ihr Leben und begriff, wie ihr Tagesablauf ausgesehen haben musste. Die Einsamkeit, die immer deutlicher wurde, berührte ihn. Das Alter, bis jetzt so weit weg, rückte bedrohlich näher.

Erschöpft liess sich Cavalli gegen Morgen auf das Sofa fallen und schloss die Augen. Er spürte ganz unerwartet das Bedürfnis, mit Christopher zu reden. Er hatte ihn in letzter Zeit wenig gesehen. Er nahm sich vor, so bald wie möglich mit ihm Roller anschauen zu gehen.

Cavalli legte einen Arm über seine Nase, um sich etwas

vom Leichengeruch zu erholen, und fiel in einen rastlosen, von wirren Träumen geplagten Schlaf.

Regina rannte durch einen Birkenwald und schaute immer wieder über ihre Schulter. Er versuchte, sie einzuholen, doch der Boden unter seinen Füssen war wie ein Laufband, und er kam nicht vom Fleck. Dann befanden sie sich in einem Raum, und er konnte sie flüchtig mit den Fingerspitzen berühren, bevor sie sich losriss und zurücksprang. Er wollte ihr nach, war aber wie gelähmt. Er versuchte sich zu bewegen, sie festzuhalten, doch sie rannte zur Tür hinaus und verschwand.

Keuchend erwachte er und sah zur Tür. Das Haus war still, die Luft immer noch geschwängert mit dem Geruch von Staub und Leichenfäulnis. Cavallis Blick jagte hin und her, während er sich zu sammeln versuchte, bis er an der Wohnwand gegenüber hängen blieb. Langsam setzte er sich gerade hin, ohne die Augen vom Möbelstück zu lösen. Er betrachtete das Schrankelement vor ihm und erhob sich. Etwas störte ihn. Er strich im Wohnzimmer umher, studierte das Regal von allen Seiten und verglich es mit den anderen. Plötzlich wusste er, was es war: die fehlende Symmetrie. Eine Kerze stand ganz rechts, daneben war der Platz leer. Er setzte sich wieder aufs Sofa. Er war sicher, dass etwas fehlte.

Cavalli war in Fasolins Akte vertieft, als Pilecki am nächsten Morgen das Sitzungszimmer betrat. Pilecki war schlecht gelaunt, weil er sich nicht mit Irina versöhnt hatte und weil Katja die Ruhe, die er nach der kurzen Nacht dringend gebraucht hätte, mit Geplapper über Wadim und seine Tätowierungen gefüllt hatte. Dann hatte sie Dimkas Eisenbahn beschrieben, bis Pilecki am liebsten seine Ohren zugehalten hätte.

Er suchte im Gesicht seines Chefs nach Spuren einer schlaflosen Nacht. Als er die dunklen Ringe unter seinen

Augen sah, war er beruhigt. Auch der Häuptling hatte seine Grenzen.

Cavalli schlug die Akte zu. «Ich habe Neuigkeiten!» Er erzählte, dass er um fünf Uhr Paula Loureiro aus dem Bett geholt hatte. «Es fehlt etwas!»

«In Ingolds Haus?», fragte Pilecki.

«Darüber sprechen wir doch!»

«Natürlich.» Pilecki bückte sich, um seinen Schuh zu binden. «Also, was fehlt?»

Cavalli wartete. Erst als Pilecki sich demonstrativ setzte und ihm seine ganze Aufmerksamkeit widmete, platzte Cavalli mit der Neuigkeit heraus: «Eine Matrioschka!»

«Bist du sicher?»

«Loureiro ist sicher. Als sie das letzte Mal geputzt hat, stand sie noch im Regal.»

«Du denkst, es war ein Raub?»

«Ich denke gar nichts. Ich sage nur, dass eine Matrioschka fehlt.»

Im Flur hörte Cavalli, wie Meyer und Fahrni aus dem Lift traten. Sie diskutierten angeregt, und Cavalli schnappte die Wörter Geiselnahme und Gefahr auf.

«Bambi scheint es noch nicht verdaut zu haben, dass sie bei den gefährlichen Einsätzen unerwünscht ist», sagte Pilecki trocken.

Die Tür flog auf, und Meyer stapfte herein. «Frag doch den Häuptling, ob er dich ins Archiv versetzt! Dort musst du gar nie Angst haben», rief sie über ihre Schulter und schmiss ihre Tasche auf einen Stuhl.

«Scheint dir gefallen zu haben bei den Grenadieren», sagte Cavalli. Bevor sie Luft holen konnte, fuhr er fort: «Bitte schau vor dem Rapport im Message Handler kurz nach, wo die DNA-Probe steckt.»

Der Message Handler war seit Anfang Jahr in Betrieb und

erlaubte es der Polizei und den Justizbehörden, jederzeit im System nachzusehen, wo sich eine DNA-Spur befand. Es ersparte allen lästige Suchaktionen per Telefon und dem IRM zeitaufwändige Kurzberichte.

Meyer wandte sich an Fahrni, der ihr mit einem Sicherheitsabstand ins Zimmer gefolgt war. «Das ist etwas für dich! Es kann dir gar nichts dabei passieren.»

Cavalli fixierte Meyer. «Ich habe aber dich darum gebeten.»

Als sie wortlos auf dem Absatz kehrtmachte, sagte Fahrni: «Was kann ich dafür, wenn sie enttäuscht ist? Ich habe die Regeln in diesem Betrieb nicht aufgestellt.» Er liess sich auf einen Stuhl fallen und legte die Stirn auf die Tischplatte.

Als letzter tauchte Gurtner auf. Sein Blick schweifte von Fahrnis resignierter Haltung zu Cavallis Augenringen und ruhte schliesslich auf Pilecki, der in Gedanken versunken die Wand anstarrte. «Ist etwas passiert?»

«Wir sind einen Schritt weiter», sagte Cavalli in einem ironischen Tonfall.

Meyer sass am Steuer und hörte Fahrni zu, der zusammenfasste, wer bei TecArt befragt worden war. «Das scheinen ziemlich alle zu sein, die mit Fasolin zusammengearbeitet haben. Elf Mitarbeiter in sechs Tagen, das nenne ich vorwärts kommen.»

Meyer schnaubte. «Der Häuptling ist ein Sklaventreiber!» Ein bekümmerter Ausdruck huschte über ihr Gesicht.

Fahrni registrierte ihn und sagte beiläufig: «Die Berichte sind fertig.»

«Fertig? Alle?»

«Schau lieber auf die Strasse!», rief Fahrni und hielt sich fest.

«Du hast alle Berichte alleine geschrieben?»

«Der Häuptling will sie heute haben.»

«Aber … ich … ich hatte vor, heute Nachmittag daran zu arbeiten», sagte Meyer.

Fahrni holte eine Dose Cola aus ihrer Tasche. «Setz deine Zeit für Sinnvolleres ein. Zum Beispiel für die Diamanten.»

Meyer war sprachlos. Sie hätte die Berichte, die ihr zufielen, niemals rechtzeitig fertig geschrieben. Sie hatte sich schon auf eine Verwarnung von Cavalli gefasst gemacht.

Bischoff hatte angerufen, weil sie ihnen etwas mitzuteilen hatte. Die Polizisten hatten sich sofort auf den Weg nach Schlieren gemacht, wussten aber nicht, was sie erwartete. Sie fuhren am Postzentrum vorbei und sahen bald darauf den Hauptsitz von TecArt. Meyer parkte und stellte den Motor ab. Sie blieb sitzen und suchte nach Worten, um Fahrni zu danken. Er war aber bereits ausgestiegen und steuerte auf den Eingang zu.

Bischoff erwartete sie im Besprechungszimmer. In der Hand hielt sie eine Ansichtskarte aus Kiew. «Wir schicken unseren Mitarbeiterinnen und Mitabeitern manchmal aus den Ferien Postkarten», sagte sie. «Im Pausenzimmer hängt eine Pinnwand, dort hat es Platz für Privates. Frau Fasolin hat uns letzten Sommer diese Karte aus Kiew geschickt.» Sie reichte Meyer die Ansichtskarte. «Ich hatte sie total vergessen. Heute Morgen ist sie mir ins Auge gestochen, und ich habe sie von der Wand genommen. Schauen Sie, da ist eine zweite Unterschrift drauf. Vielleicht ist das für Sie wichtig.»

Meyer drehte die Karte um und las Fasolins Grussworte. Neben ihrem Namen stand «Viktor».

«Nein, das genügt immer noch nicht», sagte Regina. «Wir wissen, dass Lukasch über seine Beziehung zu Fasolin lügt. Aber das genügt nicht für eine Telefonkontrolle. Und auch nicht, um ihn in Haft zu behalten! Wir haben nichts, das ihn mit dem Mord verbindet. Das kommt beim Obergericht nicht durch.»

«Er war vermutlich die letzte Person, die Fasolin lebend gesehen hat», sagte Cavalli.

«Das ist immer noch zu wenig für eine TK. Besitzt er eine Waffe?»

«Glaubst du nicht, dass ich dir das mitgeteilt hätte?» Cavalli legte auf und startete den Message Handler in der Hoffnung, dass Meyer einen Fehler gemacht hatte. Aber die DNA-Spuren waren tatsächlich immer noch im Analyselabor des IRM. Er rief Hahn an.

«Nein, es geht nicht schneller», sagte der Mediziner. «Die Spur war verunreinigt und die DNA somit an der Nachweisgrenze. Aber das Profil wird heute Abend erstellt sein.»

«Das heisst, du gibst es heute noch in CODIS ein?»

Das IRM Zürich war die Koordinationsstelle von EDNA, der Schweizerischen DNA-Datenbank. Sobald das DNA-Profil erstellt war, wurde es in der Datenbank CODIS erfasst, die verglich, ob ein gleiches Profil bereits vorhanden war.

«Du bekommst unverzüglich eine Meldung, wenn wir die Probe nach Bern schicken. Das erspart uns die telefonischen Auskünfte. Die gewonnene Zeit können wir dafür einsetzen, Profile schneller zu erstellen», sagte Hahn vorwurfsvoll.

Cavalli legte auf. Er beschloss, sein Glück beim Wissenschaftlichen Dienst zu versuchen, doch auch Koch mahnte ihn zu Geduld, allerdings weniger höflich als Hahn. Es blieb ihm nichts anderes übrig, als die Spuren ruhen zu lassen. Er holte eine Turnhose und ein T-Shirt aus seiner Schreibtischschublade und verschwand im Kraftraum.

8

Der Freitagmorgen brachte endlich die ersehnten Laborresultate. Die eingeschleppten Textilfasern in Fasolins Wunde stammten ausschliesslich von ihrem Unterhemd. Das Schloss an Ingolds Küchentür war untersucht worden, der Täter hatte wie vermutet einen Elektro-Pick benützt, um es zu öffnen. Keiner der Fingerabdrücke ergab einen Hit. Es befanden sich keine Schusswaffen-Berichte in den Unterlagen. Auch die DNA-Resultate liessen auf sich warten, obschon die Proben inzwischen nach Bern übermittelt worden waren. Cavalli streckte die magere Ausbeute Pilecki hin, der ihm über die Schulter schaute.

«Man muss geübt sein, um ein Schloss mit einem Elektro-Pick zu knacken», sagte Pilecki. «Du brauchst ein gutes Gefühl für die Drehspannung im Zylinder.»

«Ich kann Chris fragen, wo man das lernt», sagte Cavalli trocken. «Wie funktioniert ein Elektro-Pick?»

«Mit Schwingungen. Er vibriert und schiebt so die Stifte im Schloss beiseite. Oder so ähnlich. Ich weiss nur, dass man die Frequenz verstellen kann, damit sie für jeden Zylinder passt.» Pilecki grinste. «Du scheinst Christophers Ausrutscher verdaut zu haben.»

«Ausrutscher? Zehn Einbrüche?»

«Aber seither ist er brav, oder?»

«Ich hoffe es. Erwischt wurde er bei nichts. Er kifft auch nicht mehr, das würde ich sofort riechen.»

«Wie gefällt es ihm in der Pizzeria?»

«Es bringt Geld, sagt er. Der Küchenchef ist zufrieden mit ihm. Man hat ihm sogar eine Lehrstelle als Koch angeboten.»

«Das ist ja super! Gratuliere.»

«Warten wir ab. Chris will nicht Koch werden.» Cavalli wollte die Freude erst zulassen, wenn er einen Lehrvertrag in den Händen hielt. «Diese Sorgen hast du zum Glück noch nicht. Wie kommst du als Vater klar?»

Pilecki vergewisserte sich, dass Cavalli die Antwort wirklich hören wollte. Dann beschrieb er, wie seine Beziehung zu Katja langsam enger wurde. «Sie ist ein unkompliziertes Kind. Manchmal frage ich mich aber, ob die Wunden, die Irinas lange Abwesenheit hinterlassen haben muss, tatsächlich verheilt sind.» Als Irina in Zürich gearbeitet hatte, war Katja bei ihren Grosseltern in der Ukraine geblieben. «Heute hat sie eine alte Narbe an meinem Bein entdeckt. Weisst du, was sie mich fragte?»

Als Cavalli den Kopf schüttelte, sagte Pilecki: «Ob ich bestraft worden sei.»

«Bestraft? Wofür?»

«Keine Ahnung.» Pilecki legte die Laborresultate zurück auf Cavallis Pult. «Ich muss los. Ingolds Hausarzt erwartet mich.»

«Verfolgst du immer noch die Spur der Matrioschka?», fragte Cavalli.

Pilecki bejahte. Seit Tagen versuchte der Kriminaldienst herauszufinden, wer Ingold die Matrioschka geschenkt hatte. Loureiro zufolge hatte Ingold sie Anfang Dezember von einer Freundin erhalten, die Putzfrau kannte aber keinen Namen. Vielleicht konnte der Hausarzt weiterhelfen.

Als Cavalli wieder alleine war, stellte er sich vor die Ordner, die das Regal bereits zur Hälfte füllten. Er zog die Befragungsprotokolle von Fasolins Arbeitskollegen sowie Meyers Zusammenfassung hervor und begann, sie von Anfang an durchzulesen. Der Inhalt war ihm vertraut. Zum wiederholten Mal staunte er darüber, welche Mühe sich Fahrni gemacht hatte, Meyers Sprache zu imitieren. Man musste genau lesen und die beiden Polizisten gut kennen, um zu merken, dass die Zusammenfassung nicht von Meyer geschrieben worden war. Fahrni hatte sogar einige Rechtschreibfehler einfliessen lassen.

Plötzlich glitten Cavallis Augen über einen Satz, den er schon ein Dutzend Mal gelesen hatte. Bischoff hatte erzählt, wie sie Mitte Dezember ihre Agenda im Büro liegen gelassen hatte und dass Fasolin sie mitgenommen und sie ihr am Hauptbahnhof zurückgegeben hatte. Fuhren Fasolin und Bischoff nicht beide mit dem Auto zur Arbeit? Warum trafen sie sich am Hauptbahnhof? Cavalli blätterte weiter: Fasolin war meistens kurz nach acht im Büro angekommen und hatte sich oft über den Stau beklagt. Über Bischoff fand er nichts. Er griff zum Telefonhörer.

«Ja, ich komme mit dem Auto. TecArt liegt zu weit vom Bahnhof weg», sagte Bischoff.

Cavalli kam auf den Vorfall mit der Agenda zu sprechen. «Warum trafen Sie Fasolin am Bahnhof?»

«Reiner Zufall. Ich habe eine Kollegin vom Zug abgeholt und bin Frau Fasolin über den Weg gelaufen. Sie hat Weihnachtseinkäufe erledigt, glaube ich.»

«Trug sie etwas auf sich?»

«Zwei Plastiksäcke. Nein, drei … aber ich bin mir nicht sicher.»

«Lassen Sie sich Zeit.»

Bischoff zögerte. «Einer hatte eine Aufschrift. Er war hell, glaube ich. Ja, weiss.»

«Warum erinnern Sie sich genau an diesen Plastiksack?»

«Wegen der Aufschrift», sagte Bischoff prompt. «Sie war in kyrillischen Buchstaben geschrieben.»

Regina hatte ihr Telefon auf Sutter umgestellt. Er konnte Cavalli keine Auskunft geben, wann ihre Besprechung vorbei war. Cavalli fluchte ungewohnt laut ins Telefon, weil er wusste, dass sich Regina über den Polizisten ärgerte. Sutter maulte, dass Regina vergessen habe, ihm mitzuteilen, wann sie erreichbar sei. Das ging Cavalli zu weit. Es war kurz vor zwölf. Die STA IV lag nur fünf Minuten vom Kripo-Gebäude entfernt. Ein Spaziergang täte nach den vielen Stunden am Schreibtisch gut.

Sutter schaute erschrocken auf, als Cavalli plötzlich vor ihm stand. Er stammelte eine Begrüssung. Cavalli wies ihn auf seinen höheren Dienstgrad hin, obschon dieser im Polizeialltag keine Rolle spielte.

Sutter sprang hastig auf. Cavalli drohte mit einem Eintrag in seine Personalakte, wenn der Polizist seine Arbeit nicht gewissenhafter erledigte. Zwar hatte er keine Berechtigung dazu, aber das wusste Sutter nicht. Der bullige Mann zog den Kopf ein und liess Cavallis Zurechtweisung über sich ergehen.

Der Lärm zog Hanisch an, die wissen wollte, was los war. Cavalli wandte sich wortlos von Sutter ab und ging auf Hanisch zu. Als er ausser Hörweite des Polizisten war, zuckte er die Schultern. «Nichts. Ich habe nur Regina gesucht.»

«Regina ist bestens in der Lage, Kevin selbst zurechtzuweisen. Misch dich nicht ein! Wie bist du überhaupt hereingekommen?»

Cavalli trat einen Schritt näher. Er schnupperte die Düfte von Weichspüler und dezenter Körperlotion.

Hanisch wich nicht zurück. Ihr Blick glitt von seinem sinnlichen Mund über seine Schultern nach unten. Sie lud ihn zum Essen ein.

Cavalli zögerte.

Hanischs Augen blitzten, und sie sah ihn herausfordernd an. Er sagte zu.

Sutter stand auf, als Regina von ihrer Besprechung zurückkam. «Herr Feldweibel Cavalli von der Spezialabteilung 2 hat dich gesucht.» Er schaute auf eine Notiz. «Um 12.09 Uhr.»

Regina blieb vor Überraschung stehen. «Und wo ist er jetzt?»

Sutter errötete. «Ich weiss es nicht.»

«Hat er eine Nachricht hinterlassen?»

«Nein.»

«Danke. Ich gehe kurz etwas essen. Falls er wieder auftaucht, bin ich unten in der Pizzeria.» Regina nahm den Hinterausgang, der direkt zum «Ciao» führte. Tozzi hatte Wind davon bekommen, dass Regina sich bei der Stadtpolizei Dübendorf nach Markos Unfall erkundigt hatte. Er warf ihr vor, ihre Prioritäten falsch zu setzen. Regina vermutete, dass er ihren Einsatz als Vorwand benützen würde, ihr mehr Arbeit aufzuhalsen, da sie seiner Meinung nach Zeit verschwendete.

Sie stiess die Tür zur Pizzeria auf, die um diese Zeit zum Bersten voll war. Als sie die Hoffnung aufgegeben hatte, einen freien Tisch zu finden, hörte sie, wie jemand ihren Namen rief. Kathrin Salina winkte ihr zu und deutete auf den freien Stuhl an ihrem Vierertisch.

Regina bahnte sich einen Weg zwischen den Tischen hindurch. Die Sekretärin stellte ihre Kolleginnen vor, die mit ihr zu Mittag assen. Regina suchte nach einer Garderobe für ihren Mantel. Plötzlich blieb ihr Blick an einem Fenstertisch hängen. Sie sah, wie Cavalli mit dem Finger auf die Menükarte in Hanischs Hand zeigte. Hanisch lächelte verführerisch und lehnte sich so weit nach vorne, dass ihre Stirn beinahe Cavallis berührte.

Bevor Regina ihre Augen von dem Paar losreissen konnte, sah Cavalli auf, als hätte er ihre Anwesenheit gespürt. Ihre Blicke trafen sich.

«Entschuldige», flüsterte Regina. «Ich … ich habe etwas vergessen. Einen Termin …» Sie flüchtete aus dem Restaurant und lief über den Helvetiaplatz. Vor dem Bezirksgebäude hielt sie inne. Wo wollte sie hin? Ihre Füsse trugen sie zur ehemaligen BAZ, in die vertraute Umgebung zurück. Dort wurde sie freudig empfangen von Antonella Mello, der molligen Sekretärin, die Regina so oft ihr Herz ausgeschüttet hatte.

Regina liess sich in den Pausenraum führen, wo sie weitere Kollegen antraf. Nachdem man sie auf den neusten Stand des Klatsches gebracht hatte, suchte sie ihren ehemaligen Chef auf.

Auch Benedikt Krebs freute sich, sie zu sehen. Als sie ihn wider besseres Wissen fragte, ob ihre Stelle schon besetzt sei, deutete er besorgt auf einen Besucherstuhl.

Sie erzählte ihm von ihren Schwierigkeiten bei der STA IV. Er hörte geduldig zu, stellte ab und zu eine Frage und nickte verständnisvoll. «Wie lange bist du jetzt schon dort?»

«Zwei Wochen.»

«Und trägst bereits die Verantwortung für zwei schwierige Mordfälle und musst eine Untersuchung durchführen, hinter der du nicht stehen kannst.»

«Ich bin einfach nicht sicher, ob Simonovic wirklich die Schuld am Unfall trägt.»

«Dann hör auf dein Gefühl. Deine Menschenkenntnis hat dir schon mehr als einmal weitergeholfen. Vertraue deinem Instinkt! Geh der Sache nach, bis du weisst, was wirklich passiert ist.»

«Und wenn ich deswegen Ärger bekomme?»

«Dann steckst du die Prügel ein und ermittelst weiter. Bis die Sache für dich abgeschlossen ist.»

Regina bedankte sich und versprach, bald wiederzukommen.

«Und vergiss nicht zu essen!», rief ihr Krebs nach. Er kannte ihre Probleme mit dem Blutzuckerspiegel und wusste, wie stark sie dadurch beeinflusst wurde.

Vor dem Bezirksgebäude blickte Regina zur STA IV, wandte sich ab und marschierte zur Kantonspolizei. Sie suchte Meyer auf, die verdrossen vor dem Bildschirm sass. Die Polizistin hatte noch keine Zeit gehabt, sich das Unfallfahrzeug anzusehen. Sie versprach jedoch, sich am Wochenende darum zu kümmern. Anschliessend klopfte Regina bei Cavalli.

«Er ist noch nicht zurück», sagte Pilecki hinter ihr.

Regina stiess die angehaltene Luft aus. «Er hat mich gesucht.»

«Dann wird er sich wieder melden. Hast du einen Moment Zeit?»

Regina folgte ihm in sein Büro, wo er ihr berichtete, dass Lukasch zusammen mit Fasolin in Kiew gewesen war.

«Eine TK würde uns weiterhelfen.»

Regina lenkte angesichts dieser Entwicklung ein. Sie versprach, die nötigen Massnahmen einzuleiten. «Ich weiss zwar nicht, ob wir damit durchkommen, nachdem wir Lukasch wieder laufen gelassen haben. Ich nehme an, ihr habt die Flüge überprüft?»

«Natürlich. Er flog am 30. Juli hin, sie am 6. August. Beide kamen am 20. August zurück. Mit dem gleichen Flug. Was sie dort gemacht haben, überprüfen wir noch.»

«Deine Verbindungen zur Ukraine kommen dir bestimmt gelegen», sagte Regina. «Wie geht es Irina? Hat sie sich schon ein wenig eingelebt?» Das Yoga kam ihr in den Sinn, und sie senkte den Blick.

«Gut, danke. Sie trifft sich hauptsächlich mit Landsleuten, hat auch zu einer Russin engeren Kontakt. Mit den Schweizerinnen klappt es noch nicht so richtig.»

«Ich war mit meiner neuen Stelle beschäftigt», sagte Regina. «Aber am Montag gehe ich wieder ins Yoga. Irina kann gern mitkommen.»

«Sie wird sich freuen.»

Regina ging nicht mehr zurück ins Büro. Stattdessen schaltete sie ihr Handy aus, nahm die S3 nach Dietlikon und suchte die Wohnung von Ankicas Familie. Vor dem Eingang des grauen Blockes blieb sie stehen und schaute auf die Strassenkarte, die sie gekauft hatte. Sie versetzte sich in Markos Lage. Es war Nacht, und er wollte so direkt wie möglich nach Hause.

Regina schlug den Weg Richtung Hauptstrasse ein. Die Bahnhofstrasse kreuzte die Neue Winterthurerstrasse, auf der sich der Freitagabendverkehr bereits staute. Die zähe Hochnebeldecke konservierte die Abgase wie ein Deckel, und Regina zog ihren Schal über die Nase. Im Industriequartier, wo die Bahnhofstrasse in die Dübendorferstrasse mündete, strahlte die «Toys"R"Us»-Giraffe die Autofahrer an. Regina marschierte weiter über die Autobahnbrücke.

Auch auf der A1 unter ihr stauten sich die Fahrzeuge, so weit sie sehen konnte. Sie war froh, als sie bei einem Waldstück ankam, das den Motorenlärm dämpfte. Das Trottoir ging in einen Radweg über, der einige Meter von der Strasse abgetrennt lag. Langsam setzte die Dämmerung ein. Die Strasse zwischen Dietlikon und Dübendorf war schmal. Kein Mittelstreifen trennte die zwei Spuren. Hier im Wald musste Marko zum Rennen angesetzt haben, wenn er zweihundert Meter weiter vorne eine Geschwindigkeit von fast hundert Stundenkilometern erreicht hatte.

Regina kannte den Unfallbericht inzwischen fast auswendig. Sie wusste genau, wo der Golf ins Schleudern geraten war. Sie blieb an der Stelle stehen und sah sich um. Sie notierte alle Häuser, die man von hier aus erblickte. Dann ging sie weiter bis zum Bach. Das Holzgeländer war noch nicht geflickt, ein gähnendes Loch, mit Absperrbändern versehen, erinnerte an den Unfall. Die Lücke, die Marko in seiner Familie hinterliess, kann nicht mehr geschlossen werden, dachte sie. Sie starrte ins Bachbett hinunter. Das Gras an der Böschung war platt gedrückt und braun. Sie zog ihren Mantel enger, doch die Kälte, die sie frösteln liess, kam von innen.

Regina begann ihre Suche in der Chriesmatt. Das Wohnquartier lag am nächsten zur Unfallstelle, abgesehen von einem Chalet-ähnlichen Haus, das gemäss Polizeiprotokoll an Heiligabend verlassen gewesen war. Sie ging von Tür zu Tür und stellte dieselbe Frage. Niemand hatte in der Weihnachtsnacht die beiden Fahrzeuge gesehen. Enttäuscht verliess sie die Siedlung. Inzwischen war es dunkel geworden, und Reginas Füsse fühlten sich wie Eisklötze an. Schlotternd überquerte sie die Dietlikonstrasse und ging zur Siedlung auf der anderen Seite.

Sie klingelte bei den Wohnungen, deren Fenster zur Strasse zeigten. Die Antwort auf ihre Frage fiel immer gleich aus, nur der Tonfall der Hausbewohner war unterschiedlich. Einige waren misstrauisch, andere wiederum fast zu hilfsbereit, so dass Regina den Redeschwall nicht unterbrechen konnte, ohne unhöflich zu wirken. Eine ältere Frau im Rollstuhl war besonders erfreut, eine Gesprächspartnerin gefunden zu haben. Als sie Regina nach einem zehnminütigen Redeschwall auf eine Tasse Tee einlud, gab Regina müde nach. Sie sank auf einen Stuhl und hörte mit einem Ohr zu, während die Frau Tee zubereitete.

Kurz darauf stellte die Frau eine dampfende Tasse vor Regina. Dann holte sie einen Teller mit Weihnachtsgebäck. Regina fragte sich, ob die Zimtsterne noch geniessbar waren, ihr knurrender Magen zerstreute ihre Bedenken jedoch gleich wieder.

«Früher, als ich noch gehen konnte, war das natürlich

anders», sagte die Frau. «Da musste ich oft spät abends noch mit dem Hund hinaus.»

Regina blickte sie über den Rand ihrer Tasse an. Hundebesitzer!, fuhr es ihr durch den Kopf. «Sind Hunde in dieser Siedlung erlaubt?»

«Natürlich, Herr Maag hat einen Schäfer, dann wohnt auf dem gleichen Stock Lily Schmidlin mit Stanley, einem süssen Mischling aus dem Tierheim.» Sie zählte alle Hundebesitzer auf.

Regina notierte sich die Namen. Sie trank den heissen Tee hastig aus und setzte ihre Suche mit neuer Energie fort.

Anton Maag war nicht zu Hause, aber bei Lily Schmidlin hatte sie Glück.

«Ja, ich mache immer einen kurzen Spaziergang mit Stanley, bevor ich zu Bett gehe.» Schmidlin tätschelte den kleinen Hund.

Regina erklärte, wonach sie suchte.

«Ich habe einen grünen Golf gesehen. Aber er fuhr Richtung Dietlikon. Stanley, runter!» Der Hund war begeistert an Regina hochgesprungen. «Ich kenne mich schlecht aus mit Autos. Aber einen Golf erkenne ich. Die Marke des roten Autos, das hinter dem Golf herfuhr, hingegen nicht. Stanley! Das reicht. Entschuldigen Sie, manchmal ist er nicht zu bremsen.»

«Ein rotes Auto? Es folgte dem Golf?»

«Das weiss ich nicht. Es fuhr auch Richtung Dietlikon, etwa fünfzig Meter hinter dem Golf. Normalerweise achte ich nicht besonders auf Autos, aber wir hatten die Hunde laufen lassen, weil die Strassen um diese Zeit leer waren, deshalb machte ich mir Sorgen, als plötzlich zwei Fahrzeuge auftauchten. Es waren aber die einzigen.»

«Sie haben sich sogar die Farben gemerkt?»

Schmidlin lächelte. «Ich fand es so passend: grün und rot.

Es war schliesslich Weihnachten. Vielleicht war der Golf aber auch nicht grün, sondern dunkelblau oder grau. Das Rot erkannte ich gut.» Sie dachte nach. «Aber der Fahrer, der verunfallte, kam doch von der anderen Seite.»

«Ich suche Zeugen. Vielleicht hat der Fahrer des roten Wagens etwas beobachtet. Sie haben vorhin ‹wir› gesagt. Waren sie mit einer zweiten Person unterwegs?»

«Mit Toni. Toni Maag.» Sie zeigte auf die Tür schräg gegenüber. «Mein Stanley ist vernarrt in seine Daria. Sie ist eine Schäferhündin. Ich kehrte am Waldrand um. Toni ging noch weiter bis zur Autobahn. Seine Daria braucht mehr Auslauf. Vielleicht hat er weitere Fahrzeuge gesehen.»

Regina überreichte der Frau ihre Visitenkarte. Schmidlin versprach, sie an Maag weiterzuleiten.

Im Bus nach Gockhausen schaltete Regina ihr Handy ein. Cavalli hatte dreimal versucht, sie zu erreichen. Mit Genugtuung löschte sie seine Nachrichten, ohne sie abzuhören. Als sie jedoch bei ihrer Wohnung ankam, sah sie, dass Licht brannte.

Weiche Violinklänge drangen aus dem Wohnzimmer, wo ein Feuer im Schwedenofen tanzende Schatten an die Wand warf. Cavalli lag auf dem Sofa und las einen Bericht des Wissenschaftlichen Dienstes. Auf dem Boden war die Akte von Fasolin ausgebreitet.

Regina blieb in der Tür stehen und betrachtete ihn grimmig. Sie zeigte auf die Haustür. «Tschüss.»

Cavalli setzte sich auf. «Hast du Lust auf Risotto?»

«So einfach ist das nicht, Cava. Ich habe Lust, alleine zu sein. Such dir ein anderes Gästebett.»

Er machte keine Anstalten aufzustehen.

«Hast du mich verstanden?» Regina stellte die Musik ab.

Als Cavalli merkte, dass es ihr ernst war, stand er auf. «Ich habe versucht, dich zu erreichen.»

«Ich weiss. Ich war beschäftigt.»

«Sutter konnte mir nicht sagen, wo du warst.»

«Nein.»

«Tozzi auch nicht.»

«Du hast Tozzi angerufen?»

Cavalli genoss die Wirkung, die seine Worte hatten. Schliesslich gab er aber zu, dass Tozzi bloss neben Sutter gestanden hatte, als er anrief.

Regina zeigte wieder auf die Haustür. «Ich will meine Ruhe. Geh nach Hause! Oder in ein anderes Bett, aber verschwinde.»

«Ich muss etwas wissen», sagte Cavalli. «Wie sah der Plastiksack aus, der dir am Weihnachtsmarkt entrissen wurde?» Er erzählte Regina von Bischoffs Aussage.

Regina hörte ungeduldig zu, als ihr aber bewusst wurde, was Cavalli andeutete, war ihr Interesse geweckt. Sie verschwand in der Küche.

«Das ist er.» Sie reichte Cavalli einen weissen Sack mit einer blauen Aufschrift in kyrillischen Buchstaben. «Du denkst doch nicht etwa, dass Fasolin eine Matrioschka gekauft hatte?»

«Und du?»

«Was würde das bedeuten?»

«Keine Ahnung. Aber Zufall wäre es sicher nicht.»

«Es dürfte leicht sein, die Verkäuferin am Stand ausfindig zu machen. Sie hat ein Geschäft im Seefeld.»

Cavalli sprang auf. «Fahren wir hin!»

Regina musste an Stanley denken, der genauso begeistert in die Höhe gesprungen war. «Es ist elf Uhr abends!»

«Sie wird es verstehen.»

Regina öffnete ihm die Tür. «Frag doch Theresa, ob sie mitkommt.»

Cavalli konnte weder Namen noch Telefonnummer der Verkäuferin herausfinden. Schliesslich musste er einsehen, dass es um diese Zeit keinen Zweck hatte.

Als er am Samstagmorgen die Augen aufschlug, griff er als Erstes zum Telefon. Der Laden hatte geschlossen. Eine Stimme mit osteuropäischem Akzent informierte über die Öffnungszeiten: Dienstag bis Freitag von neun bis neunzehn Uhr, Samstag von acht bis zwölf.

Russen!, dachte er kopfschüttelnd. Hatten sie noch nicht gemerkt, dass der Kommunismus vorbei war? Kein Wunder, kam die russische Wirtschaft nur langsam in Schwung, wenn nicht einmal die Auskunft am Telefon stimmte.

Die Tür zum Badezimmer ging auf, und Christopher schlenderte barfuss durch das Wohnzimmer.

«Schon auf?», fragte Cavalli.

Christopher hob eine Augenbraue. «Schon? Es ist Mittag.»

Cavallis Kopf schnellte zu seinem Wecker. Er zeigte 12.10 Uhr. Der Laden im Seefeld hatte bereits wieder zu.

«Gehen wir Roller anschauen?» Christopher war anzuhören, dass er wieder mit einer Absage rechnete. Zu seinem Erstaunen willigte Cavalli ein.

Regina lag im Bett, als Anton Maag am Sonntagabend anrief. Sie erzählte, worum es ging.

«Ein rotes Fahrzeug? Ja, das habe ich gesehen. Aber nicht auf der Strasse, wie Frau Schmidlin, sondern im Wald. Es stand neben einem Holzstapel. Ich erinnere mich daran, weil ich mich fragte, was der Fahrer um diese Zeit dort suchte.»

«Wissen Sie noch, wie spät es war?»

«Frau Schmidlin und ich gingen kurz nach Mitternacht spazieren. Beim Waldrand kehrte sie um, und ich ging weiter. Dann müsste ich so gegen halb eins am Mazda vorbeigekommen sein.»

«Es war ein Mazda? Sind Sie sicher?»

«Ja, ich habe ihn gut erkannt.»

«Haben Sie auch den Fahrer gesehen?»

«Nein, nur einen vagen Schatten. Es war dunkel, bis auf seine Zigarette. Tut mir leid.»

Warum rauchte jemand mitten in der Nacht in seinem Auto auf einem Waldweg eine Zigarette? Wartete er auf jemanden? Zum Beispiel auf Marko Simonovic? Regina konnte sich nicht erklären, was das zu bedeuten hatte, aber sie war sicher, dass es wichtig war.

Sie vereinbarten, dass Maag ihr am nächsten Morgen die Stelle zeigte. Nachdem sie aufgelegt hatte, rief Regina Meyer an und bat sie mitzukommen.

«Wir haben um halb acht Rapport. Ich kann nicht ohne Grund fern bleiben. Soll ich den Häuptling fragen?»

«Nein», sagte Regina entschieden. Lieber ginge sie allein hin, als sich Cavallis Vorwürfe anzuhören. Sie hätte gern jemanden dabei gehabt, der etwas von Spurensicherung verstand. Sie dachte flüchtig an Sutter, verwarf die Idee gleich wieder. Dann kam ihr Rossner in den Sinn.

Sie trafen sich auf dem Posten in Dübendorf. Gemeinsam fuhren sie zu Maag. Rossner fragte nicht, warum Regina ihn statt der Kantonspolizei um Hilfe gebeten hatte.

Anton Maag wartete bereits draussen. An der Leine hatte er einen Schäferhund. Rossner beäugte den Hund skeptisch, als Maag mit ihm auf den Rücksitz rutschte.

Kurz vor der Brücke über die Autobahn zeigte Maag auf einen Waldweg. Rossner bog links ab und hielt neben einem Abfalleimer. Maag zeigte auf einige Baumstämme, die am Waldrand aufgestapelt waren.

«Dort stand er.»

«In welche Richtung schaute der Wagen?», fragte Regina.

Maag ging zum Holzstapel und stellte sich so hin, wie der Mazda an Heiligabend gestanden hatte.

Regina folgte ihm. Sie versetzte sich in die Lage des Autofahrers. Von hier aus hatte er die Strasse von Dietlikon im Blickfeld. Unter Rossners skeptischem Blick suchte Regina nach Reifenabdrücken, obwohl ihr Verstand ihr sagte, dass alle Spuren längst zerstört sein mussten. Sie ging neben einem Papierfetzen in die Hocke und bat den Polizisten um einen Asservatenbeutel.

Rossner holte schweigend ein Köfferchen aus dem Streifenwagen. Er sammelte alles ein, was von Menschenhand hingeworfen worden war. Regina war besonders an den Zigarettenkippen interessiert. Als der Polizist fertig war, streckte Regina ihre Hand nach dem sichergestellten Material aus. Rossner weigerte sich höflich, aber bestimmt, ihr die Beutel zu geben.

«Ich werde sie der Kantonspolizei weiterleiten.»

«Ich mache das lieber selber.»

«Frau Flint, ich bin zwar von der Stadtpolizei, aber auch wir sind ausgebildete Polizeier. Ich werde dafür sorgen, dass die Asservate an den Kriminaltechnischen Dienst überstellt werden.»

Regina zog ihre Hand zurück. «Bitte halten Sie mich auf dem Laufenden.»

«Selbstverständlich.»

Als Regina die Staatsanwaltschaft betrat, verkündete Sutter mit einem schadenfrohen Lächeln, dass Landolt sie sofort sehen wolle. Regina legte ihren Mantel im Büro ab und suchte den Leitenden Staatsanwalt auf. Salina machte eine besorgte Miene, als sie Regina anmeldete.

«Setz dich bitte.» Max Landolt deutete zu seinem Besprechungstisch. «Sagt dir der Begriff ‹fishing expeditions› etwas?»

Regina befeuchtete nervös ihre Lippen. Von einer ‹fishing expedition› sprach man, wenn mit einer strafprozessualen Beweiserhebung versucht wurde, einen Tatverdacht zu begründen, der noch nicht vorlag. Da ein Anfangsverdacht bestehen musste, um eine Untersuchung zu eröffnen, waren ‹fishing expeditions› unzulässig.

«Ja, aber die Untersuchung im Fall Simonovic ist bereits eröffnet.»

«Gegen Simonovic, nicht gegen eine unbekannte Täterschaft.»

«Meine Nachforschungen haben nichts mit einer strafprozessualen Beweiserhebung zu tun. Es sind … Vorabklärungen.»

«Dafür ist die Polizei zuständig!»

Regina senkte den Blick.

Landolt nahm seine Brille ab und putzte die Gläser. Als er sie wieder aufsetzte, fuhr er sanfter fort. «Morgen vertritt Hanisch am Obergericht den Fall eines serbischen Staatsangehörigen, der über zwanzig Jahre lang unbescholten in der Schweiz gelebt hatte. Eines Abends griff er zu seiner Pistole und richtete seine Frau mit sieben Schüssen hin.»

«Was hat das mit dem Unfall von Marko Simonovic zu tun?»

«Ich möchte dir nur zeigen, dass wir die kulturellen Unterschiede nicht unterschätzen dürfen. Der Mann, der morgen vor Gericht steht, befürchtete, seine Autorität und seine Rolle als Oberhaupt der Familie zu verlieren, weil seine Gattin ihn kritisiert hatte. Die Ehe war im Kosovo arrangiert worden. Kurz nach Geburt der Kinder wanderte der Mann in die Schweiz aus, um als Saisonnier zu arbeiten. Seine Familie kam erst zwanzig Jahre später nach. Hier begannen dann die Probleme.»

«Verstehe», sagte Regina. «Ich werde mich zurückhalten.»

Landolt missfiel ihr Tonfall. «Ich erwarte, dass du deine Nachforschungen einstellst.»

Regina versprach, sich genau an die Vorschriften zu halten.

Als sie aus dem Büro ihres Vorgesetzten kam, sah Salina sie mitleidig an. Reginas Knie begannen zu zittern, und sie lief rasch zur Toilette, wo sie dankbar die Tür zwischen sich und der Staatsanwaltschaft schloss.

Pilecki stieg pfeifend die Treppe hoch. In der Hand hielt er die Resultate der ballistischen Untersuchungen. Er hatte sich über das Wochenende mit Irina versöhnt, und die Erleichterung darüber, dass ihre Beziehung den ersten Streit überstanden hatte, beflügelte ihn.

Cavalli war noch nicht vom «Rossija» zurück, also setzte er sich an seinen Schreibtisch und begann, die Unterlagen durchzulesen.

Der WD bestätigte, dass der oder die Täter sowohl auf Fasolin wie auf Ingold mit Makarov-Patronen geschossen hatten. Doch wie Pilecki vermutet hatte, waren solche Deformationsgeschosse im Handel nicht erhältlich. Die Patronen waren von Hand angefertigt worden. Dazu hatte der Täter, oder der Hersteller, falls es sich nicht um den gleichen handelte, einen Hollow Pointer benützt. Pilecki betrachtete die Skizze des Werkzeugs. Der Geschoss-Bohrer konnte auf jede Bohrmaschine aufgesetzt werden.

«Spannend?», fragte Cavalli.

«Die Patronen wurden von Hand gemacht!»

«Mit einer Wiederladepresse?»

Pilecki zeigte ihm die Skizze. «Nein, einem Hollow Pointer.»

«Das passt. Dieser Typ weiss, was er will.» Cavalli nahm die Seiten, die Pilecki bereits gelesen hatte. «Weiss der WD schon mehr über die Waffen?»

Pilecki überflog den Bericht. «Hier. Lynn Fasolin wurde

mit einer CZ-83 erschossen.» Er machte eine Pause, als Cavalli ihm anerkennend auf die Schulter klopfte. «Elsbeth Ingold hingegen … nicht. Sondern mit einer Stetschkin! Scheisse, eine APB.»

Cavalli wartete auf eine Erklärung.

«Awtomatitscheskij Pistolet bes schumnyj … Wörtlich: automatische Pistole lautlos.»

«Mit Schalldämpfer?», fragte Cavalli.

«Allerdings. Die APB war bei den Spezialeinheiten in Afghanistan sehr beliebt. Heute wird sie von den Profis im russischen Innenministerium verwendet. Willst du die Details wissen?»

Cavalli nickte.

«Sie sieht aus wie eine aufgeblähte Makarov-Pistole, auch mit einem Double Action-Abzug. Der verlängerte Mündungsteil des Laufes hat eine integrierte Expansionskammer. Darauf wird der Schalldämpfer angeschraubt. 20 Schüsse haben im Magazin Platz, die Mündungsgeschwindigkeit beträgt 340 Meter pro Sekunde.»

Cavalli setzte sich. «Das russische Innenministerium?»

«Das Ministerium für Innere Angelegenheiten, kurz MWD. Kennst du die OMONler?»

«Das ist eine Spezialeinheit, die bei Geiselnahmen zum Einsatz kommt, oder? In Tschetschenien zum Beispiel», sagte Cavalli.

Pilecki nickte. «Ein Milizkommando. Du erkennst die Mitglieder an den schwarzen Baretten. Es wurde vor der Olympiade 1980 in Moskau gegründet, damit die Spiele sicher abliefen. Heute werden die OMONler häufig gegen Strassenbanden eingesetzt. Sie sind im Nahkampf und Waffeneinsatz hervorragend ausgebildet.»

«Du denkst doch nicht etwa … russische Spezialeinheiten in Zürich?»

«Kaum. Ich erzähle nur, was ich über die Stetschkin weiss. Aber ich frage mich schon, wer hier mit einer russischen Pistole schiesst. Und einer tschechischen. Was hat dein Besuch beim ‹Rossija› ergeben?»

«Die Verkäuferin erinnert sich nicht an Fasolin. An Regina hingegen schon.»

«Kein Wunder.»

Cavalli lächelte. «Ja, Regina vergisst man nicht so leicht.»

«Vor allem nicht nach dem, was ihr am Weihnachtsmarkt passiert ist», sagte Pilecki trocken.

Kurz vor Mittag erhielt Regina einen Anruf vom Universitätsspital. Der Unfallchirurg erklärte ihr, dass man heute Nachmittag Simonovics Beatmung einstellen werde.

Regina registrierte, wie der Arzt etwas von Beatmungsdruck und Sauerstoffsättigung sagte. Nachdem sie aufgelegt hatte, starrte sie auf die Wand gegenüber. Sie hatte gehofft, es würde ein Wunder geschehen. Dass Marko genesen würde, ohne dass die Verletzungen eine bleibende Beeinträchtigung hinterlassen würden. Woher die absurde Hoffnung gekommen war, konnte sie sich nicht erklären. Etwas in ihr glaubte an Markos Unschuld, und unschuldige Menschen verdienten nicht, frühzeitig zu sterben. Sie führte sich vor Augen, dass sie beinahe täglich mit unschuldigen Menschen zu tun hatte, die gewaltsam aus dem Leben gerissen worden waren. Aber dadurch, dass die Ärzte so lange um Marko gekämpft hatten, war sein Schicksal stellvertretend für andere geworden. Es schien in der Hand eines Richters zu liegen, der über seine Schuld oder seine Unschuld zu entscheiden hatte. Markos Tod kam seiner Schuld gleich. Regina war aber mehr denn je davon überzeugt, dass der junge Polizist Opfer eines brutalen Spiels, wenn nicht sogar eines Verbrechens, geworden war.

Sie griff erneut zum Telefonhörer und wählte Cavallis Nummer. Sie dachte nicht mehr daran, dass sie ihn vor Kurzem zum Teufel gewünscht hatte.

«Cava, ich brauche deine Hilfe.»

«Schiess los.»

Sie erzählte ihm vom Gespräch mit Landolt und vom Anruf des Spitals. Cavalli hörte zu, ohne seine Meinung zu sagen, wofür Regina dankbar war.

«Und wie kann ich dir helfen?»

«Ich muss – möchte - hinfahren. Ins Spital, meine ich. Könnten wir ... könnte ich sagen, wir hätten eine Besprechung heute Nachmittag?»

«Lügen? Ausgerechnet du?» Cavalli hielt das für keine gute Idee. Nicht, weil ihn Lügen besonders störten, sondern weil Regina eine schlechte Lügnerin war und man ihr sofort anmerken würde, dass sie etwas verbarg. «Ich habe einen besseren Vorschlag: Wir haben die Schusswaffenresultate erhalten. Komm doch kurz vorbei, wirf einen Blick darauf und fahr anschliessend ins Uni-Spital. Dann musst du nur über die Länge der Besprechung schummeln.»

«Gute Idee. Ich habe übrigens die TK von Lukasch eingeleitet. Die Abhörzentrale in Bern hatte heute Morgen ein technisches Problem, aber jetzt läuft alles wieder. Die Schusswaffenresultate entlasten Lukasch doch nicht, oder?»

«Im Gegenteil», sagte Cavalli mit Nachdruck.

Als Regina die Intensivstation betrat, war Markos Familie hinter einem Vorhang versammelt, der das Krankenbett von Zuschauern abschirmte. Regina stellte sich unauffällig neben einige leere Stühle und wartete. Sie lauschte dem leisen Gemurmel eines Priesters, das von Marinas Schluchzen begleitet wurde.

Regina hörte, wie die Beatmungsmaschine regelmässig Sauerstoff in Markos Lungen pumpte. Sie klammerte sich an das Geräusch und ertappte sich dabei, wie sie immer noch hoffte, die Lungen des Polizisten würden plötzlich ohne technische Hilfe zu arbeiten beginnen. Ihr war leicht schwindlig, als hätte die Beatmungsmaschine den Sauerstoff aus dem Raum gesogen.

Hinter dem Vorhang bewegten sich die Gestalten wie in einem Schattenspiel. Marina lehnte sich gegen jemanden, den Regina nicht erkannte, Milos stand hilflos neben ihr. Seine Umrisse waren in sich zusammengefallen, sein Kopf auf den Schultern kaum erkennbar. Bojan hatte sich steif ans Fussende des Bettes gestellt, jemand strich ihm über den Arm. Nur Ankica konnte anscheinend nicht tatenlos zusehen, wie ihr Marko genommen wurde; sie klammerte sich an ihn, als würde ihre physische Kraft ausreichen, ihn am Leben zu erhalten.

Der Priester schloss mit klagenden Worten, die Regina nicht verstand. Er schob den Vorhang beiseite und winkte den Arzt herbei. Reginas Herz klopfte, als der Chirurg mit langsamen Schritten an Markos Bett trat. Der Priester führte zwei Verwandte zu den leeren Stühlen neben Regina. Sie setzten sich schwerfällig, ohne Regina zu bemerken, die sich an die Wand gedrückt hatte. Der Vorhang wurde wieder zugezogen, Marinas Schluchzen klang immer lauter. Es übertönte das Beatmungsgerät, als fürchte sich die Frau vor der Stille, die eintreten würde, wenn der Arzt das Gerät abschaltete.

Plötzlich wurde der Vorhang schwungvoll aufgerissen. Bojan stürzte heraus und suchte mit aufgerissenen Augen den Ausgang. Sein Gesicht war kreideweiss; er drehte den Kopf nach links und rechts. Als er sich wieder orientieren konnte, lief er auf die Glastür zu.

Jetzt hatte Regina freie Sicht auf Marko, der reglos im Bett lag. Sie dachte an die Fotos, die Marina ihr gezeigt hatte. An den stolzen Polizisten, der überlegt und ruhig in die Kamera geblickt hatte. An den nervösen Jungen, dessen erster Schultag bevorstand. Marko würde so ernst sterben, wie er gelebt hatte. Reginas Blick traf Ankicas, und sie spürte die Tränen, die in ihren Augenwinkeln brannten. Dann zog der Arzt den Vorhang wieder zu. Regina hörte, wie er Marina und Milos fragte, ob sie auf Bojan warten wollten. Marina flüsterte ihrem Mann etwas auf Serbisch zu, er murmelte eine leise Antwort. «Nein», antwortete Ankica für sie. «Es ist zu viel, er kann nicht … oder?»

Der Arzt beruhigte sie. Jeder müsse auf seine Weise Abschied nehmen. Er verstummte. Regina hielt die Luft an. Markos Tante presste neben ihr die Faust auf den Mund. Das Beatmungsgerät füllte Markos Lungen ein letztes Mal mit Sauerstoff. Dann wurde es still.

9

Reginas Unsicherheit wich einer Entschlossenheit, ihre Fälle so zu bearbeiten, wie sie es für richtig hielt. Die Tage nach Markos Tod vergingen in einem Kaleidoskop von Einvernahmen, Gerichtsterminen, Schreibarbeiten und Sitzungen. Sie sah Cavalli, der sich genauso in seine Arbeit gestürzt hatte, kaum. Die Ermittlungen in den Fällen Fasolin und Ingold schritten langsam aber stetig voran. Noch kamen keine Fäden zusammen, aber sie kreuzten sich und verzweigten sich in neue Richtungen. In der Kripoleitstelle im fünften Stock des Gebäudes füllten sich die Wandtafeln mit Daten, Diagrammen, Hypothesen und Fragezeichen.

Am Freitagnachmittag fanden sich Cavallis Mitarbeiter zu einer ausführlichen Besprechung ein, um vor dem Wochenende eine Zwischenbilanz zu ziehen. Auch Regina nahm teil. Nach der tagelangen Papierarbeit war sie froh, Resultate mitgeteilt zu bekommen.

Cavalli begann mit den Ergebnissen der Spurensicherung. Das Zusammentragen war zeitintensiv, aber er bestand darauf, dass jeder Polizist die gesammelten Daten auswendig kannte, um sofort richtig zu reagieren, wenn es die Situation erforderte. «Was wissen wir?»

Fahrni machte den Anfang. «Fasolin: Die Textilfasern im Schusskanal stammen von ihrem Unterleibchen; Lukaschs Fingerabdrücke befinden sich auf einer CD-Hülle in ihrer Wohnung, nicht aber auf der losgeschraubten Glühbirne; der Täter benützte eine 9mm-Makarov-Patrone mit Hohlspitze; der Schuss fiel um 2.40 Uhr; sie wurde unterhalb des linken Schlüsselbeins getroffen; gemäss Hahn sass, lag oder kniete der Typ.»

«Sie hatte keine Fremdzellen unter den Fingernägeln», ergänzte Pilecki. «Dann waren da noch die komischen Verbrennungen um die Wunde. Und das Geschoss hatte eine kleinere Wirkung, als man anhand der Patrone erwarten würde.»

«Danke.» Cavalli schaute Meyer an. «Und was wüssten wir gern?»

«Name und Adresse des Mörders», sagte Gurtner.

«Warum der Täter das Badezimmer geputzt hat», sagte Meyer. «Warum er ein Deformationsgeschoss verwendete, ob er etwas aus der Wohnung mitgenommen hat, ob sie sich bereits kannten …»

«Bleib bei den Spuren.»

«Ob die DNA-Spuren einen Hit ergeben?»

Cavalli zog ein Blatt hervor. «Das erste Resultat ist heute eingetroffen: Im Schusskanal befand sich Fremd-DNA.»

«Woher?», fragte Pilecki.

Cavalli lehnte sich zurück. «Ich höre.»

Die Runde schwieg.

«Vielleicht, als der Täter die Patrone geladen hat?», fragte Fahrni.

«Weiter?»

«Der Täter wollte die Patrone nach dem Schuss herausholen», sagte Meyer.

Gurtner verzog das Gesicht. «Frauen haben eine blühende Fantasie!»

«Hast du einen besseren Vorschlag?», wehrte sich Fahrni für Meyer.

Pilecki grinste. «Ein Vampir, der das tropfende Blut …»

«Das reicht!», sagte Cavalli.

«Er wollte verhindern, dass zu viel Blut auslief», sagte Regina. «Und hielt seine Hand auf die Wunde.»

Cavalli nickte anerkennend.

«Das ergibt einen Sinn», sagte Pilecki. «Er hat anschliessend das Bad geputzt. Allerdings wäre es wesentlich einfacher gewesen, wenn er ein normales Geschoss benützt hätte.»

Cavalli brach die Diskussion ab und wechselte zu Elsbeth Ingold. Nachdem sie auch in diesem Fall alle Daten aufgefrischt hatten, ging er zu den offenen Fragen über. Die Polizisten waren sich einig, dass die russischen Gegenstände die grössten Rätsel aufwarfen. War es Zufall, dass sich sowohl Fasolin als auch Ingold für Russland interessierten?

Pilecki hob warnend den Zeigefinger. «Das ist ein grosser Sprung! Nur weil Ingold das Bild eines Birkenwaldes und eine Matrioschka besitzt – beziehungsweise besass – heisst das nicht, dass sie sich für Russland interessierte. Es könnte genau so gut sein, dass sie jemanden kannte, der ihr die Gegenstände aus einem anderen Grund geschenkt hatte.»

«Habt ihr gemeinsame Bekannte von Ingold und Fasolin gefunden?», fragte Regina.

Cavalli verneinte. «Aber wir sind noch lange nicht fertig. Wir rollen das Leben von Elsbeth Ingold erst auf. Auch eine

Frau, die fast nie aus dem Haus geht, hat erstaunlich viele Kontakte.» Er zählte über dreissig Personen auf, mit denen Ingold in den letzten Monaten näher zu tun hatte. «Ich habe Mullis und Barduff vom Kriminaldienst den Auftrag erteilt, die Befragungen durchzuführen.»

«Aber Lukasch gehört nicht dazu?», fragte Regina.

«Wir haben noch keine Verbindung gefunden.» Cavalli suchte die Ergebnisse der Telefonkontrolle hervor. «Bis jetzt haben wir sechs Nummern, die wir überprüfen. Hervorheben möchte ich einen gewissen Igor, der diese Woche dreimal aus Kiew angerufen hat.» Er verteilte die Abschrift der Gespräche. Daraus wurde ersichtlich, dass Igor auf Geld bestanden hatte, das ihm Lukasch anscheinend nicht überwiesen hatte.

Pilecki wackelte mit den Augenbrauen. «Geld! Das klingt gut. Wenn das kein Motiv ist!»

«Wofür genau?», fragte Gurtner.

«Für alles! Wenn es um Geld geht, werden Deformationsgeschosse hervorgezaubert, Stetschkin-Pistolen poliert, unschuldige Frauen hingerichtet …»

«Liebe ist schlimmer», sagte Fahrni.

Pilecki schüttelte den Kopf. «Du bist ein Romantiker. Für Geld geht man weiter.»

«Wir können ja einen Test machen», schlug Gurtner vor. «Stell Bambi in die eine Ecke und einen Stapel Hunderternoten in die andere. Ich mache jede Wette, Fahrni interessiert sich nicht für die Kohle.»

Meyer sprang auf. «Manchmal gehst du zu weit!»

«Genug!» Cavalli schlug eine Pause vor.

«Dieser Igor interessiert mich», sagte Regina, als sie mit Cavalli zum Kaffeeautomaten schritt.

«Wir sind dran, ich werde dich auf dem Laufenden halten. Wie läuft es übrigens mit Tozzi?»

«Nicht schlecht. Wenn ich Marko nicht erwähne, kommen wir ganz gut aus.» Regina drückte die Teetaste. «Ich muss einfach aufpassen, weil er Landolt alles weiterleitet.»

«Hoffentlich auch das Gute.» Cavalli reichte Regina ihren Tee und warf einen weiteren Jeton ein. «Und Sutter?»

Regina lachte. «Dass er nicht salutiert, wenn ich vorbeigehe, ist ein Wunder!»

«Das muss ich ihm noch beibringen. Sag mal, hast du dieses Wochenende etwas vor?»

Regina rümpfte die Nase. «Morgen Abend ist Familienbesuch angesagt.»

«Und sonst?»

Regina schaute tief in ihren Teebecher.

«Regina?» Als sie nicht antwortete, legte Cavalli einen Finger unter ihr Kinn und hob vorsichtig ihren Kopf. Ihre Augen waren feucht. Er erschrak über ihren plötzlichen Stimmungswechsel. Bevor er darauf reagieren konnte, kam Meyer auf sie zu.

Sie blieb abrupt stehen, als sie die intime Atmosphäre bemerkte. «Entschuldige, ich …»

«Schon gut», sagte Regina rasch. «Ich wollte dich sowieso kurz sprechen.»

Regina forderte Cavalli mit einer Handbewegung auf, sie alleine zu lassen. Er ignorierte sie.

Meyer sah unschlüssig von Regina zu ihrem Chef.

«Ich kann mir nicht vorstellen, dass du etwas mit Meyer zu besprechen hast, das ich nicht hören sollte.» Cavalli verschränkte die Arme und wartete.

Regina bat Meyer, ihr zu folgen, doch Cavallis Autorität war stärker.

«Du willst sicher wissen, ob ich Zeit hatte, das Auto anzuschauen», sagte Meyer, ohne Regina anzusehen.

«Simonovics Unfallwagen?», fragte Cavalli.

Meyer nickte. «Ich habe mich erkundigt, wo er steht, aber

ich bin noch nicht dazu gekommen, ihn anzusehen. Ich werde es morgen Vormittag tun.»

«Danke», sagte Regina kurz. «Gib mir Bescheid, wenn du fertig bist.»

«Klar.» Meyer ging rasch ins Sitzungszimmer zurück.

Cavalli stand immer noch mit verschränkten Armen vor Regina.

«Sie macht es in ihrer Freizeit», sagte Regina. «Es hat nichts mit ihrer Arbeit hier zu tun.»

«Und was hast du dieses Wochenende vor? Gehst du wieder mit Fahrni schiessen?», fragte er.

«Was?» Regina wandte sich verärgert ab. Hatte Fahrni Cavalli vom Schiessunterricht erzählt? Regina spürte, wie Enttäuschung in ihr aufstieg. Sie fühlte sich von ihm hintergangen. «Nein! An Markos Beerdigung.»

Cavallis Züge wurden weicher. «Möchtest du, dass ich mitkomme?»

Regina lehnte ab. Sie leerte ihren Teebecher und liess ihn in die Sammelsäule neben dem Kaffeeautomaten fallen.

Als sie zum Sitzungszimmer gehen wollte, hielt Cavalli sie zurück. «Er hat es mir nicht verraten. Ich habe es an deinen Händen gerochen. Neulich, bei dir in der Küche. Patronenöl», sagte er. «Fahrni ist absolut loyal. Wenn er etwas verspricht, dann kannst du sicher sein, dass er sich daran hält. Aber er ist kein besonders guter Schütze.»

Cavalli nahm die Sitzung ohne weiteren Kommentar über Simonovic wieder auf. Er betrachtete die Fülle von gesammelten Daten und warf die Frage in die Runde, welche Assoziationen die Informationen hervorriefen.

«Wut», sagte Pilecki sofort. «Ich rieche eine Stinkwut. Der Täter tötet gezielt, direkt, ohne Firlefanz. Dafür mit zu viel Wut. Zu viel im Sinn von Overkill.»

«Kannst du ‹Firlefanz› erklären?», fragte Cavalli.

«Keine Rituale, keine Spielchen. Die Opfer sind ihm egal. Es geht ihm einzig und allein ums Motiv.»

«Dann hätte er nicht so eine grosse Wut», sagte Meyer.

«Ich glaube nicht, dass er auf die Opfer wütend ist, sondern eher …»

«Auf Mama, die ihm zu wenig Liebe geschenkt hat?» Gurtner schüttelte den Kopf. «Nein, er war auf die Opfer wütend. Vielleicht standen sie stellvertretend für etwas, aber sie haben ihn irgendwie geschädigt.»

«Genau das versuche ich zu sagen! Das Motiv, in ihm liegt der Grund für seine Wut.» Pilecki sah Fahrni an. «Und sag jetzt nicht, die Liebe hätte ihm so zugesetzt.»

Fahrni sah in die Ferne. «Würdest du wegen Irina jemanden töten?»

«Wie bitte?»

«Das muss er nicht. Dazu ist Irina selbst fähig», meinte Gurtner.

«Wie viel braucht es, um aus Eifersucht, Liebe oder Verlustangst jemanden umzubringen?»

«Viel», sagte Cavalli. «Ausser, das Leben hätte gute Vorarbeit geleistet.»

«Vorarbeit?», fragte Regina.

«Wenn man von vornherein schlechte Karten in der Hand hält. Dann braucht es irgendwann nur noch eine Kleinigkeit, die Gewalt auslöst.»

«Das trifft in diesem Fall kaum zu», sagte Meyer. «Der Typ hat die Morde gut geplant. Er suchte seine Opfer vermutlich gezielt auf, um sie zu töten.»

Fahrni gähnte. «Das glaube ich nicht. Er nahm ihren Tod bloss in Kauf. Irgendetwas lief nicht nach Plan.» Er verwies auf das Blut, das in Fasolins Badezimmer weggeputzt wurde. «Können wir die Tat an Ort und Stelle rekonstruieren? So, wie sie passiert sein könnte?»

Cavalli nickte. «Das schlage ich auch vor. Hahn wartet schon sehnsüchtig darauf.» Er sah Regina an. «Bist du dabei?»

«Auf jeden Fall. Aber erst am Montag.»

Fahrni lächelte sie dankbar an.

Irina war noch nicht zu Hause, als Pilecki erwartungsvoll die Tür aufschloss. Er legte seine Jacke ab und suchte nach einem Zettel. Bevor er sich wundern konnte, wo sie steckte, hörte er Stimmen im Treppenhaus. Irina trat lachend ein, gefolgt von einer blondgefärbten Russin. Irinas Wangen waren rot vor Kälte. Sie versuchte, mit steifen Fingern Katjas Jacke aufzuknöpfen.

«Ich mach das.» Pilecki befreite Katja von Jacke, Schal, Mütze und Handschuhen.

«Swetlana», stellte Irina die Russin vor.

Als Pilecki ihr die Hand reichte, sah er, dass sich ein kleiner Junge hinter der Frau versteckte. «Und du musst Dimka sein.»

Dimitri senkte die Augen. Katja nahm ungeduldig seine Hand und zerrte ihn in ihr Zimmer.

«Woher sie das wohl hat?», lachte Pilecki. Er küsste Irina und bot an, Kaffee oder Tee zu kochen. «Oder möchtest du lieber ein Bier?», fragte er Swetlana.

Sie verneinte genau so scheu wie ihr Sohn. «Ich bleibe nicht lange. Katja wollte Dimka eine Kassette ausleihen.»

Pilecki betrachtete die Frau. Sie war fast einen Kopf grösser als er, was sie mit einer gebückten Haltung herunterzuspielen versuchte. Es irritierte ihn, dass sie seinen Blick mied. «Wollt ihr allein sein? Ich kann gut mit einem Kollegen etwas trinken gehen.»

Swetlana schien erleichtert über seinen Vorschlag, aber Irina schlang ihre Arme um seinen Hals und verneinte.

«Wenn du schon früh zu Hause bist, musst du nicht wegen uns die Flucht ergreifen.» Sie rieb ihre Wange an seiner und zwickte ihn anschliessend ins Ohr. «Ich setze Wasser auf.»

Swetlana wiederholte, dass sie nicht bleiben konnte. Sie rief ihren Sohn und verabschiedete sich hastig.

Pilecki starrte auf die Stelle, wo sie gestanden hatte. «Sie ist eine Prostituierte.»

Irina kniff die Augen zusammen. «Ja und?»

«Das wusste ich nicht.»

«Ist es wichtig?»

Pilecki suchte nach den richtigen Worten, doch sein Zögern verärgerte Irina.

«Stört es dich, dass ich Kontakt zu einer ehemaligen», sie betonte das Wort, «Hure habe, oder löst sie unangenehme Erinnerungen aus?»

«Weder noch. Irina, bitte. Ich bin nur erstaunt, dass du es mir nicht erzählt hast, das ist alles.»

«Du denkst, ich wollte es verheimlichen.»

«Natürlich nicht. Vergessen wir es. Möchtest du etwas trinken?»

«Wäre es dir lieber, ich würde sie nicht mehr treffen?»

«Nein!» Als Katja erschrocken den Kopf aus dem Zimmer streckte, entschuldigte er sich.

Irinas Augen funkelten. «Ich kann meine Freunde selber aussuchen, auch wenn du vielleicht andere Vorstellungen davon hast, mit wem ich mich treffen soll. Ich steh nun einmal nicht auf verhätschelte Snobs!»

Pilecki seufzte. «Regina ist weder verhätschelt noch ist sie ein Snob. Ich bin sicher, ihr hättet einiges gemeinsam, wenn du sie nicht für die Schweizer Gesetze verantwortlich machen würdest. Sie hat nur ihre Arbeit getan.»

«Und es wäre dir natürlich lieber, ich würde mit einer Anwältin verkehren als mit einer Hure.»

«Wenn jemand Mühe mit deiner Vergangenheit hat, dann bist es du, nicht ich.» Pilecki stählte sich gegen den erwarteten Proteststurm, doch er blieb aus.

Stattdessen lehnte sich Irina gegen die Wand und rieb sich die Augen. «Tut mir leid. Meine Vergangenheit ist mir egal. Ich wollte Geld verdienen, basta. Dafür schäme ich mich nicht. Meine Eltern wohnen deswegen in einer anständigen Wohnung mit Heizung, essen gesund und können sich einen Arzt leisten. Es ist die Gegenwart», gestand sie. «Mir ist langweilig. Ich muss etwas Sinnvolles tun, ich mag mich nicht von dir aushalten lassen.»

Pilecki strich ihr über das Gesicht. «Ich weiss. Eine Aufenthaltsbewilligung braucht Zeit. Wenn ich könnte, würde ich den Prozess beschleunigen. Hättest du vielleicht Lust …» Er zögerte.

Sie sah ihn fragend an.

«Könntest du dir vorstellen, die Bewegungen auf einem Bankkonto zu studieren? Die Geldflüsse zu verfolgen?»

«Auf deinem?», fragte sie mit geschlossenen Augen.

Pilecki lachte. «Das ist nicht so kompliziert.» Er erzählte ihr von Viktor Lukasch.

Irina blickte auf. «Ist das erlaubt?»

«Nein», flüsterte er ihr ins Ohr.

Stefan Mullis druckte das Protokoll aus und reichte es der alten Frau. «Lesen Sie die Seiten in Ruhe durch und setzen Sie auf jeder Ihr Kürzel. Dann unterschreiben Sie bitte hier.» Er zeigte auf die Stelle.

Er lehnte sich zurück und liess die Fingerknöchel knacken. Die Befragung hatte länger gedauert, als der Polizist ursprünglich gedacht hatte. Viel Neues war dabei nicht herausgekommen. Auch Elsbeth Ingolds engste Freundin wusste nicht, woher sie die Matrioschka hatte.

Im Stock unter ihm, wo sich die Büros der Fahnder befanden, hörte Mullis ein lautes Lachen. Die Wände des alten Gebäudes, früher einmal ein Hotel, waren schlecht isoliert, dafür hatten die Bauherren nicht mit Verzierungen an den Decken gespart, als hätten sie gewusst, dass Mullis fast mehr Zeit in den hohen Räumen verbringen würde als zu Hause. Cavalli hatte ihm genug Aufträge für die nächsten drei Monate gegeben.

Er begleitete die Frau zum Ausgang und brachte Cavalli anschliessend das Protokoll. Er erhielt für seine Überstunden keinen Dank. Es war fast zehn Uhr, als er hungrig die Zeughausstrasse entlang schritt. Eine grosse Portion Lasagne weckte seine Lebensgeister, und er überlegte, ob er ein Bier trinken gehen sollte. Vielleicht würde er den einen oder anderen Kollegen antreffen. Er machte sich auf ins Bermudadreieck, zögerte vor dem Hotel Regina, ging dann aber in die Bar nebenan. Die «Palme» war bis auf den letzten Stuhl besetzt. Mullis ergatterte einen Stehplatz an der Theke und bestellte ein Bier.

Während er schlürfte, wanderten seine Augen über die Anwesenden. Die Stammgäste kannte er, ebenso einige Kleinkriminelle und Dealer, die rasch verschwanden, als sie ihn entdeckten. Die «Palme» war ein bekannter Albaner-Treff; Mullis hatte einige Kontakte in der Szene, die oft nützlich waren, wenn es um Drogen ging.

«Steff», begrüsste ihn ein Mann mit Bauchansatz. «Allein unterwegs? Noch eine Stange!»

Loris Stocker war Betäubungsmittel-Sachbearbeiter bei der Stadtpolizei. Mullis hatte ihn vor einigen Jahren an einem Fussballturnier kennengelernt. «Loris! Schon lange nicht mehr gesehen. Ist dir die Strasse zu kalt geworden?»

Stocker prostete Mullis mit düsterer Miene zu. «Seit wir wieder durchermitteln, fehlt mir die Zeit.» Seine Klagen hatten bei ihren Treffen, die meist zufällig stattfanden, einen rituellen Charakter. Zuerst wetterte Stocker gegen die Abgabe vieler Betäubungsmittel-Sachbearbeiter an den Kanton, dann über den daraus resultierenden Verlust an Fachwissen bei der Stadtpolizei, und zum Schluss beschwerte er sich, dass die Kapo aus Kapazitätsgründen nicht in der Lage war, die Fälle zu übernehmen, die ihnen von der Stapo weitergeleitet wurden.

«Stimmen die Gerüchte, dass bei euch Sugar aus dem Giftlager verschwunden ist?», fragte Mullis.

«Was? Woher in aller Welt ...» Stocker bemerkte Mullis' Grinsen und brach den Satz ab. Bevor er zum Gegenschlag ausholen konnte, durchschnitt ein schriller Schrei die dicke Luft in der Bar. Die Gäste verstummten erschrocken, Gläser blieben auf dem Weg zum Mund stehen, Köpfe schnellten zur Tür.

Mullis sprang als Erster auf und rannte zum Ausgang, dicht gefolgt von Stocker. Vor der Tür stolperte er beinahe über einen Mann. Fluchend ging er neben dem Verletzten in die Knie. Blut spritzte aus einer Wunde oberhalb der Nase, bei genauerem Hinsehen sah Mullis, dass seine Schädeldecke fast weggesprengt war. Er nahm aus dem Augenwinkel wahr, wie Stocker die Strasse hinunterrannte, während eine hysterische Stimme «von dort!» schrie.

Obwohl es sinnlos war, versuchte Mullis, die Blutung zu stoppen. Als die Sanität kurze Zeit später eintraf, war der Mann tot. Mullis zog seine Hände aus der klebrigen Masse und stand schwer atmend auf. Er informierte die Einsatzzentrale und beorderte die Gäste in der Bar, die neugierig zum Ausgang drangen, zurück an ihre Plätze. Noch bevor die Streife der Stadtpolizei einfuhr, hatte er die Umgebung mit Hilfe der Sanitäter abgesperrt.

Stocker kam mit einer jungen Frau im Schlepptau zurück.

Er wollte sie in die Bar steuern, doch der Weg hinein führte über die Leiche, die in der Tür lag. Er übergab sie den Sanitätern mit der Bitte, die Zeugin nicht aus den Augen zu lassen, und bückte sich über den Toten.

«Zurück!», befahl Mullis. «Verdammt, Loris, die Spurensicherung ist noch nicht da.»

Stocker stand auf. «Ich kenne ihn. Das ist der Adler.»

«Der Adler?»

«Shpetim Selami, Kopf ...», Stocker betrachtete den Schädel des Toten, «... ehemaliger Kopf eines Clans aus Prizren. Heroin.»

Inzwischen war der Brandtouroffizier der Stadtpolizei eingetroffen, fast gleichzeitig mit der Spurensicherung und dem Kriminalfotodienst.

Stocker leitete weiter, was die Zeugin beobachtet hatte. «Der Schütze sass in einem roten Wagen – die Fahndung ist bereits eingeleitet – und schoss aus dem Fenster. Die Zeugin hat zuerst nicht gemerkt, dass er geschossen hat. Erst als das Opfer zusammenbrach, erkannte sie den Zusammenhang.»

«Schalldämpfer?», fragte Mullis.

«Sieht ganz danach aus. Anschliessend sei der Wagen Richtung Langstrasse davon gerast.»

«Konnte sie den Fahrer beschreiben?»

«Nein. Sie war irritiert durch etwas Dunkles, das aus dem Fenster ragte.»

«Ein Schalldämpfer würde mich auch irritieren», sagte der Brandtouroffizier trocken. «Wo bleibt die Kapo?»

Kaum hatte er die Worte ausgesprochen, traf der Brandtouroffizier der Kantonspolizei mit dem Dienstchef des KV 2 ein. Stocker wiederholte seine Informationen.

«Heroin?», fragte Mathias Hug.

«Selami hat das Geschäft seit dem Tod von Bajko in der Hand. Er hat Mitglieder seines Clans auf jedem wichtigen

Posten zwischen Zürich und Prizren stationiert. Sein Schwager besitzt eine Transportfirma, seine Brüder haben ihre Finger überall im Spiel, wo es um Geld geht. Wir sind seit Jahren hinter ihm her, können ihm aber nichts nachweisen.»

«Hat die BKP auch ein Dossier über ihn?», fragte Hug. Die Bundeskriminalpolizei ermittelte in Fällen von organisierter Kriminalität.

Stocker nickte und betrachtete den Toten. «Feinde hatte er viele. Jeder will ein Stück vom Kuchen.» Sein Blick fiel auf Theresa Hanisch, die aus einem schwarzen Porsche stieg. Er stiess einen leisen Pfiff aus und erntete dafür einen missbilligenden Blick von Hug.

Hanisch stellte sich vor und wandte sich der Leiche zu. Sie musterte den Schädel des Toten eingehend, ohne die geringste Reaktion zu zeigen. Die Männer beobachteten sie schweigend. Schliesslich stand sie auf und stützte die Hände in die Hüften. «Was steht ihr herum? An die Arbeit!»

Regina besuchte zum ersten Mal eine orthodoxe Abdankung. Wäre der Anlass weniger traurig gewesen, hätte sie die fremden Bräuche genossen. Sie schaute sich in der Kapelle Heilige Paraskeva um und erkannte Edlin im hintersten Winkel. Er stand alleine, sein Blick auf den Sarg geheftet. Keine Polizeioffiziere erwiesen Marko die Ehre, keine Klassenkameraden in Uniformen trauerten um ihn. Regina glaubte zwar nicht, dass Markos Familie eine militärische Bestattung gewollt hätte, aber die Abwesenheit der Polizei zeigte deutlich, dass niemand an seine Unschuld glaubte.

Im Anschluss an die Abdankung kam Edlin auf sie zu und fragte, ob sie nach der Beisetzung etwas trinken gehen wolle. Spärliche Sonnenstrahlen kämpften sich durch die Wolkendecke. Sie folgten der Trauergemeinde bis ans Grab, wo sie vom Priester den geweihten, gekochten Weizen annahmen, der als Symbol für die Auferstehung gereicht wurde. Ankica stellte Albaharis «Mutterland» zwischen die Blumen auf das Grab.

Nachdem sie der Familie ihr Beileid ausgedrückt hatten, setzten sich Regina und Edlin in ein Café. Edlin spielte mit einem Zuckerbeutel und begann über seine Zusammenarbeit mit Marko zu erzählen.

«Glauben Sie immer noch, dass mehr hinter dem Unfall steckt?», fragte er.

Regina versuchte zu erklären, dass Markos Integrität so ganz und gar nicht zu seinem Tod passte. «Alle, die ihn gekannt haben, behaupten, er hätte sich nie auf ein Rennen eingelassen. Irgendetwas stimmt hier nicht. Ich habe das Gefühl, dass ihm Unrecht getan wird.»

«Und das stört Ihr Rechtsempfinden», sagte Edlin. «Sie sind der Meinung, die Guten müssten gewinnen.»

«Setzen Sie sich nicht für das Gute ein? Als Polizist, meine ich?»

Edlin zuckte mit den Schultern. «Wir brauchen Gesetze, damit einigermassen Ordnung herrscht. Ob dadurch das Gute geschützt wird, weiss ich nicht. Aber Sie hätten sich blendend mit Marko verstanden, er hatte auch einen starken Gerechtigkeitssinn.»

Meyer zeigte ihrem Bruder den Mittelfinger. «Weisst du, was du bist, Bernie?»

«So, wie ich dich kenne, wirst du es mit gleich sagen!»

«Ein eingebildetes, verdammtes ...» Sie rang nach Worten.

«Dein Deutsch hat sich noch nicht verbessert.»

Meyer holte zu einem Schlag aus, den ihr Bruder, der darin jahrelange Erfahrung hatte, mit Leichtigkeit abwehrte. Auf den Tritt, den Meyer ihm versetzte, war er jedoch nicht gefasst. Er schrie auf, als ihr Fuss in sein Schienbein krachte.

«Entweder beantwortest du jetzt meine Frage oder ich erzähle deiner Frau von deinem Seitensprung.»

«Das würdest du nicht tun!» Als Bernie ihr zorniges Gesicht sah, lenkte er ein. «Ja, es ist möglich. Zeig her.»

Meyer hatte in der Fussmatte von Markos Golf einen kleinen Schnitt entdeckt, der nicht auf natürliche Abnützung zurückzuführen war. Der Autoteppich war zwar wie der Wagen selbst alt, doch der Schnitt unterschied sich von den anderen Rissen.

Bernie drehte die Matte und studierte das Velours. «Aber warum sollte man ein Risiko eingehen? Es wäre doch viel näher liegend, die Bremse zu manipulieren.»

«Nicht, wenn es nach einem Unfall aussehen soll.» Meyer setzte sich auf eine Werkbank und versuchte, in Gedanken den Unfall zu rekonstruieren. «Er schneidet den Teppich ein und legt ihn so, dass sich das Gaspedal darin verfängt, wenn es ganz nach unten gedrückt wird. Danach braucht er das Opfer nur noch zu provozieren, zum Beispiel durch Aufsitzen, oder durch sehr langsames Fahren, und es gibt Gas. Überholt vielleicht. Er beschleunigt. Das Opfer nimmt den Fuss vom Gas, das Auto rast weiter. Und päng.»

«Du hast die Bremse vergessen», sagte ihr Bruder. «Die funktioniert ja noch. Die Kupplung auch.» Er legte den Teppich in den Golf und prüfte die Wirkung des Einschnitts. Tatsächlich steckte das Gaspedal fest. Als er den Teppich wieder herausnehmen wollte, spürte er einen Widerstand. Er zog kräftiger und untersuchte anschliessend die Rückseite. Ein Klettband war auf das Gummi geklebt worden, damit die Matte nicht verrutschte.

«Bis er den Schock verdaut hat, ist es zu spät», sagte Meyer. «Es ist Nacht, die Strassen sind eisig. Er rechnet überhaupt nicht mit einem Defekt, ist müde. Versteht nicht, was da abgeht.»

Bernie sah sie an. «Und das ist wirklich passiert?»

«Könnte sein.» Meyer rief Regina an.

Regina leitete am Montagmorgen als Erstes ein Strafverfahren gegen Unbekannt ein. Sie schickte einen Ermittlungsauftrag an den Chef der SA2, der ihn Hug weitergab. Der Fall wurde offiziell Meyer zugeteilt. Dann erstattete Regina Tozzi und Landolt Bericht. Landolt nahm die neuen Informationen sachlich auf und bat Regina, ihn auf dem Laufenden zu halten. Tozzi zweifelte jedoch immer noch daran, dass Simonovic nicht am Unfall schuld war. Er redete auf Regina ein, bis sie ihn am liebsten aus dem Büro geworfen hätte. Erst als sich Hanisch beschwerte, stapfte er beleidigt davon.

Regina atmete auf. «Danke.»

«Reiner Eigennutz», sagte Hanisch. «Ich muss dich sprechen. Cavalli ...» Sie schüttelte den Kopf, als sie Reginas misstrauischen Blick bemerkte. »Keine Sorge, ich bin nicht an deinem Typ interessiert. Cavalli ist immer noch für die Morde an Fasolin und Ingold zuständig, oder?»

«Jaaa», sagte Regina, überrascht über Hanischs Offenheit. «Warum?»

Hanisch erzählte vom Mord an Shpetim Selami. Als sie mit den Worten schloss, der Täter habe ein Deformationsgeschoss verwendet, ahnte Regina, worauf sie hinauswollte. Wieder überraschte ihre Kollegin sie.

«Nein, ich werde den Fall behalten. Es ist mir auch klar, dass du keine Kapazität mehr hast. Aber kannst du dafür sorgen, dass Cavalli über die Gemeinsamkeit informiert wird? Falls er es nicht schon weiss. Manchmal dauert es, bis die Polizei ihre Berichte fertig geschrieben hat.»

«Wir versuchen heute Nachmittag, den Mord an Fasolin nachzuahmen. Ich werde ihn dann darauf ansprechen.» Regina wandte sich motiviert ihrer Arbeit zu und schloss früh genug ab, um mit Kathrin Salina zu Mittag zu essen. Anschliessend fuhr sie direkt nach Wollishofen, wo Cavalli auf sie wartete. Sie sprach ihn auf den Mord vor der «Palme» an.

«Ich weiss, Hug war bei mir. Es war ein Hydro-Shock-Geschoss. Eine ganz perfide Sache. Die Patrone hat im Innern der Hohlspitze einen Bleidorn. Aber das Beste kommt erst: Man hat dort, wo der Wagen stand, eine Makarov-Hülse gefunden.»

Pilecki gesellte sich zu ihnen. «Redet ihr über die Exekution vom Freitagabend? Das gefällt mir nicht. Dieser Spinner macht mir langsam Angst.»

«Er hat es auf ganz bestimmte Leute abgesehen», beruhigte ihn Cavalli.

«Wenn du mich fragst, hat er es auf alle abgesehen, die sich ihm in den Weg stellen. Passt also auf, wo ihr hintretet.»

Die Rekonstruktion am Tatort brachte keine Klarheit darüber, was genau geschehen war. Am wahrscheinlichsten schien, dass sich Lynn Fasolin im Badezimmer vor dem Täter versteckt hatte.

«Das würde erklären, warum die Leiche hinter der Tür lag», sagte Pilecki.

Mathias Hug stimmte zu. Der Verdacht, der Mord am Adler könnte mit dem Tod der zwei Frauen in Verbindung stehen, hatte Cavallis Vorgesetzten dazu veranlasst, selbst nach Wollishofen zu kommen, um den Polizisten und Technikern bei der Aktion zuzusehen. Die Sonntagspresse hatte die Angst der Bevölkerung geschürt, indem sie von einem gefährlichen Killer geschrieben hatte, der die Polizei zum Narren hielt.

«Weisst du inzwischen etwas über die Verbrennungen um die Einschusswunde herum?», fragte Cavalli Hahn.

Der Mediziner verneinte düster. Er sah sich im Badezimmer um, als fände er die Erklärung in einem Gegenstand, dem er bis anhin zu wenig Bedeutung beigemessen hatte. «Auch über die Fremd-DNA nicht.»

Der Schusswaffenexperte ging dort, wo der Schuss abgegeben wurde, in die Hocke und zielte auf die Puppe, die Fasolin darstellte. «Warum war er so weit unten? Ist er gestürzt? Suchte er etwas am Boden?»

«Was macht eine Kickboxerin, wenn sie im Bad aufgespürt wird?», fragte Pilecki. Er wandte sich an Cavalli. «Du müsstest das am besten wissen. Stell dich hinter die Tür.» Er nahm das Magazin aus seiner SIG-Sauer, ging hinaus und schlich langsam mit gezogener Waffe ins Bad zurück.

Die Techniker drückten sich an die Wand, um Platz zu machen.

Cavalli roch die Spannung im kleinen Raum. Sie liess seinen Adrenalinspiegel in die Höhe steigen. Obwohl er den Lauf der Pistole erwartete, als sie hinter der Tür zum Vorschein kam, entlud sich seine Anspannung in einem blitzschnellen Fussstoss. Die SIG-Sauer flog aus Pileckis Hand, und er schrie auf. Cavalli sprang nach der Pistole, bevor Pilecki merkte, wo sie gelandet war. Dann packte er seinen Kollegen, drehte ihm den Arm auf den Rücken, drückte den Lauf der Pistole an seine Schläfe und sagte: «So funktioniert das nicht. Unser Täter ist schneller. Wir brauchen Bambi.»

Hug starrte Cavalli mit offenem Mund an. Da Pilecki jedoch nicht reklamierte, sagte er nichts.

«Zeig her», befahl Hahn, während Cavalli telefonierte. Er nahm Pileckis Hand und untersuchte das Gelenk.

«Pass auf!», stöhnte Pilecki, «ich bin keine Leiche!»

«Bambi kann in zwanzig Minuten da sein», sagte Cavalli.

Regina ging zum Fenster und studierte den Fluchtweg. «Hat er beim Sprung nichts verloren?»

«Nicht mal eine Textilfaser.» Cavalli öffnete das Fenster

und holte Anlauf. Als er unten ankam, rief er: «Ein Kinderspiel.»

Pilecki rieb sich das Handgelenk. «Wenn man täglich trainiert.»

Inzwischen war Meyer eingetroffen, und Cavalli wies sie an, sich hinter die Tür zu stellen. «So stimmt vermutlich sogar das Kräfteverhältnis. Fasolin war nicht sehr gross.»

Cavalli instruierte Meyer und ging nach draussen. Genau wie Cavalli zuvor bei Pilecki, versuchte sie ihm die Pistole mit dem Fuss aus der Hand zu schlagen. Doch sie setzte nur einen Bruchteil ihrer Kraft ein. Cavalli packte ihren Fuss und zog daran, so dass sie hinfiel. Regina zuckte zusammen, als Meyers Kopf gegen die harte Wand stiess.

«Cavalli!», rief Hug. «Das reicht.»

Meyer stand auf und schüttelte sich wie ein nasser Hund. «Jetzt kenne ich die Spielregeln», sagte sie mit einem herausfordernden Blick zu Cavalli. «Los, noch einmal.»

Cavalli verliess erneut das Bad. Als er sich heranschlich, machte sich Meyer bereit. Sie wartete, bis er sie hinter der Tür entdeckt hatte, dann schlug sie ihm mit voller Kraft den Fuss in den Bauch. Kaum hatte sie ihren Fuss wieder hingestellt, schnellte ihre Faust hervor, und ihr Unterarm traf die Hand, die die Pistole hielt. Cavalli verlor das Gleichgewicht und stürzte nach hinten. Er nahm seine zweite Hand, um die Pistole zu stabilisieren, konnte sie aber nicht richtig fassen, so dass er sie vorne am Lauf halten musste. Meyer doppelte nach und versetzte ihm einen abgeschwächten Kinnhaken.

«Sonst wird deine Nase noch krümmer», grinste sie.

«Nicht bewegen!», rief Hahn begeistert.

Cavalli war gegen die Wand neben der Toilette gefallen, dorthin, von wo aus der Täter geschossen hatte. Blut tropfte von seiner Lippe, und er atmete schwer. Mit der Waffe zielte er immer noch auf Meyer.

«Genau so! Ja! Macht das bitte noch einmal», sagte Hahn.

«Das reicht!» Hug stellte sich vor Cavalli und nahm die Pistole an sich.

Meyer hielt Cavalli ein Taschentuch hin. Alle sahen Hahn erwartungsvoll an. Aufgeregt packte der Mediziner seine Sachen zusammen und verabschiedete sich. «Ich melde mich», versprach er und eilte davon.

«Essen wir auswärts oder bei dir?», fragte Cavalli.

«Kannst du überhaupt essen?», schmunzelte Regina.

«Natürlich! Es ist nur eine …» Er verstummte, als er merkte, dass sie sich über ihn lustig machte, und fuhr mit dem Finger über seine Lippe.

«Auswärts», sagte Regina. «Ich muss Irina um halb acht abholen. Warum fahren wir nicht zu Chris? Ich hätte Lust auf Pizza.»

Cavalli war einverstanden. «Aber erwarte keine Freude. Es wird ihm peinlich sein.»

In diesem Punkt kannte Cavalli seinen Sohn. Als der Junge ihn sah, versuchte er so zu tun, als kenne er ihn nicht. Doch Claudio, sein Chef, begrüsste Cavalli überschwänglich und setzte ihn an einen Ehrenplatz. Er erzählte jedem, der es hören wollte, dass Cavalli Christophers Vater war.

Sie liessen Christopher freie Hand bei der Zusammenstellung ihrer Pizzen. Als die Bedienung ihnen zwei kleine Kunstwerke brachte, lachte Regina. Chris hatte aus dem Gemüse ein raffiniertes Gesicht kreiert.

«Stell dir vor, wer mir heute eine Nachricht zukommen liess», sagte Regina.

«Deine Mutter?»

«Nein, Bledar.» Sie hatten vor einem Jahr während Ermittlungen im Rotlichtmilieu mit dem Albaner zu tun gehabt.

«Hat er dir Heroin angeboten?»

«Nein, Informationen! Er sitzt in Regensdorf.»

«Du machst Witze!»

«Nein. Er behauptet, es gäbe etwas, das ich wissen müsse.»

«Lässt du ihn holen?»

«Ich weiss es nicht. Was, wenn er einen Fluchtversuch plant? Vielleicht bin ich Teil seiner Strategie.»

Cavalli lachte. «Bledar und eine Strategie? Dazu ist er zu dumm. Aber wenn du unsicher bist, fahr doch zu ihm. Ich lasse ihn grüssen.» Er wechselte das Thema. «Was denkst du, könnte es sich so abgespielt haben?»

Regina wusste, dass er vom Mord an Fasolin sprach. «Es erscheint mir plausibel. Ich hatte zuerst meine Zweifel, ob sie tatsächlich in der Lage wäre, ihren Mörder anzugreifen, aber nach dem, was Meyer mit dir angestellt hat ...»

«Wenn du es nicht erwartest, hast du keine Chance. Und im Gegensatz zu mir wusste er nicht, dass sie hinter der Tür stand.»

«Was Hahn wohl sah?»

«Wir werden es erst erfahren, wenn er es wissenschaftlich beweisen kann.» Cavalli bestellte einen Espresso. «Tee?», fragte er Regina.

«Pfefferminze», sagte sie dem Kellner. «Habt ihr herausgefunden, was Fasolin am Weihnachtsmarkt gekauft hat?»

«Nein. Der Kriminaldienst stellt eine Liste aller angebotenen Produkte zusammen, dann werden wir sie mit dem Inventar ihrer Wohnung vergleichen.»

«Es kann gut sein, dass etwas gestohlen wurde.»

«Ich weiss. Aber es ist einen Versuch wert.» Cavalli schaute auf die Uhr. «Wir müssen los, wenn du rechtzeitig zum Yoga kommen willst. Soll ich dich fahren? Ich gehe sowieso noch einmal ins Büro.»

Mit einem flauen Gefühl im Magen klingelte Regina bei Irina. Pilecki kam an die Tür. Im Hintergrund packte Irina ihre Sachen zusammen, während sich Katja an ihr Hosenbein klammerte und jammerte. Regina verstand nicht, was Irina ihr sagte, doch es schien das Mädchen nicht zu beruhigen. Pilecki zog Katja in seine Arme; sie kämpfte zuerst dagegen an, gab dann schmollend auf.

«Machs gut», verabschiedete er Irina, die zögernd nach ihrem Mantel griff. «Geh schon, sobald du weg bist, ist sie wieder ganz die alte.» Er kniff Katja in den Bauch, und sie bemühte sich, nicht zu lachen.

Irina verliess rasch die Wohnung. Regina folgte ihr.

«Warst du schon einmal im Yoga?», fragte sie, um die Stille zu füllen, während sie auf den Zweier warteten.

«Nein.»

«Es ist ganz einfach», sagte Regina, als sie das Schweigen nicht mehr aushielt. Sofort bereute sie ihre Worte; sie klangen, als sei Irina nicht fähig, etwas Kompliziertes zu tun. «Ich meine, es macht bald Spass. Du kannst auch mehr als einmal pro Woche hingehen. Sie unterrichtet Montag, Mittwoch und Freitag.»

Irina nickte stumm. Regina betrachtete verstohlen ihr Profil und musste an ein Märchenbuch denken, das sie als Kind besessen hatte. Schneewittchen hatte ganz ähnlich ausgesehen, nur waren ihre Augen wärmer als Irinas gewesen. Ein anderes Bild tauchte auf: Wie Irina Cavalli eine Hunderternote in die Hand gedrückt hatte. Regina überlegte, ob sie Irina darauf ansprechen sollte. Sie suchte nach den richtigen Worten, aber alle erschienen ihr wie eine Anschuldigung.

«Müssen wir hier nicht aussteigen?», fragte Irina.

Regina sprang auf. «Ja, entschuldige.»

Auf der Strasse platzte sie dann mit der Frage heraus.

Doch Irina täuschte vor, sich nicht an den Vorfall zu erinnern. Schweigend schritten sie auf das Yoga-Studio zu. Im Umkleideraum suchten sie sich zwei Plätze aus, die möglichst weit auseinander lagen.

Regina fuhr am Dienstagmorgen direkt nach Regensdorf. Sie hatte eigentlich keine Zeit für solche Ausflüge, doch ihre Neugier war grösser als ihre Vernunft. Sie konnte sich nicht vorstellen, was der Drogendealer ihr mitzuteilen hatte. Sie hoffte, dass er kein Spielchen mit ihr trieb.

Die Strafanstalt Pöschwies lag unter einer grauen Wolkendecke. Der unscheinbare Eingang war wie eine Schiessscharte in die Mauer eingefügt, bewacht vom Löwen des Zürcher Wappens. Regina klingelte, und die Tür ging auf. Sie kannte die Wache, doch der Mann kontrollierte ihren Ausweis trotzdem. Er zeigte auf den Metalldetektor, und Regina legte ihre Tasche aufs Band, bevor sie hindurch schritt.

Der Besuchspavillon war leer. Die Dame in der Aufsichtskanzel bat sie, Platz zu nehmen. Regina setzte sich neben die Kinderspielecke, die kein Kind kennen sollte. Während sie auf Bledar wartete, der sich in den unterirdischen Räumen zuerst einer Leibesvisitation unterziehen musste, dachte Regina an die Fälle zurück, in denen sie Familienväter hinter Gitter gebracht hatte. Zu ihren traurigsten Erinnerungen gehörte der Fall Fontana. Der unauffällige, gutmütige Sachbearbeiter hatte vier Menschenleben auf dem Gewissen. Beim vorzeitigen Strafantritt liess er eine schockierte Frau und zwei kleine Kinder zurück. Regina hatte mit angesehen, wie die Welt der Familie innert kürzester Zeit zusammengebrochen war. Fontanas Frau hatte das Haus im Engadin verkaufen müssen und lebte nun mit den beiden Kindern bei ihrem Bruder, Gion Janett, in Zürich. Janett, der mehr als ein Bekannter von Regina hätte sein können, wenn die Umstände anders gewesen wären.

Eine Aufsichtsperson führte Bledar herein, und Regina stand auf. Sie ging in eines der drei Anwaltszimmer und deutete auf einen Stuhl. Bledar setzte sich, und die Aufsicht schloss die Tür.

«Sie wollten mich sehen.»

Bledar fuhr sich nervös mit der Zunge über die Lippen. «Können Sie mich hier rausholen? Wenn ich Ihnen etwas biete?»

War das alles?, dachte Regina. Hatte er die Nase voll vom Strafvollzug und griff nun nach Strohhalmen? Sie hatte sich kurz in den Fall eingelesen: In der Wohnung des Albaners waren 1,8 Kilogramm Heroin sowie Streckmittel, eine Mühle und Verpackungsmaterial sichergestellt worden. Hinzu kamen Drohungen gegen Polizei und Staatsanwaltschaft. Auf Grund einer bedingten Gefängnisstrafe, die zum neuen Urteil hinzugerechnet wurde, war er zu zweieinhalb Jahren verurteilt worden.

«Was bieten Sie?»

«Informationen.»

«Worüber?»

«Verschiedenes.»

«Das ist mir zu wenig.»

«Holen Sie mich hier raus?»

Regina lehnte sich zurück und wartete. Als Bledar sah, dass er so nicht weiterkam, schien er zu überlegen. Er wippte mit dem Bein und strich immer wieder sein gegeltes Haar glatt. «Es war der Staatsanwalt.»

«Welcher Staatsanwalt? Und was soll er getan haben?»

«Sie wissen schon! Der, der mir die Drogen untergeschoben hat. Hofer.»

Karl Hofer war auf der BAZ Reginas Vorgesetzter gewesen. Obwohl sie den Mann nie gemocht hatte – und er sie genauso wenig -, lachte sie über die Vorstellung, er habe Heroin in Bledars Wohnung gepflanzt.

Bledar zog eine hässliche Grimasse.

«Und warum soll er das getan haben?»

«Weil er mich loswerden wollte!»

«Verstehe.» Regina stand auf. «Sie verschwenden meine Zeit.»

«Das ist noch nicht alles, Mann!»

Regina blieb stehen.

Bledar tätschelte mit der Hand auf die Tischfläche, damit Regina sich setzte. Sie ignorierte seine Aufforderung.

Fluchend sah der Albaner nach links und rechts, stand auf und lehnte sich zu Regina, die zurückwich.

Als nichts mehr kam, drehte sich Regina zum Ausgang um.

«Der Adler!», zischte Bledar.

Regina erstarrte. Sie wandte sich Bledar zu, dessen Blick nervös hin und her jagte. «Was?»

«Da mischen sich Fremde ein! Das hat nichts mit uns zu tun.» Er sah, dass er Reginas Interesse geweckt hatte. «Was kriege ich dafür?»

Regina spielte mit. «Ich kann Ihnen nichts versprechen.»

«Aber Sie versuchen es?», forderte Bledar.

«Wenn Sie mehr darüber sagen können …», antwortete sie vage.

Bledar blieb nichts anderes übrig, als sich damit zufrieden zu geben. «Mitte Dezember kam fremder Stoff auf den Markt. Da versucht einer, auf unsere Kosten Geschäfte zu machen!»

«Ein Nicht-Albaner, wenn ich Sie richtig verstehe?»

«Verdammte Profis! Die strecken uns nieder!»

Endlich verstand Regina, warum er auspackte. Er hatte Angst. Nicht nur um seinen Profit, sondern um sein Leben beziehungsweise das Leben seiner Freunde.

«Wer ist es?»

Doch mehr sagte Bledar nicht. Nervös wippte er mit dem Bein und mied Reginas Blick. Sie versprach, seinen Fall noch einmal zu prüfen und auf keinen Fall ihren Informanten preiszugeben.

«Heroin?» Cavalli packte ein belegtes Brötchen aus.

«Er hatte Angst. Du kennst Bledar, er ist kein besonders guter Schauspieler.»

«Er behauptet also, jemand wolle in den Heroinmarkt eindringen?»

«Mitte Dezember sei fremder Stoff auf den Markt gekommen. Weisst du etwas davon?»

«Ich weiss wenig darüber, was auf dem Drogenmarkt läuft. Aber ich werde mich erkundigen. Und du?»

Regina ging es ähnlich. «Ich weiss, dass der Heroinanteil auf dem Markt stark zurückgegangen ist und dass der Handel von ethnisch-albanischen Gruppen dominiert wird.»

«Den Strassenhandel überlassen sie aber den Süchtigen», sagte Cavalli kauend.

«Es sind auch türkische Händler aktiv. Die STA II könnte mehr darüber erzählen.» Die Staatsanwaltschaft II war für Betäubungsmittel und organisierte Kriminalität zuständig.

«Hat Bledar gesagt, warum diese Konkurrenz den Adler exekutiert hat?»

«Nein. Es klang, als ginge es bloss um Geld.»

«Das genügt.»

«So meinte ich das nicht.»

«Ich werde mich erkundigen, was sich auf dem Heroinmarkt tut. Und ob Gruppierungen aus dem Osten eine Rolle spielen.»

«Geh du bei den Muppets vorbei», sagte Meyer. «Du hast bessere Beziehungen.»

«Die hättest du auch, wenn du ein bisschen mehr Respekt zeigen würdest», sagte Pilecki leicht verärgert. Er hatte viele Kollegen bei der Stadtpolizei und mochte es nicht, wenn sich Kantonspolizisten abschätzig über sie äusserten. ‹Muppets› war nur einer von vielen Spitznamen, mit denen sich die Kapo von ihren Kollegen bei der Stadt abgrenzte.

«Ich muss zu Mullis», sagte Meyer unbeeindruckt. «Er hat die Liste mit den Produkten, die am Weihnachtsmarkt verkauft werden, fertig.»

Pilecki war froh, seinen Arbeitsplatz zu verlassen. Die Büros der städtischen Betäubungsmittel-Sachbearbeiter lagen zwar nur einige Schritte vom Kripo-Gebäude entfernt, doch die Bewegung genügte, um seine Nachmittagsmüdigkeit zu vertreiben.

Stocker begrüsste ihn mit einem schiefen Grinsen. «Wusste ich es doch. Wir haben schon Wetten abgeschlossen, wie lange es dauern würde.»

Pilecki sah ihn überrascht an.

«Der Adler, stimmts?» Stocker wartete nicht auf eine Antwort. «Kaffee? Bier?»

Pileckis Kiefer klappte nach unten.

«Nur ein Scherz. Aber Kaffee haben wir.» Er holte zwei Tassen und setzte sich «Was willst du wissen?»

«Was habt ihr?»

«Viel. Aber nur, weil wir weiterhin TKs durchführen dürfen …» Der Seitenhieb galt der viel diskutierten Aufgabenverteilung zwischen Kanton und Stadt. Ursprünglich hätte nur noch die Kapo Telefonkontrollen durchführen sollen. Damit wäre der Stadt das wichtigste Mittel, um Drogendealer zu verfolgen, genommen worden.

«Wenn es nach mir ginge, wäre die Zusammenarbeit enger, das weisst du.»

«Du bist eine Ausnahme.» Stocker nahm einen Schluck

Kaffee. «Heroin. Der Handel wird von albanischen Clans kontrolliert. Sie bringen den Stoff auf dem Landweg zu uns, meist in Blöcken. Kürzlich hatten wir einen Fall, da schwammen 500-Gramm-Blöcke in verschweissten Säcken in einem Dieseltank. Beliebt sind auch Reserveräder, die fassen etwa zehn Portionen à fünfhundert Gramm. Ungestreckt, versteht sich. Hier werden dann die Blöcke auseinandergebrochen, gemahlen und gestreckt. Dann werden aus fünf Kilos plötzlich fünfzehn.»

«Was bekommt man auf der Strasse dafür?»

«Das ist sehr unterschiedlich. Bei zwanzig Prozent Reinheit rund zweihundert Franken pro fünf Gramm. Für braunes Pulver. Weisses gibt es in Zürich kaum.»

«Und die Nachfrage? Ist die weiterhin gross?»

«Sie ist zurückgegangen. Kokain liegt im Trend. Da aber in den letzten zwei Jahren Heroin knapp war, floss reichlich Kohle.» Stocker bemerkte Pileckis fragenden Blick und erklärte: «Afghanistan. 2002 zerstörte die Übergangsregierung 16 000 Hektaren Opiumkulturen. Das ist rund ein Drittel der weltweiten Produktion. Innert eines Jahres kam es dann zu einer Heroinknappheit auf dem Markt.»

«Und welche Rolle spielt der Adler?»

«Shpetim Selami ist Kopf eines führenden Clans aus Prizren. Er kam vor rund sieben Jahren in die Schweiz, als der Krieg auf dem Balkan neue Geschäftsperspektiven eröffnete. Seine Leute haben einen grossen Teil des Heroinmarktes in der Schweiz im Griff.»

«Organisierte Kriminalität?», fragte Pilecki.

«Nein. So weit sind wir in der Schweiz Gott sei Dank noch nicht. Die Familien arbeiten nicht zusammen. Jede hat ihre eigenen Verbindungen, an der Spitze steht das jeweilige Familienoberhaupt. Allerdings scheinen kriminelle Gruppen ihr Tätigkeitsgebiet in den letzten Jahren immer mehr auszubauen.»

«Du meinst, dass sie in verschiedenen Bereichen aktiv werden?»

«Genau. Das deutet darauf hin, dass sie ihre Strukturen erweitern. Man trifft auch immer weniger Albaner auf der Gasse an. Aber da bin ich kein Fachmann. Eure OK-Spezialisten oder die BKP wissen mehr.»

Pilecki starrte nachdenklich an Stocker vorbei. Die Betäubungsmittel-Sachbearbeiter der Kapo hatten ihm die gleiche Auskunft gegeben. «Wer hatte etwas gegen Selami?»

Stocker lachte ironisch. «Da gibt es eine ganze Liste Leute. Ich stell sie dir zusammen. Aber keiner von ihnen würde es wagen, den Adler umzulegen. Diese Familienstrukturen sind heilig.»

«Ein Aussenseiter?»

Stocker zuckte mit den Schultern. «Keine Ahnung.»

Pilecki hatte noch eine letzte Frage. «Gibt es russische Gruppen, die auf dem Heroinmarkt mitmischen?»

«In der Schweiz? Nie. Die Russen haben es sich in Deutschland bequem gemacht. Bei uns lagern sie vor allem ihre Kohle. Wir hatten erst vereinzelt mit russischen Dealern zu tun.»

Fahrni nahm die Liste, die Mullis zusammengestellt hatte, und wandte sich an Meyer. «Gehen wir sie zusammen durch?»

Meyer senkte den Blick. «Der Häuptling will den Bericht über Simonovics Wagen bis heute Abend.»

«Ich dachte, den hättest du gestern fertig geschrieben.»

«Wollte ich ja auch, aber dann kam etwas dazwischen. Ich muss nur noch die Notizen abschreiben.»

Fahrni wusste, wie lange ‹nur noch abschreiben› bei Meyer dauerte. Er setzte sich an seinen PC und öffnete die Inventarliste von Fasolins Wohnung, die er mit den Produkten verglich, die am Weihnachtsmarkt angeboten wurden. Bald war er so vertieft, dass ihm Meyers Stöhnen nicht mehr auffiel. Als ihr Pager plötzlich zu piepsen begann, schreckte er hoch.

Meyer sprang mit leuchtenden Augen auf. «Ich muss los!» Es war ihre erste Pikett-Übung bei der Einsatzgruppe Diamant, und sie vergass in der Eile sogar, ihren Computer auszuschalten.

«Machs gut!», rief Fahrni ihr nach. Er stand auf und setzte sich an ihren Platz. Er schrieb den Bericht fertig und fuhr den PC anschliessend herunter. Dann suchte er Cavalli auf.

«Ich soll dir das hier noch geben», sagte er und reichte seinem Chef den Bericht.

«Ist Meyer weg?», fragte Cavalli.

Fahrni nickte besorgt.

«Es ist nur eine Übung.»

Fahrni zupfte an seinem Ohr.

«Personenschutz ist nicht gefährlich», log Cavalli. Fahrnis Angst beunruhigte ihn. Er hatte immer darauf vertraut, dass der junge Polizist mit den Jahren sicherer würde. Stattdessen schreckte Fahrni vor Gefahren immer mehr zurück. Cavalli überlegte, ob es ein guter Moment war, ihn darauf anzusprechen. Die Gelegenheit zog ungenutzt vorüber, als die Tür aufflog und Gurtner hereinplatzte. Er fuchtelte mit einem Blatt Papier. «Dieser Igor hat ein Konto in der Schweiz!»

«Welcher Igor?», fragte Fahrni.

«Der Igor, mit dem Lukasch telefoniert hat.» Er reichte Cavalli die Unterlagen.

«Wie hast du das so schnell herausgefunden?»

«Juri. Gewisse Kontobewegungen sind ihm aufgefallen. Grössere Summen verschwanden laufend von Lukaschs Konto, die Gebühren für die Überweisungen stimmten irgendwie mit dem Dollarkurs überein … und dann war da eine seltsame Nummer … Ich habe es ehrlich gesagt nicht ganz verstanden. Er hat etwas von einem ‹Schweizer Code› gesagt, der verwendet wurde, um eine Telefonnummer zu verheimlichen. Auf jeden Fall hat dieser Igor ein Konto in Zürich, und Lukasch überweist ihm Geld, das anschliessend auf einem Konto in Kiew landet.»

Cavalli sah ihn zweifelnd an. «Und das hat Juri alles innerhalb eines Tages herausgefunden?»

«Was ist ein ‹Schweizer Code›?», fragte Fahrni.

«Man addiert zur Originaltelefonnummer das Ergebnis der Division 1:7, ohne die Dezimalstelle zu beachten», sagte Cavalli.

«Dieser Igor hat auch einen Namen: Savenko.» Gurtner liess die Unterlagen auf Cavallis Pult fallen. Als er die Tür zuzog, wehte es einige Blätter vom Tisch.

Fahrni sammelte sie ein und reichte sie Cavalli.

Cavalli nahm Meyers Bericht, den sie höchstens bis zur Hälfte selbst geschrieben hatte, sowie Pileckis Unterlagen und löschte die Lichter. Es war wieder länger hell, und er genoss die Sonne, als er der Sihl entlang spazierte. Die Informationen schienen nur so auf ihn hereinzustürzen, doch das Bild, das sie ergaben, war ihm fremd. Die Professionalität, die hinter den Delikten stand, die Rücksichtslosigkeit und die Brutalität zeigten in eine neue Richtung. Cavalli fragte sich, ob die Verbrechen ein Zeichen für eine zunehmende Gewaltbereitschaft waren. Hätte sich der gleiche Täter zehn Jahre früher mit einem normalen Geschoss begnügt? Wäre er, statt zu schiessen, davongerannt, als er von Fasolin überrascht worden war? Oder hatten sie es mit einem für die Schweiz neuartigen Täter zu tun, einem Berufskiller? Der Adler war der einzige Link zur Drogenszene. Noch war aber nicht klar, ob die Patrone aus einer Stetschkin oder einer CZ-83 stammte. Vielleicht war Gewalt ansteckend, und der Mörder von Selami hatte ein Deformationsgeschoss verwendet, um dem ersten Täter in nichts nachzustehen. Dann hätten die Delikte nur zufällige Berührungspunkte.

Cavallis Gedanken kehrten zu Fahrni zurück. Der Polizist war auf seine unkonventionelle Weise ein hervorragender Mitarbeiter. Dank ihm waren Solidarität und Teamgeist mehr als leere Begriffe. Doch die Morde, die sie aufzuklären versuchten, zeigten, mit welcher Brutalität ein Polizist zurechtkommen musste. Cavalli fürchtete, Fahrni könnte irgendwann das Handtuch werfen, wenn es ihm nicht gelang, seine Angst zu bändigen. Er dachte an Regina und überlegte, warum sie mit ihrem Beruf klarkam. Sie war genauso feinfühlig wie Fahrni, doch ihre Empfindlichkeit stellte kein Hindernis dar.

Als sie am Abend beisammen sassen, sprach er sie darauf an.

«Ich habe zwar Mitleid mit den Opfern, aber ich habe nicht das Gefühl, ich hätte die Tat verhindern können. Ich will einfach, dass der Schuldige zur Rechenschaft gezogen wird», sagte Regina. «Bei Tobias ist das anders. Er fühlt sich persönlich verantwortlich, wenn es jemandem schlecht geht. Er will es wieder gutmachen, und das geht nicht.»

«Und er hat Angst. Das kann verheerende Folgen haben.»

«Ich weiss. Kannst du ihn nicht ein wenig von der Front abziehen? Bambi und er ergänzen sich hervorragend, dann hättest du das Problem mit ihren ungenügenden Büroleistungen auch gelöst.»

Reginas Vorschlag war zwar logisch, doch Cavalli wusste nicht, ob er Fahrni und Meyer damit einen Gefallen täte.

«Du kannst die Menschen nicht so machen, wie du sie gern hättest.»

«Wenn Fahrni im entscheidenden Moment aus Angst versagt, bringt er sich oder einen Kollegen in Gefahr», sagte Cavalli. Er starrte aus dem Fenster.

Regina folgte seinem Blick. «Der Typ, der dort draussen herumläuft, muss jedem Angst einjagen. Ich bin froh, beaufsichtige ich die Ermittlungen vom Schreibtisch aus. Hast du nie Angst?»

Cavalli dachte daran, wie sein Herz fast stehen geblieben war, als Regina vor einem Jahr in die Hände eines Mörders geraten war. «Um mich nicht.»

10

Der Samstag hatte grau begonnen, am frühen Nachmittag setzte Regen ein. Die Menschen strömten zu Hunderten in die Einkaufszentren und Möbelhäuser der Agglomeration Zürich. Regina stand im Bus und betrachtete die Fahrzeuge auf der Ringstrasse, die Stossstange an Stossstange vorwärts krochen. Als sie nach vierzig Minuten im Glattzentrum ankam, verstand sie, warum sich fast niemand der Umwelt zuliebe die Mühe machte, den Bus zu nehmen. Schneller war man damit auch nicht.

Ankica arbeitete in einer Kleiderboutique auf der mittleren Etage. Rote Prozentzahlen am Schaufenster zogen Kunden an, im Laden herrschte ein Chaos. Regina erhaschte einen kurzen Blick von Ankica, die Kleidungsstücke vom Boden auflas und zurück auf einen Wühltisch warf. Es war töricht gewesen zu glauben, sie könnte mit der jungen Frau reden.

Sie beschloss, nach Ladenschluss wiederzukommen. Als sie die Boutique verlassen wollte, erkannte Ankica sie.

«Frau Flint!» Ankica kämpfte sich durch das Gedränge. «Haben Sie Neuigkeiten?»

«Nein, leider nicht. Aber einige Fragen. Können wir uns nach Ladenschluss treffen?»

Ankica war die Enttäuschung anzusehen. «Natürlich. Ich warte hier auf Sie.»

Regina vertrieb sich die Wartezeit in einer Buchhandlung. Es war das einzige Geschäft, in dem Ruhe herrschte. Sie stöberte in einem Reiseführer über Serbien und bewunderte die zahlreichen Klöster. Ob Marko davon geträumt hatte, in seine Heimat zurückzukehren?, fragte sie sich. Oder war die Schweiz sein Zuhause geworden? Regina blätterte zur Kirchengeschichte weiter. Eine ganze Seite war dem Weihnachtsfeiertag gewidmet. Plötzlich wurde sie nachdenklich. Am 6. Januar war Lynn Fasolin ermordet worden. Das war der Abend vor dem orthodoxen Weihnachtstag. Marko verunfallte am 24. Dezember, Heiligabend bei den Christen. War das Zufall? Oder spielte Weihnachten eine Rolle? Sie nahm sich vor, Cavalli darauf aufmerksam zu machen.

Regina kaufte den Reiseführer und ging zurück zur Boutique.

«Möchten Sie auch eine Tasse Kaffee?», fragte Ankica erschöpft.

«Nein, danke.» Regina sah das Durcheinander im Laden an. «Das muss ein anstrengender Tag gewesen sein.»

«Der Samstag ist immer schlimm, und der letzte Tag des Ausverkaufs ist die reinste Hölle.»

Erst jetzt sah Regina ihre dunklen Augenringe. «Wie geht es Ihnen?»

Sofort schossen Ankica Tränen in die Augen. «Stört es Sie, wenn ich rauche?»

Regina verneinte.

Ankica zog mit zittrigen Fingern eine Zigarette hervor und inhalierte tief. «Besser. Herr Rossner hat angerufen.»

«Von der Stadtpolizei Dübendorf?»

«Er hat mir gesagt, dass Markos Auto noch einmal untersucht wird.»

Regina war überrascht. Rossner war feinfühliger, als er aussah. Es gehörte nicht zu seinen Aufgaben, Ankica zu informieren. «Haben Sie schon eine Vorladung von der Kantonspolizei erhalten?»

«Ja. Ich muss zu einer Frau Meyer. Was will sie von mir?»

Regina überlegte, ob sie Ankica vom parkierten Mazda erzählen sollte. Sie entschied sich dagegen, um nicht in Meyers Befragungstaktik einzugreifen. «Sie wird den Abend mit Ihnen nochmals durchgehen, Schritt für Schritt. Manchmal haben gewisse Beobachtungen plötzlich eine andere Bedeutung. Frau Meyer kennt sich mit Fahrzeugen aus. Sie können ihr vertrauen.»

Ankica nahm einen letzten Zug ihrer Zigarette. «Danke. Ohne Sie käme Markos Mörder ungestraft davon.» Regina holte Luft, doch Ankica fuhr rasch fort. «Ich weiss, was Sie sagen wollen. Aber für mich ist er ein Mörder, egal, ob es ein Unfall war oder nicht.»

«Ich würde Ihnen gern versprechen, dass er dafür zur Rechenschaft gezogen wird, aber es wird nicht einfach sein, die Identität des unbekannten Fahrers herauszufinden.»

«Ich weiss. Aber Sie versuchen es.»

«Ja. Deswegen bin ich hier. Ich muss etwas wissen: Wenn es kein Unfall war, wollte jemand Marko schaden. Das heisst, es muss vorher zu einem Streit gekommen sein, oder er hat jemanden verärgert. Vielleicht unabsichtlich, vielleicht war es aber eine längere Geschichte. Gibt es jemanden, dem sich Marko anvertraut haben könnte?»

«Sie meinen, einem Freund oder so?»

«Zum Beispiel.»

«Höchstens einem Arbeitskollegen. Niemand stand ihm sehr nahe, seit er sich von Vesna getrennt hatte.»

«Wann war das?»

«Ich glaube, vor zwei Jahren. Sie wollte keine Kinder, und er konnte sich ein Leben ohne nicht vorstellen.»

Regina kam die Geschichte bekannt vor. Sie dachte an die endlosen Gespräche zurück, die sie mit ihrem ehemaligen Lebenspartner Felix geführt hatte. «In diesem Punkt gibt es keine Kompromisse.»

Ankica starrte auf den Wühltisch. «Wenn … wenn Vesna eingelenkt hätte, würde etwas von Marko weiterleben.»

«Ein Kind hätte seinen Vater verloren», sagte Regina sanft.

Ankica seufzte. «Ja. Tut mir leid, es gibt niemanden, der Ihnen weiterhelfen könnte. Mir hat er vermutlich am meisten gesagt, obwohl er mich immer als seine kleine Cousine sah. Er wollte mich vor Unangenehmem beschützen, hat deshalb wohl vieles verschwiegen. Über einen Streit oder einen Feind sagte er nie etwas.»

Cavalli stemmte Hanteln, als Regina ihre Wohnung betrat. Sie stellte sich neben ihn und stützte die Hände in die Seite.

«Cava! Was machen deine Hanteln hier?»

«Sie führen mir vor Augen, dass ich älter werde!», presste er hervor.

Regina sah sich um. Das Gästezimmer war immer mehr mit Cavallis Sachen gefüllt. Vor einigen Monaten waren es ein Paar Socken, Ersatzunterwäsche und vielleicht ein T-Shirt gewesen. Inzwischen hingen fünf Hemden im Schrank, Sportkleider, Jeans, Turnschuhe und sogar eine Krawatte. Doch die Kleider waren nichts im Vergleich zu den Büchern, die das Regal zu füllen begannen. Und nun seine Hanteln, die sich immer dort befanden, wo Cavalli sich am häufigsten aufhielt. Bis jetzt war das entweder seine Wohnung oder sein Büro gewesen.

«Hast du der ‹Washington Post› schon eine Adressänderung durchgegeben?», fragte sie.

Cavalli setzte eine beleidigte Miene auf. «Was willst du damit andeuten?»

Regina lachte. «Andeuten? Gar nichts! Ich sag es dir geradeheraus: Du bist hier eingezogen!» Sie drückte mit dem Fuss eine Hantel nach unten.

«Hör … auf!» Er versuchte, ihrem Druck standzuhalten, gab dann auf und liess die Hantel los. Er packte ihren Fuss und zog daran, bis sie das Gleichgewicht verlor.

Sie kam auf seinem Bauch zu sitzen.

«Stört es dich?», fragte er.

Ihr Zögern gab ihm die Antwort, die er hören wollte.

Regina senkte den Blick und zupfte ein Haar von seinem T-Shirt.

«Regina?»

«Ist dir eigentlich aufgefallen, dass sowohl Fasolin wie Mar… Simonovic an Heiligabend ermordet wurden?», wich sie aus.

Cavalli spielte mit. «Ermordet?»

«Ich meine … du weisst schon, was ich meine.»

«Heiligabend», sagte er. «Du meinst, am 6. Januar bei den Orthodoxen?»

«Genau.» Sie fuhr ihm übers Kinn. «Du solltest dich rasieren.»

«Es ist Samstag! Woran soll ich sonst merken, dass ich frei habe, wenn sogar du am Wochenende ermittelst?»

«Sogar ich?» Sie verlagerte ihr Gewicht, so dass er hustete. «Wer macht jetzt Andeutungen?»

Er umfasste mit beiden Armen ihr Becken. «Erzähl weiter. Du bringst Fasolin und Simonovic in Verbindung.»

«Nein, eigentlich nicht. Nur die Daten. Aber das kann Zufall sein. Könnte Ingold an Heiligabend ermordet worden sein?»

«Jäggi hat sie am 7. Januar gefunden. Da war sie nach Hahn zwischen acht und vierzehn Tagen tot.»

«Also ja.»

«Theoretisch schon. Aber Selami eindeutig nicht.» Er erzählte ihr, dass der WD die Waffe identifiziert hatte. «Eine Stetschkin. Nein: die Stetschkin.»

«Bist du sicher?»

«Ich nicht, aber die Experten. Warum bist du so erstaunt?»

«Weil ich mir keine Verbindung zwischen einer alten Frau, einer jungen Kickboxerin und einem Drogenboss zusammenreimen kann. Fasolin traue ich noch zu, dubiose Gestalten gekannt zu haben. Aber Elsbeth Ingold? Wie weit ist Jäggi mit den Befragungen?» Der Polizist lud alle Personen, die Ingold gekannt hatten, vor.

«Bei Nummer neun», sagte Cavalli trocken. «Bei dem Tempo sind ihre Bekannten längst tot, bis wir alle Aussagen haben.» Er erzählte, dass er Mullis den Auftrag gegeben hatte, die wichtigsten Auskunftspersonen vorzuladen. Dann wechselte er abrupt das Thema. «Hast du Lust, tanzen zu gehen?»

«Tanzen? Du? Wo, etwa in der ‹Palme›?» Als er den Blick ertappt von ihr abwendete, lachte sie von Neuem los. «Ich fass es nicht! Du denkst tatsächlich an die ‹Palme›!» Sie stellte sich vor, wie sie mitten in einer Bar zu tanzen begannen. Mit einer Hand wischte sie sich eine Träne aus dem Augenwinkel. «Klar, warum nicht. Wir können aber auch bloss etwas trinken, wenn du einen Vorwand suchst, um dich dort umzusehen.»

«Wieso bist du heute eigentlich so gut gelaunt?», fragte Cavalli im Auto.

«Weil mir Tozzi keine Vorwürfe mehr macht, seit er gesehen hat, dass ich in Markos Fall Recht hatte. Weil sich jemand über Hanischs Verhalten am Tatort beschwert hat und sie deshalb eine Verwarnung kassiert hat. Weil Sutter inzwischen die meisten Nachrichten richtig weiterleitet. Und weil meine Mutter ein Essen am Sonntag abgesagt hat, da sie krank ist. Und mir nicht die Schuld dafür gegeben hat!» Ausserdem war ihr aufgefallen, dass Cavalli zurzeit kaum Affären hatte, aber das erwähnte sie nicht. Er würde es sofort so auslegen, dass sie Erwartungen an ihn stellte, und mit der nächsten Frau ins Bett steigen.

Cavalli parkte hinter der Kaserne. «Schade, dass wir bei Europol noch keinen Verbindungsbeamten haben.»

Regina hakte sich bei ihm unter. «Du denkst, der Täter könnte bereits anderswo in Erscheinung getreten sein?»

«Ein Profi hat Erfahrung.»

«Hast du bei Interpol nachgefragt?»

«Die Anfrage läuft. Aber einer von uns, der die Fühler bei Kollegen ausstrecken könnte, wäre hilfreich.»

«Im Herbst ist es so weit», sagte Regina. «Dann wird jemand eingestellt.» Vor wenigen Tagen hatte der Bundesrat die Botschaft zum Kooperationsabkommen zwischen der Schweiz und Europol verabschiedet. Bald wäre es möglich, Expertenwissen auszutauschen, Informationen zu übermitteln und bei konkreten Ermittlungen Unterstützung zu suchen. Ein Schweizer Polizist wäre dann als Polizeiverbindungsmann in Den Haag stationiert. «Hast du deine Kollegen bei der Kapo schon angefragt? Die OK-Spezialisten?»

Cavalli blieb an der Stelle, wo Selami erschossen worden war, stehen. «Ja. Ich war auch bei der BKP. Kriminelle Gruppen aus der GUS waschen bloss ihr Geld in der Schweiz. Sie kommen als Geschäftsleute, gründen Unternehmen, häufig mit Kontakten zu Offshorefirmen, und legen dann ihr Geld im Namen dieser Firmen an. Um die 150 Unternehmen in der Schweiz werden von Bossen aus dem Osten kontrolliert.»

«Vergiss die Kriminellen nicht, die als Asylsuchende einreisen. Sie handeln auch vereinzelt mit Drogen.»

«Aber nicht im grossen Stil, das sind kleine Fische.» Cavalli kniff die Augen zusammen und sah in die Richtung, wo das Auto des Täters gestanden hatte. «Dort stand der Mazda. Genau an der Ecke.»

«Es war ein Mazda?»

«Ja, es steht im Bericht.» Dann kam ihm in den Sinn, dass Hanisch den Fall betreute. «Ein roter Mazda. Wir haben zwei Augenzeugen.»

Regina erzählte vom Mazda, der an Heiligabend im Wald zwischen Dübendorf und Dietlikon gestanden hatte.

Cavalli starrte sie an. «Bist du sicher?»

«Natürlich. Bambi hat den Zeugen noch einmal befragt. Es war ein roter Mazda.»

Sie betraten die Bar und setzten sich in eine Ecke. Cavalli war so in Gedanken vertieft, dass Regina ihm ungefragt einen Tomatensaft holte. Als sie wieder an ihren Platz zurückging, spürte sie, wie der Blick eines hageren Mannes an der Bar ihr folgte. Sie passte nicht zur Stammkundschaft, genausowenig wie Cavalli. Sie hatte das Gefühl, der Geräuschpegel habe sich gesenkt, als man auf sie aufmerksam wurde, doch vielleicht bildete sie sich das nur ein.

«Es gibt auch serbische Kriminelle in der Schweiz, die gut organisiert sind», sagte Cavalli leise, als Regina ihm den Saft hinschob. «Serben und Albaner mögen sich nicht besonders. Hat Bledar nicht behauptet, jemand wolle neu im Drogenmarkt mitmischen?»

Regina stellte ihr Glas schwungvoll ab. «Willst du jetzt aus Marko einen Berufskiller machen?»

Am Nebentisch drehten sich einige Köpfe in ihre Richtung.

Cavalli stand auf und steuerte Regina wortlos nach draussen. «Eine Abrechnung zwischen Banden», sagte er, als niemand sie hören konnte. «Deshalb hat Bledar Angst.»

«Richtig. Und Ingold? Stand sie auf der Seite der Serben oder der Albaner?»

«Ich denke ja nur laut!»

«Wenn du noch lauter denkst, werden wir bald Ärger bekommen.» Regina deutete auf den Mann an der Bar, der sie durchs Fenster misstrauisch im Auge behielt.

«Denk lieber mit!»

«Ich habe von dir gelernt, keine voreiligen Schlüsse zu ziehen», sagte Regina trotzig.

«Dann weisst du sicher auch, dass kein noch so absurder Gedanke verworfen werden darf», sagte Cavalli und ging zurück in die Bar.

Als sie nach Mitternacht die ‹Palme› verliessen, folgte ihnen der Unbekannte. Er schlug die entgegengesetzte Richtung ein, und Regina atmete auf.

«Hast du mitbekommen, dass LIS schon wieder zusammengebrochen ist?», fragte Regina. Das Abhörsystem des Bundes, das sogenannte Lawful Interception System, hatte eine Panne nach der anderen.

Cavalli starrte geradeaus. «Irgendwann macht der Lauschcomputer während einer Geiselnahme schlapp, mit fatalen Folgen.»

«Mir genügt es schon, wenn schweizweit die OK-Ermittlungen zum Erliegen kommen! Und das kommt mehrmals pro Monat vor.» Regina musterte Cavalli. «Ist etwas?»

Er hatte die Hände aus den Taschen genommen und den Kopf leicht gesenkt. «Das System ist sowieso veraltet», sagte er leise. «Handys mit UMTS-Standard und MMS-Mitteilung können nicht überwacht werden. Ausserdem finde ich es absurd, dass LIS nicht mit der Informatik der Polizei kompatibel ist.»

«Geht es dir nicht gut?»

Er schaute nicht auf. «32 Millionen Franken hat die Anlage gekostet. Leuenberger wird Mühe haben, das zu ...» Plötzlich wirbelte er herum und rannte davon.

Regina sah ihm überrascht nach und erkannte den Unbekannten, der sie in der Bar beobachtet hatte. Cavalli hatte ihn fast eingeholt, dann verschwanden beide um die Ecke. Regina rannte ihnen nach, ohne Hoffnung, sie einzuholen. Sie hörte einen lauten Aufprall, schepperndes Blech und einen Schrei. Sie sog die kalte Januarluft so rasch ein, dass ihre Lungen protestierten. Hustend eilte sie die Zeughausstrasse hinunter. Idiot!, fluchte sie stumm. Wären seine Untergebenen ohne Verstärkung einem Verdächtigen hinterher gejagt, hätte das Konsequenzen gehabt. Glaubte er, er sei unsterblich?

Sie spurtete zum Hinterhof, aus dem die Geräusche gekommen waren. Als sich ihre Augen an die Dunkelheit gewöhnt hatten, erkannte sie den Hinterausgang eines Restaurants. Zwei Abfallcontainer standen leicht schräg, dazwischen bewegten sich Gestalten. Eine lag am Boden mit zuckenden Füssen und stiess wiederholt gegen den Container. Erleichtert stellte Regina fest, dass es der Unbekannte war. Cavalli kniete auf seinem Rücken. Er hielt den hageren Mann am Genick fest und zog mit der freien Hand seine Brieftasche aus der Hosentasche. Er gab sie Regina, ohne seinen Blick vom Unbekannten zu lösen.

Regina durchsuchte die Fächer. «Keine Ausweise.» Sie nahm eine Notiz aus dem Notenfach und studierte sie. «Sieht albanisch aus.» Eine Telefonnummer mit albanischer Vorwahl bestätigte ihre Vermutung.

Cavalli verlagerte sein Gewicht, und der Unbekannte grunzte. «Warum schleichst du uns nach?»

Der Mann antwortete nicht. Cavalli drückte sein Gesicht auf den Boden und wiederholte die Frage.

«Um … sicherzugehen … dass Sie keine Gefahr bedeuten. Lassen Sie mich los!»

«Gefahr? Erzähl keinen Mist!»

Regina zog ihr Handy hervor, um Verstärkung zu rufen.

«Lass das!», sagte Cavalli. «Ich bin noch nicht fertig.» Er presste sein Knie in die Niere des Unbekannten.

Regina sah unschlüssig zu. Als der Mann vor Schmerz aufschrie, wählte sie die Nummer der Einsatzzentrale.

Cavalli fluchte. Jetzt hatte er nur noch wenige Minuten, um herauszufinden, warum ihnen der Mann gefolgt war. «Was willst du von uns?»

«Nichts!» Wieder stiess er einen Schmerzensschrei aus. «Kürzlich … wurde vor der ‹Palme› … jemand erschossen. Wir müssen vorsichtig sein.»

«Was haben wir damit zu tun?»

«Wir behalten … Fremde … im … Auge. Hör auf!»

Cavalli hörte den heranfahrenden Streifenwagen und verdrehte mit der freien Hand den Arm des Mannes. «Wer war es?»

«Keine Ahnung!»

Cavalli drehte fester. Neben sich spürte er Regina, die dem Geschehen entsetzt folgte. Eine Autotür wurde geöffnet, gleichzeitig schlugen Stiefel auf dem Asphalt auf.

«Ein Russe», jaulte der Mann.

Zwei Polizisten rannten auf sie zu, und Cavalli stand schwer atmend auf. Er übergab ihnen den Mann und stapfte davon.

Regina eilte ihm nach. «Cava! Bleib stehen.»

Er marschierte weiter.

Sie packte ihn am Arm. «Ich könnte dich anzeigen!»

Er wirbelte herum. «Dann mach es!»

«Du hast kein Recht …»

«Sag das dem Albaner, wenn er das nächste Mal jemanden

niederstícht. Im Gegensatz zu dir wird er nicht zimperlich sein!»

«Das gibt dir nicht das Recht ...»

«Hör auf mit deinem verdammten Recht! Er hätte ausgepackt! Noch einige Minuten mehr, und wir wüssten vielleicht, wer auf Fasolin und Ingold geschossen hat.»

«Wenn du dich nicht an die Vorschriften hältst, bist du kein bisschen besser als er.»

«Wie wichtig wären dir Vorschriften, wenn du bedroht wärst?» Cavalli sah auf und merkte, dass sie vor Pileckis Wohnung standen. «Hier», sagte er und warf Regina den Autoschlüssel zu. Er verschwand im Hauseingang.

Pilecki öffnete erst beim zweiten Klingeln. Als Cavalli sah, dass er bloss Unterwäsche trug, merkte er, dass es weit nach Mitternacht war. Er trat trotzdem ein.

Pilecki führte ihn in die Küche, wo Cavalli erzählte, was geschehen war.

«Ein Russe?» Pilecki runzelte nachdenklich die Stirn.

Cavalli schritt im kleinen Raum auf und ab. «Der Typ hat wie Bledar das Wort ‹Fremde› gebraucht. Zum Schluss sagte er ‹ein Russe›.»

«Ob er Russen und Ukrainer unterscheiden kann?»

«Das ist mir auch durch den Kopf ge...» Er starrte auf die Küchentür.

Irina stand auf der Schwelle und hörte zu. Das Negligee, das sie angezogen hatte, um ihren Körper zu verhüllen, betonte ihre Figur, statt sie zu kaschieren. Dunkle Locken verdeckten ihr Gesicht zur Hälfte; sie hielt den Kopf leicht schräg, um die Männer sehen zu können.

Cavallis Atem stockte, und er ärgerte sich über die Wirkung, die sie auf ihn hatte. Unnötig forsch forderte er sie auf, sie allein zu lassen.

Irina trat in die Küche. «Wenn es um Geld geht, macht

man bei uns keinen Unterschied zwischen Russen und Ukrainern. Ausser, die Russen profitieren auf Kosten der Ukrainer.»

«Meinst du die Mafia?» Pilecki zeigte auf einen Stuhl.

Irina setzte sich. «Ja. Die sogenannte ‹Russische Mafia› gibt es eigentlich nicht. Auch Ukrainer, Usbeken, Georgier, Tschetschenen und so weiter gehören dazu. Je weiter weg von Moskau, desto mehr Macht verliert der Kreml. In den äusseren Provinzen und den ehemaligen Sowjetrepubliken blüht das organisierte Verbrechen. Meistens sind die Wirtschaftsbosse der Region gleichzeitig Gouverneure. Ihr kennt bestimmt den Ukrainer Roman Kowaljow.» Sie wartete auf eine Bestätigung.

Cavallis Miene war wie eine Maske.

«Hat der nicht mit Chodorkowskij zu tun?», fragte Pilecki.

«Genau.» Irina heftete ihren Blick auf Cavalli. «Kennst du Chodorkowskij?»

«Natürlich», presste Cavalli hervor.

«Kowaljow ist Gouverneur von Tschukotka. Er lebt aber in London, damit er zu Hause keine Steuern bezahlen muss. Sein Vermögen soll rund zehn Milliarden Euro betragen. Er hat das Geld kaum als Sachbearbeiter verdient.» Irina zog ihr Negligee hoch, das ihr über die Schulter gerutscht war. «Auf dem Statistischen Amt habe ich pro Monat hundert Dollar verdient. Es gibt kaum jemand, der nicht bestechlich ist.»

«Aber was suchen sie hier? In der Schweiz?», fragte Pilecki.

«Vermutlich das Gleiche wie überall: Geld.»

«Weder beim Bund noch beim Kanton weiss man etwas über Verbindungen zur Mafia aus dem Osten», sagte Cavalli zu Pilecki. «Ausser im Zusammenhang mit Geldwäscherei.»

«Aber in Deutschland ist die Mafia gut organisiert», sagte Irina. «Und bis zur Schweizer Grenze ist es nicht weit.»

«Der Heroinmarkt bei uns ist fest in den Händen der Albaner», sagte Pilecki. «Sie werden kaum freiwillig zur Seite rücken.»

«Eben.» Irina versuchte, Cavalli in die Augen zu sehen, doch er sah entschlossen an ihr vorbei. «Über wie viel Geld reden wir hier?»

«Wir», Cavalli betonte das Wort und sah weiterhin zu Pilecki, «reden von enormen Summen. In der Schweiz werden pro Jahr drei Milliarden Franken für Drogen umgesetzt. Man geht von rund 30 000 Heroin- und Kokainabhängigen aus, und der gegenwärtige Preis beträgt vierzig Franken pro Gramm.»

«Das gibt einen Umsatz von mindestens einigen hundert Millionen pro Jahr», rechnete Irina aus, «lediglich für Heroin.»

«Wahrscheinlich über eine Milliarde», sagte Cavalli.

«Wie kommt das Geld ins Ausland?»

Cavalli sah sie an. «Meistens wird Bargeld über die Grenze geschmuggelt. Häufig wird Geld aber auch in Fremdwährungen gewechselt und auf ausländische Bankkonti weiter verschoben, oder es folgen Geldüberweisungen ins Ausland.»

«Es kommt also ins reguläre Finanzsystem», sagte Irina. «Vermutlich in kleineren Beträgen, die über einen Zahlungsverkehrsdienstleister einbezahlt werden.»

Cavalli nickte.

«Gibt es eine Meldepflicht? Oder sind nur Banken den Vorschriften unterworfen?»

«Verdächtige Geldtransfers sollten von allen Finanzintermediären an MROS gemeldet werden.«

«Die Meldestelle für Geldwäscherei», erklärte Pilecki.

«Hat MROS die Möglichkeit, im Ausland Erkundigungen einzuziehen?», fragte Irina weiter.

«Natürlich», sagte Cavalli. «Gestützt auf das Begehren einer Schweizer Aufsichts- oder Strafverfolgungsbehörde.»

Irina warf Pilecki einen vielsagenden Blick zu.

Er entging Cavalli nicht. «Denkst du an etwas Bestimmtes?»

Irina stand auf und gähnte. «Ich bin müde. Gute Nacht.»

Als sie die Küchentür geschlossen hatte, sah Cavalli misstrauisch zu Pilecki.

«Ich auch, ich glaube ...»

«Juri!»

Pilecki seufzte ertappt. «Sie hat einen Blick auf Lukaschs Bankauszüge geworfen.» Als er Cavallis Ausdruck sah, versicherte er hastig: «Es wird nicht wieder vorkommen.»

«Das will ich hoffen!»

Cavalli holte im Büro seine Sportsachen und joggte über den Zürichberg. Der Waldweg war eisig und erforderte seine volle Konzentration. Als er gegen vier Uhr in Gockhausen ankam, waren seine Oberschenkel gefroren, seine Glieder schwer und ungelenk. Doch die Stille im Wald und die klirrende Kälte hatten seinen Kopf von ungelösten Fragen befreit. Cavalli fühlte sich wie ein leeres Gefäss, bereit für neue Inhalte.

Er schlich hinein, um Regina nicht zu wecken, und stellte sich kurz unter die Dusche, ohne Licht zu machen. Die Dunkelheit schmiegte sich um ihn; er war allein mit dem Wasserstrahl. Er füllte seine Lunge mit Dampf, spürte, wie sich sein Körper der Wärme öffnete. Die Nerven, die in der Hitze wieder erwacht waren, protestierten schmerzhaft. Als er fertig war, tastete er sich im Dunkeln zur Küche vor, wo das Summen des Kühlschranks der Stille ein Ende setzte.

Er suchte nach etwas Essbarem und hörte einen Schlüssel

im Schloss. Automatisch griff er zur Waffe, merkte, dass er nur ein Frottiertuch um die Hüften geschlungen hatte. Bevor er reagieren konnte, erkannte er Reginas Schritt. Sie streifte Mantel und Stiefel ab und sah überrascht auf, als Cavalli aus der dunklen Küche kam.

«Du bist zu Hause? Bei mir?», korrigierte sie sich. Sie war überzeugt gewesen, dass er nach dem Streit bei einer seiner Frauen Trost suchen würde.

«Wo warst du? Ist etwas passiert?»

Regina streckte ihm ein Mäppchen entgegen. «Gentian Ajeti, geboren 1965 in Prizren, wohnhaft in Urdorf, vorbestraft wegen Betäubungsmitteldelikten und Erpressung. Der Adler war ein Cousin zweiten Grades. Zirka eine Woche vor seiner Ermordung tauchte ein Osteuropäer in der ‹Palme› auf und bedrohte ihn. Ajeti beschreibt ihn als gross und kräftig. Er trug eine braune Lederjacke und eine schwarze Wollmütze. Ajeti fand es nicht wichtig, aber jetzt sieht alles anders aus. Die Albaner haben Angst. Sie wissen nicht, mit wem sie es zu tun haben.» Regina holte ihre Zahnbürste. «Ich habe ihn laufen lassen. Er wird überwacht.»

Cavalli starrte auf das Protokoll in seiner Hand. Er blätterte zur letzten Seite, um nachzusehen, wer es geschrieben hatte.

«Ich habe Sutter aus dem Bett geholt», sagte Regina durch den Schaum der Zahnpasta hindurch. «Mit den Schreibfehlern wirst du leben müssen. Dafür ging es ohne Gewalt. Gute Nacht.»

Als Regina am Sonntag aufwachte, hörte sie Stimmen aus der Küche. Der weiche Singsang klang fremd, und Regina ging auf Zehenspitzen zur Tür, um besser hören zu können. Christopher?, fragte sie sich. Dann erkannte sie Cavalli, der im gleichen nasalen Tonfall etwas vortrug.

«Hahsk, mit einem langen A», korrigierte er seinen Sohn. «Zah du li hahsk gah du?»

«Zah du li hahsk gah du?», sprach Christopher nach.

«Schki», sagte Cavalli und nahm ein Stück Brot, das ihm Christopher reichte.

«Guten Morgen!» Regina setzte sich zu ihnen. «Störe ich?»

Christopher faltete einen Brief zusammen und steckte ihn in seine Hosentasche.

«Überhaupt nicht», lächelte Cavalli. «Brot?»

«Zah du li hahsk gah du?», sagte Christopher zu Regina. «Willst du ein Stück Brot?»

«Schki», sagte Regina. «Ich hoffe, das heisst ja!»

«Es heisst danke», sagte Cavalli. «Lasse ich durchgehen.» Er reichte Regina das Brot und schenkte ihr eine Tasse Tee ein. Dann wandte er sich wieder an Christopher, der aufgestanden war und seine Jacke von der Stuhllehne nahm. «Ich installiere die Schrift heute Nachmittag. Legst du die CD neben deinen PC?»

«Mmh. Bis später.» Er winkte in Reginas Richtung und verliess die Wohnung.

«Kann er ganze Sätze auf Tsalagi?», fragte Regina.

«Mehr noch», sagte Cavalli stolz. «Er spricht fast akzentfrei! Und das, obwohl er aus Büchern gelernt hat. Ich wusste gar nicht, dass er so ... so sprachbegabt ist.»

Regina lächelte ihn an. «Er hat ja auch einen begabten Vater.»

Cavalli strich ihr mit dem Fuss über die nackten Zehen. «Ich bin nicht nur sprachbegabt.»

«Das trifft sich gut, meine Putzfrau ist nämlich krank. Und da du sozusagen hier eingezogen bist, kannst du dich an der Hausarbeit beteiligen.»

«Fahrni hat angerufen», sagte Cavalli rasch. «Fast hätte

ich es vergessen. Er muss leider absagen, Christina hat unerwartet frei.» Er sah Reginas Enttäuschung und schlug vor, an Fahrnis Stelle mit ihr schiessen zu gehen.

«Ich glaube, das ist keine gute Idee.»

Cavalli signalisierte mit erhobenen Händen Zurückhaltung. «Wir nehmen es ganz locker. Wenn du willst, schiesse ich gar nicht.»

«Das stört mich nicht. Es ist ...» Was war es genau? Regina fand die Worte nicht. Warum setzte es sie unter Druck, dass Cavalli ein guter Schütze war? Schliesslich gehörte es zu seinem Beruf.

Cavalli stand auf und holte den Staubsauger. «Ich kümmere mich zuerst um den Haushalt, während du dich bereit machst, dann fahren wir.»

«Erpressung», brummte Regina.

Zwei Stunden später wünschte sie, sie hätte auf ihr Gefühl gehört.

«Dein Arm ist nicht gestreckt», sagte Cavalli. «Abzugfinger lang, wenn die Waffe nicht aufs Ziel gerichtet ist. Die Pistole muss gerade in der Handgabel sitzen. Gut. Handgelenke starr.»

Regina versuchte, seinen Anweisungen zu folgen. Sie konnte sich nicht aufs Zielen konzentrieren und schoss weit daneben.

«Du bist unkonzentriert. Vergiss das Ziel, schau nur aufs Korn und aufs Visier.»

Regina nahm das leere Magazin heraus und gab es Cavalli. «Das reicht, ich bin müde.»

«Machen wir zum Abschluss einen kleinen Parcours. So werden deine Bewegungen automatisiert.» Sein Tonfall duldete keine Widerrede. «Zehn Meter, drei Schuss beidhändig Kreis rechts und drei Schuss beidhändig Kreis links ohne Zeitbegrenzung. Auf Kommando zurücktreten auf zwanzig Meter. Hast du schon einmal kniend geschossen?»

Regina hörte mit offenem Mund zu.

«Dann lassen wir das im Moment. Zum Schluss zwei Schuss in drei Sekunden aus einer Distanz von fünf Metern.» Als Regina sich nicht bewegte, sagte er: «Ich nehme nicht an, dass du schiessen lernen willst, um an Schützenfesten teilzunehmen?»

Regina absolvierte den Parcours schicksalsergeben. Als sie durch war, fühlte sie sich blossgestellt und unfähig.

Cavalli entlud die Waffe. «Nicht schlecht für den Anfang.»

Regina wandte sich von ihm ab.

«Ein Zehner im Schiessstand nützt dir nichts. Viel wichtiger ist dein Auftreten. Du musst deinen Gegner davon überzeugen, dass du ihm überlegen bist. Dass du es ernst meinst, egal, wie viel Angst du hast. Angst riecht man. Unsicherheit auch. Damit spielst du in die Hand deines Gegners. Er wird keine Skrupel haben, es auszunutzen.» Cavalli legte seinen Arm um Reginas Schultern. «Du wirst dich vielleicht einmal in einer Situation befinden, wo du dich nicht fragen kannst, ob Gewalt angemessen ist oder nicht. Du wirst nur die Wahl zwischen deinem Leben oder seinem haben. Ich hoffe, du wirst dich für deines entscheiden.»

Reginas Blick schweifte in die Ferne. «Ich hoffe, ich werde nie entscheiden müssen.»

11

Die blasse Februarsonne vermochte Regina nicht zu wärmen, trotzdem hatte sie sich über Mittag mit einem Sandwich an die frische Luft gesetzt. Tozzis Vorwurf, sie vergolde ihre Verfahren und sei deshalb überlastet, hatte zu einer unschönen Diskussion darüber geführt, wer wie viel leistete.

Hanisch hatte dem Streit wütend ein Ende gesetzt, indem sie darauf hingewiesen hatte, dass die zweijährliche Kontrolle des Leitenden Staatsanwalts vor der Tür stand.

Sutter hatte sich zu Reginas Erstaunen für sie stark gemacht. Er unterstützte ihr Vorhaben, die Airbagspuren in Simonovics Unfallwagen auswerten zu lassen. Tozzi fand die Untersuchung überflüssig und teuer. Regina schloss die Augen und wandte ihr Gesicht zur Sonne. Seit sie Sutter in der Nacht aus dem Bett geholt hatte, um den Albaner einzuvernehmen, der Cavalli und ihr gefolgt war, begegnete er ihr mit mehr Respekt. Er fühlte sich unentbehrlich und in seiner Rolle als Polizist bestärkt.

Reginas Handy kündigte das Ende ihrer Mittagspause an.

«Bern ist erwacht», sagte Cavalli kurz. «Kannst du vorbeikommen? Hug hat eine Sachbearbeiterkonferenz einberufen.»

«Was ...», begann Regina, doch er hatte bereits wieder aufgelegt. Sie stand auf und schüttelte die Krümel ab, bevor sie Richtung Kripo-Gebäude schritt. Cavalli stand unter starkem Druck. Hug wollte Resultate, bevor noch mehr Menschen dem «gefährlichen Killer», wie die Medien weiterhin schrieben, zum Opfer fielen. Die Angst, dass er erneut zuschlagen könnte, sass allen im Nacken. Die Informationsstelle der Kantonspolizei beantwortete täglich eine Flut von Fragen über den aktuellen Stand der Ermittlungen.

Cavalli war noch am Telefon, als Regina an die halb offene Tür klopfte. Gurtner stand ungeduldig vor seinem Pult und deutete auf den Flur. Cavalli gab ihm ein Zeichen, aber der Polizist schüttelte genervt den Kopf. Mullis wartete mit einem Mäppchen in der Hand im Hintergrund.

«Hahn ist da», verkündete Pilecki vom Flur aus.

Koch marschierte neben ihm und redete unaufhörlich auf ihn ein.

«Karan», rief Pilecki in ein Büro hinein, «bring die Inventarlisten mit.»

In der Kripoleitstelle sortierte Fahrni Computerausdrucke. Als er Regina sah, lächelte er gequält. «Papierstau.» Er zeigte auf das Durcheinander. «Lukaschs TK.»

«Die Telefonkontrolle? Habt ihr Neuigkeiten?», fragte Regina.

«DNA-Resultate. Und der Häuptling hat die Verkäuferin vom ‹Rossija› noch einmal herbestellt.»

«Warum?»

Fahrni zuckte mit den Schultern. «Wenn er nicht weiterkommt, beginnt er wieder von vorne. Er ist Schritt für Schritt alle Befragungen durchgegangen und hat sie teilweise wiederholen lassen. Manchmal erinnern sich Auskunftspersonen nach einer gewissen Zeit an neue Fakten. Der Häuptling überlässt beim zweiten Durchgang die Gesprächsführung einem neuen Sachbearbeiter. Der fragt vielleicht anders oder löst in der Person andere Erinnerungen aus. Auf jeden Fall erzählte diese Verkäuferin plötzlich, dass sie am Weihnachtsmarkt eine Liste aufgelegt hatte, in die man sich eintragen konnte, wenn man an Werbung vom ‹Rossija› interessiert war.»

Regina schlug sich vor die Stirn. «Das darf nicht wahr sein!»

Fahrni sah sie fragend an.

«Daran hätte ich denken müssen! Sie hat mich auch gefragt, ob ich mich eintragen möchte. Wie konnte ich das bloss vergessen?»

«Das ist normal», sagte Fahrni gutmütig. «Wem bleibt schon so eine gewöhnliche Frage? Sie wurde ja erst wichtig, als Fasolins Plastiksack und Ingolds Matrioschka ins Spiel kamen.»

Im Flur raunzte Meyer Gurtner an, der ihr Anweisungen erteilte.

«Aber ich bin mit dem Fall vertraut!», sagte Regina. «Mir hätte das auffallen müssen!»

«Ist ja egal. Auf jeden Fall hat Mullis die Liste überprüft und festgestellt, dass drei Personen im Dezember Einbrüche angezeigt haben.»

Koch betrat den Raum. «Das geht nicht von heute auf morgen!», sagte sie zu Hahn, der sorgfältig seine Mappe auf den Tisch legte. «Unsere Experten sind mit Arbeit zugedeckt. Wie stellst du dir das vor? Du bist nicht der Einzige, der etwas wissen muss!»

Hahn senkte mit einem Seufzer seine Augenlider, holte ruhig seine Unterlagen hervor und breitete sie symmetrisch auf dem Tisch aus.

«Was wurde gestohlen?», fragte Regina Fahrni.

Cavalli und Pilecki brachten Wasserflaschen und Becher.

«Wo ist Hug?», fragte Cavalli.

Meyer legte einen Ordner mit Fotos auf den Tisch. «Gurtner holt ihn.»

Fahrni lehnte sich zu Regina und flüsterte: «Keine Ahnung.»

«Wir warten auf Hug, dann legen wir los.» Cavalli sah Regina an. «Kommt Hanisch nicht?»

Kaum hatten die Worte seinen Mund verlassen, betrat sie das Sitzungszimmer. Sie blieb stehen, als sie Regina sah. Ihr Blick wurde düster. «Ich hoffe, es ist wichtig! Wir pflegen üblicherweise nicht zu zweit an euren Sitzungen teilzunehmen!»

Cavalli ignorierte die Kritik. Er rief sich ihre Verwarnung in Erinnerung und fragte sich, wer sich beschwert hatte. Vermutlich Hug, dachte er.

Hanisch legte ihren Mantel ab und strich ihren Jupe glatt. Regina entging nicht, dass die Augen aller Männer im Raum auf die Staatsanwältin geheftet waren. Sogar Fahrni musterte sie bewundernd. Als er Reginas Blick auf sich spürte, errötete er und lächelte verlegen. Meyer verzog das Gesicht und schnaubte.

«Die DNA-Resultate sind von AFIS in Bern eingetroffen», sagte Cavalli, als Hug erschien. «Uwe, willst du erzählen?»

Hahn holte weit aus. Cavalli bat ihn ungeduldig, sich auf das Wesentliche zu beschränken.

Der Rechtsmediziner übersprang widerwillig seine Einleitung. «Ihr habt zwei Hits.»

«Zwei?»

«Ja. Die Spuren in Lynn Fasolins Badezimmer stammen vom gleichen Täter, der bei Elsbeth Ingold eingebrochen ist.»

«Aber er hinterliess doch bei Ingold keine Spuren», sagte Meyer.

Hahn nickte Koch zu.

«Der Täter hat ein winziges Loch in die Tür gebohrt, als er einbrach. Und hat hinein geblasen, um den Holzstaub zu entfernen!»

«Wie dumm kann man sein!», sagte Gurtner. «Das ist ja nicht zu glauben.»

«Ich dachte, er hätte einen Elektro-Pick benützt?» Meyer runzelte die Stirn.

Koch nickte. «Vermutlich hatte er Mühe damit und versuchte es mit verschiedenen Methoden. Schliesslich war er mit dem Elektro-Pick erfolgreich.» Sie holte einen Computerausdruck hervor, der die Tür abbildete. Darauf hatte sie gezeichnet, wie der Täter sie aufgebrochen hatte.

«Uns interessieren im Moment seine DNA-Spuren», sagte Cavalli.

Hahn fuhr fort: «Wie gesagt, die Profile stimmen überein. Der Täter hat beim Blasen genügend Speichel versprüht, dass ein eindeutiges Profil erstellt werden konnte. Nun zum zweiten Hit.»

Cavalli trommelte mit den Fingern auf dem Tisch.

«Die Spuren bei Fasolin und Ingold stimmen mit einer weiteren überein», sagte Hahn. «Die Probe kam aus Dübendorf.»

Regina hielt die Luft an.

«Sie stammt von einer Kippe, die am Waldrand gefunden wurde.»

Regina unterdrückte einen Jubelschrei. Cavalli übergab ihr das Wort. Sie erzählte vom roten Mazda, der an Heiligabend hinter Marko Simonovic hergefahren war und später im Wald gestanden hatte.

«Und vielleicht vor der ‹Palme›, als man auf Selami schoss?», fragte Hanisch.

«Vieles spricht dafür», sagte Cavalli.

Die Polizisten brauchten einen Moment, um die Information zu verstehen.

«Vier Morde?» Gurtner kratzte sich in der Achselhöhle.

Meyer erklärte, wie die Fussmatte in Simonovics Golf eingeschnitten worden war.

«Aber warum hat er nicht einfach geschossen?», fragte Gurtner. «Sonst ist er auch nicht zimperlich.»

Cavalli nahm einen Stift und stellte sich vor die Tafel. «Ich höre.»

«Er wollte eine falsche Spur legen», sagte Meyer.

«Nicht mit den anderen Morden in Verbindung gebracht werden», sagte Fahrni.

Cavalli ging vor der Tafel hin und her. «Warum?»

«Weil er Simonovic aus einem anderen Grund aus dem Weg räumen wollte?», fragte Pilecki.

«Weil der Mord an Simonovic auf die Identität des Täters schliessen lässt?», warf Regina in die Runde.

Sie hatte Hugs Interesse geweckt. «Wie das?»

Eine Stimme in Regina wollte ihr etwas sagen, aber jedes

Mal, wenn sie den Gedanken zu fassen bekam, entglitt er ihr wieder. «Ich kann es im Moment nicht erklären.»

«Du siehst einen Zusammenhang zwischen Simonovic und unserem Täter», sagte Cavalli.

«Er wollte vermeiden, dass man diesen Mord mit den anderen drei in Verbindung bringt, wie Fahrni sagt. Kannte Simonovic Ingold oder Fasolin? Vielleicht hatte er als Polizist mit ihnen zu tun?»

«Warum hat er so eine ungewöhnliche Art gewählt, um Simonovic zu beseitigen?», fragte Pilecki.

«Vielleicht weil er wusste, dass niemand den Raserunfall eines Serben hinterfragt», schoss es aus Regina heraus. «Er wäre fast damit durchgekommen!»

«Wie habt ihr es gemerkt?», fragte Hug.

«Regina hat nicht an seine Schuld geglaubt», sagte Cavalli.

«Warum nicht?»

Regina erklärte ihm, worauf ihre Zweifel beruht hatten. Hug schaute missbilligend die anwesenden Polizisten an. «Ihr seid der Sache nicht nachgegangen?»

«Müssen wir noch etwas besprechen?», fragte Hanisch. «Ich habe noch zu tun.»

«Drogen …»

«Lukasch …»

«Die nächsten …»

Cavalli hob die Hand. «Kommen wir zu Selami, da Hanisch wenig Zeit hat. Neuigkeiten?»

«Ich habe Infos über den Heroinhandel der Albaner gesammelt», sagte Fahrni. «Soll ich damit beginnen?»

Cavalli nickte und setzte sich.

«Der Heroinhandel wird von kriminellen Organisationen kontrolliert, deren Paten im Heimatland sitzen. Sie schleusen junge Emigranten und Asylsuchende speziell für den Drogenhandel in die Schweiz ein. Unsere Asylunterkünfte sind richtige Austauschbasen der Dealer. Manchmal geht es nur um Geld, manchmal gibt es Verbindungen zu Terrororganisationen.»

«Terrororganisationen?», fragte Gurtner. «Ich fand den Sprung zur organisierten Kriminalität schon gewagt, und nun sind wir bei Terroristen?»

«Ich erkläre nur, wo es Zusammenhänge gibt», sagte Fahrni gelassen. «Terrororganisationen brauchen natürlich Geld. Islamische Gruppen wie zum Beispiel die Al Qaida finanzieren sich vor allem über staatliche Finanzen, Privatvermögen oder Spenden. Selten über OK. Die klassischen Organisationen aber, wie zum Beispiel die KADEK ...»

«Was ist das?», fragte Meyer.

«Die frühere PKK», sagte Karan.

«Die KADEK», fuhr Fahrni fort, «die ETA oder die UCK beschäftigen sich mit Schutzgelderpressung, organisiertem Diebstahl, Waffenhandel oder eben Drogen. Auch die FARC soll in Zürich über Kontakte verfügen.»

«Haben wir konkrete Hinweise, dass der Mord im Zusammenhang mit Selamis Drogengeschäften steht?», fragte Hug.

«Nein», sagte Hanisch. «Uns ist nur bekannt, dass sich die Albaner bedroht fühlen. Aber was kann man ihnen schon wegnehmen, ausser ihrer Position im Drogenhandel?»

«Die Schädeldecke», sagte Pilecki und löste damit Gelächter aus.

Hug lachte nicht mit. «Habt ihr Kontakt zur Stadtpolizei aufgenommen?»

Pilecki nickte. «Stocker weiss nicht mehr als wir.»

«Er ist zu sehr damit beschäftigt, dieselben Dealer festzunehmen!», sagte Gurtner. «Vor einer Woche wurde ein Nigerianer zum 28. Mal verhaftet. Wenn man die Typen natürlich immer wieder laufen lässt ...» Er blickte zu Regina.

«Es gibt keine juristisch stichhaltigen Gründe, die Händler längere Zeit in Haft zu behalten», sagte Regina. «Dazu tragen sie zu wenig auf sich. Der Nettogehalt einer beschlagnahmten Betäubungsmittelmenge ist massgebend. Mehr als ein Strafbefehl ist meistens gar nicht möglich.»

«Härtere Massnahmen würden die Dealer vielleicht abschrecken! Jahrelang behaupten Asylanten, sie hätten keinen Pass, und können deshalb nicht ausgeschafft werden, wenn sie dann aber …»

«Das reicht!», sagte Cavalli. «Wir sind nicht hier, um Gesetze zu ändern, sondern um sie anzuwenden. Erkundigt euch weiter im Drogenmilieu. Gleichzeitig müssen wir mehr wissen über unsere Opfer. Wir haben immer noch keinen Zusammenhang zwischen allen dreien, beziehungsweise vieren, gefunden. Und nun kommen diese Einbrüche dazu.»

Er stellte die Dossiers der drei Einbrüche vor. In Baar, Zürich-Höngg und Lenzburg hatte ein Einbrecher Spuren hinterlassen, die mit der DNA-Spur bei Fasolin und Ingold übereinstimmten.

«Vielleicht doch eine Einbrecherbande aus dem Osten?», sagte Fahrni.

«Drillinge. Mit gleicher DNA», sagte Pilecki.

Hug schloss die Sitzung und bat Cavalli, die anstehenden Aufgaben zu verteilen. «Priorität haben Lukasch, das Umfeld der Opfer und die Inventarlisten der gestohlenen Sachen.»

Müde Beine wurden gestreckt und Becher geleert.

Cavalli packte seine Unterlagen zusammen und kehrte in sein Büro zurück. Die Tür war angelehnt. Als er sie aufstiess, fiel sein Blick als erstes auf Hanisch, die die Fotografie eines Winterstrandes an der Wand musterte.

«Hast du die gemacht?», fragte sie.

Cavalli stellte sich misstrauisch neben sie. «Gefällt sie dir?»

«Sieht kalt aus.» Sie drehte sich zu ihm. «Ich mag Wärme.»

Der Duft ihres Parfüms zog an Cavallis Nase vorbei, und er stellte sich vor, wie ihre Haut von ganz nahem roch. Er ging einen Schritt näher und versuchte, eine Nase voll zu erhaschen.

Hanisch verlagerte ihr Gewicht, bis sie seine Hüfte leicht berührte. Ihre Augenbrauen waren auf gleicher Höhe wie Cavallis Augen, und er erkannte jedes einzelne Haar. Langsam hob er seine Hand und fuhr mit einem Finger darüber.

Sie lehnte sich nach vorne und presste ihre Hüfte an sein Bein. Als sie sein plötzliches Einatmen hörte, lächelte sie und deutete auf die Tür. «Soll ich abschliessen?»

Cavalli glaubte, sich verhört zu haben.

«Wo ist der Schlüssel?» Sie tastete seine Hosentaschen ab und wurde fündig.

Die Berührung elektrisierte ihn. Sein linker Arm schoss um ihren Oberkörper. Sie stiess ihn weg, doch er umschloss ihr Handgelenk und liess nicht los. Rückwärts ging sie zur Tür. Er folgte ihr. Sie fischte den Schlüssel aus seiner Tasche und steckte ihn ins Schloss. Das Klicken war wie ein Startschuss. Cavalli löste ihre Bluse aus dem Bund des Jupes und fuhr mit der Hand darunter. Auf dem Flur nahm er Schritte wahr, blendete sie aber aus, als sie wieder verklangen.

Hanisch öffnete die obersten Knöpfe seines Hemdes und liess ihre Hand hineingleiten. Mit der anderen Hand öffnete sie die restlichen Knöpfe, bis sein Bauch frei war. Sie klopfte an seine Muskeln. «Wie viel Arbeit steckt dahinter?», flüsterte sie amüsiert in sein Ohr.

Er beantwortete ihre Frage nicht, sondern fuhr mit seinen Lippen ihrem Kiefer nach. Langsam suchten sie ihren Mund.

Sie drehte den Kopf weg. «Mein Lippenstift.»

Cavalli nahm ihr Gesicht in beide Hände und suchte ihre Lippen erneut. «Ich mag Lippenstift!» Auf der anderen Seite der Tür hörte er, wie Meyer «Fang!» rief, dann fiel etwas zu Boden, und Pilecki fluchte laut. Meyers Lachen erklang direkt vor seiner Tür, und Cavalli hielt die Luft an. Sie klopfte nicht.

«Ich will keinen verschmierten Lippenstift, ich habe um drei einen Gerichtstermin», sagte Hanisch. «Wie spät ist es überhaupt?» Sie sah auf die Uhr. «Mein Gott! Viertel vor drei! Ich muss los!» Hastig zog sie ihre Bluse zurecht und strich ihr Haar glatt. Dann drehte sie den Schlüssel und riss die Tür auf.

Cavalli knöpfte überrumpelt sein Hemd zu. Seine Finger waren ungeschickt, und als Meyer ihren Kopf zu ihm drehte, löste ihr überraschter Blick eine Mischung aus Scham und Wut in ihm aus. Er wusste genau, dass keine Gerichtsverhandlung um fünfzehn Uhr begann. Nur Fälle vor dem Einzelrichter waren noch um diese Zeit angesetzt.

Meyer senkte den Blick und tat so, als hätte sie nichts bemerkt.

«Gut, dass du hier bist», sagte Cavalli ausdruckslos. «Ich wollte dich sprechen.»

Meyer blieb stehen.

«Komm rein. Setz dich.»

Sie liess sich vorsichtig nieder.

«Hast du dir Gedanken über deine Zukunft gemacht?», fragte er ohne Umschweife.

Meyer sah nervös auf. «Über meine Zukunft? Im Moment bin ich zufrieden.»

«Bist du daran interessiert, dich beruflich weiterzuentwickeln?»

«Ich habe die Ausbildung der Einsatzgruppe Diamant gemacht.»

«Ich bin nach wie vor der Meinung, du könntest mehr. Ich weiss», sagte er rasch, als sie protestieren wollte, «das Sonderkommando ist kein Kinderspiel. Aber deine intellektuellen Fähigkeiten setzt du dort nicht ein.»

Als sie nichts sagte, fuhr er fort. «Hug hat mich gefragt, ob ich dich für eine Führungsposition geeignet fände.»

«Mich? Aber ich bin nicht … ich meine, Theorie ist nicht meine Stärke. Ich kann nicht führen.»

«Die Überlebenswochen, die du mit deinen Managern durchführst, sind nichts anderes», sagte Cavalli.

Sie schüttelte den Kopf. «Ich bin dort nur für die Durchführung zuständig. Die Gruppe wird immer von einem Psychologen begleitet, der sie vorbereitet und lange Gespräche führt. Ich jage die Typen bloss die Felsen hinauf und hinunter.»

«Das nennt man Führen», sagte Cavalli trocken.

«Aber ohne Theorie!»

«Im polizeilichen Lehrgang eignest du dir einen Führungsrhythmus an. Arbeitstechniken und Projektmanagement werden in der ganzen Schweiz gleich gelehrt und angewendet, damit du auch bei interkantonalen Grossanlässen führen kannst.»

«Was ist mit Pilecki?», fragte Meyer.

«Juri will nicht noch weiter weg von der Strasse.» Cavalli holte aus seiner Schublade ein Handbuch. «Das ist der LEB. Steht für Lagebeurteilung, Entschlussfassung und Befehlsgebung. Schau ihn dir in Ruhe an.» Er reichte ihr das Handbuch und wartete.

Sie öffnete es nicht. «Ist noch etwas?»

«Ja.» Er wartete, bis sie ihm in die Augen sah. «Schreiben ist lernbar. Aber es braucht Übung. Dazu musst du jedoch deine Aufgaben selbst erledigen.»

Sie sah rasch weg.

«Es wäre schade, wenn du aus Angst den Weg des geringsten Widerstandes gehst. Du nutzt dein Potential nicht. Das ist alles.»

Pilecki zeichnete mit einem Stift Kreise auf ein leeres Blatt. «Mir gefällt der Hidropark. Vor allem im Sommer. Dort gibt es das beste Vanilleeis.»

Lukasch grunzte.

«Waren Sie mit Lynn dort?»

Als er nicht antwortete, fuhr Pilecki fort. «Neuerdings wird sogar Bungee Jumping angeboten. Haben Sie es schon einmal versucht?» Er musterte den schweren Ukrainer und grinste, als er sich vorstellte, wie stark das Seil sein müsste.

Lukasch verengte die Augen und liess seine Muskeln spielen.

«Hat Lynn es versucht? Ihr traue ich es zu. Sie war abenteuerlustig», sagte Pilecki. «Was ich nicht verstehe ist, warum sie sich auf Sie eingelassen hat. Eine junge, attraktive Frau. Freundlich, lebenslustig.» Er liess seinen Blick über Lukasch gleiten. «Aber vielleicht täusche ich mich. Vielleicht hat sie sich gar nicht auf Sie eingelassen. Und Sie haben das schlecht ertragen. Vielleicht sind Sie es gewohnt, das zu bekommen, was Sie wollen. Und haben sich darüber geärgert, dass Lynn Sie zurückgewiesen hat.» Er lehnte sich nach vorne. «Wie ist das, wenn Sie sich ärgern? Schreien Sie? Oder zücken Sie gleich Ihre Stetschkin?»

Lukasch sah Pilecki mit einem hasserfüllten Blick an. «Lynn ist mir nachgelaufen wie ein Schosshund!»

«Tatsächlich?», fragte Pilecki. «Das kann ich mir nicht erklären. Eine intelligente Frau?»

Lukasch deutete mit einer abschätzigen Kopfbewegung auf Pilecki und lachte spöttisch. «Natürlich verstehst du das nicht. Dir laufen bestimmt keine Frauen nach.»

«Stimmt», gab Pilecki gelassen zu. «Deshalb muss ich sie auch nicht umbringen.»

Lukaschs Faust landete mit einem lauten Schlag auf dem Tisch. Eine Flasche Mineral kippte um und rollte zu Boden. Fast gleichzeitig flog die Tür auf.

«Was ist los?», rief Meyer. Als sie sah, dass Lukasch noch auf seinem Stuhl sass, verstummte sie.

«Mach dir keine Sorgen», sagte Pilecki mit einem gelangweilten Seufzer. «Unser Freund hier redet gern mit den Fäusten.» Er drehte sich wieder zu Lukasch. «Das ist die Sprache, die Sie verstehen, nicht wahr? Kicken und Boxen. Bis Sie das haben, was Sie wollen! Und Sie wollten Lynn Fasolin! Aber sie wollte Sie nicht. Das haben Sie nicht ertragen!»

Lukaschs Kopf wurde rot. «Sie wollte! Und wie sie wollte! Ich konnte sie mir kaum vom Hals halten!» Er versprühte Speichel, als er weiterfuhr. «Sie kam mitten in der Nacht vorbei und bettelte danach! Auf den Knien!»

«Das glaube ich Ihnen nicht!»

Lukaschs Faust schlug erneut auf den Tisch, mit dem Fuss stiess er den Stuhl zurück. Gurtner kam angerannt, blieb aber ebenfalls in der Tür stehen, als er die Situation erfasst hatte.

«Alle wollen mich!»

«Lynn Fasolin nicht!»

«Lynn am meisten!»

«Fasolin hatte es auf Igor abgesehen!»

Lukasch erstarrte mitten in einem Faustschlag. Seine Hand schwebte einige Zentimeter über dem Tisch, als hätte sie sich verirrt.

«Igor Savenko.» Pilecki dehnte die Silben. «Weigern Sie sich deshalb, Ihre Schulden zu begleichen? Oder haben Sie Ihr ganzes Geld für Kaviar vergeudet, um Fasolin zu beeindrucken?»

Lukasch bewegte sich immer noch nicht. Die Stille wirkte

auf einmal bedrohlich. Aus dem Augenwinkel nahm Pilecki wahr, wie Meyer ihre Hand zum Holster führte. Auch Gurtner schien die Luft anzuhalten.

Lukasch starrte auf eine Stelle hinter Pilecki, an seiner Schläfe pulsierte eine Ader heftig. Pilecki musste sich zwingen, nicht über die Schulter zu schauen. Stattdessen fixierte er die ausdruckslosen Augen des Mannes. Hatte er zufällig ins Schwarze getroffen? War Eifersucht im Spiel? Er hatte Lukasch nur aufrütteln wollen, von einem Beziehungsdelikt ging er nicht aus. Ausser, der Mord an Fasolin hätte nichts mit den anderen Tötungsdelikten zu tun. Er machte sich eine mentale Notiz, mehr über Savenko in Erfahrung zu bringen.

Pilecki rief sich in Erinnerung, was er über Fasolin wusste. Er dachte an die CD, auf der man Lukaschs Fingerabdrücke gefunden hatte. Zolotye Hity von Alla Pugatschova. Leise stimmte er ein Lied an. Als der Ukrainer verstand, was Pilecki summte, bewegte er sich endlich. Er liess seine Faust langsam nach unten senken und starrte Pilecki verwirrt an. Gurtner atmete laut aus und ging zurück in sein Büro. Meyer blieb stehen.

«Igor Savenko?», fragte Pilecki leise.

«Leck … mich … am … Arsch.»

Als Pilecki nach Hause kam, wurde er vom Klicken der Tastatur begrüsst. Aus dem Wohnzimmer drang bläuliches Licht. Irina sass im Schneidersitz, vor sich eine Excel-Tabelle auf dem Bildschirm. Das Klicken hörte kurz auf, sie kritzelte etwas auf ein Blatt Papier und fuhr anschliessend mit Tippen fort.

«Schon so spät?», murmelte sie, ohne aufzusehen.

Pilecki stellte sich hinter sie und strich ihr über die Schultern. «Sieben.» Seine Hände fuhren zu ihrem Hals, und er massierte ihr den Nacken. «Wo ist Katja?»

«Bei Dimka.» Jetzt sah sie auf, und ein bekümmerter

Ausdruck huschte über ihr Gesicht. «Sie darf bei ihm übernachten.»

Pilecki lächelte verschmitzt. «Die ganze Nacht?»

Irina stiess seine Hand weg, die über ihre Schulter zur Brust gerutscht war. «Ich finde, sie ist noch etwas jung, um bei Freunden zu übernachten.»

«Sweta passt bestimmt auf sie auf. Was soll schon schief gehen?»

«Was, wenn sie mitten in der Nacht erwacht und nicht weiss, wo sie ist? Wenn sie Heimweh hat?»

«Du kannst sie nicht immer behüten», sagte Pilecki vorsichtig. «Sie muss ihre eigenen Erfahrungen machen. Ich nehme an, sie wollte dort übernachten.»

«Ich behüte sie nicht immer! Aber sie ist erst sechs!»

«Ich weiss. Aber sie ist bei Freunden.» Er nahm Irinas Fuss in seine Hand und begann, mit dem Daumen kreisende Bewegungen zu machen.

«Hör auf, an mir herumzufingern! Ist das alles, woran du denken kannst, wenn Katja weg ist? An eine ungestörte Nacht?»

Pilecki trat einen Schritt zurück. Er wollte protestieren, sah Irinas starrer Haltung an, dass es vergeblich sein würde. Genervt verliess er den Raum und holte ein Bier aus dem Kühlschrank. Er löste den Sportbund aus der Zeitung und setzte sich damit an den Küchentisch.

Fünf Minuten später kam Irina mit reuiger Miene herein. «Tut mir leid.» Sie holte ebenfalls ein Bier aus dem Kühlschrank und setzte sich zu ihm. «Manchmal vergesse ich, dass wir hier nicht in der Ukraine sind.»

«Schon gut. Auch in der Schweiz ist es für Kinder nicht ungefährlich.»

«Aber es sind andere Gefahren. Und damit muss Katja umgehen lernen, das sehe ich.»

«Das wird sie auch.» Pilecki langte zögerlich nach ihrer Hand.

Irina nahm sie und küsste seine Finger. «Ich muss dir etwas zeigen.» Sie verschwand im Wohnzimmer und kam mit einem Stapel Unterlagen zurück. «Alexander Volkov.»

Pilecki kam der Name bekannt vor, er konnte ihn aber nicht einordnen.

«Oligarch und Mafioso. Ein ukrainischer Milliardär. Er will sich im März um einen Sitz in der Werchowna Rada, der Legislative, bewerben. Volkov ist einer der grössten Gangster der ehemaligen Sowjetunion. Er besitzt einen Grossteil der Firma Donezk Finance Management und kontrolliert dadurch ein Imperium im Südosten der Ukraine: Bergbauunternehmen, Banken, Stahlfirmen und vieles mehr. Sein Vermögen hat er mit mafiosen Mitteln in der wilden Dekade der neunziger Jahre zusammengetragen, also mit Erpressung und Auftragsmorden.»

«Wird er den Sprung ins Parlament schaffen?»

«Die Chancen stehen gut. Das wäre allerdings für Juschtschenko eine grosse Niederlage. Eine Ohrfeige, wenn man bedenkt, dass der Kampf gegen Korruption angeblich sein Hauptanliegen ist.»

«Und warum erzählst du mir das alles?» Pilecki wusste, dass Irina mit ihren Recherchen ein Ziel verfolgte.

Sie sah ihn triumphierend an. «Igor Savenko leitet die Geschäfte von Donezk Finance Management in Donezk. Ich habe dir erzählt, dass er ein Konto in Zürich hat und regelmässig Geld nach Kiew überweist. Auf seinem Konto in Kiew treffen auch Zahlungen aus Donezk ein, die sich auf Umwegen zur Firma von Volkov zurückverfolgen lassen.»

Pilecki schüttelte bewundernd den Kopf. «Wie hast du das bloss herausgefunden?»

«Beziehungen. Die Justizorgane der Ukraine sind ihm

auf den Fersen. Ich kenne dort den einen oder andern Mitarbeiter, der in der Vergangenheit froh über meinen prompten Service war.» Sie sah, dass Pilecki sie nicht verstand. «Als ich auf dem Amt für Statistik arbeitete, lieferte ich oft Zahlen an Regierungsmitglieder, die ihre Reden auf mehr als Mutmassungen und Intuition abstützen wollten.»

«Dann haben wir also diesen Volkov, ein ehemaliger Mafioso …»

«Streich das ‹ehemalig›, er hat nur diversifiziert.»

«Also, ein Mafioso, der geschäftliche Verbindungen zu Savenko unterhält, der wiederum regelmässig von Lukasch Zahlungen bekommt.»

«Richtig.»

«Und du denkst, das hat etwas mit dem Mord an Fasolin zu tun?»

«Die Schlussfolgerungen überlasse ich dir. Ich liefere nur die Zahlen.»

Nach der ausführlichen Besprechung vom Vortag liess Cavalli den Morgenrapport ausfallen. Fahrni nutzte die gewonnene Zeit, um bei Edlin vorbeizuschauen. Als er ins Büro zurückkam, wedelte er mit einer Hand voller Protokolle vor Meyers Nase. «Simonovics letzte Fälle.» Er liess sich auf seinen Stuhl fallen und begann, laut vorzulesen. Als er merkte, dass Meyer ihm nicht zuhörte, verstummte er. «Ist etwas?»

Sie sah gedankenverloren aus dem Fenster. «Was? Nein, nichts. Welche Fälle?»

«Hast du noch unerledigte Schreibarbeiten?», fragte Fahrni. Er war überrascht, als sie errötete.

«Nein, warum?»

«Rück heraus damit. Mir machst du nichts vor.»

«Ehrlich nicht. Alle Berichte sind fertig.»

«Was liegt dir dann auf dem Magen?»

Sie zögerte, doch irgendwann musste sie es ihm sagen.

«Ja?»

Sie räusperte sich. «Der Häuptling wollte mich sprechen.»

«Ja?», wiederholte er, als sie erneut verstummte.

«Er ... Hug macht sich Gedanken über seine Nachfolge. Cavallis meine ich. Es scheint beschlossen, dass der Häuptling Chef vom KV wird, wenn Hug nächstes Jahr in Pension geht.»

Fahrni strahlte auf. «Wirklich? Das ist ja grossartig! Darauf stossen wir an! Hast du noch Cola?» Er stand auf und öffnete ihre Schreibtischschublade.

Meyer sah ihn schuldbewusst an. «Du darfst ruhig ehrlich sein. Ich weiss, was dir durch den Kopf geht. Ich werde absagen, falls ich tatsächlich vorgeschlagen werde.»

«Absagen? Sag mal, spinnst du? So eine Chance bekommst du nie wieder!» Er schenkte feierlich zwei Becher Cola ein. «Ausserdem wird der Häuptling in vierundzwanzig Jahren auch pensioniert. Dann kannst du Dienstchef werden.»

«Die Chance gehört dir», sagte Meyer leise.

«Mir? Wie kommst du darauf?» Fahrni klang aufrichtig erstaunt.

«Es ist deine Arbeit, die der Häuptling lobt, nicht meine! Du bist derjenige, der ihn mit deinen Berichten beeindruckt.»

Fahrni machte eine Handbewegung, als wolle er ihre Einwände wegwischen. «Berichte! Niemand will dich wegen der Berichte nachziehen. Sondern weil du das Zeug hast, komplizierte Ermittlungen zu leiten, Menschen zu führen und Zusammenhänge zu erkennen. Wenn du mal oben bist, musst du sowieso keine Berichte mehr selbst schreiben. Dann kannst du mich offiziell zu deinem Assistenten ernennen.» Die Vorstellung schien ihm zu gefallen. Als er merkte, dass er Meyer noch nicht überzeugt hatte, wurde er ernst. «Jasmin, das ist nichts für mich. Ich weiss noch nicht einmal, ob ich bei der Polizei bleiben möchte.»

Meyers Kopf schnellte hoch. «Blödsinn! Wir brauchen dich! Ich … brauche dich. Nicht fürs Berichte schreiben», versicherte sie hastig.

«Es gibt viele Polizisten, die dir gern deine Cola wegtrinken würden. Ich bin ersetzbar. Aber darum geht es jetzt nicht. Wirst du zusagen?» Als sie schwieg, fragte er: «Hast du Angst, du schaffst es nicht?»

«Viele Automechaniker wird es unter den Kursteilnehmern des Führungslehrgangs nicht geben.»

«Auch nicht viele Diamanten oder blitzgescheite Kampfsportlerinnen mit schwarzem Gürtel.»

«Hör auf!»

Fahrni tätschelte unbeholfen ihre Schulter. Er setzte sich wieder an sein Pult und nahm Simonovics Fälle zur Hand. Dann deutete er auf Meyers Computer. «Ich diktiere, du schreibst.»

Cavalli las die Zusammenfassung durch. Simonovic hatte hauptsächlich mit kleineren Diebstählen, Drogendelikten und Körperverletzungen zu tun gehabt. Sein letzter Rapport war mit 24. Dezember datiert. Wenige Stunden später verunfallte er. Wurde er ermordet, korrigierte sich Cavalli in Gedanken.

Er suchte einen Namen, der nach Aufmerksamkeit schrie. Etwas, das Simonovics Tod mit den Morden an Fasolin, Ingold und Selami in Verbindung brachte. Er begann mit den osteuropäischen Namen. Zwei georgische Taschendiebe waren am Weihnachtsmarkt erwischt worden. Ein Rumäne wurde wegen eines Ladendiebstahls verhaftet. Cavalli las weiter: Einige betrunkene Russen, ein Bulgare mit gefälschten

Papieren, ein Amerikaner mit Namen Tamasow fielen ihm auf. Nichts, das ihm auf den ersten Blick verdächtig vorkam. Routinearbeit am Zürcher Hauptbahnhof. Er ging zu den Albanern über. Hier handelte es sich zum grössten Teil um Betäubungsmitteldelikte. Dazwischen ein gestohlenes Handy, ein Verstoss gegen das Ausländergesetz. Cavalli legte die Unterlagen beiseite. Ein serbischer Polizist, ein albanischer Drogenboss, eine junge Kickboxerin, eine alte Frau. Und drei Einbrüche. Er stand abrupt auf und ging ans Fenster. Die Sonne schien, merkte er überrascht. Bald würden die Sportferien beginnen, die viele Zürcher in die Berge lockten. Plötzlich sehnte er sich danach, auf den Skiern zu stehen. Er hatte vorgehabt, einige Tage frei zu nehmen und mit Chris Ski fahren zu gehen. Doch mit vier unaufgeklärten Morden konnte er sich den Gedanken abschminken.

Er kehrte der Sonne den Rücken und suchte Gurtner auf. Der Polizist sass mit einem Sandwich am Pult und telefonierte. Im Raum roch es nach Essiggurke und Salami.

Cavalli blieb neben seinem Pult stehen, bis Gurtner das Gespräch unterbrach und seine Hand über die Sprechmuschel legte.

«Was ist?»

«Hast du etwas über den Mazda herausgefunden?»

Gurtner verneinte. Er zeigte auf eine Liste, die vor ihm lag. Cavalli griff danach und sah, dass alle gestohlenen Fahrzeuge der letzten drei Monate darauf erfasst waren. Es war kein roter Mazda dabei.

Er verliess das Büro und ging zu Karan. Seine Tür stand offen, der Polizist war nirgends zu sehen. Cavalli warf einen Blick auf seinen leeren Schreibtisch und drehte sich mit einem Seufzer wieder um. Anschliessend klopfte er bei Meyer und Fahrni.

«Wo ist Karan?»

«Bei den Kollegen, die den Cousin des Adlers überwachen», sagte Fahrni. «Diesen Gentian Ajeti.»

«Und?»

Fahrni zuckte mit den Schultern. «Nichts, so viel ich weiss. Ajeti ist brav. Er verfolgt niemanden, besucht ab und zu die ‹Palme›, nichts Verdächtiges.»

Meyer schnaubte. «Wenn man Gentian Ajeti heisst, ist das verdächtig genug. Warum durchsuchen wir die ‹Palme› nicht? Wir finden bestimmt etwas.»

Cavalli hatte es in Erwägung gezogen, es stand aber nicht zuoberst auf seiner Prioritätenliste. Er nahm sich trotzdem vor, Hanisch um die nötigen Papiere zu bitten. Beim Gedanken an die Staatsanwältin verkrampfte sich sein Nacken sofort. Er ballte die rechte Hand zur Faust und umfasste sie mit der linken. Zweimal hatte sie ihr Spielchen mit ihm getrieben, und beide Male war er darauf hereingefallen. Ging es ihr um Macht? Oder musste sie ihre Attraktivität unter Beweis stellen? Im Grunde genommen war es egal. Die Erniedrigung würde er nicht auf sich sitzen lassen.

Cavalli spürte Meyers wissenden Blick auf sich. Als er aufsah, drehte sie rasch den Kopf weg. Er löste seine Faust. «Ich will zuerst Selamis Telefonanrufe überprüfen, bevor wir die ‹Palme› durchsuchen.»

Er hätte die Überprüfung schon früher veranlassen sollen, dachte er, und ging in sein Büro zurück. Wut und Scham trieben aber seinen Puls in die Höhe und blockierten seine Gedanken. Er versuchte, sich am Boxsack abzureagieren, doch die Schläge halfen nicht. Wenn er sich vorstellte, Hanisch anzurufen, flammte die Wut gleich wieder auf. Schliesslich packte er seine Jacke und ging an die frische Luft. Er joggte der Sihl entlang und liess die Sonnenstrahlen auf sich wirken. Die Wasseroberfläche kräuselte sich und reflektierte das Licht spielerisch. Wie oft war er diesem Weg gefolgt, wenn er nicht weiterwusste?, fragte er sich. Immer die gleiche kurze Strecke zum Bahnhof Selnau, wo Iris wohnte. Ein Abstecher in ihre Zwei-Zimmer-Wohnung, ein kurzes Schäferstündchen, und er hatte meistens wieder den Durchblick.

Heute reizte ihn die Vorstellung nicht. Er gab es ungern zu, aber Hanisch hatte ihn dort getroffen, wo er es nicht ertrug: Sie hatte die Kontrolle übernommen.

«Wo ist Cavalli?», fragte Regina am Telefon.

«Keine Ahnung», antwortete Pilecki. «Er hat sich seit dem späten Vormittag nicht mehr blicken lassen. Kann ich dir helfen?»

«Vielleicht», seufzte sie. «Hanisch will wissen, ob er alle Telefonnummern überprüft hat, die während der letzten drei Monate von Selamis Handy aus gewählt wurden. Und ob die ‹Palme› eine Überwachungskamera installiert hat.»

«Warum ruft sie nicht selbst an?»

«Sie erreicht ihn nicht und ist … etwas verärgert», sagte Regina. Das war untertrieben. Wenn ihre Kollegin in dieser Lautstärke weiterfluchte, konnte Regina den Gedanken, in Ruhe zu arbeiten, begraben. Landolt hatte mit seiner Verwarnung zusätzlich Öl ins Feuer gegossen. Regina hätte gern gewusst, wer sich über Hanisch beschwert hatte.

«Eine Überwachungskamera hat es nicht, und die Telefonnummern werden überprüft. Das ist doch selbstverständlich.»

Regina seufzte. «Bitte sag ihm trotzdem, er soll sich bei ihr melden, wenn er wieder auftaucht.» Sie legte auf und stützte den Kopf mit der Hand. Im Vorzimmer stand Sutter auf und schloss die Tür zum Flur. Sein Gesichtsausdruck entlockte Regina ein Lächeln. Wenn es sogar ihm zu laut war, sagte das einiges.

Der Nachmittag war aussergewöhnlich ruhig. Hanisch

war vor Obergericht, Sutter beim Zahnarzt und Tozzi an einer Sitzung. Regina vertiefte sich in ihre Fälle und legte bereits um fünf die letzte Akte beiseite. Kaum hatte sie eine Packung Kekse aufgerissen, hörte sie im Flur eine verärgerte Stimme. Hanisch war zurück. Vielleicht hatte Zucker eine beruhigende Wirkung auf sie, dachte Regina. Sie nahm die Packung Kekse und öffnete vorsichtig ihre Bürotür.

Hanisch stand direkt vor ihr und wedelte mit dem Zeigefinger vor Cavallis Nase. «Das ist mir zu spät! Nächste Woche bin ich in den Skiferien! Ich will die Liste morgen früh!»

Cavallis Miene war unlesbar. «Dann hättest du das früher sagen sollen.»

«Ich bin davon ausgegangen, dass du Prioritäten setzen kannst!», sagte Hanisch.

Cavalli musterte sie kühl. «Und ich gehe davon aus, dass du vorausdenken kannst. Oder kommen deine Ferien überraschend?»

Bevor Hanisch zum nächsten Schlag ausholen konnte, fragte Regina: «Was ist los?»

«Dieser … dieser», Hanisch gab einen unverständlichen Laut von sich, «ist nicht auf die Idee gekommen, Selamis Telefongespräche rechtzeitig zu überprüfen!»

«Das lässt sich leicht nachholen.» Regina schielte zu Cavalli und war beunruhigt über seinen düsteren Blick.

«Ich bin nächste Woche nicht da! Stell dir vor, die Anrufe liefern wichtige Hinweise, und sie liegen unbeachtet auf irgendeinem Schreibtisch!»

«Cavalli wird merken, ob etwas wichtig ist. Wenn es dich beruhigt, kann ich mir die Liste auch noch ansehen.»

Ohne ein Wort des Dankes verschwand Hanisch und schlug die Tür zu. Regina deutete auf ihr Büro. Cavalli entdeckte dort die Kekse und bediente sich.

«Das hat nichts mit dir zu tun», sagte er.

«Sondern?» Etwas war zwischen den beiden vorgefallen. Regina vermutete, dass Cavalli ihrer Kollegin eine Abfuhr erteilt hatte. Sie gab es ungern zu, aber die Vorstellung gefiel ihr.

Cavalli warf zwei Kekse in den Mund und zuckte mit den Schultern.

Cavalli studierte Selamis Anrufe. Karan hatte die Nummern einmal nach Vorwahl sortiert und einmal nach Tageszeit gruppiert. Eine Nummer fiel ihm auf. Fünfmal hatte der Albaner um zehn Uhr morgens nach Istanbul telefoniert. Nachforschungen ergaben, dass seine Schwester mit einem Türken verheiratet war. Cavalli erfuhr, dass sich Selami und seine Schwester nahe gestanden hatten. Er informierte Hanisch via E-Mail darüber, dass er Selamis Beziehung zu seiner Schwester abklärte. Er erwähnte nicht, dass sie in Istanbul lebte.

Ungläubig starrte Regina auf das «Sonntagsblatt». «Hatte albanischer Drogenboss Beziehungen zu türkischer Mafia?», stand in fetten Buchstaben geschrieben. Der Journalist stellte die These auf, Selami habe mit der türkischen Mafia zusammengearbeitet. Seine Ermordung sei ein Racheakt wegen fehlenden Geldes. Hanisch wurde zitiert, die angeblich nichts über telefonische Kontakte zwischen Selami und türkischen Gruppierungen wusste. Der Absatz trug die Überschrift «Staatsanwaltschaft nicht auf dem Laufenden».

Regina warf die Zeitung auf den Tisch und platzte ins Bad, wo Cavalli aus der Dusche stieg.

«Bist du völlig übergeschnappt?»

Er streckte die Hand nach dem Frottiertuch aus, das sie ihm zuwarf. Sie sah ihm an, dass er ahnte, wovon sie sprach. In der Küche zeigte sie wütend auf die Zeitung. Cavalli überflog den Text.

«Das ist absoluter Blödsinn! Nichts deutet auf Verbindungen zur türkischen Mafia hin! Hast du diesen Unsinn behauptet?», fragte Regina.

«Ich? Wohl kaum», sagte er amüsiert.

«Wie kam das ‹Sonntagsblatt› darauf?»

«Keine Ahnung. Selami hatte oft eine türkische Telefonnummer gewählt. Aber das war nur seine Schwester.»

«Und was hat das mit der Mafia zu tun?»

«Nichts.» Er setzte Kaffee auf. «Nimmst du auch eine Tasse?»

«Und wie hat das ‹Sonntagsblatt› davon erfahren?»

«Vermutlich musste der Journalist Neuigkeiten liefern und begann zu graben. Wie wollte er sonst eine ganze Zeitungsseite füllen?» Cavalli hatte damit spekuliert, dass man versuchen würde, ihn direkt zu kontaktieren. Journalisten wollten immer mehr Informationen, als die Medienabteilung verbreitete. Die Sonntagspresse zu füllen war schwieriger, als kurze Artikel unter der Woche zu schreiben. Dass der Journalist jedoch Cavallis Andeutung gleich mit der Mafia in Verbindung brachte, überraschte ihn. Ebenfalls, dass er Hanisch mit Namen zitierte.

«Cava, verstehst du, was hier steht?» Regina verwarf die Hände. «Hast du den ganzen Artikel gelesen? Die Staatsanwaltschaft wird als inkompetent hingestellt. Als wüssten wir nicht über unsere Fälle Bescheid!»

«Anscheinend wusste Hanisch tatsächlich nicht, mit wem Selami telefoniert hatte.»

«Und woher wusste es der Journalist?»

Cavalli zuckte mit den Schultern. «Ich habe ihn an unseren Mediensprecher verwiesen.»

«Mit der Bemerkung, dass du nichts über die türkische Mafia erzählen darfst, oder wie?»

Cavalli holte Milch aus dem Kühlschrank.

Regina schüttelte den Kopf. «Sie wird ausflippen. Landolt wird ihr nahe legen, ihre Ferien abzubrechen.»

Cavalli wandte sich ab, um eine Tasse aus dem Schrank zu holen. Aber nicht, bevor Regina das Glitzern in seinen Augen sah.

«Die türkische Mafia?», sagte Landolt ungläubig. «Hier steht weiter, 1999 sei ein Türke mit einer 9mm-Makarov getötet worden. Stimmt das?»

«Ich weiss es nicht», antwortete Hanisch mit zusammengebissenen Zähnen.

«Regina?», fragte Landolt.

Sie nickte und vermied es, Hanisch anzusehen. Diese hatte kaum ihre Skier ausgepackt, als Landolt sie für eine Besprechung nach Zürich bestellt hatte. Entsprechend schlecht war ihre Laune. Auch Regina konnte sich an angenehmere Sonntagabende erinnern.

Landolt sah von Hanisch zu Regina und zurück. «Ich habe den ganzen Nachmittag Medienanrufe erhalten. Ob das polizeiliche Ermittlungsverfahren überhaupt in Zusammenhang mit unserer Untersuchung stehe, wurde ich gefragt. Wer die Untersuchung leite: die Kapo oder wir. Ob wir es uns leisten können, auf einen Informationsaustausch zu verzichten. Ich will wissen, was schief läuft!»

«Die Kapo hält es nicht für nötig, uns auf dem Laufenden zu halten!», sagte Hanisch. «Das läuft schief.»

Regina ging das zu weit. «Die Zusammenarbeit war bis jetzt ausgezeichnet.»

«Hast du beim KV eine Aufstellung der Anrufe verlangt?», fragte Landolt Hanisch.

«Ja, verdammt.» Sie verschränkte die Arme. «Freitagabend um 17 Uhr.»

«Warum so spät?», fragte Landolt.

«Es war damals nicht erste Priorität», sagte Regina, als Hanisch schwieg.

Landolt nickte langsam. «Verstehe. Morgen um neun findet eine Pressekonferenz statt. Seht zu, dass ihr bis dann mit jedem Detail der Fälle vertraut seid. Wir müssen wenigstens gegen aussen eine geschlossene Front bilden.»

«Und, hat es sich gelohnt?», fragte Regina bitter.

«Warum wirst du mit hineingezogen?», fragte Cavalli. «Hanisch ist für den Fall verantwortlich. Sie ist diejenige, die nicht informiert war.»

«Weil diese Fälle zusammenhängen! Hast du daran gedacht, als du ihr Informationen verschwiegen hast?» Sie warf ihren Schal auf die Ablage. «Mein Gott, nur weil sie diese Liste noch vor dem Wochenende wollte! Wenn ich mich jedes Mal rächen würde … Das war nicht der Grund, oder?», fragte sie plötzlich, als sie seine unterdrückte Wut sah. «Was hat sie sonst noch getan?»

«Das ist nicht wichtig», sagte Cavalli kühl.

«Nicht wichtig?» Regina lachte bitter. «Gute Nacht.»

12

Katja sass bereits am Tisch, als Pilecki die Küche betrat.

«Katjenka», sagte er liebevoll. «Du hast Ferien! Los, zurück ins Bett.» Er holte die Kaffeebüchse. «Oder hast du Hunger?»

«Wir gehen mit dem Kindergarten schlitteln.»

Jetzt kam es Pilecki wieder in den Sinn. Irina hatte ihm erzählt, dass der Ausflug noch bevorstand. «Und ab morgen hast du dann frei?»

«Ja», sagte das Mädchen geknickt.

«Freust du dich nicht?»

«Ich darf die Küche nicht nach Hause nehmen. Die Puppen auch nicht. Nur mein Buchstabenbuch. Dimka fährt heute in die Ferien.» Sie überlegte, ob sie weitere schlechte Nachrichten hatte.

«Uns wird schon etwas einfallen.» Ausschlafen hatte für Sechsjährige anscheinend noch keinen Reiz, überlegte Pilecki mit einem Schmunzeln und leerte den Brei in ihren Teller.

Als sie fertig war, hob er sie vom Stuhl und legte sie über seine Schulter. Mit der freien Hand kitzelte er ihren Fuss. Sie kreischte laut und zog an seinem Ohr.

«Psst, Mama schläft!»

«Ich bin wach», rief Irina verschlafen.

Pilecki trug das zappelnde Mädchen ins Schlafzimmer und liess es aufs Bett fallen. Katja kroch rasch unter die Decke, bevor er weiterkitzeln konnte.

Pilecki ging ums Bett und schlich mit funkelnden Augen auf Irina zu.

«Komm ja nicht auf die Idee, mich zu …»

Pilecki drückte ihr einen Kuss auf den Mund, während seine Hand unter die Decke kroch.

Als er den Kopf wieder hob, sog sie rasch Luft ein: «Wehe, du kitzelst mich!»

Er setzte sich auf die Bettkante: «Wann kommt Katja vom Ausflug zurück?»

«Ich muss sie um fünfzehn Uhr am Hauptbahnhof abholen.»

«Vielleicht könnte ich eine lange Mittagspause machen. Bist du zu Hause?»

Irina schüttelte bedauernd den Kopf. «Ich habe um halb zwei einen Termin beim Friseur. Ausser … vielleicht muss ich absagen. Es könnte knapp werden, wenn ich um drei am Bahnhof sein muss.»

«Soll ich Katja abholen gehen?»

«Mitten am Nachmittag? Kannst du weg?»

Pilecki wusste es nicht. Meistens konnte er seine Arbeit frei einteilen, aber der Montag war unberechenbar. «Ich rufe dich gegen elf Uhr an und gebe dir Bescheid.»

Pilecki kam mit Verspätung im Kripo-Gebäude an, doch niemand nahm davon Notiz. Cavalli war nicht in seinem Büro, die Kripoleitstelle war leer.

«Fällt der Rapport aus?»

Gurtner biss in ein Brötchen. «Hast du das ‹Sonntagsblatt› nicht gelesen?»

Als Pilecki verneinte, schilderte er ihm den Inhalt. «Der Häuptling und Hug sind beim Oberboss. Bin gespannt, wie er dieses Mal seinen Kopf aus der Schlinge zieht.»

«Er hat Hanisch richtig informiert», sagte Pilecki.

«Er hätte wissen müssen, dass seine Infos zu knapp waren.»

«Dass sie Medienanfragen beantworten würde, konnte er nicht voraussehen», sagte Pilecki. «Dafür ist unser Mediensprecher zuständig. Warum hat sich das ‹Sonntagsblatt› überhaupt an sie gewendet?»

«Das wissen nur die Götter beziehungsweise die Medizinmänner, oder wen auch immer die Indianer verehren.» Gurtner verstummte, als er Hugs Stimme im Flur hörte, und vertiefte sich in seine Arbeit.

Hug, Cavalli, der Mediensprecher sowie der Stellvertreter des Kommandanten gingen an der offenen Tür vorbei. Kurz darauf kam Cavalli zurück und bat Pilecki, ihm bis neun eine Folienpräsentation zusammenzustellen. Er wollte eine Liste aller Tötungsdelikte der letzten zwanzig Jahre, die entweder mit Türken in Verbindung standen oder bei denen Deformationsgeschosse verwendet worden waren.

Meyer sass beim technischen Verkehrszug und schlürfte Kaffee. Sie hatte sich aus dem Staub gemacht, als die Luft immer dicker geworden war.

Marc Sollberger reichte ihr eine dicke Mappe. «Das sind die Auswertungen der digitalen Airbag-Spuren. Die Kontaktspuren kommen vom WD.»

Meyer öffnete die Mappe. Sollberger hatte ein Inhaltsverzeichnis der Aufzeichnungen angelegt. Er hatte sie in zehn Kapitel gegliedert, die von möglichen Störungen vor der Kollision bis zur Auslösung des Airbags und des Gurtstraffers reichten.

«Um das zu verstehen, muss ich dir erklären, wie ein Airbag funktioniert», sagte der junge Techniker. «Es ist wichtig zu wissen, dass das System aus einem Steuergerät und aus den Gasgeneratoren samt Luftsäcken besteht, die im Lenkrad ...»

«Ich weiss, wie ein Airbag funktioniert», sagte Meyer ungeduldig. «Auch, dass sich ein Speicherblock im Mikrocontroller befindet. Aber ich dachte, die gespeicherten Daten könnten nur vom Hersteller ausgelesen werden.»

«Richtig», sagte Sollberger überrascht. «Zum Glück ist der Unfallwagen ein VW Golf. Die Zusammenarbeit mit den Deutschen funktioniert gut. Sie haben EEPROMS – das ist der Festspeicher für die Aufzeichnungen der Kollisionsdaten – für uns ausgewertet.» Er nahm den Bericht aus Meyers Hand und blätterte weiter. «Hier, schau. Das dürfte dich interessieren: Crash-Puls, kollisionsbedingte Geschwindigkeitsänderung, Zündsignal und -zeit.»

Meyer überflog die Zahlen. «Sie bestätigen den vermuteten Ablauf.»

Sollberger nickte. «Er war mit 104 Kilometern pro Stunde unterwegs, als er gegen das Brückengeländer prallte. Das Bremspedal war vollständig nach unten gedrückt, das Gaspedal genauso. Und hier», er blätterte wieder zurück, «habe ich die Beschleunigung auf den letzten tausend Metern in Kurvenform dargestellt.»

Meyer studierte die Kurve. «Der Wagen neben ihm liess ihn nicht überholen. Er hat es immer wieder versucht, bis er vermutlich verzweifelt Vollgas gab.»

«Auf halbem Weg wollte er abbremsen. Das war, bevor das Gaspedal klemmte.»

«Und der andere Wagen bremste auch. Also gab er wieder Gas. Scheisse. Und dann kommt plötzlich ein Fahrzeug aus der Gegenrichtung.»

Sie schwiegen, während ihnen das gleiche Bild durch den Kopf ging. Auch Sollberger hatte die Unfallfotos gesehen.

«Wisst ihr etwas über den anderen Wagen?»

«Ein roter Mazda. Basta.» Meyer stellte die Tasse energisch hin. «Aber wir arbeiten daran. Simonovic wurde ermordet. Vielleicht, weil er seine Pflicht als Polizist getan hat. Wir werden den Täter finden!»

Sollberger begleitete sie zum Ausgang. «Wie kommt es, dass du so viel …»

«Automech», sagte sie, gewohnt, immer die gleiche Frage zu beantworten.

Sie lief die Treppe hoch in den sechsten Stock, um ein Sandwich in der Kantine zu holen. Als sie oben ankam, ging der Lift auf, und die ersten Journalisten traten heraus. Gegenüber befand sich der Raum, in dem Pressekonferenzen abgehalten wurden. Meyer wartete, bis ein Kamerateam durch die Tür verschwand, und wagte dann einen Blick hinein. Das Interesse der Medien war gross. Meyer hörte, wie einige Journalisten darüber wetterten, dass man in eine Justizreform investierte, wenn Polizei und Staatsanwaltschaft schon Mühe damit hatten, Informationen auszutauschen. Sie beobachtete Cavalli, in Anzug und Krawatte, der sich mit dem Medienssprecher unterhielt. Die Vertreter der Staatsanwaltschaft hatten bereits Platz genommen. Regina blätterte Unterlagen durch, während Hanisch auf sie einredete. Sie sah nicht aus, als hätte sie viel geschlafen. Hanisch auch nicht, doch im Gegensatz zu Regina wirkte sie nicht müde. Ihre ganze Energie war auf Cavalli konzentriert. Als Meyer den Zorn in ihren zusammengekniffenen Augen sah, schauderte es sie. Plötzlich begriff sie, dass das Schauspiel, welches sich vor ihren Augen abspielte, ein privater Kampf zwischen Hanisch und Cavalli war.

«Bambi, hol mir rasch den Bericht der Schusswaffenexperten», sagte Pilecki plötzlich neben ihrem Ohr. Er zwängte sich an zwei Journalisten vorbei und ging mit einem Stapel Unterlagen auf Cavalli zu.

Meyer trabte nach unten und kehrte kurz darauf mit dem Bericht zurück. Pilecki war nirgends zu sehen. Cavalli winkte sie herbei.

«Der ist für mich.» Er sagte etwas zu Hug und wandte sich wieder an Meyer. «Sind die Schlussfolgerungen von Hahn dabei?» Als sie den Kopf schüttelte, schnauzte er sie an: «Dann hol sie!»

Sie rannte erneut in den fünften Stock, wo sie beinahe mit Pilecki kollidierte, der ebenfalls die Arme voller Unterlagen hatte.

«Auch für den Häuptling?», fragte er kurz angebunden.

Meyer nickte.

«Leg sie oben drauf.»

Regina warf einen letzten Blick auf die Aussagen, die sie machen sollte. Der Inhalt war von der Informationsabteilung vorbereitet worden, damit sich die Haltung von Polizei und Justiz deckten. Ziel war, der Öffentlichkeit eine geeinte Front im Kampf gegen das Verbrechen zu präsentieren. Eine reine

PR-Veranstaltung, dachte Regina. Neue Fakten hatten sie nicht.

Das Gemurmel verstummte, als der Mediensprecher der Kapo die Pressekonferenz eröffnete. Er leitete geschickt durch den Informationsteil und übergab anschliessend Regina das Wort.

Sie hielt sich an den Text, den der Mediensprecher geschrieben und den sie bis weit nach Mitternacht auswendig gelernt hatte. Sätze, die zwar Informationen enthielten, aber trotzdem nichts sagend waren. Dazwischen zwei, drei sorgfältig ausgewählte Details, um davon abzulenken, dass vom Täter nach wie vor jede Spur fehlte. Sie war nervös und merkte, dass sie viel zu schnell sprach. Als sie zum Ende ihres Beitrags kam, atmete sie erleichtert auf.

Der Mediensprecher übergab Hanisch das Wort. Regina bemerkte den Blick, den sie Cavalli zuwarf, und hielt die Luft an. Wenn Hanisch diese Plattform benützte, um die Fehde mit Cavalli weiterzufechten, wäre die Hölle los. Zu Reginas Erleichterung schilderte die Staatsanwältin aber sachlich die Fakten zum Fall Selami und korrigierte dabei die Fehler der Sonntagspresse. Sie liess sich nicht durch die gestellten Fragen provozieren. Als der Mediensprecher die Pressekonferenz für beendet erklärte, packte Hanisch ihre Sachen zusammen und verschwand.

Aus dem Augenwinkel sah Regina, wie Cavalli ein Interview gab. Ob er sich genauso wie Hanisch an die Spielregeln hielt? Sie hörte, wie er die ausgezeichnete Zusammenarbeit lobte.

«Du hättest Schauspieler werden sollen», brummte sie, als die letzten Kamerateams ihre Sachen gepackt hatten. «Nein, Politiker.»

Er lächelte zufrieden. «Zurück zum Alltag. Ich habe jede Menge Arbeit, die …»

«Die du schon längst erledigt hättest, wenn du deine privaten Interessen hinter deine beruflichen Verpflichtungen stellen würdest!»

«Misch dich nicht in Sachen ein, von denen du nichts verstehst!»

«Aber ausbaden darf ich sie», konterte Regina.

Cavalli legte seine Hand unter ihren Ellenbogen und führte sie zum Lift. Erst als die Tür hinter ihnen zu ging, fuhr er fort: «Ich wusste nicht, dass die Presse die Sache so aufbauschen würde.»

«Ist das eine Entschuldigung?», fragte Regina.

Er zögerte. «Eine Erklärung.»

«Verstehe.» Regina verliess den Lift, ohne zurückzuschauen.

Irina wartete wie vereinbart um fünfzehn Uhr auf Katjas Kindergartenklasse. Zwölf Frauen und ein Mann standen unter der grossen Uhr am Treffpunkt des Hauptbahnhofs und machten sich auf eine Gruppe müder Kinder gefasst.

Pilecki hatte nicht angerufen. Irina fragte sich, ob er es vergessen hatte. Es sah ihm nicht ähnlich, Abmachungen zu ignorieren. Sie rief sich in Erinnerung, dass er bis jetzt Junggeselle gewesen war und es nicht gewohnt war, auf andere Rücksicht zu nehmen.

«Ihre Tochter ist diese Kälte bestimmt gewohnt», unterbrach eine vermummte Frau ihre Gedanken.

Irina lächelte höflich. «Es kann in der Ukraine tatsächlich sehr kalt werden.»

Die Frau nickte nachdenklich. «So stelle ich es mir vor. Hat sie sich gut eingelebt?»

«Ja, danke.» Irina versuchte sich daran zu erinnern, welches Kind zur Frau gehörte. «Und Ihre … Tochter? Gefällt es ihr im Kindergarten?»

Die Frau holte weit aus und begann von ihrer Tochter zu erzählen. Irina hörte nur mit halbem Ohr zu. Eine Gruppe Kinder marschierte in einer Zweierreihe durch die Bahnhofshalle auf den Treffpunkt zu.

Irina liess ihre Augen über die Reihe gleiten, entdeckte aber Katja auf den ersten Blick nicht. Inzwischen liefen die Kinder auseinander, jedes zu einem Elternteil, wie kleine Schiffe in ihre Häfen. Irina hatte plötzlich das Gefühl, am falschen Ort zu stehen. Sie drehte sich um die eigene Achse, sicher, dass Katja sich hinter ihr versteckte. Das Mädchen war nirgends zu sehen. Das ist nicht möglich, sagte sie sich. Sie blinzelte, sah sich erneut um und wurde von wirren Gedanken überrollt. Sie war zu früh oder zu spät gekommen. Katja war nicht mitgegangen. Sie hatte etwas verwechselt oder falsch verstanden.

Plötzlich entdeckte die Kindergärtnerin Irina. «Frau Kyrytschuk! Was machen Sie hier?»

«Wie bitte?»

«Katja wurde bereits abgeholt.»

«Abgeholt?» Irina hörte, wie sie Worte wiederholte, die keinen Sinn ergaben.

Die Kindergärtnerin winkte eine junge Frau herbei. «Das ist Lea, unsere Praktikantin. Sie hat Katja Ihrem Mann übergeben. Vorne, beim Gleis.»

Lea nickte. «Er wartete auf dem Perron.»

Irinas Knie wurden weich vor Erleichterung. «Entschuldigen Sie, das war ein Missverständnis. Er hatte gesagt, dass er kommen wollte, aber ich … egal. Vielen Dank!»

Pilecki sank erschöpft auf seinen Stuhl. Er schob die Stapel auf seinem Schreibtisch zur Seite, um die Ellenbogen abstützen zu können. «Das ist wie in einem Zirkus!»

«Und wir haben nicht einmal die Hälfte der Sachen erledigt, die der Häuptling uns aufgetragen hat. Ich habe einen Bärenhunger!» Gurtner strich über seinen prallen Bauch. «Ich gehe nach oben. Kommst du mit?»

Pilecki sah auf die Uhr. Es war fast vier. «Keine Zeit. Ich will nicht hier übernachten. Bringst du mir ein Sandwich?» Plötzlich kam ihm in den Sinn, dass er versprochen hatte, Irina anzurufen. Hoffentlich hatte sie sein Schweigen richtig gedeutet und ihren Coiffeurtermin rechtzeitig abgesagt. Er überlegte, ob er jetzt noch anrufen sollte, fürchtete aber, das Gespräch könnte in einem Streit enden, weil er sein Versprechen nicht gehalten hatte. Er schob den unangenehmen Gedanken beiseite und beschloss, seine Arbeit möglichst bald zu Ende zu bringen und erst zu Hause mit Irina zu reden.

Die Tür wurde aufgerissen und Cavalli kam mit dem Handy am Ohr herein. «Moment …», er wandte sich an Gurtner. «Hast du kein Mail von Jäggi bekommen?»

Gurtner überprüfte sein Postfach. «Doch, heute morgen.»

Cavalli leitete die Information weiter, versprach, sofort jemanden zu schicken, und legte auf. Verärgert sah er Gurtner an. «Liest du deine Mails nicht?»

«Ich kann nicht alles gleichzeitig erledigen!»

«Jäggi hat herausgefunden, woher Ingold die Matrioschka hat», erklärte Cavalli Pilecki. «Sie spendete regelmässig kleinere Bargeldbeträge an ein Kinderheim in Russland. Die Kontaktperson, die das Geld hier sammelt, suchte Ingold jeweils zu Hause auf. Das letzte Mal am 9. Dezember. Als Dank für die jahrelange Unterstützung hat sie ihr eine Matrioschka geschenkt, die von den Kindern im Heim bemalt worden war.»

«Tatjana Popova», las Gurtner. «Wohnt in Opfikon. Mit einem Schweizer verheiratet.»

«Ich will, dass ihr sofort hinfahrt», sagte Cavalli, die

Hand auf der Türfalle. «Gebt mir Bescheid, wenn ihr zurück seid.»

Als er gegangen war, sagte Gurtner trocken: «Sieht aus, als würdest du doch hier übernachten.»

Irina spazierte zu Fuss nach Hause. Mit jedem Schritt schlugen ihre Gefühle um. Mal war sie verärgert, weil sie sicher war, dass Pilecki hätte anrufen sollen. Dann zweifelte sie wieder daran, ob sie ihn richtig verstanden hatte. Sie versuchte, sich an das Gespräch vom Morgen zu erinnern. Hatte er versprochen anzurufen, falls er Katja abholen oder eben nicht abholen konnte? Sie holte ihr Handy hervor, um Klarheit zu schaffen, drückte aber wieder auf Aus, als sie an seinen Vorwurf dachte, sie klammere sich an ihre Tochter. Auf diese zehn Minuten kommt es nicht an, dachte sie.

Ein nasser Schneeregen setzte ein, und Irina dachte an die Ukraine. Sie hatte am Vorabend mit ihrer Mutter telefoniert, die über die tiefen Temperaturen klagte. Irina stellte sich die trockene, schneebedeckte Landschaft vor. Sie hörte in Gedanken das Knirschen unter ihren Füssen und spürte, wie die eisige Luft in der Nase schmerzte. Sie litt selten unter Heimweh, doch vom Schneematsch hatte sie eindeutig genug.

Sie ging nahe an der Hauswand entlang und blieb stehen, als ihr ein Fahrrad auf dem Trottoir entgegenkam. Die Räder verspritzten schmutziges Wasser. Irina dachte daran, dass sich Katja ein Fahrrad wünschte, und seufzte. Ihrer Meinung nach war sie zu jung dafür. Pilecki war anderer Ansicht. Wie Katja lernen solle, sich im Verkehr zu bewegen, wenn sie immer an der Hand geführt werde, hatte er gefragt. Irina war es nicht gewohnt, über Erziehungsfragen zu diskutieren. Dafür war sie bis jetzt alleine zuständig gewesen. Es fiel ihr schwer, eine andere Meinung gelten zu lassen, wenn es um ihre Tochter ging.

Sie zog den Hausschlüssel hervor und trat erleichtert ins Treppenhaus, wo sie das Wasser aus ihrem Haar schüttelte. Vor ihrer Wohnung standen keine nassen Stiefel.

«Katjenka?», rief sie in die Stille. «Juri?»

Pilecki erkannte Irinas Nummer auf seinem Display und wartete schuldbewusst, bis sich die Combox einschaltete. Gurtner sah ihn vielsagend an.

«Was?», fragte Pilecki gereizt.

«Nichts.»

«Wird spät. Wir sind noch unterwegs», tippte Pilecki und schickte die SMS mit dem Wissen ab, dass ihm zu Hause ein anstrengender Abend bevorstand.

Tatjana Popova war Anfang fünfzig und sprach gut deutsch. Als sie jedoch die Polizisten erblickte, geriet sie ins Stocken.

«Po... Polizei?» Sie wich zurück. «Haben wir etwas getan?»

Gurtner versicherte, dass sie nur einige Fragen hätten.

«Worüber?»

«Dürfen wir hereinkommen?»

Die Frau öffnete die Tür gerade so weit, dass sich Gurtner durch den Spalt quetschen konnte. Sie standen in einem kleinen Eingangsraum, Popova machte aber keine Anstalten, Pilecki und Gurtner weiter in die Wohnung vordringen zu lassen.

«Was wollen Sie?»

«Kennen Sie Elsbeth Ingold?», fragte Gurtner. Er beobachtete, wie Popova die Augen kurz weitete, dann gespielt grübelte.

«Elsbeth Ingold? ... Ingold?» Als genügend Zeit verstrichen war, nickte sie langsam. «Ist das nicht die Frau ... im Säuliamt?»

«Mettmenstetten. Sie wohnt in Mettmenstetten.»

«Richtig. Ich erinnere mich.»

«Sie hat regelmässig für ein Kinderheim in Russland gespendet. Sol… sole…»

«Solntse», sagte Pilecki. «Sonne.»

Popova senkte den Blick. «Sie ist sehr grosszügig.»

Gurtner und Pilecki tauschten Blicke aus. Wovor hatte die Frau Angst?

Popova spürte das Misstrauen der Polizisten und befeuchtete nervös ihre Lippen. «Ja, sie ist sehr grosszügig. Ist das alles? Ich muss bald los, habe einen wichtigen Termin … beim Arzt.»

«Erzählen Sie uns mehr über dieses Kinderheim», sagte Gurtner. Er sah sich nach einem Stuhl um, doch der Flur war leer.

«Das Solntse ist ein kleines Zuhause für rund vierzig Kinder», sagte die Frau resigniert. «Die meisten haben ihre Eltern verloren oder stammen aus Familien, in denen getrunken wird. Viele der Kleinen kennen ihren Vater nicht. Es wurde 1964 gegründet und wird seither von Privaten unterstützt. Im Solntse erfahren die Kinder oft zum ersten Mal, was Zuwendung bedeutet.» Popova sprach schnell, als habe sie die Geschichte schon oft erzählt. «Sie fühlen sich wie Geschwister. Viele haben auch später noch Kontakt untereinander.»

«Wird das Heim ausschliesslich von Spenden finanziert?», fragte Gurtner.

Popova bestätigte, ohne ihm in die Augen zu sehen.

«Haben Sie Unterlagen?»

«Nein. Ich gehörte nur zu den Gönnerinnen.»

«Sie sammeln in der Schweiz Spenden für das Heim. Führen Sie darüber Buch?»

«Es ist Bargeld. Ich nehme es mit, wenn ich nach Hause fahre.»

«Schreiben Sie die Beträge auf?», fragte Gurtner.

«Nein.»

Gurtner sah ihr an, dass sie log. Aber ohne Durchsuchungsbefehl konnten sie keine Einsicht in ihre Unterlagen verlangen. Er verschränkte seine massigen Arme und sah die Frau grimmig an. Sie starrte auf ihre Hausschuhe.

«Sie verteilen als Dank für die Spenden Geschenke», sagte Pilecki.

Popova nickte. «Ab und zu.»

«Elsbeth Ingold hat etwas von Ihnen erhalten.»

Sie bückte sich, um eine Fussel am Hausschuh zu entfernen. «Mmh.»

Pilecki wartete, bis sie wieder aufrecht stand. «Was haben Sie ihr geschenkt?»

«Ein Bild … und eine Matrioschka. Aus Russland.»

«Aus dem Kinderheim?»

«Die Kinder basteln und malen viel. Sie sind sehr kreativ.» Sie sah demonstrativ auf die Uhr. «Gefällt die Matrioschka Frau Ingold nicht?»

Pilecki wartete, bis Popova ihn ansah. «Elsbeth Ingold ist tot.»

«Tot? Das … das tut mir leid.» Sie wirkte seltsam erleichtert.

«Wollen Sie nicht wissen, wie sie gestorben ist?»

«Sie war alt. Ich habe angenommen …»

«Sie wurde erschossen», sagte Pilecki hart.

«Erschossen? Warum … was hat das mit mir zu tun?»

«Dürfen wir uns setzen?»

Widerwillig ging die Frau ins Wohnzimmer und zeigte auf das Sofa.

Irina stand unschlüssig vor dem Telefon. Sie fragte sich, wohin Pilecki mit Katja gegangen war. Zum fünften Mal las sie seine SMS: «Wird spät. Wir sind noch unterwegs.» Katja war bestimmt müde vom Schlitteln. Warum hatte er ausgerechnet den heutigen Tag gewählt, um etwas mit ihr zu unternehmen? Das Mädchen hatte zwei Wochen Ferien. Jeder andere Tag wäre günstiger gewesen. Warum die Geheimnisse? Durfte sie nicht wissen, was die beiden vorhatten?

Die Yogastunde!, dachte sie plötzlich. Pilecki hatte sich vielleicht darauf eingestellt, den ganzen Abend für Katja da zu sein. Erleichtert wandte sich Irina vom Telefon ab. Sie stellte sich vor, wie die beiden im McDonald's sassen und sich über das ungesunde Essen freuten. Ihre Erleichterung war aber von kurzer Dauer. Während sie ihre Sachen packte, kam der Ärger darüber hoch, dass Pilecki sie nicht besser informierte. Immerhin ging es um ihre Tochter. Das würden sie noch ausdiskutieren müssen!

Sie strich sich ein Butterbrot und machte sich anschliessend auf den Weg. Der Schneeregen war wieder in Regen übergegangen, und die Schirme der Fussgänger verwandelten den kurzen Weg zur Bushaltestelle in einen Hindernislauf. Immer wieder sah sie zurück, in der Hoffnung, Pilecki und Katja noch anzutreffen. Doch als der Bus einfuhr, waren die Fenster in ihrer Wohnung dunkel.

Regina war noch nicht im Umkleideraum. Froh darüber, schlüpfte Irina in ihre Turnkleider. Als sie zum Gymnastikraum gehen wollte, wurde die Tür hastig aufgestossen und Regina eilte herein. Sie sah gehetzt aus, ihre Augenbrauen waren zusammengezogen, ihre Lippen ein dünner Strich. Als sie Irina erkannte, setzte sie sofort einen freundlichen Ausdruck auf.

Du kannst dir die Mühe sparen, lag es Irina auf der Zunge, doch sie schwieg.

Regina deponierte ihre Taschen in einem Kästchen. «Hat Juri es doch noch geschafft?»

Irina drehte sich um. «Wie meinst du das?»

Regina kramte ihre Sachen hervor. Vor lauter Haaren im Gesicht fand sie ihre Turnhose nicht. Sie nahm ein Gummiband aus ihrer Handtasche und band die nassen Strähnen zusammen. «Wie meine ich was?»

«Was soll Juri noch geschafft haben?»

Regina zog ihre Stiefel aus. «Rechtzeitig nach Hause zu kommen.» Irinas finsterer Blick verunsicherte sie. «Ich meine nur … weil er so spät dran war. Aber egal, das geht mich nichts an.»

Irina kam auf sie zu. «Spät dran?»

«Entschuldigung, ich dachte nur, dass du nicht los kannst, bevor er zu Hause ist. Wegen Katja.»

Irinas Ausdruck war Regina unheimlich. Sie hob die Hände. «Ich weiss, es geht mich nichts an, entschuldige. Er hat mich wegen eines Durchsuchungsbefehls angerufen, das ist alles.»

«Wann?» Irina hörte ihre eigene Stimme von weit weg.

«Vor knapp einer Stunde. Was ist? Irina?»

«Von wo aus hat er angerufen?»

«Von Opfikon.»

«Heute Abend? Vor einer Stunde?»

«Ja.»

«Was macht er dort?»

Regina wich aus. «Ich glaube, du fragst ihn am besten selber.»

«Was macht er dort?» Als Regina nicht antwortete, packte Irina sie an den Schultern.

«Eine Auskunftsperson befragen», sagte Regina überrumpelt.

«Alleine?»

«Nein, mit Gurtner.»

Plötzlich wurde Irina kreideweiss. Dann begann sie zu

zittern. Regina führte sie zur Holzbank und kniete vor sie hin. «Irina? Was ist?»

«Nein, Regina meinte, es sei zu wenig für einen Durchsuchungsbefehl», sagte Pilecki gereizt.

«Und Popova ist euren Fragen ausgewichen?», fragte Cavalli.

«Allerdings. Sie hat sich aber total in ihre Falschaussagen verstrickt. Ich weiss nicht, was sie verbirgt, aber über diese Matrioschka will sie nicht reden.»

«Wo seid ihr jetzt?»

Pilecki sah aus dem Fenster. «Kurz vor Glattbrugg.»

«Fahrt zurück. Bringt sie rein», befahl Cavalli.

«Wir haben nichts gegen sie in der Hand», sagte Pilecki. «Regina fliegt an die Decke.»

«Hier packt sie vielleicht aus. Wenn sie Angst vor einer Nacht im Polizeigefängnis hat.»

«Du gehst zu weit. Sie steht nicht unter Mordverdacht!»

«Das ist mir egal! Die Frau weiss etwas und rückt nicht heraus damit. Ich will sie hier im Kripo-Gebäude befragen, und zwar heute Abend noch!»

Pilecki legte kommentarlos auf und signalisierte Gurtner, dass er wenden solle. Kurz vor Opfikon klingelte sein Handy erneut. Es war Regina.

«Seid ihr schon zurück in Zürich?», fragte sie in einem seltsamen Tonfall.

«Fast. Warum?», log Pilecki.

«Du bist mit Gurtner unterwegs, richtig?»

«Ja.» Er zuckte die Achseln, als Gurtner ihn fragend ansah.

«Katja ist nicht zufällig bei euch?»

«Katja? Wie kommst du darauf? Ich bin im Dienst.»

«Ich glaube, du solltest herkommen.» Regina schilderte, was vorgefallen war.

«Ich bin in einer Viertelstunde im Kripo-Gebäude.» Pilecki brach die Verbindung ab und starrte auf sein Handy. Er versuchte zu begreifen, was Regina gesagt hatte. «Setz das Blaulicht aufs Dach», sagte er atemlos. Die Luft schien aus seinen Lungen verschwunden zu sein, als hätte die Nachricht sie abgesogen.

«Was ist passiert?» Als Pilecki nicht antwortete, scherte Gurtner aus und überholte den Wagen vor ihnen. Er trat aufs Gas und konzentrierte sich auf die Fahrzeuge, die zur Seite wichen und die Strasse freigaben.

«Es ist Katja ... sie ist ... verschwunden.» Niemand verschwindet, sagte sich Pilecki. Das war ein Scherz. Ein Kinderspiel. Einfach unmöglich. Natürlich war das möglich, widersprach der Polizist in ihm. Täglich verschwinden Menschen. Sie fallen Verbrechen zum Opfer, flüchten, tauchen unter, setzen ihrem Leben ein Ende.

«Verschwunden?» Gurtner klang ruhig. «Mach dir keine Sorgen. Kinder machen manchmal Dummheiten. Vielleicht wollte sie zum Kiosk und hat sich verlaufen, oder sie ist bei einem Spielkollegen.»

Pilecki schüttelte den Kopf. «Jemand hat sie am Bahnhof abgeholt und hat behauptet, er wäre ihr Vater.»

«Vielleicht war es wirklich ihr Vater?» Gurtner fuhr vorsichtig bei Rot über eine Kreuzung. Vor ihnen tauchte der Bucheggplatz auf.

Pilecki versuchte sich daran zu erinnern, was Irina über den Mann erzählt hatte. So viel er wusste, hatte der Deutsche seine Tochter noch nie gesehen.

«Hat Irina Kontakt zu ihm?», fragte Gurtner.

«Nicht, dass ich wüsste.» Oder hatte sie ihm etwas verschwiegen? Ganz unerwartet flammte ein Gefühl von Eifersucht in Pilecki auf.

Vor dem Kripo-Gebäude sprang Pilecki aus dem Wagen,

bevor Gurtner in die Tiefgarage einbog. Er lief zu Fuss in den fünften Stock. Er hörte Reginas Stimme aus Cavallis Büro und eilte dorthin. Irina sass mit leerem Blick auf dem Besucherstuhl.

«Irinka!», Pilecki zog sie in seine Arme. «Wir finden sie! Sie kann nicht weit weg sein. Das ist ein … ein Missverständnis!»

Irina regte sich nicht. Sie wirkte entrückt.

«Erzähl uns bitte alles der Reihe nach», sagte Cavalli. «Ohne ein Detail auszulassen.» Als sie nicht reagierte, wiederholte er seine Bitte.

Langsam begann Irina zu erzählen. Wie sie um fünfzehn Uhr am Bahnhof gestanden hatte. Wie man ihr gesagt hatte, dass Katja bereits abgeholt worden sei. Wie sie versucht hatte, Pilecki zu erreichen. Sie machte eine Pause und drehte langsam den Kopf. Sie starrte Pilecki an, als sähe sie ihn zum ersten Mal.

«Du hast nicht zurückgerufen?», fragte Cavalli, als Irina zum Schluss gekommen war.

Pilecki verneinte erschüttert.

«Das ‹wir› in deinem SMS bezog sich auf dich und Gurtner?», fragte Cavalli.

«Ja», flüsterte Pilecki.

Es klopfte, und Meyer platzte herein. «Ich bin so schnell gekommen, wie ich konnte.» Fahrni folgte ihr.

«Dann wollen wir keine Zeit verlieren. Meyer, hol die Praktikantin. Fahrni, die Kindergärtnerin. Gurtner, setz den Polizeiapparat in Bewegung. Regina, stell mit Pilecki eine Liste aller Leute zusammen, die Katja hier in der Schweiz kennt. Wenn Karan auftaucht, soll er mit den Kollegen am Bahnhof Kontakt aufnehmen und sich ein Bild vor Ort machen.» Er wandte sich an Irina, die immer noch starr vor ihm sass. «Wir reden weiter.» Als Pilecki keine Anstalten machte, von Irinas Seite zu weichen, stand Cavalli auf. «Lass uns bitte allein.» Er legte seine Hand auf Pileckis Schulter und steuerte ihn zur Tür hinaus.

Cavalli nahm einen Stuhl und setzte sich Irina gegenüber, ohne dass der Schreibtisch sie trennte. «Irina, wir werden sie finden. Aber ich bin auf deine Hilfe angewiesen.»

Irina drehte den Kopf in seine Richtung, schien aber durch Cavalli hindurchzuschauen.

«Ich werde dir einige Fragen stellen und brauche ehrliche Antworten.»

Irina schwieg.

«Hast du noch Kontakt zum Milieu?»

«Zum Milieu?», fragte Irina leise.

«Zu Prostituierten, Zuhältern, Bekannten von früher.»

Sie schüttelte verwirrt den Kopf.

«Zu … Freiern?»

«Was?»

«Arbeitest du noch als Prostituierte?», fragte Cavalli geradeaus.

Irina sprang auf, als sei sie aus einem tiefen Schlaf erwacht. Ihre grauen Augen wurden düster, wie ein Sturm, der sich zusammenbraute. Farbe kehrte in ihr Gesicht zurück, und sie sog laut Luft ein.

Cavalli sah die Ohrfeige kommen. Er stählte sich gegen den Aufprall ihrer Handfläche. Ihre Angst um Katja entlud sich in einem heftigen Schlag, der ihm Ohrenpfeifen verursachte. Als er die Geräusche um sich herum wieder wahrnahm, wiederholte Cavalli seine Frage.

«Nein», sagte Irina scharf. «Ich war nie mehr im ‹Blue Girl›, verdiene mir kein heimliches Sackgeld, habe keine Freunde aus dieser Zeit.»

«Und Feinde?» Als Cavalli Irinas Zögern bemerkte, lehnte er sich vor. «Irina, wir können nicht ausschliessen, dass jemand eine offene Rechnung begleichen will», sagte er. «Wir haben jetzt keine Zeit für Hemmungen oder gar Lügen. Ich will wissen, mit wem du im ‹Blue Girl› zu tun hattest, wo du sonst gearbeitet hast, ob dich ein Freier je bedroht hat, wer etwas gegen dich haben könnte und so weiter. Schiess los.»

Irina begann zu erzählen.

Lea weinte unaufhörlich. «Ich habe gedacht, er wäre Katjas Stiefvater!»

Meyer lächelte ihr beruhigend zu. «Das verstehe ich. Das hätte jede an deiner Stelle. Du sagst, Katja habe ihn gekannt?»

«Sie hat gelacht, als sie ihn sah», sagte Lea. «Er hat etwas auf Ukrainisch gesagt.»

«Was geschah zuerst? Hat er sie zuerst auf Ukrainisch angesprochen, oder hat sie zuerst gelacht?»

«Ich … ich weiss nicht recht. Irgendwie gleichzeitig.»

«Du beschreibst ihn als gross und kräftig. Ist dir irgendetwas Besonderes an ihm aufgefallen? Ein Kleidungsstück? Schmuck?»

«Er trug eine Wollmütze und einen Schal, sogar Handschuhe. Ich habe nicht viel von ihm gesehen», schluchzte Lea.

«Kommen wir zu Katja zurück. Sie hat gelacht, als sie ihn sah. Und dann? Beschreib ganz genau, was sie gemacht hat.»

«Sie ging auf ihn zu. Und dann hob er die Hand, wie zum Gruss, und sah kurz zu mir.»

«Wie hat sie ihre Arme bewegt?»

«Ihre Arme?»

«Waren sie ausgestreckt? Oder hingen sie gerade an ihrer Seite?»

Lea schloss die Augen. «Ich glaube, sie hat eine Hand ausgestreckt … ja, genau. Ausgestreckt, dann aber plötzlich zurückgezogen. Und dann … ging sie um den Mann herum.»

Meyer stand auf und bat Lea, Katjas Bewegungen vorzuführen. Sie spielten die Szene nach. Lea ging leicht hüpfend auf Meyer zu, streckte die Hand aus, liess sie wieder fallen. Dann tänzelte sie um Meyer herum, bis sie an ihrer rechten Seite zu stehen kam, und griff nach ihrer Hand.

«Warum nahm er ihre ausgestreckte Hand beim ersten Mal nicht?», fragte Meyer.

Die Praktikantin dachte nach. «Vielleicht, weil er Handschuhe trug? Als er mit Katja davonging, hielt er sie an der Hand. Aber da trug er keine Handschuhe mehr.»

Meyer schrieb Leas Aussagen minutiös auf. Während die Praktikantin das Protokoll durchlas, erkundigte sich Meyer nach der Geschichte der Kindergärtnerin.

Fahrni reichte ihr seine Aufzeichnung. «Weichen sie voneinander ab?», fragte er.

Meyer schüttelte den Kopf, während sie las. «Sieht nicht so aus. Lea hat mehr gesehen.»

«Das war zu erwarten. Katja stieg ganz am Schluss aus. Die Kindergärtnerin ging an der Spitze der Kolonne.»

«Und sie hat den Mann wirklich nicht bemerkt?»

«Nein. Erst als sie kurz über die Schulter schaute. Da sah sie, wie er Katja an der Hand wegführte, aber die beiden waren schon auf der Treppe zur Unterführung. Auf jeden Fall ist ihr nicht aufgefallen, dass der Unbekannte gross war. Sonst hätte sie vielleicht Verdacht geschöpft. Juri kann man wirklich nicht als gross bezeichnen.»

«Sie kennt Juri?»

«Ja. Er war mehrere Male im Kindergarten. Aber auf der Treppe, von hinten, erst noch in Winterbekleidung, da hat sie natürlich nichts gemerkt.» Fahrni zupfte besorgt an seinem Ohr. «Das gefällt mir nicht. Das sieht gar nicht gut aus.»

Meyer teilte seine Meinung.

«Holger war 1997 in Kiew», erzählte Irina mit monotoner Stimme. «Ich habe für ihn gearbeitet.»

«Als?», fragte Cavalli sachlich.

«Dolmetscherin», antwortete Irina müde. Es war vier Uhr früh, ihr Hals fühlte sich vom vielen Reden rau an. «Darf ich ein Glas Wasser haben?»

Cavalli holte es ihr. «Und dann?»

«Dann führte das eine zum anderen: Ich habe mich in ihn verliebt, glaubte, er erwidere meine Gefühle. Bevor er zurückfuhr, schliefen wir zusammen. Am letzten Abend.»

«Katja ...», sagte Cavalli.

«Ja. Als ich ihm am Telefon von der Schwangerschaft erzählte, versprach er, sich von seiner Frau scheiden zu lassen. Ich war so naiv», lachte Irina abschätzig. Sie wischte eine Träne weg. «Ich habe nie wieder von ihm gehört.»

«Hast du versucht, seine Adresse ausfindig zu machen?»

«Nein.»

«Er sprach damals kein Ukrainisch?»

«Nein.»

«Und er hat nie versucht, zu euch Kontakt aufzunehmen?»

«Nein.»

«Keine unbekannten Anrufer? Du hast dich nie beobachtet gefühlt?»

«Nein.»

Cavalli nahm den Hörer in die Hand und wählte Gurtners Durchwahl. «Holger Eckermann, 1997 in Kiew. Arbeitet für die Deutsche Bank in Bonn. Sieh, was du über ihn herausfindest.» Er legte wieder auf.

Irina war aufgestanden und nahm ihren Mantel vom Bügel. «Ich muss gehen», sagte sie forsch. Sie versuchte, in den Ärmel zu schlüpfen, fand ihn aber nicht. Cavalli kam ihr zu Hilfe. «Wir sind noch nicht fertig.»

«Ich muss gehen!» Irina hatte es plötzlich eilig. Was, wenn Katja inzwischen nach Hause gekommen war? Die Wohnung stand leer! Vielleicht wartete sie vor verschlossener Tür. Irina schnappte ihre Tasche und rannte zum Treppenhaus. Cavalli riss seine Jacke vom Haken und spurtete ihr nach. Er folgte ihr mit etwas Abstand durch die leeren Strassen. Irina verlangsamte ihr Tempo nicht. Sie überquerte die Strasse, ohne nach links oder rechts zu sehen. Erst vor ihrer Haustür hielt sie schwer atmend an. Mit zittrigen Fingern suchte sie ihren Schlüssel, schaffte es erst nach einigen Versuchen, ihn ins Schloss zu stecken. Als die Tür endlich offen war, nahm sie zwei Stufen aufs Mal nach oben. Vor ihrer Wohnungstür blieb sie abrupt stehen und starrte auf die Fussmatte. Der Schlüssel baumelte verloren zwischen ihren Fingern.

Cavalli löste ihn vorsichtig aus Irinas Hand und schloss auf. Er folgte Irina, die zu Katjas Zimmer schlich. Leise ging sie zum Bett des Mädchens. Es war leer. Sie sank auf die Matratze, fassungslos, und lehnte ihre Stirn mit einem verzweifelten Schluchzer an die Wand.

Regina erwachte. Ihr Nacken schmerzte wegen der unbequemen Position, in der sie auf dem Sessel eingenickt war. Sie hörte, wie eine Tür aufging, und stand rasch auf. Sie hatte nicht gemerkt, dass ihr Bein eingeschlafen war, nun knickte es weg, als wäre es aus Gummi. Nicht schon wieder!, fluchte sie innerlich. Vor Jahren hatte sie sich so den Fuss gebrochen. Sie zog sich zum Sessel hoch und versuchte, mit kräftigem Reiben ihre Durchblutung anzuregen.

«Wo ist sie?», fragte Pilecki in der Tür.

Regina musterte seine gebückte Haltung. Er sah um Jahre gealtert aus. «Wir haben noch keine Neuigkeiten», erklärte sie sanft.

«Nicht Katja! Irina!»

Regina sah sich im Wohnzimmer um und versuchte sich daran zu erinnern, wann sie eingeschlafen war. Ihre Schläfen pochten schmerzhaft, und ihr war leicht übel. «Ich ... ich weiss es nicht. Hast du im Schlafzimmer nachgesehen?»

Pilecki strafte sie mit einem wütenden Blick und kehrte ihr den Rücken zu.

Regina stand vorsichtig auf und humpelte auf ihn zu. Sie schämte sich dafür, eingeschlafen zu sein, und nun konnte sie kaum gerade stehen.

«Darf ich die Toilette benützen?», fragte sie mit dem Gefühl, in dieser Situation nicht an so etwas Alltägliches denken zu dürfen.

Pilecki zeigte auf das Bad und verschwand in der Küche.

Als Regina zurückkam, konnte sie wieder klarer denken. Sie ging zu Pilecki, der die Wohnung auf der Suche nach einem Hinweis dafür, wohin Irina verschwunden war, auf den Kopf stellte.

Regina sah, wie er ihre Kleider aus dem Schrank riss. «Juri! Lass das!»

Er drehte sich mit einem Wollpullover in der Hand um. «Ich muss wissen, was sie anhat.»

«Immer noch ihre Gymnastikkleider», sagte Regina. Sie nahm ihm den Pullover aus der Hand und hängte ihn wieder in den Schrank. «Hör zu. Wir wissen nicht, was ... geschehen ist. Mit Katja.»

Pilecki fischte eine Zigarette aus seiner Brusttasche.

«Wir müssen die Wohnung ganz genau durchgehen. Du musst kontrollieren, ob irgendetwas anders ist. Ob dir etwas auffällt. Irina war gestern Nacht nicht in der Lage dazu.»

Pilecki lehnte gegen die Wand. «Ja», flüsterte er und rieb sich die Augen. «Aber zuerst muss ich Irina finden.»

«Das übernehme ich. Du bleibst hier und gehst die Wohnung durch, Schritt für Schritt. Wenn sie zurückkommt, ruf mich bitte an.»

Er nickte langsam, froh darüber, Anweisungen zu erhalten.

Regina überlegte, wohin sie an Irinas Stelle gehen würde. Vermutlich dorthin, wo man Katja zum letzten Mal gesehen hatte. Während sie auf den Einunddreissiger wartete, rief sie im Büro an, um sich abzumelden. Sutter versprach, ihre Termine zu verschieben. Er konnte sich den Hinweis, Landolt habe sie bereits gesucht, nicht verkneifen.

Ihr Chef würde sich gedulden müssen. Jetzt ging Irina vor, dachte Regina. Sie bahnte sich einen Weg durch die Pendler, die aus einem soeben eingefahrenen Zug strömten.

Regina fand Irina genau dort, wo Katja mit dem Unbekannten in die Unterführung verschwunden war. Sie stand reglos am Treppenabgang und starrte auf die Menschen, die hoch eilten.

Regina legte ihr die Hand auf die Schulter.

Irina drehte sich nicht um. Sie muss durchgefroren sein, dachte Regina, als sie die Gymnastikkleider sah, über die Irina ihren Mantel angezogen hatte. Behutsam führte sie die Frau zum nächsten Café, wo sie einen heissen Tee bestellte. Irina liess es geschehen. Während sie auf ihre Bestellung warteten, erkundigte sich Regina telefonisch bei Cavalli nach dem Stand der Suche.

«Nichts», fasste er zusammen. «Einfach nichts. Wir haben Katjas Vater gefunden und soeben die Rückmeldung aus Deutschland erhalten, dass er für die letzten vierundzwanzig Stunden ein Alibi hat. Wir haben das ‹Blue Girl› auf den Kopf gestellt, Irinas ehemalige Stammkunden befragt, sind daran, jeden bekannten Kinderschänder auf freiem Fuss ausfindig zu machen und nach Zeugen zu suchen. Keine Spur. Vierzig Polizisten arbeiten daran. Irinas Freundin Sweta, die für zwei

Wochen mit ihrem Sohn nach Russland gefahren ist, fliegt heute extra für eine Befragung zurück nach Zürich. Jetzt holen wir Lukasch.»

«Lukasch? Was hat er damit zu tun?», fragte Regina. Irinas Kopf schnellte hoch, als sie den Namen hörte.

Cavalli erzählte von Irinas Nachforschungen. «Vielleicht ist sie der Wahrheit näher gekommen, als jemandem lieb ist.»

Irina versuchte dem Gespräch zu folgen. Sie verstand nur Bruchteile davon. «Was ist mit Lukasch?», fragte sie, als Regina das Gespräch beendet hatte.

Gemäss der Praktikantin hatte der Fremde mit Katja Ukrainisch gesprochen, dachte Regina.

«Was ist mit Lukasch?», wiederholte Irina laut.

«Cavalli lässt ihn holen», sagte Regina rasch. «Er überlegt sich, ob Lukasch sich durch deine Nachforschungen bedroht fühlt.»

«Du willst sagen, dass es meine Schuld ist?»

«Natürlich nicht!»

«Wenn ich mich nicht eingemischt hätte, wäre Katja nichts zugestossen.»

«Nein! Um Himmelswillen, du kannst doch nichts dafür!»

Irina schob den Tee beiseite. «Ich weiss, wie du über mich denkst! Du glaubst, ich hätte keine Prinzipien, keinen Anstand! Ich genüge deinen hohen moralischen Ansprüchen nicht! Für dich müssen Menschen perfekt sein, sie dürfen keine Schwächen zeigen. Alles muss korrekt ablaufen, wie es sich gehört, wie es das Gesetz und die Gesellschaft vorsieht. Wehe, jemand tanzt aus der Reihe! Der wird bestraft, dafür sorgst du!» Im Café drehten sich die Köpfe unauffällig.

«Irina! Nicht so laut», flüsterte Regina.

«Ist es dir peinlich?», fuhr sie in der gleichen Lautstärke

fort. «So, wie ich dir peinlich bin? Weil ich kein braves Mädchen bin? Sieh dich an! Vor lauter Gesetzen, die du befolgst, weisst du gar nicht, was du willst. Oder du hast Angst, danach zu greifen. Du willst Katja gar nicht finden!» Irina stand auf. «Weil du der Meinung bist, ich hätte sie nicht verdient. Die braven Mädchen bekommen die schönen Sachen. Solche wie du, nicht wahr? Du verstehst nicht, warum ich das Schönste habe, was eine Frau haben kann: ein wunderbares Kind. Dazu einen Mann, der mich liebt, wirklich liebt, nicht bloss mit mir spielt. Du denkst, ich habe es verdient, dass man sie mir genommen hat! Weil dieses Glück dir zustehen müsste!»

Irina stapfte davon, ohne zurückzublicken. Die Köpfe der Gäste senkten sich rasch wieder, als wäre nichts vorgefallen. Die Espressomaschine zischte emsig. Regina legte ihre Stirn auf ihre gefalteten Hände. Ihre Finger fühlten sich eisig an. Alles fühlte sich eisig an. Nur die Tränen, die über ihr Gesicht liefen, waren warm.

Mullis führte Viktor Lukasch zum Kripo-Gebäude. Der Ukrainer war wütend darüber, schon wieder befragt zu werden. Sein Zorn zeigte sich in seiner kampfbereiten Haltung. Er hatte sein Kinn vorgeschoben und starrte Mullis mit kalten Augen an.

Der Polizist war froh, als sie beim KV ankamen. Er führte Lukasch den Flur hinunter zu Cavallis Büro und klopfte. Die Tür ging auf, und Pilecki trat heraus, den Arm um eine Frau gelegt, deren Schönheit Mullis die Sprache verschlug. Das musste die Prostituierte sein, die der Kollege geheiratet hatte. Er senkte rasch den Blick.

Lukasch sah nicht weg. Ein Glitzern trat in seine kalten Augen, als er merkte, dass Pilecki ihn beobachtete. Langsam liess er seinen Blick über Irina gleiten und kratzte sich im Schritt. Pilecki zog Irina näher zu sich und signalisierte mit jeder Faser seines Körpers, dass sie nicht zu haben war. Lukasch positionierte sich so, dass Irina nicht an ihm vorbeikommen konnte, ohne ihn zu berühren. Blitzschnell wechselte Pilecki die Seite und trat mit seinem Absatz auf Lukaschs Fuss, als er sich an ihm vorbeizwängte. Irina, tief in Gedanken versunken, bemerkte den Revierkampf der Männer nicht.

Cavalli entging das Spiel nicht. «Setzen Sie sich!», wies er den Ukrainer ungehalten an.

Lukasch kam seinem Wunsch mit einem Lächeln nach. Seine Körpersprache war so aussagekräftig, dass Cavalli Mullis darum bat, das Protokoll zu schreiben, damit er seinen Blick nicht von Lukasch lösen musste.

«Wo waren Sie gestern Nachmittag?», fragte Cavalli.

Lukasch gähnte provokativ. «Das geht Sie nichts an.»

«Ich habe Zeit», sagte Cavalli und faltete seine Hände hinter dem Nacken. «Viel Zeit.»

Fünf Stunden später konnte Mullis keinen Satz mehr schreiben, ohne sich zu vertippen.

«Hol uns zwei Sandwichs», unterbrach Cavalli die Befragung.

Dankbar verliess der Polizist das Büro, und Cavalli setzte sich an seinen Platz vor dem Bildschirm.

«Gehen wir den gestrigen Tag noch einmal durch. Vielleicht fällt Ihnen bald ein, wo Sie zwischen zwei und fünf waren.»

Lukasch wischte sich den Schweiss von der Oberlippe. «Öffnen Sie mal die Fenster, verdammt!»

«Geht nicht», sagte Cavalli gleichgültig. «Sicherheitsmassnahmen.»

«Ich habe gearbeitet», gestand Lukasch endlich. «Mehr kann ich dazu nicht sagen. Das Arbeitsverhältnis ist vertraulich.»

«Verstehe», sagte Cavalli ironisch.

Mullis kehrte mit zwei grossen Baguettes zurück und gab sie Cavalli, der sie ausser Reichweite von Lukasch auf den Tisch legte.

Lukaschs Augen wanderten zu den Sandwichs. Die Salami verströmte einen fettigen, pikanten Duft. Sein Magen meldete sich laut.

Cavalli ignorierte das Knurren.

«Kann jemand bezeugen, dass Sie ‹gearbeitet› haben?»

«Natürlich», sagte Lukasch. Er zwang sich, den Blick von den Baguettes zu lösen. «Aber er wird es kaum tun.»

Cavalli kniff die Augen zusammen und fragte sich, wie lange es dauern würde, bis Lukasch ihn um ein Sandwich bat. «Dann erzählen Sie doch, warum Sie Lynn Fasolin erschossen haben.»

Fahrni bedankte sich bei Sweta und brachte sie zur Tür. Er wollte Cavalli über das Gespräch Bericht erstatten, doch er war immer noch besetzt.

«Wie lange dauert die Befragung noch?», fragte er Gurtner.

«Bin ich Hellseher?»

«Befragt er immer noch Lukasch?»

Gurtner gab einen Laut von sich, den Fahrni als Ja deutete.

«Neuigkeiten?», bohrte Fahrni weiter.

«Nein.»

«Willst du wissen, was Sweta gesagt hat?»

Gurtner schlug mit der Faust auf den Tisch. «Versuchst du, es besonders spannend zu machen?»

«Entschuldige», sagte Fahrni erschrocken. «Sie hat gemeint, Katja habe ihr gegenüber mehrmals einen Ukrainer erwähnt. Einen Mann, der ihr etwas geschenkt habe.»

Gurtner sprang auf. «Einen Mann? Wann? Hat sie ihn gesehen?»

«Nein! Das hätte ich doch gleich gesagt. Sie weiss auch nicht, was er Katja geschenkt haben soll. Aber …»

«Wann war das?»

«Vor einigen Tagen, als Katja bei ihr übernachtet hat. Sie habe von einem ‹Prinzen› gesprochen, der sich in einen Frosch verwandelt und …»

«Ist sie noch da?»

«Wer?»

«Diese Sweta!»

«Nein, sie ist gegangen, aber sie bleibt noch eine Nacht hier, falls wir weitere Fragen haben. Ich dachte, der Häuptling würde sie persönlich sprechen wollen. Soll ich ihn unterbrechen?», fragte Fahrni unsicher. Er sah auf die Uhr. Es war fast sechs, lange konnte die Befragung nicht mehr dauern.

«Allerdings!» Gurtner stand auf und polterte an Cavallis Tür.

Auf ein verärgertes Herein öffnete er die Tür einen Spalt. Stickige Luft und der Geruch von fettigem Fleisch schlugen ihm entgegen. Cavalli hatte die Füsse auf den Schreibtisch gelegt und kaute. Ein zweites Sandwich lag unangetastet neben ihm. Lukasch sass mit rotem Kopf und verschränkten Armen auf seinem Stuhl. Sein Gesicht glänzte feucht, seine Augen starrten auf einen Punkt zu seinen Füssen. Gurtner fragte sich, ob er krank oder müde war.

«Fahrni hat wichtige Neuigkeiten.»

Cavalli nahm seine Füsse vom Schreibtisch und streckte sich. «Ich bin gleich zurück. Pass inzwischen hier auf.»

Kaum hatte er die Tür hinter sich geschlossen, sagte Lukasch zu Gurtner: «Toilette!»

Gurtner nickte, ging aber zuerst ans Fenster und öffnete es weit. Er hörte, wie Lukasch hinter ihm leise fluchte.

Als Cavalli erfuhr, was Fahrni zu berichten hatte, beschloss er, eine kurze Sitzung einzuberufen.

«Kannst du um acht hier sein?», fragte er Regina.

«Heute Abend?» Sie hatte es kaum geschafft, vor Gericht ihr Plädoyer einigermassen verständlich vorzutragen. Ihre Kopfschmerzen waren in eine Migräne übergegangen, gegen die keine Schmerzmittel halfen.

«Ja.»

«In Ordnung», antwortete sie pflichtbewusst. Irinas Worte schossen ihr erneut durch den Kopf, und sie fragte sich bitter, wie sie reagieren würde, wenn sie jetzt ihr eigenes Wohlbefinden statt ihrer Pflicht in den Vordergrund stellen würde. Sofort schämte sie sich für den Gedanken. Wenn sie in Irinas Lage wäre, hätte sie genauso alle Stacheln ausgefahren.

«Cava», sagte sie rasch, als er auflegen wollte. «Habt ihr die Inventarlisten schon angeschaut?»

«Inventarlisten?»

«Der gestohlenen Sachen», sagte Regina. «Die Einbrüche bei den Leuten, die am Stand etwas gekauft haben.«

«Ach so, vom ‹Rossija›. Nein, das hat im Moment nicht Priorität.»

«Faxt du mir eine Kopie?»

«Jetzt?»

«Ja.» Sie hörte ihm an, dass er nicht erfreut war.

Kurz darauf begann das Faxgerät zu summen. Als alle Seiten durch waren, ging Regina mit dem Stapel zu Sutter.

«Hast du es heute eilig?», fragte sie.

«Es ist sechs Uhr. Ich bin seit fast neun Stunden hier.»

Und ich war die ganze Nacht auf, dachte Regina verärgert. Sie wandte sich vom Polizisten ab und suchte Hanisch auf. Sie hatte bereits ihren Computer heruntergefahren, doch als Regina sie bat, die Listen mit ihr durchzugehen, willigte sie ein.

Regina las die erste Liste laut vor, und Hanisch verglich die Gegenstände mit denen auf ihren Unterlagen. Schon nach wenigen Minuten wurden sie fündig.

«Matrioschkas!» Regina zog die nächste Liste hervor und reichte sie Hanisch. Bei allen drei Einbrüchen fehlte eine Matrioschka. «Ich fass es nicht!»

Auch Hanisch weitete die Augen erstaunt. «So wertvoll können sie doch nicht sein!»

Regina starrte auf die Listen. Sie dachte an Ingold und Fasolin. An Selami und Simonovic. Und dann sah sie es. Sie bestellte Sutter zurück ins Büro.

13

Pilecki gab sich keine Mühe, leise zu sein. Er wusste, dass Irina nicht schlief. Sie würde keine Ruhe finden, bis sie Katja wieder in den Armen hielt. Er fand sie im Kinderzimmer, zusammengekauert auf Katjas Bett.

Er hatte nicht an der Sitzung teilnehmen wollen. Es zog ihn zu Irina, auch wenn er ihr kein Trost war. Doch sie hatte insistiert, damit er möglichst rasch an Informationen kam. Die grösste Hilfe, die er leisten konnte, war, am Fall weiterzuarbeiten. Er erzählte ihr vom Prinzen.

Sie hörte ihm schweigend zu, während Tränen über ihr Gesicht liefen. Als er fertig war, holte sie ein Kinderbuch aus dem Regal.

«Die Geschichte eines Prinzen, der sich in einen Frosch verwandelt.» Sie zeigte ihm das Buch. «Aber von einem ‹echten› Prinzen hat sie nie etwas erzählt.» Irina strich über das Kopfkissen. Am Rand spürte sie etwas Hartes und zog eine Barbiepuppe hervor, die unter dem Kissen lag.

Als Pilecki die Puppe sah, liefen seine Augen auch über.

Er hatte sie Katja letzten Sommer geschenkt, als sie ans Schwarze Meer gefahren waren. Er sah ihre leuchtenden Augen vor sich, als wäre es gestern gewesen. Auch Irinas zusammengekniffenen Mund, obwohl sie sich Mühe gegeben hatte, ihr Missfallen zu verstecken.

«Sie liebt sie», sagte Irina schlicht. «Sie glaubt an Prinzessinnen. Und an Prinzen.»

«Kein Wunder», sagte Pilecki. «Mit einer Königin als Mutter.» Er strich sanft über Irinas Wange, unsicher, ob sie die Nähe ertrug.

Irina rutschte zu ihm und legte ihren Kopf auf sein Bein. «Weisst du noch, wie ihr ein Sandschloss für die Barbie gebaut habt?»

«Mit Pferdestall», sagte Pilecki leise.

«Und Hundehütte», sagte Irina schläfrig.

«Und einem Zuckerwattenstand vor dem Eingang.» Pilecki lächelte vor sich hin. Das war Katjas Idee gewesen. «Ein Schloss ist kein Schloss ohne Zuckerwatte!», hatte sie behauptet. Wie war sie auf diese Idee gekommen?, fragte er sich. Ihre Gedankengänge waren für ihn kaum nachvollziehbar, und trotzdem - was war ein Schloss schon ohne Zuckerwattenstand?

Irinas Rücken hob und senkte sich regelmässig. Pilecki sah, dass sie eingenickt war. Lange würde sie nicht schlafen, doch jede Minute würde ihr gut tun. Er versuchte, sich an die Wand zu lehnen, aber sie war zu weit hinter ihm. Seine Gedanken kehrten zur Sitzung zurück.

Alle Polizisten hatten teilgenommen, nur Regina hatte kurzfristig abgesagt, um Tatjana Popova holen zu lassen. Sie hatte nicht erklärt, warum die Einvernahme so dringend war, und Pilecki hatte nicht gefragt. Im Grunde genommen war es ihm egal. Im Vergleich zur Vorstellung, was mit Katja geschehen sein könnte, erschien alles andere unwichtig. Sie war bereits 31 Stunden verschwunden. Sweta hatte nicht weiterhelfen können, genauso wenig wie Katjas leiblicher Vater, der sich erstaunlich hilfsbereit zeigte.

Pilecki betrachtete Irinas Kopf und erkannte, dass Katjas Ohren gleich geformt waren. Er hatte irgendwo gelesen, dass Ohren nur in den ersten Lebensjahren wuchsen. Er ertrug den Gedanken, dass Katjas Ohren vielleicht schon ausgewachsen waren, nicht. Bilder von früheren Fällen tauchten auf: verstümmelte Körperteile, fehlende Glieder, reglose Körper. Er presste seine Hände auf seine Augen, versuchte, an etwas anderes zu denken. Als sein Handy klingelte, war er froh um den schrillen Ton, der die Vorstellungen vertrieb.

Irina schreckte auf, und die Hoffnung, die Pilecki in ihren Augen sah, entfachte eine Wut auf den unbekannten Anrufer, der sie geweckt hatte.

«Was?», bellte er ins Telefon.

«Juri?» Es war Regina. «Kannst du reden?»

«Was ist?»

Regina zögerte, fuhr aber fort. «Erinnerst du dich daran, dass Irina behauptet hat, es sei jemand in eurer Wohnung gewesen? Vor einigen Wochen?»

«Ja ... das ... ist wahr. Ich hatte es vergessen.»

«Fehlte etwas?»

Pilecki fragte Irina. «Nein», leitete er weiter. «Aber man hat nach etwas gesucht, behauptet sie. Ist ... weisst du etwas? Ich nahm es nicht so ernst. Vielleicht ... meinst du, es hat mit Katjenka zu tun? Hätte ich es ... verhindern können?» Er klang elend.

«Nein», sagte Regina bestimmt. «Du hättest gar nichts verhindern können. Gewisse Ereignisse sind immer erst im Nachhinein wichtig.»

«Danke», flüsterte Pilecki.

Regina legte auf und leitete die Informationen an Hanisch weiter.

Hanisch stand auf. «Ich muss ins Bett. Sonst tauge ich morgen zu gar nichts mehr. Ich rate dir, ebenfalls Schluss zu machen. Du siehst furchtbar aus.»

«Danke», murmelte Regina sarkastisch, als Hanisch gegangen war. Ein Angebot, sie ein Stück mitzunehmen, wäre freundlicher gewesen. Sie hätte mit Sutter fahren sollen, als er Popova nach Hause gebracht hatte.

Regina wählte Cavallis Nummer, sicher, dass er noch im Büro war. Sie täuschte sich nicht. «Bleibst du eine weitere Nacht im Büro oder kommst du nach Hause?»

«Nach Hause klingt gut», sagte er mit gedämpfter Stimme. «Soll ich dich abholen?»

«Gern.» Die Erleichterung darüber, nicht den Bus nehmen zu müssen, war Regina anzuhören. Als sie zwanzig Minuten später in seinen Wagen stieg, hätte sie sofort einschlafen können.

«Bist du krank?», fragte Cavalli. Er legte seine Hand auf ihre Stirn.

«Migräne.»

«Magst du erzählen?», fragte er vorsichtig.

Sie versuchte zu nicken, doch von der Bewegung wurde ihr wieder übel. «Popova verheimlicht etwas, da sind wir uns einig, aber …»

«Wir?», fragte Cavalli.

«Hanisch war bei der Einvernahme dabei», sagte Regina. «Wohin fährst du?»

«Über Schwamendingen. Die Strecke hat weniger Kurven.»

«Danke. Wie gesagt, sie weiss mehr, als sie sagt, aber wir wissen nicht, ob es mit Katja zu tun hat.»

«Wie, mit Katja? Bist du der Meinung, ihr Verschwinden

hat tatsächlich mit unseren Fällen zu tun? Mit Irinas Nachforschungen?»

«Nein, mit der Matrioschka, die wir ihr geschenkt haben.»

Ihre Worte trafen Cavalli wie ein Blitz. Er trat auf die Bremse und fuhr aufs Trottoir, wo er anhielt. «Die Matrioschka!»

Regina klammerte sich an den Türgriff. Dann fummelte sie am Gurt, während sich ihr Magen zusammenzog. Cavalli reagierte sofort und öffnete über ihre Beine hinweg die Beifahrertür. Er sprang aus dem Wagen und half Regina beim Aussteigen. Sie übergab sich, bevor sie das zweite Bein aufs Trottoir gestellt hatte.

Er reichte ihr ein Taschentuch. «Erzähl! Was hast du über diese Matrioschkas herausgefunden?»

«Cava, bitte! Kann das nicht warten, bis wir zu Hause sind?»

Er kämpfte mit sich. Schliesslich half er Regina wortlos auf und reichte ihr ein weiteres Taschentuch. Sie fuhren schweigend nach Gockhausen, jeder in seine eigenen Gedanken vertieft. Die Strassen waren um diese Zeit leer, trotzdem standen die meisten Ampeln auf Rot. Cavalli ignorierte sie und fuhr im gleichen Tempo weiter.

Als sie in Gockhausen ankamen, legte sich Regina sofort ins Bett. Cavalli setzte Teewasser auf. «Dein Telefonbeantworter blinkt. Soll ich ihn abhören?», fragte er von der Küche aus.

«Ja.» Regina hörte die Stimme ihrer Mutter, als Cavalli die Wiedergabetaste drückte, verstand aber nichts.

«Sie will wissen, warum du dich nicht meldest, und ob du daran gedacht hast, dass deine Grossmutter übermorgen Geburtstag hat, und ob du am Sonntag zum Mittagessen kommst», fasste Cavalli zusammen. Als Regina stöhnte, schlug er vor, Marlene zurückzurufen.

«Es ist mitten in der Nacht!», sagte Regina.

«Ich weiss», lächelte Cavalli. Er stellte den Tee neben Reginas Bett und legte sich neben sie. «Erzähl.»

Die Dunkelheit wirkte entspannend. Regina spürte, wie ihre Kopfschmerzen langsam nachliessen, so dass ihre Gedanken wieder Platz fanden. «Wir haben die Liste der gestohlenen Gegenstände verglichen», begann sie. «Bei allen drei Einbrüchen wurden Matrioschkas gestohlen.» Sie rapportierte, wie sie daraufhin Popova herbestellt hatte. «Die Verkäuferin vom ‹Rossija› habe ich nicht erreichen können. Du musst sie morgen früh sofort befragen. Wir müssen mehr über diese Matrioschkas erfahren.»

«Ich weiss, was ich zu tun habe!», sagte Cavalli. Es kratzte an seinem Stolz, dass er den Zusammenhang nicht erkannt hatte.

«Fang jetzt nicht an, den gekränkten Macho zu spielen!»

Wider Erwarten lachte Cavalli über sich selbst. Er drehte sich auf die Seite. «Du kannst von Glück reden, dass du eine Migräne hast, sonst ...» Er sprach die Drohung nicht aus.

«Ich bin noch nicht fertig», sagte Regina mit geschlossenen Augen.

«Ich höre.»

«Marko», fuhr sie fort, «Simonovic, ich glaube, er hat unseren Mann gesehen.» Als Cavalli nicht reagierte, drehte sie vorsichtig den Kopf. «Hast du mich ver...»

«Natürlich! Ich bin vielleicht blind, aber nicht taub!»

«Der Plastiksack», begannen sie gleichzeitig.

«Genau», sagte Regina. «Der Plastiksack, der mir entrissen wurde. Da war die Matrioschka drin. Simonovic hat dem Unbekannten einen Strich durch die Rechnung gemacht. Und er ist ihm nachgerannt. Vermutlich hat er ihn gesehen.»

«Und deshalb war er eine Gefahr», folgerte Cavalli leise.

«Die Frage bleibt aber: Warum hat er ihn nicht einfach erschossen?»

«Weil er nicht wusste, wer ihn sonst noch gesehen hatte», sagte Regina, die sich die gleiche Frage gestellt hatte. «Wenn Simonovics Tod nach einem Unfall aussah, würde man keine Zeugen für den Vorfall am Bahnhof suchen.»

«Ich nehme an, du weisst auch, warum diese Matrioschkas so wertvoll sind, dass jemand für sie tötet?»

«Ich habe eine Vermutung.» Sie überliess die Schlussfolgerung Cavalli.

«Heroin», sagte er. Das Wort füllte das dunkle Schlafzimmer aus.

«Weisst du noch, wie schwer die Matrioschka war?», fragte Regina. «Ich schätze, da sind zwei- bis dreihundert Gramm drin.»

Cavalli liess seine Finger gedankenverloren über ihren Arm gleiten. Wenn er die Morde aus diesem Blickwinkel betrachtete, nahmen alle Ereignisse eine neue Bedeutung an. Bevor er sich eine Meinung dazu bildete, wollte er jedoch alle Daten von Beginn an einzeln überprüfen. Die nächstliegende Schlussfolgerung war nicht unbedingt die richtige. Das Schlimmste, was passieren konnte, war, sich von Logik so blenden zu lassen, dass man unwahrscheinliche, aber richtige Zusammenhänge übersah und in eine falsche Richtung ermittelte. Er spürte Reginas Blick auf sich.

Sie sah ihm an, dass er keinen Schlaf finden würde. «Fahr zu Pilecki. Such Katjas Matrioschka.»

«Es ist fast zwei Uhr früh!»

«Ein echter Indianer kennt keine Müdigkeit», foppte Regina. «Los, geh schon.»

Bevor Cavalli zurück in die Stadt fuhr, schaute er zu Hause vorbei. Katjas Verschwinden hatte ihm vor Augen geführt, dass auch Chris jederzeit etwas zustossen könnte. Nicht, dass er Angst um den Jungen hatte, aber heute Nacht musste er mit eigenen Augen sehen, dass alles in Ordnung war.

Er schloss leise auf und schlich zum Schlafzimmer. Im Wohnzimmer stolperte er über ein Paar Turnschuhe, die unter einem Pullover verborgen waren. Die Luft war abgestanden, der Geruch von verdorbenen Orangen stieg ihm in die Nase. Cavalli beschloss, am Wochenende zusammen mit Christopher gründlich zu putzen.

Die Tür zum Schlafzimmer stand offen. Cavalli stieg über einen Stapel CDs und setzte sich auf den Bettrand. Sein Sohn schlief tief. Er hatte seine langen Haare zusammengebunden, so dass sein Gesicht deutlich zu erkennen war. Meist versteckte er es hinter seinem schwarzen Vorhang. Cavalli hatte seine Gesichtszüge in letzter Zeit selten richtig gesehen. Er wirkte älter, stellte er fest. Sein Kinn, noch vor einem Jahr glatt, war rau, seine Augenbrauen dichter. Er hatte volle, sinnliche Lippen, die er nun im Schlaf befeuchtete. Cavalli betrachtete ihn mit den Augen eines Fremden und stellte fest, dass er verdammt gut aussah. Wann war aus dem linkischen Jungen ein attraktiver Jugendlicher geworden? Noch vor Kurzem, als sie zusammen den Roller gekauft hatten, war er ihm viel jünger erschienen. Offensichtlich trieb er auch Sport, anders konnte Cavalli sich nicht erklären, dass er kräftiger wirkte. Er war immer noch schmal, aber drahtiger. Er würde vermutlich nie Cavallis Breite erreichen, dafür war er jetzt schon vier Zentimeter grösser. Cavalli dachte an seinen eigenen Vater, der fast 190 cm mass und ihn an einen Windhund erinnerte. Seine Mutter hingegen war klein, fast stämmig. Von ihr kamen die indianischen Gesichtszüge und der dunkle Teint.

Cavalli drückte Christopher spontan einen Kuss auf die Stirn. Dabei sah er etwas um seinen Hals aufblitzen. Sorgfältig zog er eine Kette hervor, an der ein Anhänger befestigt war: der siebeneckige Stern der Cherokee-Indianer. Auf der Vorderseite war der Stern in sieben Felder unterteilt, jedes mit dem Symbol eines Klans versehen. Auf der Rückseite war ein Vogel eingraviert, das Zeichen für den Vogel-Klan, dem seine Familie angehörte. Jeder Klan hatte früher eine bestimmte Aufgabe wahrgenommen. Die Mitglieder des Vogel-Klans waren Kundschafter gewesen. Wohin wird es dich ziehen?, fragte er Chris in Gedanken. Dann dachte er an Katja, die unfreiwillig weg war, und machte sich wieder auf den Weg.

Pilecki öffnete auf Cavallis Klopfen hin sofort. Cavalli erschrak, als er seinen Kollegen sah. Die Sorgen hatten tiefe Falten in sein Gesicht gegraben, seine Augen wirkten vor Müdigkeit matt und unfokussiert. Pilecki liess ihn wortlos herein und führte ihn in die Küche, wo Irina am offenen Fenster stand.

Sie drehte sich um, erkannte Cavalli, und richtete ihren Blick wieder aus dem Fenster. «Was willst du noch wissen?»

Cavalli erzählte von Reginas Vermutungen. Als er sah, wie Hoffnung in Irinas Gesicht kam, fügte er rasch hinzu: «Auch wenn sie Recht hat, wissen wir immer noch nicht, wer dahinter steckt.»

Irina klammerte sich an ihre Hoffnung. «Aber wir wissen, wonach wir suchen.»

Cavallis Blick traf Pileckis, und er sah, dass Pilecki die Information richtig einordnete. Wer ein Kind aus reiner Geldgier entführt, schreckt vor nichts zurück. Er sprach die Worte nicht aus. Stattdessen fragte er nach der Matrioschka.

«Sie … hat nicht mehr alle Teile», sagte Irina. «Die Kleinste ist verschwunden.» Sie schwieg nachdenklich. «Er will wissen, wo sie ist», sagte sie langsam und setzte sich. «Dazu braucht er Katja. Aber sie weiss es nicht! Wir haben überall gesucht! Was passiert, wenn er merkt, dass sie nichts weiss?» Irina sprang auf und stellte sich vor Cavalli. «Was passiert dann? Sag es mir!» Sie packte ihn an den Oberarmen.

Cavalli spürte, wie sich ihre Nägel in seine Arme bohrten. «Irina, es bringt nichts, wenn wir uns darüber den Kopf zerbrechen. Wir müssen uns darauf konzentrieren, sie zu finden.»

«Nicht den Kopf darüber zerbrechen?», schrie sie.

Pilecki versuchte, sie von Cavalli zu lösen.

Sie krallte sich fest. «Ich bin kein Eisklotz wie du oder deine Eisprinzessin. Ich kann meine Gefühle nicht per Knopfdruck steuern, sondern …»

«Irina!» Cavalli riss sich los. «Wir tun alles, was wir können! Auch Regina hat seit vorgestern kein Auge zugetan. Katjas Schicksal lässt sie nicht kalt! Es wäre nützlicher, wenn du mit uns arbeiten würdest, statt gegen uns.»

Pilecki legte seine Arme um Irina, bevor sie Cavalli weiter angriff. «Lass uns überlegen, was Katja mit der Matrioschka gemacht hat.»

Irina schüttelte ihn ab und ging ins Kinderzimmer, wo sie alles zu durchsuchen begann.

Pilecki setzte sich schwerfällig an den Küchentisch. «Es tut mir leid.»

Cavalli winkte ab. «Hör auf.» Er setzte sich ebenfalls. «Was hältst du von Reginas Theorie?»

«Sie ist plausibel. Was ich jedoch nicht verstehe, ist, warum Russen – oder Ukrainer - plötzlich auf den Schweizer Markt drängen. Russen oder Ukrainer?», stutzte er.

«Bledar hat Russen erwähnt, Katjas … Entführer … sprach ukrainisch», sagte Cavalli.

Pilecki starrte auf die Tischplatte. «Lukasch?», fragte er leise. Er schreckte auf, als ein lautes Klappern ertönte.

Irina stand in der Tür, die Arme voller Matrioschkateile. Das grösste Oberteil war heruntergefallen und lag mit einem breiten Lachen zu ihren Füssen. Sie liess alle auf den Küchentisch fallen. «Lukasch?»

Cavalli hob die Hand. «Wir haben keine Beweise. Nichts verbindet ihn mit Katja.» Er sah die Matrioschkateile an. Die kleinste fehlte. «Hast du einen Plastiksack? Ich nehme sie ins Labor mit.»

Pilecki holte aus einem Schrank einen Sack und packte die Teile ein. «Koch fängt früh an, oder?»

«Es ist erst fünf. Lass uns bis sechs noch einmal alles durchgehen.»

Regina fühlte sich zwar nicht ausgeschlafen, doch ihre Kopfschmerzen hatten nachgelassen. Mit neuer Energie machte sie sich auf den Weg zur STA II, wo sie sich mit einem Kollegen verabredet hatte, der auf Betäubungsmitteldelikte spezialisiert war.

«Regina!» Adriano Merian drückte ihr drei Küsse auf die Wangen. «Behandelt dich Landolt anständig?»

«Er scheint mir fair», wich Regina aus. Merian und Landolt spielten zusammen Tennis und trafen sich regelmässig nach Arbeitsschluss zu einem Glas Wein.

«Das klingt aber zweideutig», sagte Merian.

«Ich kann noch viel von ihm lernen», lächelte sie. «Wenn du mehr wissen willst, wirst du ihn selbst fragen müssen. Ich wollte dich sprechen, weil ich einige Fragen zum Drogenmarkt habe.»

Merian seufzte. «Immer gleich an die Arbeit. Na dann komm, setz dich. Was musst du wissen?»

Regina erzählte von ihren Vermutungen.

Merian stiess einen leisen Pfiff aus. «Wenn nur die Hälfte stimmt, bist du etwas Grossem auf der Spur! Ich hoffe, du vergisst nicht, nachts die Tür abzuschliessen.»

Regina lehnte sich vor. «Könnte es deiner Meinung nach so geschehen sein?»

«Warum nicht? Nur, weil wir bis jetzt von mafiosen Gruppen verschont geblieben sind, muss es nicht so bleiben. Irgendwann ist immer das erste Mal. Ja, ich denke, das kann durchaus sein. Allerdings ist mir nie zu Ohren gekommen, dass die Russen ihr Absatzgebiet ausweiten wollen. Sie haben einen riesigen Markt im eigenen Garten.»

«Heroin?», fragte Regina.

Merian erzählte, dass man in Russland die Anzahl Drogensüchtige auf drei bis vier Millionen schätzte. «Ein Drittel davon nimmt Heroin. Sie sind natürlich an der Quelle.»

«Afghanistan?»

«Klar. 80 bis 90 Prozent des weltweit produzierten Opiums wird immer noch in Afghanistan angebaut. Dieses Jahr betrug die Ernte schätzungsweise 4000 Tonnen. Die Südgrenze Russlands ist enorm lang und schwierig zu sichern. Es ist ein Kinderspiel, Heroin über Dagestan und Aserbaidschan nach Russland zu schmuggeln. Oder über Wolgograd, Astrachan, es gibt unzählige Routen. Täglich kommen so bis zu zehn Kilogramm nach Russland.»

«Die afghanische Regierung hat doch dem Mohnanbau den Kampf angesagt. Ist es beim Vorsatz geblieben?»

Merian lachte. «Der Mohn wird unter dem Dach von Warlords, das sind die früheren Mudschaheddin, angebaut. Sie verdienen an jedem Feld mindestens zehn Prozent und werden von niemandem kontrolliert. Unter dem Taliban-Regime war es vorübergehend besser. Die Taliban gingen hart gegen die Drogenproduzenten vor, weil Afghanistan seine internationale Isolierung überwinden wollte. 2001 wurden die Anbauflächen tatsächlich auf 7000 Hektar reduziert. Aber nach dem Machtwechsel im selben Jahr wurde alles wieder wie früher. Letztes Jahr wurde auf gut 130000 Hektaren Schlafmohn angebaut. Du siehst, an Nachschub fehlt es nicht.»

Regina machte sich Notizen. «Und von Russland aus kommt das Heroin nach Europa?»

«Selten. Früher war die Route über Pakistan und Iran in die Türkei der Hauptweg nach Westen. Die Iraner haben aber die Grenzen dicht gemacht. Heute ist die nördliche Route über Tadschikistan, Usbekistan und Turkmenistan üblich. Dann geht es aber wieder nach Süden über den Kaukasus in die Türkei, durch den Balkan und zu uns. Manchmal auch durch die Ukraine und via Osteuropa nach Deutschland. Wenn dich die Ostroute interessiert, kann ich für dich bei den Kollegen in Deutschland nachfragen. Vor gut einem Jahr – oder liegt es schon länger zurück? – hat die Osnabrücker Staatsanwaltschaft einen russischen Drogenring gesprengt …» Merian schloss kurz die Augen. «Ja, es war in Osnabrück. Dein Freund hat doch gute Beziehungen zum BKA. Er kommt bestimmt schnell an die Informationen. Ich würde an deiner Stelle in diese Richtung weiterermitteln. Die Südroute ist fest in den Händen der Türken und der Albaner.»

«Selami», sagte Regina.

«Unter anderem. Die Albaner sind in kleinen Gruppen organisiert, ganz anders als die Russen. Warst du schon bei der Bundesanwaltschaft?»

«Steht alles noch auf meinem Programm. Die BKP hat ein Dossier über Selami.»

«Ich weiss», nickte Merian. «Wir müssen stärker zusammenarbeiten. Manchmal liegen Informationsquellen direkt vor unserer Nase, und wir suchen im Ausland, weil wir meinen, die Schweiz hörte an der Zürcher Kantonsgrenze auf. Auch die Stadt hat übrigens gute Leute. Sie wissen, was auf der Strasse läuft. Ich gebe dir die Telefonnummer von Stocker.» Er setzte sich an seinen Computer.

«Die habe ich schon, danke. Er war vor Ort, als Selami erschossen wurde.»

«Er soll dich einmal in sein Drogenlager mitnehmen», riet Merian. «Er kann dir Geschichten erzählen, da stehen dir die Haare zu Berge!»

Regina bedankte sich für die Auskünfte. «Wie geht es deiner Frau?», fragte sie zum Abschied.

«Besser, seit wir getrennt sind», antwortete er mit einem Augenzwinkern.

«Entschuldige ... das wusste ich nicht.» Regina packte ihre Sachen zusammen.

«Ich hatte mich schon gefragt, warum du dich nicht gemeldet hast, jetzt wo bekannt ist, dass ich wieder zu haben bin.» Er wartete auf ein verlegenes Händeschütteln, doch Regina enttäuschte ihn.

Sie musterte ihn mit gespieltem Interesse. «Das hätte ich mir direkt überlegen müssen ... wenn du nicht mit meinem Chef befreundet wärst. Schade», zuckte sie die Achseln und freute sich über das Erstaunen auf seinem Gesicht. Es war ein gutes Gefühl, die Zügel in der Hand zu haben.

«Ja, ich erinnere mich vage», sagte Cavalli. «Das war aber im Sommer 2003. Ich werde mich erkundigen.»

«Gut», sagte Regina. «Ich nehme an, ihr habt keine Neuigkeiten?»

«Nein.» Cavalli klang bedrückt. «Niemand hat zum fraglichen Zeitpunkt etwas gesehen. Sie ist wie vom Erdboden verschluckt.»

Beide dachten dasselbe, obwohl niemand wagte, die Worte auszusprechen. Regina versprach, sich später wieder zu melden.

Es klopfte, und Landolt trat herein. «Stör ich?»

«Nein, bitte.» Regina deutete auf einen Stuhl.

Landolt bemerkte, wie sie verstohlen auf die Uhr schaute. «Ich machs kurz. Erstens wollte ich dich von der Sitzung heute dispensieren, wenn du das möchtest, und zweitens wollte ich dich fragen, ob du Unterstützung brauchst.»

Regina atmete aus. «Ich wäre froh, nicht an die Sitzung zu müssen.»

Landolt nickte. «Das habe ich mir gedacht. Gibt es noch keine Spuren zum Verbleib des Kindes?»

«Nein. Heute Morgen ist ihr Foto in den Medien veröffentlicht worden. Vielleicht erkennt sie jemand.»

«Wie laufen die polizeilichen Befragungen?»

«Auf Hochtouren. Die Polizei arbeitet rund um die Uhr, leuchtet jeden Winkel aus. An Ideen fehlt es nicht, bis jetzt hat aber noch keine Spur weitergeführt.» Regina erzählte ihm von der Matrioschka. «Hanisch wird Popova heute ein weiteres Mal einvernehmen. Und ich erwarte in einer halben Stunde Besuch von Bledar.»

«Der Albaner, der dir den Tipp wegen der Russen gegeben hat?»

«Richtig. Der Transportdienst ist bereits unterwegs. Pöschwies», erklärte sie.

«Willst du dich in deinen anderen Fällen diese Woche vertreten lassen?», bot Landolt an.

Regina konnte ihr Glück kaum fassen. «Wäre das möglich?»

«Tozzi hat noch Kapazität. Die Suche nach dem Kind hat höchste Priorität», sagte er vehement. «Ich will nicht, dass ihr etwas zustösst, das wir hätten verhindern können. Vielleicht ist es noch nicht zu spät.»

«Wenn die Theorie mit der Matrioschka stimmt, wird der Entführer ihr nichts antun, bis er das fehlende Teil gefunden hat.»

«Dann musst du sehen, dass du es zuerst findest», sagte Landolt und stand auf. «Und denk daran: Seit den Fehlinformationen in der Presse ist das Auge der Öffentlichkeit auf uns gerichtet. Ich will keine Reklamationen mehr! Schon gar nicht von Hug.»

Dann war es also tatsächlich Hug gewesen, der sich über Hanisch beschwert hatte. Regina starrte auf die Tür, durch die Landolt verschwunden war. Sie dachte daran zurück, wie sie die Matrioschka am Weihnachtsmarkt gekauft hatte. Hätte sie ein anderes Geschenk gewählt, wäre Katja jetzt zu Hause. Ob Irina der gleiche Gedanke quälte? Machte sie Regina für Katjas Schicksal verantwortlich? Plötzlich fuhr ihr etwas durch den Kopf, und sie griff rasch zum Telefonhörer.

«Nein, keine Neuigkeiten», nahm Cavalli ab. «Es geht nicht so ...»

«Ich rufe nicht deswegen an! Cava, die andern Leute auf der Liste! Ich meine, die Kunden, die eine Matrioschka gekauft haben. Sie sind auch in Gefahr!»

Cavalli beruhigte sie. «Daran haben wir gedacht. Wir haben zu allen Kontakt aufgenommen. Die Matrioschkas sind längst weg. ‹Verloren›, oder eher gestohlen, keine einzige ist auffindbar.»

Regina liess sich gegen die Stuhllehne fallen. «Natürlich, entschuldige. Ich ... mir ist es einfach durch den Kopf geschossen, ich habe nicht nachgedacht.»

«Ich finde es beruhigend, dass du nicht immer einen Schritt voraus bist», sagte Cavalli. «Ich muss auflegen. Die Verkäuferin vom ‹Rossija› ist da.»

Sutter meldete, dass Bledar in der Abstandzelle auf Regina wartete.

«Bring ihn herein», befahl sie.

Fahrni strich die letzte Adresse durch, die sie vom «Rossija» erhalten hatten. «Dreissig Matrioschkas. Alle verschwunden. Das ist eine Menge Arbeit!»

«Unser Mann macht das vermutlich hauptberuflich.» Meyer schnitt eine Kurve und trat aufs Gas. «An Erfahrung mangelt es ihm bestimmt nicht.»

«Es geht nicht schneller, wenn du mit siebzig durch die Stadt rast», sagte Fahrni.

Meyer nahm den Fuss vom Pedal. «Diese Langsamkeit macht mich wahnsinnig! Bis der KD alle dreissig Käufer befragt hat, ist unser Typ längst über alle Berge, und Katja ... Scheisse, woher nimmt er sich das Recht, ein Kind in seine Gewalt zu nehmen!» Sie gab wieder Gas. «Er wird sie beseitigen, wenn er hat, was er braucht. Die Kaltblütigkeit, mit der er Fasolin und Ingold ...»

«Hör auf!», schrie Fahrni und presste die Hände auf seine Ohren. «Willst du noch beschreiben, wie er sie tötet? Oder wo wir sie finden werden?»

Meyer sah ihn erschrocken an. Er hatte sich vornüber gebeugt und die Stirne auf die Knie gedrückt. «Vielleicht in ihrem eigenen Blut liegend? Den Schädel weggepustet?» Seine Schultern bebten, und er murmelte etwas Unverständliches.

«Tobias! Reiss dich zusammen!» Meyer fuhr an den Strassenrand und hielt an. Sie packte ihn und zog ihn hoch. «Verdammt, hör auf!»

Fahrni wischte sich mit dem Handrücken über die Augen. «Ich habe Angst.»

«Ich auch.» Sie reichte ihm eine Flasche Cola. «Hier, trink etwas.»

Er ignorierte die Flasche. «Nein, du verstehst das nicht. Ich habe nicht um Katja Angst, ich meine, natürlich habe ich um Katja Angst, aber ich rede von ihm. Ich schaue dauernd über meine Schulter! Frage mich, ob er seine Stetschkin mit Schalldämpfer auf mich gerichtet hat. Ob er sich gerade überlegt, dass ich eine Gefahr für ihn sein könnte. Ich fürchte mich vor neuen Hinweisen, weil sie uns zu ihm führen könnten. Dann schäme ich mich, weil ich das gar nicht denken dürfte. Er hat Katja! Und ich verschliesse vielleicht die Augen vor etwas Wichtigem, weil ich es aus Angst nicht sehen will!»

Meyer schüttelte den Kopf. «Nein. Du verschliesst deine Augen vor nichts. Du hast vielleicht Angst, aber du stellst dich dieser Angst. Das ist mutiger, als die Gefahr zu ignorieren.»

«Warum hast du keine Angst vor Gefahren?»

Meyer schnaubte. «Weil ich ein Idiot bin. Ich brauche den Kick, um mich lebendig zu fühlen. Das wird mich eines Tages teuer zu stehen kommen. Du wirst wenigstens das AHV-Alter erreichen.»

«Eben nicht», entgegnete Fahrni. «Angst ist viel gefährlicher als Mut.»

«Hast du dir schon einmal überlegt, Hilfe zu suchen?», fragte Meyer vorsichtig.

«Ja», gab Fahrni zu. «Aber … bitte erzähl es nicht weiter.»

«Natürlich nicht! Obwohl, der Häuptling wäre vermutlich erleichtert. Gehst du zum Polizeipsychologen?»

Fahrni errötete. «Polizeiseelsorge.»

«Gut!» Bevor sie weitersprechen konnte, meldete sich die Einsatzzentrale per Funk. Ein älterer Mann glaubte, Katja alleine in einem Waldstück an der Sihl gesehen zu haben. Meyer sprang aus dem Wagen, öffnete die Beifahrertür und hielt Fahrni den Autoschlüssel hin. «Los, fahr du!» Als er zögerte, gab sie ihm einen Schubs. «Mach schon!»

Fahrni setzte sich ans Steuer. Meyer schaltete das Blaulicht ein.

«Das ist nicht nötig», begann er.

«Gib Gummi!»

Ankica kniete vor Markos Grab und formte aus einem Schneerest eine kleine Figur. Als Regina auf sie zukam, stand sie mit einem Lächeln auf. «Frau Flint! Kaspar hat mir erzählt, dass Sie mit der Suche nach Markos Mörder vorankommen.»

Regina grübelte. «Kaspar?»

«Edlin», sagte Ankica. «Kaspar Edlin. Sie haben ihn wegen dieser Matrioschka-Geschichte befragt.»

«Richtig», sagte Regina irritiert, weil Edlin Ankica informiert hatte. «Deshalb wollte ich Sie sprechen.»

«Sie möchten wissen, ob Marko etwas über den Dieb erzählt hat.»

«Ja.»

Sie setzten sich auf eine Bank.

«Er hat sich über die Kriminaltouristen geärgert», erzählte Ankica, «die in die Schweiz reisen, um zu stehlen. Er hat gemeint, das schade dem Ansehen aller Ausländer hier.»

«Hat er den Dieb beschrieben?»

«Nein, aber er hat angedeutet, dass der Typ gar nicht so schnell aussah, wie er war. Das ist mir in den Sinn gekommen, als Kaspar mir von Ihren Fragen erzählt hat.»

«Nicht so schnell aussah?», wiederholte Regina. «Was wollte er damit sagen?»

«Vielleicht war er dick? Oder alt?»

Lukasch tauchte vor Reginas innerem Auge auf. «Kann er auch gross gemeint haben?»

Ankica wusste es nicht. «Er hat leider nicht mehr gesagt. Ich weiss, dass er oft von Georgiern erzählt hat, die Leute bestohlen haben. Das ist mir geblieben, weil es mich erstaunt hat, dass Menschen aus dem gleichen Land die gleichen Verbrechen begehen. Zum Beispiel kommen Taschendiebe oft aus Rumänien.»

«Wissen Sie, was der Dieb anhatte?», bohrte Regina weiter.

«Nein, tut mir leid. Haben Sie jemanden verhaftet?»

Regina wich aus. «Ich werde Sie informieren, wenn wir mehr wissen. Das verspreche ich!»

Sie überlegte, ob sie noch ins Büro zurückfahren sollte, bevor sie zur Kapo ging. Cavalli hatte um vier Uhr eine Sitzung einberufen, um Informationen auszutauschen. Sie beschloss, direkt hinzufahren.

Cavalli war am Telefon in ein französisches Gespräch verwickelt, als sie sein Büro betrat. Regina beobachtete ihn von der Tür aus. Seltsamerweise kam er ihr vor wie ein Franzose. Es war mehr als sein akzentfreies Französisch. Die schlaflosen Nächte der vergangenen Tage hatten dunkle Schatten unter seine schmalen Augen gezeichnet, so dass sie runder wirkten. Er war frisch rasiert, doch offensichtlich schon länger nicht mehr beim Coiffeur gewesen.

«Das war Europol», erklärte er, nachdem er aufgelegt hatte.

Regina stellte sich neben ihn und berührte sein Haar. Sie mochte es lang. «Und?»

Er lehnte seinen Kopf gegen ihre Hüfte. «Über 80 Prozent des Heroins in Europa kommt über die Balkanroute herein. Der Schmuggel liegt hauptsächlich in den Händen der Türken, die Albaner folgen gleich danach, vor allem bei uns in der Schweiz, aber auch in Norwegen, Schweden und den Balkanländern. Die Albaner benutzen zur Tarnung anscheinend immer häufiger Kuriere aus Osteuropa. Was auf dem Luftweg geschmuggelt wird, geht oft über Moskau. Da sind Nigerianer stark.»

«Das deckt sich mit meinen Informationen», sagte Regina.

«Konnte Bledar mehr erzählen?»

«Nein. Der Tenor war ‹Hilfe! Die Russen kommen!›»

Cavalli schmunzelte. «In der Pöschwies ist er in Sicherheit.» Er schloss die Augen und genoss die Berührung von Reginas Fingern.

«Gibt es nicht eine Vorschrift, die besagt, dass das Nackenhaar den Kragen des Hemdes nicht berühren dürfe?», fragte sie.

«Du verwechselst die Polizei mit dem Militär», murmelte er. Plötzlich war er hundemüde. Die Entspannung, die Regina mit ihrer Berührung auslöste, erfasste seinen ganzen Körper. «Mit dem BKA habe ich auch telefoniert. Erinnerst du dich an die mysteriöse Explosion im Februar 2002 in Osnabrück? Ein Audi war hochgegangen. Der Fahrer, ein Russe, wurde schwer verletzt. Die Bombe war eigentlich für zwei Ukrainer bestimmt, die zu einem rivalisierenden Mafiaring gehörten. Jedenfalls wurde der Boss dieses Russen, der eine weitverzweigte Bande anführte, im Sommer 2003 verhaftet. Zusammen mit sieben weiteren Personen in Deutschland und an der Costa Brava. In einem Waldstück fand man neun Kilo Heroin.»

Regina zog ihre Hand zurück. «Natürlich! Daran habe ich gar nicht gedacht!»

Cavalli sah fragend auf.

«Wo sind die dreissig Matrioschkas versteckt? Unser Typ hat sie kaum in seinem Hotelzimmer aufgereiht.»

«Vielleicht ist er bei Freunden untergekommen.»

«Ja, vielleicht. Aber dreissig Matrioschkas fallen auf. Gehst du dem nach?»

«Zu Befehl.» Er gähnte.

«Habt ihr die Geschäftsunterlagen vom ‹Rossija› schon erhalten? Weisst du, woher die Lieferung stammt? Oder willst du das lieber an der Sitzung besprechen?»

«Die Sitzung!» Cavalli setzte sich aufrecht hin. «Deshalb bist du hier ...»

«Natürlich. Was ist damit?»

«Ich ... wir haben sie kurzfristig abgesagt.» Er erzählte vom Anruf und davon, dass Meyer mit Fahrni ins Sihltal gefahren war. «Sie koordiniert die Suche vor Ort.»

Regina gefiel es nicht, dass er diese wichtige Information vergessen hatte. «Du hast hoffentlich nicht vor, eine weitere Nacht durchzuarbeiten?»

Cavalli merkte, dass sein Denkvermögen unter dem Schlafmangel litt. Er ärgerte sich darüber, dass sein Körper ihm Grenzen setzte, und antwortete scharf: «Ich kann selbst einschätzen, wann ich Schlaf brauche!»

«Wer kümmert sich um die Geschäftsunterlagen?», fragte Regina ungerührt.

«Gurtner.»

«Ich lasse mich von ihm auf den neusten Stand bringen. Dann fahren wir nach Hause.» Sie liess ihre Sachen in Cavallis Büro liegen und suchte Gurtner auf.

Der Polizist sass hinter einem Berg von Ordnern und Akten. Das Pult gegenüber war verlassen.

«Ist er zu Hause?», fragte Regina.

«Er kommt und geht. Wenn er hier ist, macht er sich Sorgen um Irina, wenn er zu Hause ist, meint er, er verpasse etwas.»

Regina nickte. «Hast du etwas über die Lieferung herausgefunden?»

Gurtner konzentrierte sich auf seinen Bildschirm und fuhr mit seiner Maus hin und her. Endlich fand der Cursor den Weg zum Druckerzeichen. Gurtner erhob sich schwerfällig und holte eine Liste. «Die eingegangene Ware.»

Regina sah sie durch. Hunderte von Matrioschkas waren aufgeführt, mit Artikelnummern und Lieferanten. Sie stammten von drei verschiedenen Herstellern. Zwei Firmen hatten ihren Sitz in Moskau, die dritte in Odessa.

«Odessa? Kommt Lukasch nicht aus Odessa?»

Gurtner nickte. «Wusste nicht, dass die Ukrainer ebenfalls Matrioschkas machen. Odessa liegt doch irgendwo am Meer? Juri war dort in den Ferien.»

«Am Schwarzen Meer. Kann … ist Irina ansprechbar? Sie wüsste vielleicht mehr.»

«Keine Ahnung.» Gurtner streckte sich gähnend.

Die Müdigkeit wirkte ansteckend. Regina beschloss, ebenfalls Feierabend zu machen. Zuerst wollte sie aber Irina noch einige Fragen stellen. Sie ging zurück zu Cavallis Büro, doch es war leer. Der PC war heruntergefahren, Cavallis Jacke fehlte. Ihre Tasche stand dort, wo sie sie gelassen hatte.

Meyer hatte die Polizisten in verschiedene Suchgruppen aufgeteilt. Zwei Hundeteams waren zur Verstärkung aufgeboten worden, die die Spur des Mädchens aufnehmen konnten. Als Cavalli eintraf, hatten sie bereits eine grosse Fläche abgesucht.

«Wo glaubt dieser Mann, sie gesehen zu haben?», fragte Cavalli Meyer.

Sie führte ihn zur Stelle. Der Schnee im Wald war grösstenteils geschmolzen, nur abseits des Weges waren vereinzelte Flecken mit Matsch bedeckt. Cavalli folgte dem Pfad, der leicht bergauf führte. Die Dämmerung setzte ein, und die Kälte liess Bäume und Sträucher langsam erstarren. Cavalli horchte in den Wald hinein und hörte die vertrauten Geräusche der sich ankündigenden Nacht. Er verliess den Pfad und folgte seinen Erinnerungen. Als Kind war er tagelang im Wald herumgestrichen. Seine Fantasie hatte die Bäume in lebende Wesen verwandelt, die ihn in eine abenteuerliche Welt lockten. Während er die frische Luft und die Stille einsog, holte er die Bilder zurück und versuchte, seine Umgebung mit den Augen eines Kindes zu sehen. Ein Haselstrauch vor ihm zeigte mit verdorrten Fingern auf einen morschen Baumstamm. Cavalli folgte ihm und wurde zu einer kleinen Lichtung geführt, die sich durch ihren Duft von der Umgebung unterschied. Sie roch pulvrig, wie trockene Steine. Die Felsen in der Mitte der Lichtung waren dem Wetter ausgesetzt, der Stein konnte an seiner Aussenfläche kaum diesen Geruch annehmen. Es musste eine geschützte, durchlüftete Luke geben.

Cavalli ging um den Stein herum und entdeckte eine kleine Höhle. Er kroch hinein und ertastete eine Kerze. Als er sie anzündete, erkannte er ein gemütliches Versteck. Er musste den Kopf einziehen, um sich gerade hinzusetzen, aber ein Kind hätte gut darin Platz. An der Wand stand eine angerostete Blechschachtel. Vorsichtig hob er den Deckel weg und fand darin Gummibärchen und ein Buch. Es war eine Pferdegeschichte, und als Cavalli darin blätterte, sah er auf der Innenseite des Buchdeckels einen Namen: Nora Schneider. Er legte das Buch wieder zurück und kroch aus der Höhle, ohne etwas zu verändern. Er wollte den Zauber von Noras Versteck nicht mit Spuren seines Besuches zerstören.

Inzwischen war es dunkel, und Cavalli erkannte seine eigenen Spuren beim Zurückgehen fast nicht mehr. Er suchte den Pfad, der irgendwo zu seiner Linken liegen musste. Sein Fuss trat auf etwas Hartes, und er ging in die Hocke. Es war nur ein flacher Stein, halb im Boden vergraben. Aus dieser Perspektive erkannte er in der Ferne Lichter. Die Taschenlampen der Suchgruppen, die den Wald Stück für Stück absuchten. Ein kleines Licht hatte sich aus der Menge gelöst und kam in seine Richtung. Cavalli regte sich nicht. Er versuchte, die Person am Schritt zu erkennen. Es war eine Frau, stellte er fest. Sie ging rasch, und einen Moment lang glaubte er, es wäre Regina. Doch die Schritte waren zu kurz. Regina setzte ihre Füsse sicherer auf den Boden. Sie ging zielstrebig, den Oberkörper leicht vornüber gebeugt, als wäre sie in Gedanken schon dort, wo ihre langen Beine sie hinführen wollten. Es war ihr Gang, in den er sich zuerst verliebt hatte, wurde ihm plötzlich bewusst. Wenn sie auf ihn zukam, fühlte er sich wie auserwählt. Ihre Hände hingegen flatterten unsicher von einem Gegenstand zum anderen, als könne sie sich doch nicht entschliessen, zuzupacken.

Die Person, die den Weg entlangschritt, führte die Taschenlampe sicher. Sie leuchtete forsch nach links und rechts, doch ihre Füsse zögerten. Cavalli stand langsam auf, um sie nicht zu erschrecken. Die Taschenlampe schnellte in seine Richtung, begleitet von einem unterdrückten Schrei.

«Verdammt, was fällt dir ein, mich so zu erschrecken, du…» Hanisch fand die Worte nicht.

Cavalli trat auf den Kiesweg. Er zog sein Handy hervor und bat Mullis, eine Nora Schneider zu suchen.

«Wer ist das?», fragte Hanisch misstrauisch. Als er nicht gleich antwortete, klopfte sie mit der Taschenlampe gegen seine Brust. «Hör zu! Ich will wissen, was hier läuft! Mir gefällt es nicht, dass du dich absonderst und alleine im Wald herumgeisterst! Das ist eine koordinierte Suchaktion, kein Räuber-und-Poli-Spiel!» Sie trat einen Schritt näher. «Dieses Mal werde ich es sein, die sich beschwert.»

Cavalli stellte sich breitbeinig vor sie hin, das Gesicht nur eine Handbreite vor ihrem, und holte tief Luft. «Nora Schneider ist ein Mädchen, das in diesem Wald spielt.» Er erzählte ihr von der Höhle.

Hanisch wandte sich ab.

Cavalli musterte ihre Silhouette. «Ich empfehle dir übrigens, in Zukunft deine Racheakte besser zu durchdenken. Du verfehlst dein Ziel.»

Hanisch bewegte sich nicht. «Was meinst du?»

«Ich war es nicht. Jemand anders hat sich beschwert.»

«Wer?»

«Wie verläuft die Suche?», fragte er.

Sie stiess die angehaltene Luft aus. «Ergebnislos.»

Meyer war über eine grosse Karte des Waldes gebeugt und markierte die abgesuchten Stellen. Ihr Funkgerät knisterte, und ein Polizist meldete ein weiteres negatives Resultat.

Cavalli berichtete ihr von seinem Fund. Kaum war er fertig, rief Mullis zurück. Eine Familie Schneider wohnte mit zwei Töchtern rund 200 Meter entfernt am Waldrand.

«Ich schicke Fahrni vorbei.» Cavalli wies ihn per Funk an, sofort bei Schneiders Abklärungen zu treffen.

«Haben sich weitere Personen auf das veröffentlichte Foto gemeldet?», fragte Meyer ihn.

«Kein Hinweis hat weitergeführt. Vor allem hat sie niemand am Bahnhof gesehen.»

Meyer seufzte. «Juri wartet auf Bescheid. Er ist bestimmt ein Nervenbündel.» Sie sah Cavalli erwartungsvoll an.

Er zog sein Handy hervor, wählte aber nicht Pileckis Nummer, sondern Reginas.

Regina musste nichts weiterleiten. Pilecki sah ihrer Reaktion an, dass die Suche ergebnislos war.

«Das ist ein gutes Zeichen», beruhigte er Irina, die rastlos von einem Fuss auf den andern trat. Er zündete eine Zigarette an.

Die vierte, zählte Regina. «Bestimmt. Ich habe noch eine letzte Frage zu den Matrioschkas.» Sie wartete, bis sie Irinas Aufmerksamkeit hatte. «Ist es üblich, dass sie auch in der Ukraine hergestellt werden?»

Irina nickte. «Es gibt einige Hersteller bei uns. In Kiew

findest du an Touristenmärkten immer Stände mit Matrioschkas.»

«Auch im Süden? Zum Beispiel in Odessa?»

«Odessa?» Irina blieb stehen. «Lukasch stammt aus Odessa.»

«Kennst du einen Hersteller, der von Odessa aus Matrioschkas exportiert?»

«Ukigrusch zum Beispiel. Ein Spielzeughersteller, der auch Souvenirs fabriziert. Warum?»

Regina war unschlüssig, wie viel sie Irina erzählen sollte. Sie wollte keine falschen Hoffnungen in ihr wecken. Jede Spur könnte sich wieder im Sand verlaufen. »Wir versuchen möglichst viel über die Herstellung in Erfahrung zu bringen, das ist alles.»

Irina glaubte ihr nicht. Sie drehte sich zum Fenster und starrte hinaus.

«Ich mache mich langsam auf den Weg», sagte Regina leise.

Pilecki nickte. «Danke für deine Hilfe. Es bedeutet … uns», er schielte zu Irina, die sich nicht umdrehte, «viel, dass du dich so bemühst.»

Regina lächelte traurig. «Ich wünschte, ich könnte mehr tun.»

«Ich bringe dich nach unten», sagte Pilecki. «Um diese Zeit ist die Haustür abgeschlossen.»

«Ich mach das», sagte Irina rasch. «Ich brauche etwas frische Luft.» Sie holte ihren Mantel.

«Soll ich mitkommen?», fragte Pilecki.

Irina lehnte ab. Ihre abweisende Haltung hinderte Pilecki daran, weitere Fragen zu stellen.

Als Regina um die Ecke gebogen war, eilte Irina in die entgegengesetzte Richtung. Sie schüttelte die Untätigkeit der letzten Tage ab, unfähig, auch nur eine einzige Minute weiter auf eine Nachricht zu warten, die nicht kam. Sie rannte beinahe durch die Nacht, im Kopf suchte sie alle Informationen über Lukasch zusammen. Sie wusste, dass seine Wohnung überwacht wurde, aber als sie in seine Strasse einbog, sah sie keinen zivilen Polizeiwagen. Trotzdem zog sie ihre Mütze tief ins Gesicht und versteckte Kinn und Mund in einem dicken Schal. Zielstrebig marschierte sie an Lukaschs Haus vorbei. Zwei Häuser weiter vorne bog sie in einen Weg ein, der zu einem schmalen Rasenstreifen hinter den Wohnhäusern führte. Sie schlich die Hauswand entlang, kletterte über einen kleinen Zaun, bis sie hinter dem Gebäude stand, in dem der Ukrainer wohnte. Die Klingeln waren von der Strasse aus nicht sichtbar.

Er war noch auf. Als sie ihren Schal löste, erkannte er sie sofort. Er schloss die Tür hinter ihr ab und verzog das Gesicht zu einem Grinsen.

Fahrni verabschiedete sich lächelnd vom Mädchen und gab Meyer Bescheid. Sie brach die Suche ab.

«Es war Nora Schneider», leitete sie weiter. «Sie war zur fraglichen Zeit genau an der Stelle.»

Das hatte Cavalli erwartet. «Wie alt ist sie?»

«Zehn.» Meyer rieb ihre kalten Hände. «Aber klein für ihr Alter. Und dunkelhaarig. Es hätte ja sein können.»

«Ja.» Cavalli zog sein Handy hervor, um die Uhrzeit abzulesen. Er sah, dass er einen Anruf verpasst hatte. Als er die Nummer des Wissenschaftlichen Dienstes erkannte, rief er sofort zurück. Es nahm niemand ab. Er wählte Kochs Privatnummer und stellte sich auf eine unfreundliche Begrüssung ein, da es fast Mitternacht war.

Sie war noch auf. «Ich dachte, du wolltest die Ergebnisse gleich haben», sagte sie ohne einen Hinweis auf die Uhrzeit.

«Die Matrioschka?», fragte Cavalli.

«Wir haben einen Hit. Die Fingerabdrücke auf der Matrioschka des Mädchens stimmen mit denjenigen auf der Glühbirne überein.»

Cavalli fuhr es kalt den Rücken herunter. «Bei Fasolin?»

«Ja.»

«Und es sind nicht die von Viktor Lukasch?», fragte Cavalli zur Sicherheit nach.

«Nein.»

Er drückte auf Aus und sah langsam auf. Meyer wartete bang.

«Es ist tatsächlich unser Mann», berichtete Cavalli. Er ballte die Hand zur Faust und schlug heftig auf einen Baumstamm.

«Was ist?», wollte Hanisch wissen, die aus der Dunkelheit aufgetaucht war.

«Katja ist in den Händen eines vierfachen Mörders», presste Cavalli hervor. «Und es ist nicht Lukasch.»

Irina stand unschlüssig vor dem kräftigen Ukrainer. Ihre Augen wanderten unruhig über die Möbel im Zimmer, auf der Suche nach Spuren eines Kindes. Lukasch beobachtete sie mit verschränkten Armen.

«Mein Name ist Irina», begann sie stockend. «Ich bin …»

«Ich weiss, wer du bist. Ich weiss auch, wer dein Mann ist.»

Irina nahm die Verachtung in seiner Stimme nicht wahr. Sie ging einen Schritt in den Raum, glaubte, einen leisen Atem zu hören. Aber es war nur die Heizung. Plötzlich drehte sie sich um. «Wo ist Katja?»

Als er nicht antwortete, packte sie ihn und schrie: «Wo ist meine Tochter?»

Der muskulöse Mann machte keinen Wank. Nicht einmal, als Irina gegen seinen Brustkasten schlug. Er schien ihre Fäuste nicht zu spüren.

«Wo ist sie?» Sein Schweigen brachte sie aus der Fassung. «Wo hältst du sie versteckt?»

Endlich sagte er etwas. «Warum glaubst du, dass sie hier ist?»

Irina erstarrte. «Ist sie da? Ist Katja hier?» Sie rannte durch die Wohnung und riss alle Türen auf. Lukasch beobachtete sie ohne einzugreifen.

Irina öffnete Schränke und Schubladen, kippte den Inhalt auf den Boden und durchwühlte jede Nische, in der man ein Kind verstecken konnte.

«Bist du fertig?», fragte Lukasch, als sie sich erschöpft auf die Knie fallen liess.

Sie sah ihn flehend an. «Hast du mein Mädchen?»

Lukasch schaute auf sie hinunter. «Warum sollte ich die Frage beantworten?»

«Bitte», bettelte sie heiser.

Er zog die Oberlippe hoch. «Was kriege ich dafür?»

Irina wischte sich rasch eine Träne ab. «Was willst du?»

Lukasch stiess sie mit dem Fuss und bedeutete ihr aufzustehen. Er liess seinen Blick über ihren Körper gleiten. In Gedanken sah er Pileckis Gesicht, als er ihm mit Genugtuung auf den Fuss getreten war.

Irina verstand. Ihr Mund wurde trocken. Ihr Schmerz über Katja ballte sich zusammen und verkroch sich als harter Klumpen in ihren Magen. Eine Kälte ergriff sie, bis sie ihren Körper kaum mehr spürte. Sie nickte.

Langsam zog sie ihren Pullover aus, dann machten sich ihre Hände an ihrem Gurt zu schaffen. Als ihre Hose über die Hüfte rutschte, dachte sie an Pilecki. Die Vorstellung, dass sie die Verletzung, die sie ihm heute Nacht zufügen würde, nicht mehr rückgängig machen könnte, war zu viel. Sie zwang sich, den Gedanken an ihn zu verdrängen. Kaum war ihr Kopf frei, stellte sich die Angst um Katja wieder ein. Grauenvolle Bilder füllten ihre Fantasie. Der massige Ukrainer, der mit lüsternem Blick ihren Bewegungen folgte, erschien ihr im Vergleich harmlos.

Als sie nackt vor ihm stand, schlüpfte sie in ihre Schuhe. Lukasch schüttelte den Kopf.

«Ich lasse bei der Arbeit die Schuhe immer an», wehrte sich Irina.

Er führte sie zum Bett und zog ihre Schuhe aus. «Das ist keine Arbeit. Heute Nacht wirst du Spass haben!»

Regina schlief, als Cavalli nach Hause kam. Er setzte sich in die Küche und schlug den ersten Ordner auf, der Protokolle, Laborresultate und Berichte über den Mord an Lynn Fasolin enthielt. Er wollte von vorne beginnen und jedes Wort noch einmal genau lesen. Vielleicht hatten sie sich vom Verdacht, Lukasch sei der Mörder, blenden lassen. Wichtige Hinweise übersehen, weil sie nicht zu ihrem Bild passten. Genau das versuchte Cavalli immer zu vermeiden. Dass es ihm nicht gelungen war, dass er so früh auf eine falsche Fährte gekommen war, ärgerte ihn. Er hatte nicht mehr weitergesucht, sondern lediglich seinen Verdacht zu erhärten versucht. Es war seine Aufgabe, diesen Fehler bei Ermittlungen zu verhindern. Jeder falsche Schritt brachte Katja in grössere Gefahr. Wenn … Cavalli wollte den Satz nicht fertig denken. Doch die Vorstellung liess sich nicht verdrängen: Wenn sie noch lebte. Und wenn nicht, würde er mitschuldig sein an ihrem Tod.

Cavalli riss sich zusammen und konzentrierte sich auf die Unterlagen vor ihm. Er las laut, um wach zu bleiben, und notierte die wichtigsten Daten auf neuen Blättern. Als seine Augen zuzufallen drohten, ging er in den Garten und stellte sich barfuss auf den kalten Sitzplatz. In einem Blumentopf befand sich ein kleiner Rest Schnee, den er zusammenballte und auf seine Augen drückte. Der Himmel war klar, und

Cavalli sah einen ungewöhnlich hellen Stern. Das muss ein Flugzeug sein, dachte er, wir sind schliesslich in Gockhausen. Er schüttelte über sich selbst den Kopf. Wenn seine Gedanken noch wirrer wurden, käme er zu weiteren falschen Schlüssen. So fände er Katja nie.

Er liess sich auf die Hände fallen und versuchte, mit Liegestützen die Durchblutung in seinem Körper anzuregen. Woher stammten die Matrioschkas? Das war die wichtigste Frage. Wie waren sie in die Schweiz gekommen? Dann begann eine neue Frage in ihm zu keimen: Warum ausgerechnet im Dezember? Spielte die Zeit eine Rolle? Wodurch waren die Ereignisse ausgelöst worden?

Cavalli setzte sich nachdenklich auf. Die Idee, die sich zu formen begann, war ihm unheimlich: Im Dezember war Irina in die Schweiz gekommen. Aus der Ukraine, wie die Matrioschkas möglicherweise auch. Konnte es eine andere Erklärung als einen unbekannten Entführer für Katjas Verschwinden geben? Verärgert sprang Cavalli auf. Ich ziehe schon wieder Schlüsse!, schalt er sich. Er hatte seine Gedanken nicht mehr im Griff, folgte keiner Logik, sondern liess sie wie verwöhnte Kinder den einfachsten Weg gehen.

Er sah ein, dass er Schlaf brauchte. Es widerstrebte ihm, sich seine nächsten Schritte von seinem Körper diktieren zu lassen, doch es blieb ihm keine Wahl. Nur ein oder zwei Stunden, sagte er sich, und liess seine Unterlagen auf dem Tisch liegen. Ohne zu überlegen, öffnete er Reginas Schlafzimmertür. Erst als er sich ausgezogen hatte, merkte er, dass er hier nichts zu suchen hatte. Die vergangenen Jahre hatten sich in Luft aufgelöst, ihm war, es sei erst gestern gewesen, als er sich jeden Abend neben sie gelegt hatte. Er dachte sehnsüchtig an die Zeit zurück und blendete alle Nächte aus, in denen er nicht neben Regina gelegen hatte, weil die Nähe ihn zu ersticken drohte.

Zu müde, um Fehler zu verhindern, kroch er unter ihre Decke. Er schmiegte sich gegen ihren Rücken; sie passte genau so vor ihn, dass er seine Nase in ihrem Haar vergraben konnte. Er atmete tief ein und fiel sofort in einen traumlosen Schlaf.

Irina lag wach und starrte an die Wand. Lukaschs Körper drückte schmerzhaft auf ihren Brustkasten, sein Gewicht machte jeden Atemzug zu einem Kraftakt. Sie versuchte, den Kopf so zu drehen, dass sie den Wecker sah, doch sie schaffte es nicht. Auch die Flucht in den Schlaf gelang ihr nicht. Immer wieder tauchte das Bild von Katja auf, und die absurde Hoffnung, Lukasch würde aufwachen und Katja holen gehen, verleitete sie zu Tagträumen. Sie wusste, dass es nicht so sein würde. Sie betete, dass Lukasch nichts über den Verbleib des Mädchens wusste, jetzt, wo sie Zeit gehabt hatte nachzudenken. Denn wenn Lukasch Katja entführt hatte, war sie nicht mehr am Leben. Sonst hätte sie hier sein müssen.

Sie stöhnte leise und konzentrierte sich auf die Deckenlampe. Sie zählte die kleinen Kreise im Glas, war jedoch bald am Ende angelangt. Es waren 23. Eine Primzahl. Sie begann, in Gedanken alle Primzahlen aufzuzählen. Die vertraute Reihe lenkte sie nicht ab. Kaum hatte sie es geschafft, Katjas Gesicht auszublenden, sah sie Pilecki. Sie überlegte, ob sie ihm die Wahrheit über diese Nacht erzählen sollte. Was wäre schlimmer: Wenn er davon erführe, oder wenn sie ihn belügte? Sie fürchtete, Lukasch würde dafür sorgen, dass Pilecki alles erfuhr. Es schien ihm hauptsächlich darum zu gehen, ihn zu demütigen.

Als hätte er ihre Gedanken gehört, begannen Lukaschs Finger über ihre Hüfte zu kreisen. Nicht schon wieder, dachte sie erschöpft. Langsam erwachte sein Körper, und er verlagerte sein Gewicht. Irina sog befreit Luft ein. Lukasch griff mit seinen Pranken nach ihrem Haar und krallte sich darin fest. Sein Atem kam immer schneller. Als er in sie eindrang, klang er wie ein hechelnder Hund. Ihre aufgestaute Angst entlud sich in einem Lachen, das sie nicht mehr bremsen konnte. Lukasch fiel aus dem Takt und zog an ihrem Haar. Sie lachte immer lauter, obwohl sie merkte, wie er wütend wurde. Er hielt ihren Mund zu und drang mit einem Ruck tiefer in sie ein, doch seine Lust löste sich auf. Er versuchte vergeblich, sie zurückzuholen. Zornig rollte er zur Seite und holte zu einem Schlag aus. Irina war schneller. Sie sprang auf und schrie: «Wo ist Katja?»

Lukasch packte sie am Handgelenk und zog an ihrem Arm; sie stolperte und fiel auf ihn.

«Du Schwein! Wir hatten eine Abmachung!» Sie bohrte ihre Fingernägel in seine Brust. «Du bist kein richtiger Mann! Ein Mann bricht sein Wort nicht!»

Ihr Vorwurf hatte die gewünschte Wirkung. Lukaschs Züge wurden hart. «Ich halte immer mein Wort!» Seine Stirn glänzte. «Ich habe keine Ahnung, wo die Göre ist.»

Irina erstarrte. Sie suchte in seinem Gesicht nach Bestätigung und wusste, dass er die Wahrheit sagte. «Sie ist nicht … nicht hier?»

Lukasch schwieg.

«Und … das Geld?», flüsterte Irina.

«Welches Geld?», fragte er misstrauisch.

Irina stand auf. «Die Überweisungen an Igor Savenko.»

Lukasch gab einen überraschten Laut von sich. Dann lachte er plötzlich und lehnte sich zurück. «Stehe ich deshalb unter Verdacht? Möchtest du wissen, wofür die Zahlungen sind?»

Sie nickte.

Lukasch verschränkte seine Arme hinter dem Nacken. «Kaviar», sagte er. «Für Schweizer, die Luxus lieben, aber nicht bereit sind, den hohen Preis zu zahlen. Natürlich bekommen sie ihn bei mir nicht umsonst, aber im Vergleich zum Marktpreis verlange ich nichts. Ein ausgezeichnetes Geschäft.»

«Du schmuggelst Kaviar?», fragte Irina.

Er lächelte überheblich. «Schmuggeln klingt so … niedrig. Nein, ich ermögliche Menschen den Zugang zu qualitativ hochstehendem Kaviar zu einem bezahlbaren Preis.»

«War Lynn Fasolin involviert?», fragte Irina.

«Lynn?» Lukaschs Lächeln verschwand. «Lynn hat mitgeholfen, die Dosen zu transportieren. Allerdings wusste sie es nicht. Als sie dahinter kam, drohte sie, mich anzuzeigen.»

Irina hielt die Luft an.

«Aber ich habe sie nicht umgebracht!» Lukasch ballte die Hand zur Faust. «Lynn war eine … besondere Frau. Ich hätte sie schon noch dazu gebracht, einzusteigen.»

Irina fragte sich, warum er ihr das erzählte. Hatte er nicht vor, sie gehen zu lassen? Log er? Hatte er Fasolin doch zum Schweigen gebracht?

Er schüttelte den Kopf. «Ich werde mein Leben nicht hinter Gittern verbringen. Das ist mir keine Frau wert. Ich habe nichts mit ihrem Tod zu tun.»

«Warum erzählst du mir das?», fragte Irina.

Jetzt kehrte das Lächeln wieder auf Lukaschs Gesicht zurück. «Weil du damit nicht zur Polizei kannst. Oder willst du, dass jeder weiss, wie wir es getrieben haben? Ich schildere die Details gern! Deinen Mann wird es interessieren. Ob er seinen Kollegen bei der Polizei dann noch in die Augen sehen kann, ist eine andere Frage.» Er kratzte sich mit gespielter Nachdenklichkeit. «Ich kann mir nicht vorstellen, dass er die Schande wegstecken könnte.»

Irina verstand. Sie suchte ihre Kleider zusammen.

«Willst du frühstücken, bevor du gehst?», fragte Lukasch. «Ich könnte dir ein Kaviarbrötchen anbieten.»

Irina antwortete nicht. Sie zog sich an und verliess die Wohnung, ohne zurückzuschauen. Die Uhr am Kirchturm zeigte halb sieben. Sie stieg ins Tram und setzte sich neben eine elegante Frau, umgeben von Menschen, die einen ganz normalen Arbeitstag vor sich hatten. In Kiew war sie jeden Tag um sieben aus dem Haus gegangen. Sie hatte Katja zur Krippe gebracht, dann war sie mit dem Bus ins Zentrum gefahren, hatte das klotzige Gebäude des Statistischen Amts betreten und dort Zahlen bearbeitet. Fünf Tage pro Woche getippt, gerechnet, ausgewertet. Die Zahlen waren logisch und berechenbar gewesen.

Wenn sie schwieg, ginge Lukaschs Rechnung auf. Aber Irina war sicher, dass er Pilecki wissen lassen würde, was heute Nacht geschehen war. Egal, wie sie handelte, er würde es erfahren. Aber noch wichtiger war, dass Cavalli seine Ermittlungen weiterhin auf Lukasch fokussieren würde, wenn sie ihm verschwieg, dass er Katja nicht hatte. Könnte sie ihn davon abbringen, ohne zu erklären, woher sie die Information hatte? Sie glaubte es nicht. Sie stieg um und nahm den Dreier zur Kaserne.

Der Portier kannte sie inzwischen und öffnete kommentarlos die Glastür. Irina fuhr mit dem Lift direkt in den fünften Stock. Wie erwartet brannte in Cavallis Büro Licht.

Sie stiess die Tür auf, ohne anzuklopfen.

Er sah verärgert auf. Als er Irina erkannte, legte er seinen Schreiber hin. «Irina! Was ist passiert?» Er ging um das Pult und führte sie zu einem Stuhl. Der Geruch von Sex haftete an ihr. Angewidert trat er einen Schritt zurück. Sie kam ihm benommen vor. «Hast du getrunken?»

Irina stand wieder auf und stellte sich vor ihn. «Nein, ich bin nüchtern. Willst du eine Blutprobe?»

Cavalli trat zurück. «Was willst du?»

Sie erzählte.

Er blieb reglos stehen, bis sie fertig war. Dann setzte er sich langsam auf den Rand seines Schreibtisches. Es dauerte lange, bis er das Schweigen brach. «Ich bin verpflichtet, über bekannt gewordene strafbare Handlungen Meldung zu erstatten.»

Sie sah ihn an. «Deshalb bin ich hier.»

«Du müsstest aussagen», fuhr er fort.

Sie nickte, ohne ihren Blick abzuwenden.

«Einige Polizisten werden Zugang zum Protokoll haben müssen. Auch die Staatsanwaltschaft wird deine Zeugenaussage lesen. Weiter der Angeschuldigte, der Verteidiger ...»

«Ich weiss.»

«Weiss Juri davon?»

«Nein.» Wenn sie zuerst zu ihm gegangen wäre, hätte sie es nicht mehr geschafft, Cavalli gegenüberzutreten.

Cavalli rieb sich mit den Händen das Gesicht. «Red zuerst mit ihm. Wenn er einverstanden ist, lasse ich Lukasch verhaften. Wenn nicht ... vergesse ich, was du mir erzählt hast.»

«Ich will nicht, dass du es vergisst! Ich will, dass du ihn verhaftest!»

Cavalli schlug einen besänftigenden Ton an. «Ich weiss. Für dich wäre die Sache damit erledigt. Aber Juri wird weiterhin hier arbeiten müssen. Red mit ihm. Überlegt es euch gut.»

Irina schluckte. Erledigt? Dachte er wirklich, sie könnte diese Nacht je vergessen? «Aber ... Katja. Du wirst die Suche entsprechend ... anpassen? Es war nicht Lukasch.»

Cavalli nickte. Er sagte ihr nicht, dass er das bereits wusste. Hingegen fragte er sich, ob sie ihm alles erzählt hatte. Der Verdacht, der während der Nacht gewachsen war, liess ihn nicht los. War Irina irgendwie in die Ereignisse involviert?

Regina konzentrierte sich auf einfache Routinearbeiten. So viel schaffte sie gerade noch. Kaum nahm sie eine schwierigere Aufgabe in Angriff, lenkten sie ihre Erinnerungen an die vergangene Nacht ab. Sie hatte sich schlafend gestellt, als Cavalli zu ihr ins Bett gekrochen war. Feigling!, schimpfte sie sich verächtlich. Wie viel einfacher war es, die Augen vor der Tatsache zu verschliessen, dass es die wunderbarste Nacht gewesen war, seit sie sich getrennt hatten, als zu wissen, wie sie reagieren sollte. Das vertraute Gefühl von seinem Arm auf ihren Rippen, von seinen Knien in ihren Kniehöhlen und seinem Atem auf ihrer Kopfhaut – sie hatte es geschehen lassen, obwohl sie wusste, dass sie ihm damit ein falsches Signal gab.

Feigling, schimpfte sie noch einmal. Er hatte bestimmt gemerkt, dass sie nicht schlief. Wenn sie vernünftig war, müsste sie jetzt einen Schlussstrich ziehen. Dazu gehörte auch, ihn wieder nach Hause zu schicken. Aber sie war sonst immer vernünftig, wehrte sich eine leise Stimme in ihrem Inneren trotzig. Das Telefon unterbrach ihren inneren Dialog.

«Ja? Flint», meldete sie sich abwesend.

«Ich bins. Hast du heute Morgen Termine?», fragte Cavalli.

«Termine?»

«Hahn hat sich endlich gemeldet. Er will uns bei den Schusswaffenexperten treffen.»

«Den Schusswaffenexperten?»

Cavalli schmunzelte. «Bist du müde? Hast du schlecht geschlafen?»

Rasch erklärte sie, dass sie keine wichtigen Termine hatte. «Wann soll ich dort sein?»

«Jetzt gleich, wenn du kannst.»

Zehn Minuten später stand Regina an der Zeughausstrasse und wappnete sich mit einem tiefen Atemzug für die

Begegnung mit Cavalli. Ob er sie auf die vergangene Nacht ansprechen würde?

Er war in ein Gespräch mit Hahn vertieft und winkte sie zu sich, als sie den Schiesskeller betrat. «Hahn weiss, wie der Kranz der kleinen Verbrennungen um Fasolins Wunde entstanden ist.»

«Wirklich? Wie?», wandte sich Regina neugierig an den Mediziner.

Er bat sie um Geduld und wartete auf einen Schusswaffenexperten, der kurz darauf einen Block aus Glyzerinseife in den Raum schob. Hahn stellte den Block auf einen langen Tisch, wo bereits eine Gelatinefigur und ein kleiner Stab aus Polyurethan lagen.

Wie immer holte der Mediziner weit aus. «Es gibt Simulanzien für verschiedene Körperteile des Menschen», begann er freudig. «Fast alle weichen Gewebe und Organe, Röhren- und Flächenknochen, Haut und sogar Blutgefässe lassen sich nachbilden, um ihr Verhalten bei der Einwirkung von Geschossen aufzuzeigen. Dafür wird Glyzerinseife oder Gelatine verwendet. Gelatine ist durchsichtig, der Schusskanal ist somit gut sichtbar. Aber Glyzerinseife wird beim Durchdringen plastisch deformiert, und zwar so, dass das gebildete Volumen der vom Geschoss an das Medium abgegebenen Energie proportional ist. Im Seifenblock sieht man also nicht nur ein Abbild des Zerstörungspotentials des Geschosses, sondern auch das räumliche Ausmass der Gewebezerstörung.» Er ging dazu über, den Aufbau von Knochen und Gewebe zu erklären.

Regina schielte zum Schusswaffenexperten, der hilflos die Achseln hob.

«... deshalb haben wir die Situation im Badezimmer von Fasolin nachgestellt», schloss Hahn und wandte sich an Cavalli. «Du hast genauso reagiert wie der Täter!» Es klang wie ein Lob. «Du bist gestolpert, als Meyer dich angriff, und hast deine Pistole mit der linken Hand gestützt, um während deines Falls besser zielen zu können.» Er machte eine Pause. «Und dabei hast du deine Hand kurz vor den Lauf gehalten. Genau wie unser Täter.»

«Er hat sich in die Hand geschossen?», fragte Cavalli überrascht.

«Richtig. Dabei hat er die Deformation des Geschosses ausgelöst, so dass es beim Eindringen in Fasolin bereits aufgepilzt war. Deshalb trafen kleine Bleisplitter auf ihre Haut. Doch das Blut hat sie weggeschwemmt und einen Kranz kleiner Verbrennungen hinterlassen», strahlte Hahn.

«Wollt ihr die Modelle anschauen?», fragte der Schusswaffenexperte. Er ging zum Tisch. «Wir haben die Situation wie gesagt nachgestellt. Hier seht ihr zwei Versuche. Im Glyzerinblock ist der Schusskanal gut zu erkennen. Ihr seht die Geschossbewegung, die Eindringtiefe sowie den Kanaldurchmesser. Sie stimmen mit Fasolins Wunde überein.»

Regina hörte nur noch halb zu. Bereits machte sie in Gedanken eine Liste, wo sich der Täter hätte behandeln lassen können. Falls er überhaupt einen Arzt aufgesucht hatte. Wie lange würde die Polizei brauchen, bis sie alle Möglichkeiten abgeklärt hatte? Wie viele Ärzte gab es im Raum Zürich? Oder war er über die Kantonsgrenze gefahren, um die Spur zu verwischen?

Sie bedankte sich bei Hahn und vergass nicht, ihr Erstaunen über die Möglichkeiten der Wissenschaft zum Ausdruck zu bringen. Er nickte zufrieden.

«Ich veranlasse sofort die nötigen Abklärungen», sagte Cavalli im Treppenhaus. Er blieb vor dem Lift stehen. «Vielleicht weiss Irina …» Er verstummte.

«Wir müssen unbedingt mir ihr reden», nickte Regina.

«Vielleicht kennt sie jemanden, der sich am Finger verletzt hat.»

Cavalli berichtete ihr, was geschehen war.

«Lukasch?», stiess sie aus. «Dieses … Schwein! Das ist ja kaum zu glauben! Wie kann er die Angst einer Mutter um ihr Kind so ausnützen? Hat er überhaupt keine Skrupel?»

Cavalli vergewisserte sich, dass sie alleine waren, und erzählte anschliessend von seinen Zweifeln, was Irina betraf.

«Du denkst, sie könnte mit drin stecken? Und hat ihr eigenes Kind entführen lassen?» Regina schnaubte. «Das macht keine Mutter!»

«Natürlich nicht. Wenn, dann wäre etwas schief gelaufen, und der Täter bestraft sie damit. Oder erpresst sie. Vielleicht wollte sie aussteigen, und Katjas Entführung ist nun die Reaktion auf die Bedrohung.»

«Das glaubst du nicht im Ernst, oder?»

«Ich sage nur, dass wir die Möglichkeit in Betracht ziehen sollten. Und Irina vorsichtig befragen müssen. Vor allem dürfen wir nichts darüber verraten, was wir wissen.»

Regina konnte seine Gedanken nachvollziehen, teilte aber seine Meinung nicht. «Es gibt keinen einzigen Hinweis für diese These. Nur, weil sie möglich ist, heisst noch lange nicht, dass sie auch wahrscheinlich ist. Weisst du, was ich glaube?»

«Ja.» Cavalli trat einen Schritt zurück. «Dass meine Abneigung ihr gegenüber meine Gedanken steuert.»

«Richtig. Was sie gestern durchgemacht hat, muss schrecklich für sie gewesen sein. Ich möchte nicht in ihrer Haut stecken. Sie hat das nicht verdient, Cava.»

«Denkst du, Lukasch hätte das mit jeder Frau gemacht?» Cavalli betonte jedes Wort einzeln.

«Was?», stiess Regina heraus. «Willst du etwa sagen, sie hat es provoziert?»

Cavallis Züge wurden hart. «Irina ist es gewohnt, Probleme mit ihrem Körper zu lösen.»

«Dann habt ihr ja einiges gemeinsam! Bei dir kommt aber noch hinzu, dass du damit gleichzeitig neue schaffst!» Die süsse Erinnerung an die vergangene Nacht war verflogen. Regina drückte auf den Liftknopf. «Beginn sofort mit der Suche nach dem Arzt», wies sie ihn an, bevor die Tür zuging.

Pilecki öffnete erst beim zweiten Klingeln. Seine Augen waren rot, und er senkte den Blick, als er Regina sah.

«Weisst du … Bescheid?», fragte er.

«Ja.»

Er kehrte Regina den Rücken zu.

«Wo ist sie?», fragte Regina sanft.

«Im Bad. Sie hat sich eingeschlossen. Soll ich ihr sagen, dass du da bist?»

«Gern.»

Pilecki führte Regina ins Wohnzimmer und verschwand wieder. Regina hörte, wie er durch die geschlossene Badezimmertür hindurch ihren Besuch ankündigte.

«Sie antwortet nicht», sagte er entschuldigend. «Sie wird sicher bald herauskommen. Wartest du so lange?» Seine Stimme klang hoffnungsvoll. Als Regina nickte, sagte er: «Ich muss kurz ins Büro. Kannst du hier bleiben, bis ich zurückkomme?»

«Natürlich. Was … hast du vor?»

Er nahm einen zittrigen Atemzug und fuhr mit der Hand über sein unrasiertes Kinn. «Lukaschs Festnahme vorbereiten.» Plötzlich begannen seine Schultern zu beben, und er vergrub sein Gesicht in beiden Händen. «Das … das galt mir, nicht Irina. Er wollte sich an mir rächen.»

«Wofür?»

«Für die Einvernahmen. Ich habe seinen Stolz verletzt.»

«Cavalli sagt, Lukasch rechne nicht mit einer Verhaftung. Er gehe davon aus, dass du die Konsequenzen scheust.»

«Dann rechnet er falsch!» Pilecki stand auf. «Ich komme so rasch wie möglich zurück.»

Regina suchte nach Worten des Trostes, fand aber keine. Als die Tür hinter ihm ins Schloss fiel, ging sie zum Bad.

«Irina? Ich bins, Regina. Ich möchte mit dir reden.» Als sie keine Antwort erhielt, fuhr sie fort. «Es geht um Katja. Ich brauche deine Hilfe.» Jetzt hörte sie, wie der Stöpsel in der Badewanne gezogen wurde.

Wenig später kam Irina in einen Bademantel gewickelt heraus. «Was ist mit Katja?»

Regina erzählte, dass der Täter möglicherweise an der Hand verletzt war.

«Verletzt?»

«Können wir zusammen Katjas Umfeld nochmals durchgehen? Alle Nachbarn, alle Menschen auf ihrem Kindergartenweg, in den Läden, wo ihr einkauft, und so weiter. Oder ist das jetzt zu viel?»

Leben kehrte in Irinas blasses Gesicht zurück. «Komm mit!» Sie ging ins Schlafzimmer. «Wir gehen immer den gleichen Weg in den Kindergarten», begann sie. «Damit Katja die Gefahren kennen lernt. Irgendwann wird sie das alleine meistern müssen.» Sie holte eine Jeans aus dem Schrank. «Es gibt einige Leute, die wir regelmässig antreffen. Zum Beispiel die alte Frau mit dem Dackel … aber Frauen können wir weglassen, nicht?»

Regina sah von ihrem Notizblock auf. «Nein, ich notiere lieber alle. Man weiss nie …» Sie verstummte, als sie die Flecken sah, die Lukasch hinterlassen hatte.

Irina verengte die Augen, verdeckte die Spuren aber nicht. «Ich schulde dir noch eine Antwort.»

Regina wusste nicht, wovon sie sprach.

«Die hundert Franken, die ich Cavalli gab.» Irina wartete, bis der Groschen fiel. «Erinnerst du dich an euren Besuch im ‹Blue Girl›? Damals, als ich dort gearbeitet habe?»

Natürlich erinnerte sich Regina daran. Irina hatte Cavalli als potentiellen Kunden betrachtet und angeboten, dass Regina für einen kleinen Zuschlag zusehen konnte.

«Er hat mir das Geld damals gegeben», sagte Irina.

Plötzlich erinnerte sich Regina an die Szene. Cavalli hatte eine Hunderternote aus der Tasche gezogen und sie Irina mit gestrecktem Arm hingehalten, als könne er sie mit dem Schein vertreiben.

«Ich hatte nie die Gelegenheit, ihm das Geld zurückzugeben.» Irina schlüpfte in einen dicken Wollpullover.

Regina verstand. «Danke. Für die Erklärung, meine ich.» Sie betrachtete Irina, und die Verletzlichkeit, die die starke Frau ausstrahlte, berührte sie. Sie versuchte, sachlich zu bleiben. «Vergewaltigung ist eine schlimme Straftat.»

Irina tat, als höre sie Regina nicht. Aber ihre Bewegungen wurden ungeschickt, und als sie ihren Gurt durch die Hosenschlaufe stossen wollte, musste sie zwei Anläufe nehmen.

«Sie wird mit Zuchthaus bis zu zehn Jahren bestraft», sagte Regina behutsam.

Irina sah ihr in die Augen. «Er hat mich nicht vergewaltigt. Ich war einverstanden.»

«Wer eine Person zur Duldung des Beischlafs nötigt, namentlich indem er sie bedroht, Gewalt anwendet, sie unter psychischen Druck setzt oder zum Widerstand unfähig macht, wird mit Zuchthaus bis zu zehn Jahren bestraft», zitierte Regina. «Artikel 190.» Als Irina schwieg, fragte sie: «Hast du Angst, dass man dir nicht glaubt?»

«Juri hat mich gebeten, mit dem Baden zu warten. Ich solle mich zuerst untersuchen lassen.»

«Das ist nicht zwingend nötig», beruhigte Regina. Allerdings hätte es vieles erleichtert. Doch sie verstand, dass Irina sich so schnell wie möglich waschen musste.

Irina zögerte immer noch. Schliesslich fasste sie ihre Bedenken in Worte. «Man wird meine Vergangenheit unter die Lupe nehmen. Warum soll man mir abnehmen, dass diese Nacht anders war?» Sie schüttelte den Kopf. «Und Juri ... nein.»

«Juri ist soeben zur Kripo gefahren. Er will, dass Lukasch bestraft wird. Der Kaviarhandel ist eine Bagatelle gegen das, was er dir angetan hat.»

«Ich bin so weit. Lass uns die Strecke zum Kindergarten ablaufen, damit ich niemanden vergesse, dem wir begegnet sind.»

Regina folgte ihr aus der Wohnung.

Fahrni hörte Cavalli aufmerksam zu. «Das erklärt einiges», sagte er. «Deshalb hat sich Katja am Bahnhof so seltsam aufgeführt. Soll ich gleich mit den Ärzten beginnen?» Er erhob sich von seinem Stuhl.

Cavalli runzelte die Stirn. «Was meinst du?»

Gleichzeitig stiess Gurtner ein «Hä?» aus.

Fahrni sah beide an. «Was?» Er suchte bei Meyer nach Verständnis, doch auch sie wusste nicht, was er damit sagen wollte. «Katja ist Linkshänderin», sagte er, als müsse es allen klar sein.

«Kannst du uns das etwas ausführlicher erklären?», bat Cavalli ungeduldig.

«Klar!» Fahrni stand auf und zog Meyer hoch. «Bambi ist unser Mann.» Fahrni ging mit ausgestrecktem Arm auf sie zu. «Katja wollte ihm doch die Hand geben.» Er streckte seine linke Hand hin. «Aber dann hat sie gesehen, dass seine Hand verletzt ist. Sie tänzelte um ihn herum, um auf seine rechte Seite zu gelangen, und fasste dann seine rechte Hand. So», demonstrierte er.

«Es war kein Handschuh, sondern ein Verband!» Meyer schlug sich auf die Stirn. «Deshalb glaubte Lea zuerst, er habe Handschuhe getragen, und dann doch nicht.»

Fahrni strahlte. «Genau!»

«Und was bringt uns diese Erkenntnis?», fragte Gurtner. «Ausser, dass sie uns deine geistigen Fähigkeiten vor Augen führt?»

«Jede Erklärung ist wichtig! Es bestätigt, dass es sich um ein und denselben Mann handelt. Und dass seine Verletzung so schwer ist, dass er immer noch einen Verband trägt.» Cavalli wandte sich an Fahrni. «Ruf Juri an. Frag ihn nach dem Verband.»

«Juri ist soeben zu Lukasch gefahren», erklärte Fahrni.

Cavalli sprang auf. «Was?» Er wies Gurtner an, die Einsatzzentrale zu verständigen. «Sie soll Verstärkung zu Lukasch schicken. Bambi, komm mit!» Er rannte aus dem Raum.

«Hier kaufen wir jeden Morgen Nussbrötchen.» Irina zeigte auf die Bäckerei. «Katja liebt sie!»

Regina notierte den Namen der Bäckerei. Cavalli würde alle Angestellten überprüfen müssen.

«Und hier», Irina zeigte auf ein modernes Haus mit einer breiten Glasfront, «befindet sich der Kindergarten.» Er war geschlossen. Sie gingen in den Garten und kamen zu einem Fenster. Regina zählte vierzehn kleine Stühle, jeder mit einem individuellen Kissen versehen. Irina presste ihre Stirn gegen die Scheibe. «Siehst du das Kissen in der Form einer Katze? Das ist Katjas. Sie wünscht sich so sehr eine richtige Katze. Ich … habe mich dagegen gewehrt. Weil eine Katze in der Stadt nicht aus der Wohnung kann. Aber wenn … falls …»

Sie kam nicht weiter. Mit erstickter Stimme sagte sie: «Ich würde so vieles anders machen, wenn ich eine zweite Chance hätte!»

Regina legte einen Arm um sie. «Du bist eine tolle Mutter. Katja hat Glück, dass sie dich hat.»

Irina liess ihren Kopf auf Reginas Schulter fallen. Tiefe Schluchzer schüttelten sie. Regina kämpfte dagegen an, dass die Trauer sie mitriss. Irina brauchte jemanden mit einem klaren Kopf, der die Informationen, die sie brockenweise weiterleitete, einordnen konnte. Doch jeder Schluchzer schwemmte einen kleinen Teil von Regina weg und hinterliess eine beängstigende Leere.

«Irina, Katja ist doch scheu. Würde sie dem Bäcker oder eurem Nachbarn so fröhlich zuwinken?» Dass weder der Bäcker noch der Nachbar ukrainisch sprachen, erwähnte Regina nicht. Vielleicht hatte sich Lea in der Sprache getäuscht.

Irina putzte sich die Nase. «Das erstaunt mich auch. Aber es war anscheinend so.»

«Wen kannte sie in der Schweiz am besten?», bohrte Regina von Neuem.

«Ihre Freunde aus dem Kindergarten. Und Sweta, aber sie ist eine Frau.» Plötzlich erstarrte sie und trat einen Schritt zurück. Sie war kreidebleich. «Nein», schüttelte sie den Kopf, «das ist nicht möglich!»

«Was? Irina! Was geht dir durch den Kopf?»

«Nein, das ist Unsinn!»

«Irina!»

Irina starrte in die Ferne. «Wadim hat sich am Finger verletzt.»

«Wer ist Wadim?» Reginas Stimme war die Dringlichkeit anzuhören.

«Wadim? Ein … ein Freund.»

«Ukrainer?»

«Nein, Russe. Er war an unserer Hochzeitsfeier.»

Russisch war fast identisch mit Ukrainisch, hatte Pilecki an der Hochzeitsfeier erklärt. Regina erinnerte sich an einen grossen Mann, der sich mit Irina unterhalten hatte.

«Hat er eine Glatze? Und eine Tätowierung am Finger?»

«Ja, genau. Das ist Wadim.» Irinas Stimme klang immer noch seltsam losgelöst. «Aber … er ist ein Freund. Katja hat bei ihm übernachtet. Warum sollte er sie entführen?»

«Woher kennst du ihn?»

«Er ist ein Bekannter von Juri. Ich habe ihn erst an unserer Hochzeit kennengelernt.»

Regina wählte Pileckis Handynummer.

Pilecki stand vor Lukaschs Haustür. Sein Finger schwebte über der Klingel. Er war im Begriff alles, was er bei der Polizei gelernt hatte, über Bord zu werfen. Ungesichert und alleine einen Täter zu verhaften, galt als Todsünde. Nicht nur, weil er sich selbst in Gefahr brachte, sondern weil das Risiko gross war, dass Lukasch fliehen könnte. Doch er wollte sich den Mann ohne Zeugen vorknöpfen. Pileckis Stammhirn steuerte seine Handlungen, und dieses sah in Lukasch nur noch einen Mann, der über Irina hergefallen war. Er war entschlossen, Lukasch dafür zu bestrafen. In der Wohnung hörte er Schritte und atmete tief ein.

Sein Handy klingelte. Rasch trabte er einen Stock nach unten, bevor er es aus der Tasche zog. Er erkannte Reginas Nummer und schaltete das Handy aus. Sein Herz schlug so schnell, dass er einen Moment warten musste, bevor er wieder nach oben ging. Aus Lukaschs Wohnung drang ein leises Gemurmel, das von einem Fernseher stammen konnte. Pilecki fragte sich, ob Lukasch der Unterhaltung folgte oder zufrieden döste, müde von der anstrengenden Nacht. Vielleicht liess er in diesem Augenblick die Stunden noch einmal vorbeiziehen. Oder plante eine Fortsetzung. Diese Vorstellung jagte Pileckis Puls in die Höhe. Er hob seine Hand und drückte auf die Klingel.

Es schien eine Ewigkeit zu dauern, bis Lukasch an die Tür kam. Dann stand er in Trainerhosen und nacktem Oberkörper vor Pilecki.

Langsam verzog er sein Gesicht zu einem Grinsen. «Sieh mal einer an!» Er öffnete seine Tür weit. «Bitte, komm herein. Kann ich dir etwas anbieten?»

Pilecki umfasste den Griff seiner Pistole und trat ein.

Lukasch ging ins Wohnzimmer. «Lass sie lieber stecken», sagte er über seine Schulter. «Es könnte jemand verletzt werden.»

Pilecki betrachtete den dicken Hals des Mannes und fragte sich, wie fest er zudrücken müsste, bis er verstummte. Er riss sich zusammen und sagte: «Deine Rechnung ist nicht aufgegangen. Irina hat dich angezeigt.»

Lukasch lachte laut. «Wofür? Den tollen Sex?»

Sein Lachen war wie ein Startschuss. Pilecki sprang mit einem einzigen Gedanken auf ihn zu: Er wollte spüren, wie seine Faust auf Knochen traf. Die blinde Wut entlud sich in einem verzweifelten Schlag, den Lukasch mit Leichtigkeit abfing. Er hörte nicht auf zu lachen.

«Du Schwein!», zischte Pilecki. Er zog seine Pistole hervor und richtete sie auf den Ukrainer. «Auf dich wartet eine Zelle, wo du lange nach Kaviar auf deinem Teller suchen kannst!»

Lukasch kam langsam einen Schritt näher.

«Bleib stehen!», rief Pilecki.

Lukasch ignorierte den Befehl. Als er nah genug war, holte er blitzschnell mit dem Fuss aus und schlug die Waffe weg. Pilecki kam alles wie in Zeitlupe vor. Er dachte an Fasolin, die ihren Mörder so zu entwaffnen versucht hatte. Dann an

Cavalli, der ihn bei der Tatortrekonstruktion an der gleichen Stelle getroffen hatte. Gleichgültig registrierte er einen heftigen Schmerz. Er hiess ihn willkommen, froh darüber, dass er dazu fähig war, etwas anderes als Wut zu spüren. Den nächsten Schlag sah er nicht kommen. Die Faust in seinem Magen schlug die Luft aus ihm heraus. Er wunderte sich, dass er noch aufrecht stand. Unfähig, seine Glieder zu bewegen, sah er Lukaschs Fuss ein zweites Mal auf sich zukommen. Dann sackte der Mann plötzlich zusammen. Pilecki sah rudernde Arme, einen überraschten Ausdruck, und Lukasch verschwand aus seinem Blickfeld. Ein wütender Schrei holte ihn in die Geräuschewelt zurück.

«Alles in Ordnung?», fragte Meyer.

Pilecki hustete. Er entdeckte Lukasch wieder, in Handschellen auf dem Boden kniend. Cavalli stand neben ihm, den Blick auf Pilecki gerichtet. Die Tür ging auf, und weitere Polizisten betraten den Raum.

Gurtner kam keuchend auf Pilecki zu. «Scheisse!»

Pilecki liess sich von ihm nach draussen führen und setzte sich schwerfällig auf eine kleine Steinmauer.

«Du bist ein Idiot!», schimpfte Gurtner.

«Ich weiss.»

«Zeig her.» Gurtner untersuchte Pileckis Handgelenk. «Sieht noch ganz aus. Hast du ihm wenigstens einen kleinen Kratzer zugefügt?»

Pilecki lachte sarkastisch. «Machst du Witze?» Er wischte sich den Schweiss von der Stirn und stand schwankend auf. «Ich weiss, du verstehst mich nicht.»

Gurtner protestierte. «Klar verstehe ich dich. Aber es nützt Irina nichts, wenn du dich zu Brei schlagen lässt. Ich schätze, sie könnte deine Unterstützung jetzt gebrauchen.»

Pilecki senkte beschämt den Blick.

«Fahren wir?», schlug Gurtner vor.

Im Wagen erinnerte sich Pilecki an Reginas Anruf. Vermutlich war sie immer noch bei Irina und wartete auf seine Rückkehr. Er beschloss, den Rückruf etwas hinauszuschieben, denn er brauchte noch Zeit, um Lukasch zu verdauen.

Im Kripo-Gebäude schlich er in sein Büro. Kaum hatte er die Tür geschlossen, platzte Fahrni herein.

«Da bist du ja!»

Pilecki deutete auf die Tür. «Lass mich allein.»

Fahrni ging aufgeregt auf ihn zu. Er berichtete von den neusten Entwicklungen.

«Wadim? Ich kenne ihn nicht», sagte Pilecki. «Das ist ein Freund von Irina. Ich habe ihn an der Hochzeitsfeier zum ersten Mal gesehen.»

«Bist du sicher, dass ich nicht auf dich warten soll?», fragte Regina.

Irina schüttelte den Kopf. «Such Katja!»

Regina wartete, bis Irina von der Ärztin ins Untersuchungszimmer geführt wurde. Dann verliess sie rasch die Praxis. Mit grossen Schritten ging sie die Langstrasse hinunter, froh, endlich handeln zu dürfen. Sie hatte Irina davon überzeugen können, sich untersuchen zu lassen, nachdem diese ihr gestanden hatte, dass Lukasch kein Präservativ benutzt hatte. Das Argument, dass Katja eine gesunde Mutter brauchte, hatte sie schliesslich überzeugt. Ob sie auch wegen der Vergewaltigung aussagen würde, wusste Regina nicht. Sie hatte nicht mehr tun können, als Irina immer wieder zu versichern, dass Lukasch der Schuldige war, nicht sie. Vermutlich würde Pilecki den Ausschlag geben.

Wo steckte der Polizist? Regina hatte veranlasst, dass Hanisch die Suchmaschinerie nach Wadim Tatarenkow in Gang setzte. Dazu brauchten sie Pilecki, der am meisten über den Mann wusste. Der Helvetiaplatz tauchte vor Regina auf, und sie rannte die letzten Schritte zur Staatsanwaltschaft. Ungeduldig wartete sie auf den Lift.

Hanisch winkte sie mit einem Stapel Papier in der Hand ins Büro. «Die Adresse, die du mir angegeben hast, existiert nicht. Und das Handy der Frau ist ausgeschaltet. Wir überprüfen nun, auf wen die SIM-Karte registriert ist. Die Nummer stammt aus Deutschland.»

«Warum macht das nicht Cavalli?»

«Er musste ausrücken. Das hier eilt. Jede Minute könnte wichtig sein.» Hanisch trommelte mit den Fingernägeln auf dem Papierstapel. «Gibt es immer noch kein Lebenszeichen des Mädchens?»

Regina verneinte. Sie bestellte Sutter zu sich ins Büro und wies ihn an, eine Telefonkonferenz mit Vertretern von Polizei und Justiz in Auftrag zu geben. «Ich will jeden dabeihaben, der mit organisierter Kriminalität zu tun hat.»

«Steckt tatsächlich die Mafia dahinter?», fragte Sutter aufgeregt.

«Möglicherweise.» Regina überlegte, ob sie ihn mit Recherchen beauftragen sollte, zweifelte jedoch, ob er die nötigen intellektuellen Fähigkeiten dazu hatte. Sie rief stattdessen Fahrni an.

«Pilecki ist zurück», meldete er sofort.

Noch besser, dachte Regina. «Schick ihn vorbei! Und noch etwas: Befragt Popova ein zweites Mal. Sucht nach einer möglichen Verbindung zu Wadim Tatarenkow.»

«Alles klar.» Fahrni legte auf.

Als Pilecki erschien, war Regina in ein Gespräch mit Hanisch vertieft.

«Wo ist Irina?», fragte er in der Tür. Seine Augen suchten den Raum ab. «Sie ist nicht zu Hause.»

«Bei der Ärztin», beruhigte Regina. Sie zeigte auf einen Stuhl. «Setz dich. Sie kommt anschliessend hierher.» Sie wartete, bis sie Pileckis volle Aufmerksamkeit hatte. «Erzähl uns alles, was du über Tatarenkow weisst.»

Pilecki schüttelte hilflos den Kopf. «Nichts!» Er erzählte, wie er dem Mann an seiner Hochzeitsfeier zum ersten Mal begegnet war.

«Du hast einfach angenommen, er sei ein Freund von Irina?», staunte Hanisch.

«Ja! Sie haben sich angeregt unterhalten. Und dann hat sie sich mit Sweta …» Er stockte und fuhr nach einer kurzen Pause nachdenklich fort. «Sweta ist eine Prostituierte. Das habe ich gleich erkannt. Als ich Irina darauf ansprach, wurde sie borstig. Also stellte ich keine weiteren Fragen.» Er wischte sich mit dem Handrücken die Schweissperlen von seiner Oberlippe. «Dieser ‹Prinz›, von dem Katja anscheinend ein Geschenk erhalten hat – das war eine falsche Spur! Sie hat damit gerechnet, dass wir sie befragen werden!»

«Fassen wir zusammen: Wir haben einen Russen, den niemand kennt», zählte Regina auf. «Ein grosser, kräftiger Mann mit Glatze und einer Tätowierung am Finger, dann …»

«Ein rechteckiger Ring?», rief Sutter von seinem Büro aus. Er erschien in der Tür und blickte in die verdutzte Runde. «Ich meine, so mit einem geteilten Rechteck?»

«Ja! Kennst du ihn?» Regina glaubte zu träumen.

«Wen?», fragte Irina hinter Sutter.

Der Protokollführer machte Platz und liess sie durch. Pilecki sprang auf, als er sie sah, und führte sie zu einem Stuhl.

«Wen kennt er?», wiederholte sie hoffnungsvoll.

«Wadim», erklärte Pilecki.

Sutter schüttelte den Kopf. «Nein, ich habe noch nie eine solche Tätowierung gesehen. Aber ich weiss, was sie bedeutet.» Er genoss die Augen, die auf ihn gerichtet waren.

Dafür hatte Regina keine Geduld. «Sag schon!»

«Das ist das Symbol für einen ‹Dieb im Gesetz›. Es heisst:

‹Ich war im Gefängnis und habe meine Strafe abgesessen›.»

«Ein Dieb im Gesetz?» Weder Regina noch Hanisch kannten den Begriff.

Irina erklärte: «Wor w zakonje. Das ist ein professioneller Verbrecher, der sich an die Traditionen der kriminellen Welt hält. Der Titel wird von den sogenannten ‹Autoritäten› verliehen, Personen, die den zweithöchsten Rang einnehmen. Ein ‹Dieb im Gesetz› geniesst Ansehen und Macht.»

«Wenn er keine Orange ist!», sagte Pilecki.

«Auch dann noch», widersprach Irina. «Ausser in den ganz traditionellen Kreisen. Seit Mitte der Achtzigerjahre ist es möglich geworden, den Titel zu kaufen», erklärte sie. «Diese neuen ‹Diebe im Gesetz› nennt man Orangen.»

«Und diese haben keine Gefängniserfahrung?», fragte Regina.

«Genau.» Irina sah in die Runde. «Soll Wadim ein ‹Dieb im Gesetz› sein?»

«Russische Mafia», murmelte Hanisch. «Weisst du mehr über ihre Symbole?»

Sutter dachte nach. «Es gibt verschiedene Tätowierungen. Ich glaube, Sterne sind auch Zeichen für ‹Diebe im Gesetz›. Auf dem kleinen Finger oder der Kniescheibe.»

«Die Kniescheibe!» Pilecki schlug auf den Tisch. «Wie blind kann man sein! Katja hat mich neulich gefragt, ob ich ‹bestraft› wurde, als sie eine alte Narbe an meinem Knie entdeckte.» Er nahm einen zittrigen Atemzug. «Ein gezielter Schuss ins Bein ist bei den Russen eine letzte Warnung. Das muss sie bei Wadim aufgeschnappt haben.»

«Ist er am Bein verletzt? Oder hat er jemanden ins Bein geschossen?», fragte Regina.

Irina vergrub das Gesicht in beide Hände. «Er humpelt.»

Regina kaute auf ihrer Unterlippe. Wer hatte ihn bestraft? Und warum? Hatte er einen Auftrag falsch ausgeführt? Jemanden verraten? Regina verstand, woher die kalte Wut kam, mit der Ingold, Fasolin und Selami ermordet wurden. Nur Marko hatte er raffinierter beseitigt, weil er nicht wusste, ob der Polizist ihn beschrieben hatte. Wadim wollte keinesfalls mit Markos Tod in Verbindung gebracht werden.

Das Telefon klingelte, und Sutter wies auf die Telefonkonferenz hin.

«Ist Cavalli auch dabei?», fragte Regina.

«Vom KV sind Cavalli und Hug mit dabei», bestätigte Sutter.

Pilecki nahm Irinas Arm und führte sie nach draussen. Beide schwiegen, tief in Gedanken versunken. Sie brauchten ihre Angst nicht in Worte zu fassen: Die russische Mafia hatte nicht den Ruf, zimperlich zu sein. Pilecki hoffte, dass Sweta Einfluss auf Wadim hatte.

«Katja mochte Wadim nicht», brach Irina die Stille. «Ich habe zu wenig auf sie gehört.»

«Kinder mögen viele Menschen nicht», tröstete Pilecki.

Irina knöpfte ihren Mantel auf, um die kalte Luft zu spüren. «Kinder merken so etwas. Ich habe es nicht ernst genommen.»

«Du hast sie immer ernst genommen», sagte Pilecki bedrückt. «Ich habe dir vorgeworfen, überfürsorglich zu sein.»

Irina blieb stehen und lehnte sich gegen ein Schaufenster. Sie hob den Kopf zum grauen Himmel und schloss die Augen.

Pilecki stellte sich vor sie, unschlüssig, ob er sie an sich ziehen sollte. An ihrem Hals sah er blaue Flecken. Gab es einen Kern Wahrheit in Lukaschs Version der vergangenen Nacht? Hatte Irina den einen oder anderen Moment genossen? Er wirkte bestimmt anziehend auf Frauen. Im Schaufenster sah er sein eigenes Spiegelbild. Mit Lukasch konnte er nicht mithalten.

Irina musterte ihn. «Willst du, dass ich aussage?»

Pilecki löste seinen Blick nicht von seinem Spiegelbild. «Hast du deine Schuhe anbehalten?»

Irinas Glieder wurden schwer. «Nein.»

Pilecki sah einen Mann, der auf die fünfzig zuging, aber viel älter wirkte. Seine Haltung war gebückt, auf seiner Stirn klebte mattes Haar. Er kehrte sich selbst den Rücken zu und setzte sich langsam in Bewegung.

«Soll ich aussagen?», rief ihm Irina nach.

«Nur wenn du hundertprozentig sicher bist, dass es eine Vergewaltigung war!» Er verschwand ohne zurückzuschauen in die nächste Bar.

Reginas Augen brannten. Die Fahrt nach Hause kam ihr unendlich lang vor. Als Cavalli anrief, um über die neusten Entwicklungen zu berichten, speicherte sie die Informationen, ohne sich Gedanken darüber zu machen.

«Irina wird aussagen. Das heisst, wir können Lukasch festhalten.» Regina hörte die Genugtuung in seiner Stimme. «Sie hat mit ihren Recherchen übrigens ins Schwarze getroffen: Lukasch gesteht die Verbindung zum ukrainischen Mafioso Volkov. Sie haben Kaviar im grossen Stil gehandelt. Illegal, natürlich. Ich habe den Fall den Kollegen von der SA 1 übergeben. Bist du noch dran?»

«Mmh.»

«Was dich noch mehr interessieren dürfte: Popova hat auch gestanden!»

«Was hat sie verbrochen?»

«Die Matrioschkas, die sie als Dank einzelnen Spenderinnen geschenkt hat, wurden nicht von den Kindern im Heim gemalt. Sie hat sie gekauft.»

«Am Weihnachtsmarkt», sagte Regina. Das war also alles, was sie zu verbergen gehabt hatte.

14

Marlene Flint drückte Regina eine Schüssel Fruchtsalat in die Hand. «Pass auf, dass sie dir nicht hinunterfällt!»

«Mutter! Ich bin 37», presste Regina hervor.

Marlene trocknete ihre Hände am Küchentuch. «Das ist kein Grund, so mit mir zu reden! Ich stehe seit heute früh in der Küche, um euer Lieblingsessen zu kochen. Ich werde dich wohl daran erinnern können, aufzupassen.»

Regina klammerte sich an die Schüssel.

«Schliesslich wäre es nicht das erste Mal, dass du einen Fruchtsalat fallen lässt.» Marlene seufzte laut. «Ihr wisst gar nicht, wie viel eine solche Mahlzeit zu tun gibt. Die Jungen essen immer grössere Portionen, und auch Chantal vertilgt mehr, als ihr gut tut.»

Das Stichwort war eine Einladung, über Chantals Figur zu tratschen. Wie Marlene bereits während des Hauptgangs bemerkt hatte, hatte Reginas Schwester zugenommen.

Regina ging nicht darauf ein. Dafür tappte sie in eine andere Falle. «Ich habe angeboten, mich um das Dessert zu kümmern.»

«Gekaufte Desserts sind nicht halb so gut wie selbst gemachte», setzte Marlene ihre Klagelitanei fort.

«Du weisst, dass ich keine Zeit zum Kochen habe», sagte Regina. «Jetzt schon gar nicht.»

«Du bist deiner Arbeit nicht gewachsen. Sonst müsstest du nicht immer Überstunden machen.» Marlene lehnte sich vor und versuchte, mit einem Finger etwas aus Reginas Gesicht zu wischen. Als Regina verärgert zurückwich, liess sie die Hand wieder fallen. «Ich dachte, du hättest da etwas. Deine Sommersprossen werden immer deutlicher. Als Kind mag das niedlich sein, aber als erwachsene Frau musst du dich darum kümmern! Benützt du keinen Puder mehr?»

Regina drehte sich ruckartig um. Sie hatte gar nicht gehört, wie Chantal hinter ihr in die Küche getreten war. Entsetzt starrte sie auf den Fruchtsalat, der aus ihren Händen auf Chantal zuraste. Unfähig, den Schwung zu bremsen, krachte die Schüssel in Chantals Oberarm. Birnen, Orangen, Bananen, Ananas und Waldbeeren schwappten über den Rand und fielen ihrer Schwester zu Füssen. Auf ihrer Bluse klebte dunkel eine Brombeere.

Es dauerte einige Sekunden, die Regina wie eine Ewigkeit vorkamen, bis Marlene zu weinen begann. Chantal versicherte hastig, es sei ja nur eine Bluse, und wies ihre Mutter darauf hin, dass die Schüssel noch fast voll war. Marlene hörte sie nicht. Sie hatte zu lange warten müssen, bis sie ihre Rolle als Märtyrerin voll auskosten konnte.

Regina stand stocksteif und stellte sich vor, was passieren würde, wenn sie die Schüssel einfach fallen liesse. Sie malte sich aus, wie das Glas auf dem Plattenboden zerbrechen würde und Fruchtstücke bis in den hintersten Winkel der Küche spritzten. Klebrig, feucht, mit gefährlichen Glassplittern versetzt. Sie tat es nicht. Mechanisch holte sie einen Lappen und begann, den Boden zu putzen. Auf Chantals Frage, ob sie eine Bluse oder einen Pullover ausleihen dürfe, antwortete Marlene, ihre Kleider würden Chantal kaum passen, so, wie sie zugenommen habe.

Es war ein Fehler, hinzugehen, dachte Regina. Und dafür hatte sie die Suche nach Katja unterbrochen? Sechs Tage war das Mädchen nun verschwunden. Der Verdacht gegen Wadim Tatarenkow hatte sich erhärtet. Seine Fingerabdrücke stimmten mit den Spuren bei Fasolin und Ingold überein. Die DNA-Vergleiche mit der Zigarettenkippe aus Dübendorf und dem Blut im Badezimmer ergaben ebenfalls einen Hit.

Doch Wadim war wie vom Erdboden verschluckt, genauso seine Familie. Weder Irina noch Pilecki wussten, wo er lebte. Swetas Handy hatte sich als gestohlen entpuppt. Die Nummer gehörte einer Schülerin in Nürnberg.

«Regina!» Marlene stand mit roten Augen vor ihr. «Der Boden ist längst sauber!»

Regina stand langsam auf. Sie reichte ihrer Mutter den Lappen, entschuldigte sich und drückte ihrem Vater, der verdattert in der Tür stand, einen Kuss auf die Wange. «Ich muss los. Danke fürs Essen.» Sie hörte ihren Neffen nicht, der ihr zurief, sie habe ihm versprochen, seinen neuen Gameboy zu testen.

Mit jedem Schritt, mit dem sie sich von ihrem Elternhaus entfernte, wurde ihr wohler. Als sie in die Uetlibergbahn stieg, atmete sie erleichtert auf. In der S-Bahn nach Stettbach fühlte sie sich fast wie zu Hause. Die anschliessende Busfahrt war nahezu eine Erholung.

Cavalli sass am Küchentisch und putzte seine SIG-Sauer. Seine Augen schimmerten glasig, seine Wangenknochen traten deutlich hervor. Die Haut darüber spannte, als hätte sie durch den Schlafmangel an Elastizität verloren. Wenn Cavalli seine saubere Pistole putzte, hatte er in seiner geistigen Welt keine Ordnung mehr. Regina legte ihre Hand auf seine Schulter. Er fuhr noch zweimal mit dem Polierlappen über den blitzblanken Lauf und setzte ihn in den Verschluss ein.

«Hast du schon etwas aus Russland gehört?», fragte sie.

«An einem Sonntag? Die russische Polizei ist nicht dafür bekannt, dass sie sich ein Bein ausreisst.» Cavalli führte das Magazin ein und machte eine Ladebewegung. Dann entspannte er den Hammer. «Die Matrioschkas werden nicht in Moskau selbst hergestellt. Bis Informationen in die Hauptstadt fliessen, dauert es. Der Polizeiattaché hat versprochen, die Behörden anzutreiben. Aber dass wir die Geschäftsunterlagen dieser Firmen zu Gesicht bekommen, ist unwahrscheinlich.» Er legte die dienstfertige Pistole beiseite.

«Hanisch hat schon Unmöglicheres zustande gebracht», machte ihm Regina Hoffnung.

«Ich weiss», sagte Cavalli trocken. «Ich habe mit einem Kollegen vom BKA gesprochen. Er ist ein ausgezeichneter Kenner der Szene in Russland. Er weiss mehr über die ‹Verbrecher in Nadelstreifen›, wie er sie nennt, als die neuen Russen selbst.»

Regina massierte seine Schultern. Cavalli lehnte seinen Kopf gegen ihren Bauch und schloss die Augen. «Er behauptet, ein Drittel des Startkapitals nach der Privatisierung in Russland sei krimineller Herkunft gewesen. Die anderen zwei Drittel seien ehemalige Parteigelder. Die neuen Verbrecher kommen aus dem alten sozialistischen Establishment, sind also bloss zu legalen Geschäftsführern aufgestiegene Kriminelle. Das tut gut», seufzte er. «Ein bisschen mehr nach links. Ja, genau dort.» Er fuhr mit monotoner Stimme fort. «Nach dem Zerfall der Sowjetunion seien fast 1500 Joint Ventures, Aktiengesellschaften und Fonds mit ausländischen Beteiligungen gegründet worden, um die Parteigelder zu retten. Und das innerhalb weniger Monate.»

«Hat sich die russische Mafia auf gewisse Verbrechen spezialisiert?»

«Sie sind flexibel: Drogen, Menschenhandel, Prostitution, Schwarzbrennerei, Industriespionage, Waffenhandel, Schmuggel von Rohstoffen – wo auch immer sich Geld verdienen lässt, findest du Spuren der Mafia. Ganze Raketenkomplexe landen bei Mafiagruppierungen, weil sie indirekt an Rüstungsbetrieben beteiligt sind. Hast du gewusst, dass es über 10000 kriminelle Vereinigungen in Russland geben soll?»

«Gemäss welchen Schätzungen?»

«Des russischen Innenministeriums.»

Regina ging zu seiner Kopfhaut über. «Gibt es eigentlich Indianer mit Glatze?», fragte sie plötzlich.

Cavalli lachte laut. «Ehrlich gesagt kenne ich keine. Vermutlich wird es welche geben. Doch Wadim ist bestimmt kein Indianer.»

«Das ist gut zu wissen», sagte Regina ernst. «Dann müssen wir also bloss nach Osten schauen. 10000 kriminelle Vereinigungen, sagst du? Mit wie vielen Mitgliedern?»

«Man schätzt die Gesamtzahl auf über 60000.»

«Das geht noch. Wir finden bestimmt jemanden, der Wadim kennt. Wir müssen nur 59999 Verbrecher befragen. Übrigens gefällt mir dein Haar so lang.» Sie kämmte es mit den Fingern nach hinten.

«Gut, dann muss ich von Wadim keine Konkurrenz befürchten!»

«Erzähl weiter», forderte sie ihn auf.

«Du hast gar nicht gesagt, wie es bei deiner Mutter war.»

«Wie immer. Erzähl. Was hast du sonst noch gelesen?»

Er nahm einen tiefen Atemzug und ratterte die Fakten herunter. «Meistens gibt es eine Führungsperson mit guten Verbindungen auf höchster Ebene. Darunter stehen verschiedene Leiter, die sich strategisch betätigen. Die Gruppen auf unterster Ebene sind als Sicherheitsmassnahme strikt getrennt. Sie dürfen untereinander keinen Kontakt haben, damit man die ganze Organisation nicht identifizieren kann. Verschiedene ‹Pakhan› kontrollieren kriminelle Zellen durch Mittelmänner. Diese nennt man Brigadiers. Sie werden von zwei Spionen des ‹Pakhan› bewacht. Die einzelnen Zellen sind spezialisiert auf Aktivitäten wie Drogenhandel, Eintreibung von Schutzzöllen, politische Kontaktpflege und so weiter.» Seine Stimme wurde immer leiser.

«Wo würdest du Wadim einordnen?»

«Hoch. Vermutlich direkt unter der Führungsperson. Wenn du mich fragst, hat er Mist gebaut und muss es nun ausbaden. Die Russenmafia ist bekannt dafür, nicht zimperlich zu sein.»

«Du meinst Mist im Zusammenhang mit dem Heroin? Dass die Matrioschkas durch einen Fehler von ihm auf den Markt gekommen sind?»

Cavalli antwortete nicht mehr. In seiner Hand hielt er noch immer den Polierlappen. Regina sah zu, wie sein Kinn nach unten klappte. Sie lehnte sich sachte vor, um seinen Atem zu spüren. Er zeigte eine Verletzlichkeit, die sie nur zu sehen bekam, wenn er schlief. Regina dachte zurück an die Scheibenwischer, die sie in der Weihnachtsnacht beobachtet hatte, und an die Frage, die sie sich damals stellte: Wer von ihnen war wirklich robuster, wer verletzlicher? Wusste Cavalli, wovor er floh? Sah er seiner Angst in die Augen, wenn sie ihn einholte? Hatte sie einen Namen? War es Angst vor Liebe oder vor einem drohenden Verlust? Fürchtete er, die Kontrolle zu verlieren? Oder mehr: einen Teil von sich selbst?

Regina legte ihre Wange auf seine Stirn. Jeder geht mit seiner Angst anders um, sagte sie sich. Warum konnte sie das nicht akzeptieren? Cavallis Seitensprünge als Blitzableiter betrachten, die es ihm ermöglichten, eine Beziehung einzugehen?

Sie wollte das, was Irina und Pilecki verband. Obwohl Pilecki seinen Schmerz und seine Zweifel in Alkohol zu ertrinken versuchte, und obwohl die Angst um Katja Irina fast um den Verstand brachte, war da etwas, das sie zusammenhalten würde. Regina war überzeugt, dass sie den Weg wieder finden würden. Vielleicht hatte Irina Recht gehabt. Vielleicht hatte Regina wirklich das Gefühl, dieses Glück stehe ihr zu. Doch sie musste sich eingestehen, dass sie nie gelernt hatte, so zu kämpfen wie Irina. Sie gab zu schnell auf.

Regina stützte Cavallis Kopf und trat langsam zur Seite. Er war sofort wach. Regina schloss seine Augen mit einer Hand, zog ihn hoch und führte ihn ins Schlafzimmer. Kaum lag er auf dem Bett, schlief er wieder.

Irina träumte. Matrioschkas jagten einander durch die Bäckeranlage, versteckten sich hinter Gebüschen und in Abfalleimern. Wadim rannte ihnen nach, sein Gesicht vor Wut verzerrt. Eine besonders mutige Matrioschka lachte ihr breites Lachen, bis er seine Pistole zog und sie erschoss. Aus dem Holz wurde Fleisch, und Irina sah Katja, die reglos auf einer Wiese lag. Schluchzend rannte sie auf sie zu, doch Lukasch stellte sich ihr in den Weg. Sie schlug gegen seine Brust, zerkratzte sein Gesicht, aber er machte nicht Platz. Ihre eigenen Schreie weckten sie, und ihr schlechtes Gewissen traf sie wie ein Pfeil: Sie war eingeschlafen.

Benommen setzte sich Irina auf. Sie war allein. In der Hand hielt sie immer noch Katjas Barbiepuppe. In der Wohnung war es still. Pilecki war noch nicht zurück. Wie betrunken würde er heute nach Hause kommen? Irina schlang ihre Arme um ihren Körper. Sie sehnte sich nach seiner Nähe. Wenn er bei ihr war, lebte die Hoffnung, Katja gehe es gut.

Irina legte die Barbie behutsam auf Katjas Kopfkissen. Sie lehnte ihren Kopf gegen die Wand und schloss die Augen. Wieder tauchten Bilder der Bäckeranlage auf. Sie war so glücklich gewesen! So stolz, geliebt zu werden und lieben zu dürfen. Sie hatte es Wadim leicht gemacht. Hätte man ihr an diesem Abend gesagt, sie könne fliegen, sie hätte es geglaubt. Nur die Fahrt im Streifenwagen war zu wild gewesen für ihren Geschmack. Sie war ihr unendlich lang vorgekommen. Katja war übermüdet gewesen, hatte aber keine Ruhe gefunden.

Plötzlich öffnete Irina die Augen. Sie rutschte in Trance

zum Bettrand. Sie starrte auf den Parkettboden und versuchte die Erinnerung zu fassen, die sich aus ihrem Unterbewusstsein gelöst hatte. Wie eine Luftblase stieg sie auf und schwebte in Griffnähe. Irina hielt den Atem an. Sie wiederholte die Szene in Gedanken, spürte, wie Meyer auf die Bremse trat. Hörte Katja kreischen und sprang ans Telefon. Mit zitternden Fingern wählte sie Reginas Nummer. Anschliessend versuchte sie, Pilecki zu erreichen. Er nahm nicht ab. Verzweifelt bat sie Gurtner um Hilfe.

«Überlass das mir», beruhigte er sie. «Ich kenne seine Stammkneipen.»

Pilecki staunte, als Gurtners massige Gestalt auf ihn zu schaukelte. «Du magst doch in deiner Fr... Freizeit nicht in der Nähe unserer Kunden sein!» Das Sprechen fiel ihm schwer. Seine Zunge fühlte sich aussergewöhnlich gross an.

Gurtner setzte sich. «Wie verladen bist du?»

«Überhaupt nicht», wehrte sich Pilecki und versuchte, gerade zu sitzen.

Gurtner beglich die Rechnung und zog ihn hoch. «Du gehst jetzt nach Hause, dorthin, wo du sein solltest!»

«Man darf doch wohl noch etwas trinken gehen, auch wenn man verheiratet ist!»

«Nicht, wenn es deiner Frau so schlecht geht.»

«Seit wann nimmst du es so genau?»

«Du wolltest ja unbedingt heiraten», hielt ihm Gurtner vor. «Sag nicht, ich hätte dich nicht gewarnt. Aber du hast A gesagt ...»

«Ja», korrigierte Pilecki. Er versuchte, in den Ärmel seiner Jacke zu schlüpfen, traf ihn aber nicht.

«... jetzt kommt das berühmte B.» Gurtner nahm Pileckis Jacke an sich. «Die brauchst du nicht, die Kälte tut dir gut.» Er führte seinen Freund nach draussen. Die kalte Luft tat ihre Wirkung. Als Pilecki etwas nüchterner war, erzählte Gurtner ihm von Irinas Anruf.

«Wieso hast du das nicht gleich gesagt?», warf ihm Pilecki vor und versuchte zu rennen. Er schwankte bedrohlich.

Cavalli und Regina waren schon bei Irina, als Pilecki eintrat. Irina lief wie ein Tiger im Raum umher. Regina hörte ihr aufmerksam zu, während Cavalli per Telefon Anweisungen erteilte.

«Juri!», rief Irina und rannte auf ihn zu.

Er umarmte sie zurückhaltend. Er schämte sich für seinen Zustand, doch es schien sie nicht zu stören.

«Ich glaube, ich weiss, wo die kleinste Matrioschka ist!» Irinas Augen waren lebendig, ihre Wangen vor Aufregung rot. «Erinnerst du dich an die Fahrt ins Berner Oberland? Als Meyer ruckartig gebremst hat, flog die Matrioschka aus Katjas Händen! Die Teile waren überall im Wagen verstreut. Seither vermisst Katja die kleinste Puppe!»

Pileckis Mund stand offen. Wieso war ihm das nie in den Sinn gekommen? Er fuhr über sein zerzaustes Haar und nickte aufgewühlt.

Gurtner fragte, ob Cavalli Meyer schon angerufen habe.

«Sie ist unterwegs. Sie ist in zehn Minuten auf dem Kasernenareal.» Er ging zur Tür. «Kommst du mit?», fragte er Pilecki.

Pilecki trank hastig ein Glas Wasser und folgte ihm.

Regina blieb zurück. Als Ruhe einkehrte, führte sie Irina ins Wohnzimmer. «Wir müssen reden.»

Irina sah sie mit fiebrigen Augen an.

Regina wusste nicht, wie sie beginnen sollte. Es gab keine schonenden Worte für das, was sie zu sagen hatte. Sie holte Luft. «Irina, ist dir klar, was das bedeutet?»

Irina sah sie verständnislos an.

«Wenn wir die Matrioschka finden, ist Katja … in Gefahr.» Sie wartete, bis Irina verstand. «Wadim ist auf der Suche nach dieser Matrioschka. Wenn er weiss, dass ihm Katja nicht helfen kann, hat er … keine weitere Verwendung für sie.»

Irinas Augen füllten sich mit Tränen. Sie klammerte sich an Reginas Arm. «Dann müssen wir sie finden, bevor er es erfährt!»

Regina nickt besorgt. «Vor allem darf es niemand wissen! Du darfst kein Sterbenswort darüber erzählen!»

«Ja», flüsterte Irina. Ihr kurzes Glücksgefühl war verflogen.

Regina legte ihren Arm um ihre Schulter. Als Cavalli eine halbe Stunde später anrief, um mitzuteilen, dass die fehlende Matrioschka unter dem Rücksitz eingeklemmt war, weinte Irina immer noch.

Die Stimmung am nächsten Morgen war ungewöhnlich gedämpft. Niemand hatte genug geschlafen, die Angst um das Mädchen sass allen im Nacken.

Cavalli fasste den Bericht des WD zusammen. «250 Gramm reines Heroin! Also Heroin-Base, so genanntes ‹braunes Heroin›. Die konsumierte Einzeldosis liegt zwischen 50 und 250 mg Reinsubstanz, das mit Coffein und Paracetamol gestreckt wird. Wir sprechen hier von 50 000 Franken! So viel Wert hat eine einzelne Matrioschka.»

«Und das mal dreissig», rechnete Meyer. «Dafür würden einige töten.»

«Ich gehe nicht davon aus, dass diese Schachtel Matrioschkas die einzige ist», ergänzte Regina. «Wir müssen …» Sie unterbrach sich, als ihr Handy klingelte. Das Display zeigte Sutters Nummer. «Entschuldigt mich bitte, es könnte wichtig sein.» Sie verliess den Raum. Zehn Minuten später kam sie mit einem Fax in der Hand zurück. «Moskau!»

«So schnell?», staunte Cavalli.

«Der Polizeiattaché meint, Russen verstehen keinen Spass, wenn es um Kinder geht», sagte Regina. «Ich fasse den Inhalt kurz zusammen: Von den zwei Firmen sei eine ein bekannter Spielzeugfabrikant, der bereits zu Zeiten des Kommunismus das ganze Land mit Spielwaren beliefert habe. Vor drei Jahren habe sie die Produktion von Souvenirs aufgenommen. Es gäbe keine Hinweise für illegale Geschäfte, abgesehen von ‹ein wenig› Bestechung, um die Zusammenarbeit mit Behörden zu erleichtern.»

Gurtner schnaubte. «Würde mich interessieren, was Russen unter ‹ein wenig› verstehen!»

«Moscow Trading hingegen sei ein undurchsichtiges Gebilde», fuhr Regina fort, «auf das die Justiz schon seit Längerem ein Auge geworfen habe. Offenbar sitzen an der Spitze Leute, denen Verbindungen zur Solnzewskaja nachgesagt werden.»

«Solnzewskaja? Ist das die Mafia?», fragte Gurtner.

Pilecki nickte. «Eine der ganz grossen kriminellen Organisationen. Sagt dir der Name ‹Grischa› etwas?» Als ihn alle fragend ansahen, erklärte er: «Grigorij Sychev, besser bekannt als Grischa, ist der berüchtigte Pate der Solnzewskaja. Die Organisation hat ihren Sitz in Moskau, ein weiterer wichtiger Stützpunkt ist Hamburg. Wenn sie im Ausland Aufträge zu erledigen hat, schickt Grischa so genannte ‹Torpedos›, die zuschlagen und dann wieder verschwinden. Ich kann mir gut vorstellen, dass er sich für 50 000 Franken teure Matrioschkas interessiert. Vor allem, wenn ein Mitglied sie ‹verloren› hat!»

«Ich möchte nicht in Tatarenkows Schuhen stecken», sagte Fahrni ernst. Er sah Cavalli an. «Da arbeite ich doch lieber für dich!»

«Schreibt der Polizeiattaché etwas über Moscow Tradings Kundschaft?», fragte Cavalli Regina.

«Er hat eine Liste der Matrioschka-Abnehmer im Ausland beigelegt.» Sie reichte ihm die Blätter. «Wir müssen Kontakt mit ihnen aufnehmen.»

«Geht aus den Unterlagen hervor, wer zur gleichen Zeit wie das ‹Rossija› beliefert wurde?», wollte Gurtner wissen.

Cavalli überflog die Liste. Ganz unten zeigte er mit dem Finger auf einen Eintrag. «Hier ist das ‹Rossija›. Die Lieferung verliess am 10. November das Lager. Am selben Tag gingen noch 200 Stück an … Zar Importe in Nürnberg. Vermerk ‹Christkindlmarkt›.»

Fahrni weitete die Augen. «Aha!»

«Aha?», wiederholte Cavalli.

«Nürnberg!»

«Genau.» Cavalli wartete.

«Swetas Handy! Das wurde doch in Nürnberg gestohlen.»

Cavalli nickte langsam. «Das stimmt.» Er stand auf. «Ich klär die Sache noch einmal beim BKA ab. Macht in der Zwischenzeit Pause.»

Fahrni stand auf und streckte sich gähnend. Als sein Bauch zum Vorschein kam, konnte Meyer der Versuchung nicht widerstehen, ihn zu zwicken. «Kaffee, Superhirn?»

«Lieber eine Ovo», bestellte er.

«Superhirn», äffte Gurtner Meyer nach. «Jeder wird wohl noch eins und eins zusammenzählen können.» Er folgte Meyer und Regina aus dem Raum.

Fahrni wandte sich an Pilecki. «Wie geht es dir? Du siehst nicht gut aus.»

Pilecki hielt seinen Kopf in beiden Händen. «Ich bin selber schuld.»

«Und Irina? Weiss sie schon … ob sie schwanger ist?»

«Was?» Pilecki starrte ihn entgeistert an. «Schwanger? Wie kommst du darauf?»

Fahrni zupfte verlegen an seinem Ohr. «Man sagt … ich meine, sie hat gesagt … also im Protokoll steht …»

«Du hast das Protokoll gelesen? Über Lukasch?», fragte Pilecki wütend.

«Nein!» Fahrni hob abwehrend die Hände. «Ich habe nur davon gehört. Aber rein zufällig, ehrlich!»

«Gehört? Von wem?»

«Ich weiss es nicht mehr», antwortete Fahrni kleinlaut. «Man … redet halt.»

Pilecki steckte sich eine Zigarette in den Mund und ging zur Tür.

«Du darfst hier nicht rau…»

«Das ist mir scheissegal! Und da stand etwas von schwanger?»

«Nein, nicht direkt. Also, ich weiss es nicht. Aber wenn Lukasch kein …» Fahrni verstummte verlegen.

«Zier dich nicht! Du wirst das Wort wohl noch aussprechen können, wenn du sogar mit Kollegen darüber diskutierst!»

«Was schreist du so?», fragte Meyer von der Tür aus. Sie kam mit zwei Bechern zurück.

Fahrni sah Hilfe suchend zu ihr.

«Gummi, Präservativ, Pariser!», schmetterte Pilecki in den Raum. «Willst du alle Details oder eine grobe Zusammenfassung?»

«Nein, das ist nicht…»

«Irina nimmt die Pille!», fuhr Pilecki fort. Er richtete seine ganze Wut auf Fahrni, der den Kopf eingezogen hatte und wartete, bis der Sturm vorübergezogen war. «Sie kann also nicht schwanger werden! Wir wissen noch nicht, ob wir … weitere … Kinder …» Er sackte beim Gedanken an Katja zusammen und liess sich auf einen Stuhl fallen.

Meyer stellte die Becher hin und ging auf ihn zu. Sie nahm

seine Zigarette und löschte sie in einem Wasserglas. «Das Gerede wird vorbeigehen. Dahinter steckt bloss Neid. Manch einer wünscht sich so eine Frau. Sie fragen sich, womit du sie verdient hast.» Sie betrachtete ihn. «Das frage ich mich allerdings auch. Sieh dich an! Irina durchlebt die schrecklichsten Tage ihres Lebens, und du hängst herum und säufst! Weil dein Stolz verletzt ist!»

«Es geht nicht um meinen Stolz!»

«Sondern?»

Pilecki sah sie mit blutunterlaufenen Augen an und suchte nach einer Antwort.

«Eben! Scheisse Juri, Irina ist Opfer eines Verbrechens geworden! Vermutlich hast du sie seither nicht berührt, stimmts?»

Jetzt reichte es Pilecki. «Irina hat im Moment kaum Lust auf Sex!»

«Aber es täte ihr gut zu wissen, dass du noch Lust auf sie hast!»

«Was geht dich verdammt noch mal unser Liebesleben an?»

Cavalli stiess die Tür auf und verkündete: «Anastasia Kölbach», er reichte Regina seine Notizen, «ist die Tochter von Lothar Kölbach.»

«Wer ist Anastasia Kölbach?», fragte Meyer.

«Die Schülerin, auf deren Namen Swetas Handy registriert ist», sagte Fahrni.

«Lothar Kölbach leitet die deutsche Niederlassung der Firma E. Transport GmbH», fuhr Cavalli fort, «mit Hauptsitz in Zug. Seine Frau ist Russin.»

«Die deutsche Niederlassung?» Meyer versuchte, den Zusammenhang zu verstehen. «In Nürnberg?»

«E. Transport ist das Transportunternehmen, das für Moscow Trading Firmen in Westeuropa beliefert. Auch die

Matrioschkas, die ins ‹Rossija› kamen, wurden mit Lastwagen von E. Transport angeliefert.» Cavalli sah Regina an. «Hinter dem ‹E› steht niemand anders als Pawel Efimow.»

«Der reichste Zuger Russe», stellte sie fest. «Ich nehme sofort Kontakt mit den Kollegen in Zug auf. Brauchst du mich noch?»

Cavalli verneinte.

Auf dem Weg in die Staatsanwaltschaft liess sich Regina alle Ereignisse der Reihe nach durch den Kopf gehen. Sie hoffte, dass Hanisch nicht besetzt war, damit sie die Meinung ihrer Kollegin einholen konnte. Sie hatte Glück.

«Schiess los», forderte Hanisch sie auf und lehnte sich zurück. Während Regina erzählte, wurde sie immer ernster. «Einen Moment!», unterbrach sie. «Moscow Trading, ein Unternehmen der Solnzewskaja, verpackt also Heroin in Matrioschkas. Diese werden vom Transportunternehmen E. Transport nach Westeuropa transportiert. Eine Lieferung, die irgendwo in Nürnberg hätte abgegeben werden sollen, fand aus Versehen den Weg in die Schweiz und landete auf dem Adventsmarkt im Hauptbahnhof. Verantwortlich für den Fehler sind Wadim Tatarenkow und seine Frau Sweta. Diese reisen mit dem Auftrag in die Schweiz, die bereits verkauften Matrioschkas zurückzuholen. Sie schrecken nicht vor Gewalt zurück, wenn sich ihnen jemand in den Weg stellt. Eine Matrioschka ist aber unauffindbar. Katja hat sie. Er knüpft zu Katja und Irina Kontakt, in der Hoffnung, die Matrioschka zu finden. Als das nicht klappt, entführt er sie. Er hofft dabei, dass er sie dazu bringen kann, sich zu erinnern.» Sie sah Regina fragend an. «Und warum verzichtet er nicht einfach auf diese 50 000 Franken? Kommt es auf eine Matrioschka mehr oder weniger an? Lohnt sich der Aufwand?»

Regina hatte sich dieselbe Frage gestellt. «Ich kann mir zwei Gründe denken: Entweder duldet Grischa keine Fehler, und Wadim hat den Auftrag, jede einzelne Matrioschka zu finden. Oder Wadim hat Angst, dass der ganze Handel auffliegt, weil die letzte Matrioschka ausgerechnet im Haushalt eines Polizisten gelandet ist.»

«Oder beides», stimmte Hanisch zu. Sie lächelte anerkennend. «Du hast ausgezeichnete Arbeit geleistet! Ich schlage vor, wir sitzen kurz mit Landolt und Tozzi zusammen, bevor wir in Zug die Kollegen informieren.»

Das Lob beflügelte Regina. Als Landolt und Tozzi ihr ebenfalls ihre Anerkennung aussprachen, packte sie die Arbeit mit neuem Elan an. Landolt hatte versprochen, sich selbst um die Zuger zu kümmern, damit diese so rasch als möglich handelten. Kurz vor vier kam er mit der Nachricht zurück, dass die Staatsanwaltschaft Efimow schon länger im Auge hatte. «Sie faxen die wichtigsten Unterlagen durch.»

Als die 150 Seiten eine Stunde später auf Reginas Pult lagen, hatte der Zuger Staatsanwalt bereits eine Observierung angeordnet.

Um acht las Regina das letzte Blatt und legte die Unterlagen müde zur Seite. Die Zuger hatten sich an MROS, die Meldestelle für Geldwäscherei, gewendet. Aus den Akten ging hervor, dass Efimow unter dem Verdacht der gewerbsmässigen Geldwäscherei stand. MROS hatte fiktive Transaktionen untersucht, die sich offiziell auf den Transport von Mercedes-Ersatzteilen für eigene Lastwagen nach Russland bezogen, was E. Transport mit einer gefälschten Endverbraucherbescheinigung dokumentiert hatte. Vermutet wurde ein Zusammenhang mit Drogengeschäften. Die Deliktsumme ging in die Millionen. Doch wie meistens, wenn ein mutmasslicher Täter von der Vortat weit entfernt war, scheiterten die Zuger am Beweis für den Eventualvorsatz. Die inkriminierten Gelder konnten mit keiner Vortat in Verbindung gebracht werden.

Regina beschloss, Feierabend zu machen. Als hätte Cavalli ihre Gedanken gelesen, rief er im gleichen Augenblick an.

«Magst du meinen Wagen nehmen?», fragte er.

Regina verstand nicht. «Übernachtest du im Büro?»

«Ich möchte nach Hause joggen.» Die fieberhafte Suche nach Katja liess kaum mehr Zeit für Sport.

«Klar. Soll ich unterwegs etwas zu essen besorgen?»

Cavalli zögerte. «Ich sollte bei Chris vorbeischauen. Er hat sich seit Tagen nicht mehr gemeldet. Würde es dir etwas ausmachen, wenn wir zu dritt bei mir essen würden?»

Regina hatte keine Lust auf das Chaos, das sie dort erwartete. Doch für ein Restaurant fehlte ihr die Energie. «In Ordnung. Mag er Thai?»

«Er isst alles.»

Es dauerte fast eine Minute, bis Christopher auf Reginas Klingeln reagierte. Er öffnete die Tür einen Spalt und sah alles andere als erfreut aus.

«Er ist nicht da», sagte er kurz.

«Hallo Chris. Dein Vater kommt etwa in einer halben Stunde. Ich habe uns etwas zu essen gebracht.»

«Ich habe schon gegessen», lehnte Christopher ab.

«Darf ich hereinkommen?»

Der Junge öffnete widerwillig die Tür. Als Regina eintrat, fiel ihr als erstes auf, dass aufgeräumt war.

Sie hielt den Plastiksack hoch. «Thai.» Doch das Essen interessierte ihn nicht. Er stand unschlüssig vor ihr und kratzte sich am Ellenbogen.

«Ich habs übrigens herausgefunden», sagte er plötzlich.

«Was herausgefunden?»

«Was adalii heisst.»

«Und?», fragte Regina gespannt.

«Ehefrau.»

«Was?»

Christopher zuckte mit den Schultern. «Einfach Ehefrau. Das wolltest du doch wissen, oder? Gvheyui und adalii. Liebe und Ehefrau.»

Regina lächelte vor sich hin. Vielleicht müsste sie Tsalagi lernen, schoss es ihr durch den Kopf. Wenn Cavalli zärtliche Worte nur in seiner Muttersprache über die Lippen brachte, würde es sich lohnen. Sie stellte sich den weichen Singsang vor und seufzte glücklich.

«Chris?», sagte eine weibliche Stimme plötzlich aus dem Hintergrund.

Regina sah auf.

«Der Film geht weiter.» Als die junge Frau Regina sah, blickte sie fragend zu Christopher.

«Das ist Hawa», murmelte er verlegen. Er zeigte in ihre Richtung. «Und das Regina. Flint. Frau Flint, meine ich.» Zu Regina sagte er: «Du kannst hier auf ihn warten. Wenn du mich brauchst, ich bin im Zimmer.» Er verschwand mit der jungen Frau im Schlafzimmer.

Regina deckte den Tisch für vier.

Kurz darauf kam Cavalli. «Warum strahlst du mich so an?», fragte er verwirrt, als er ihre leuchtenden Augen sah.

«Nur so. Chris hat Besuch. Er will nicht mitessen, aber ich habe trotzdem für vier gedeckt. Vielleicht überlegt er es sich anders.»

«Besuch?» Cavalli ging zum Zimmer und klopfte. Die Tür öffnete sich einen Spalt, und Christophers Gesicht kam zum Vorschein. Cavalli sprach ihn auf Tsalagi an. Mit hochrotem Kopf stellte Chris ihm Hawa vor.

«Jetzt verstehe ich, warum so sauber ist!», grinste Cavalli in der Küche. «Frauen sind praktisch.»

Regina stützte die Hände in die Seite. «Stell dich lieber unter die Dusche, statt mich zu provozieren! Du hinterlässt auf deinem sauberen Boden eine Schweissspur.»

Cavalli senkte die Stimme. «Schweiss soll anziehend sein.»

«Etwa so anziehend wie ungeputzte Zähne. Geh schon», drängte sie ihn.

«Meine Zähne sind geputzt.»

Regina zog ihre Hände weg. «Aber meine nicht.»

Er ging einen Schritt auf sie zu. «Mich stört das nicht.»

Die Zeit schien stillzustehen. Wie durch einen Schleier hindurch nahm Regina die Umrisse von Cavallis Zügen wahr. Einige schwarze Haarsträhnen fielen ihm spitzbübisch ins Gesicht und verliehen ihm etwas Unbekümmertes. Das Rennen hatte ihn entspannt, und seine Haut glänzte weich. Ein Schweisstropfen war an seinem Kiefer hängen geblieben, als könne er sich nicht entschliessen, sich fallen zu lassen.

«Regina?», fragte Christopher. «Kann ich das Essen ins Schlafzimmer nehmen?»

Der Duft von warmem Haferbrei weckte Irina. Sie sprang aus dem Bett und rannte in die Küche. Pilecki stand am Herd und rührte mit geschlossenen Augen in einer Pfanne. Dort, wo Katja normalerweise auf der Abdeckung neben dem Herd sass, stützte er sich ab.

Er schaltete die Herdplatte aus, als er Irina in der Tür sah. Sie hatte die Hand über den Mund geschlagen und rührte sich nicht. Tränen schimmerten auf ihrem Gesicht.

Pilecki legte seine Stirn auf ihre Schulter und weinte mit.

«Manchmal frage ich mich, woher all die Tränen kommen», sagte Irina in die Dunkelheit. «Es ist, als werde man bei der Geburt eines Kindes an ein Reservoir angeschlossen. Ich kann mich nicht daran erinnern, früher geweint zu haben.»

Pilecki strich ihr übers Haar. «Meine Mutter hat etwas ganz Ähnliches gesagt. Mit siebzehn hatte ich einen Motorradunfall. Sie hat sich nachher gefragt, wie viele Tränen sie auf der Intensivstation vergossen hat.»

«Hat sie noch welche übrig?»

Pilecki lächelte traurig. «Ja. Sie ruft täglich an, um nach Katja zu fragen.»

Irina setzte sich schwerfällig. «Ich verstehe nicht, wie ich so blind sein konnte. Mir fällt erst jetzt auf, wie geschickt Sweta auswich, als ich sie auf ihre Lebensumstände hier in der Schweiz ansprach.»

«Hat sie nie eine Andeutung gemacht, wo sie wohnt?» Pilecki füllte den heissen Brei in einen Teller und stellte ihn vor Irina.

«Das frage ich mich die ganze Zeit. Sie hat von ihrer Wohnung erzählt, ohne etwas darüber zu verraten. Vielleicht ist es sogar ein Haus, nicht einmal das kann ich sagen. Wie konnte ich so dumm sein!»

«Hör auf, dir Vorwürfe zu machen. Die ganze Sache muss bis ins letzte Detail durchdacht gewesen sein. Sie hatte vermutlich immer die passende Antwort bereit.»

«Sie kam jedes Mal nach Zürich. Angeblich, weil sie die Stadtatmosphäre liebte. Sie lachte über Zug, das sei ein Dorf, keine Stadt. Und weil Dimka nicht in einen öffentlichen Kindergarten gehe, sei sie freier. Sie dürfe ihn jederzeit herausnehmen.»

Pilecki zeigte auf den Teller. «Probier mal. Ich bin langsam ein Profi, was Kascha angeht.»

Irina schüttelte den Kopf. «Mir ist nicht danach.»

«Du hast seit zehn Tagen fast nichts gegessen», sagte Pilecki sanft. Er nahm den Löffel in die eigene Hand und führte ihn zu Irinas Mund. «Nur einen Bissen.»

Sie öffnete ihm zuliebe den Mund. «Sie hat einmal gesagt, dass sie nicht putzt. Ich hatte es so verstanden, dass sie eine Putzhilfe hat, aber vielleicht wohnen sie in einem Hotel.»

«Oder sind privat untergekommen.» Pilecki spielte nachdenklich mit dem Brei. «Weisst du, was mich Katja einmal gefragt hat?» Er wartete nicht auf eine Antwort. «Warum Sweta so unglücklich sei.»

«Wirklich? Manchmal war Sweta etwas niedergeschlagen. Wenn ich sie darauf ansprach, behauptete sie, Heimweh zu haben. Sie ist mit Dimka nicht wirklich nach Russland gefahren, oder?»

«Nein. Es sind keine Flugbillete auf ihren Namen registriert.»

«Sie hat sich so auf die Reise gefreut.» Irina schüttelte den Kopf. «Und das soll alles gespielt gewesen sein?»

«Vielleicht nur teilweise. Ich kann mir vorstellen, dass sie wirklich Heimweh hat, und dass sie tatsächlich vorhat, bald zurückzugehen. Aber vor zwei Wochen ist sie bestimmt nicht nach Moskau geflogen.» Er raufte sich die Haare. «Wenn ich mir vorstelle, dass sie bei uns im Kripo-Gebäude sass! Und wir haben sie laufen lassen!»

Jetzt legte Irina ihre Hand auf seinen Arm. «Ich weiss.»

«Habt ihr eigentlich über ihre Vergangenheit gesprochen? Weisst du, wo sie gearbeitet hat?»

«Wenig», gab Irina zu. «Als sie merkte, dass ich im gleichen ‹Business› – so nannte sie es – tätig gewesen war, schien sie erleichtert, sogar erfreut. Ich hatte das Gefühl, sie wolle sich mir anvertrauen. Aber sie war sehr zurückhaltend. Einmal hat sie jedoch etwas gesagt, das mich damals erstaunte: Sie hätte nie einen Freier heiraten können. Das müsse schief gehen, weil kein Freier einer Prostituierten abnehmen würde, dass er für sie etwas Besonderes sei. Die Zweifel würden immer wieder an die Oberfläche kommen, am Stolz des Mannes nagen und schliesslich sogar dazu führen, dass er sie für seine eigenen Unzulänglichkeiten verantwortlich machen würde. Natürlich mit der Überzeugung, sie hätte niedrigere moralische Standards, was sie schon mit ihrer Berufswahl bewiesen hatte.»

Pilecki starrte betroffen auf den Löffel in seiner Hand.

«Es hat mich erstaunt, weil es ungewöhnlich scharfsinnig war für Sweta», schloss Irina.

Pilecki wusste nicht, was er dazu sagen sollte. Rational verstand er jedes Wort. Vor einigen Wochen hätte er vehement abgestritten, so einfach gestrickt zu sein. Aber sein Stolz war tatsächlich verletzt. Jemand war in sein Revier eingedrungen und hatte ihn erniedrigt. Und Irina hatte es zugelassen. Seine Vernunft schalt ihn, er verstand, dass Irina in Lukaschs Spiel das Opfer war. Er sass in der Falle.

Irina erkannte sein Dilemma. «Juri», sagte sie stockend. «Ich ... ich habe im Moment nicht genug Platz dafür. Ich denke jede Sekunde nur an Katja. Wenn ... alles ... vorbei ist, wenn ich weiss, was mit ihr ... ist, dann können wir reden. Falls du dann noch nach Lösungen suchen willst.» Und falls ich dann noch leben möchte, dachte sie bei sich. Sie krallte sich an die Tischkante. «Jetzt muss ich einfach wissen: Gehst du oder bleibst du? Ich ertrage diese zusätzliche Ungewissheit nicht! Ich habe keinen Boden mehr unter den Füssen!»

Die Antwort kam postwendend. «Ich bleibe!» Pilecki hörte seine Stimme und war froh, selbst endlich Gewissheit zu haben. Er machte sich keine Illusion darüber, dass es einfach sein würde. Wenn Katja wohlbehalten zurückkäme, würden sie einen Weg finden. Und wenn nicht, wäre sein verletzter Stolz lächerlich im Vergleich zum Verlust, den Irina hätte. Er dachte an das Mädchen und wünschte sich sehnlichst, ihr Geplapper zu hören.

Der Anruf kam gegen elf. Cavalli war mit Regina nach Gockhausen zurückgekehrt und las den Bericht der Zuger Staatsanwaltschaft durch. Regina stand mit der Zahnbürste im Mund am Fenster und starrte auf das Lichtermeer im Glatttal.

«Sie haben Wadim!» Cavalli schlug mit seiner Faust in die offene Hand und lachte ungläubig. «Er ist bei Efimow aufgetaucht!»

«Er ist aufgetaucht? Einfach so?» Regina fing die tropfende Zahnpasta mit der hohlen Hand auf.

«Ja! Er hat Efimow besucht.»

Als Regina den Mund gespült hatte, stand Cavalli bereits in der Tür. Regina riss ihren Mantel vom Kleiderbügel.

Cavalli fuhr mit über achtzig durch die Stadt, während Regina ihren Besuch beim zuständigen Zuger Staatsanwalt ankündigte. Als sie auflegte, wurde sie plötzlich still.

Cavalli raste durch Langnau und fuhr auf eine dunkle Kurve zu. «Was?», fragte er, ohne die Augen von der Strasse zu lösen.

«Fahr zu Efimow.» Reginas Stimme klang seltsam.

«Regina!»

Sie drehte sich zu ihm. «Wie kommst du darauf, dass Wadim Efimow besuchen wollte?»

Cavalli verstand nicht. «Vielleicht, weil er an seiner Tür geklingelt hat?»

«Dafür kann es auch einen anderen Grund geben!»

«Zum Beispiel?»

«Zum Beispiel, dass Wadim bei Efimow wohnt …»

Cavalli sah sie überrascht an. «Verdammt! Ruf die Koll…»

Sie hatte die Nummer bereits eingestellt. Sie erfuhr, dass die gleichen Polizisten, die Efimow observiert hatten, Wadim verhaftet hatten. Bis neue Kollegen die Beobachtung von Efimows Haus wieder aufgenommen hatten, war mehr als eine halbe Stunde verstrichen.

«Genug Zeit, um sie aus dem Haus zu schaffen, wenn sie

tatsächlich dort war!», sagte Cavalli grimmig. Er schlug mit der flachen Hand auf das Lenkrad. «Verdammt!»

Efimow wohnte am Fuss des Zugerbergs. Sein Grundstück wurde durch eine hohe Mauer vor neugierigen Blicken geschützt. Cavalli suchte nach einem getarnten Observierungsfahrzeug, sah aber keines. Er marschierte auf das Eisentor zu und klingelte lange.

«Cava! Das könnte gefährlich …»

«Kommst du mit oder bleibst du draussen?», unterbrach er.

Fluchend eilte sie ihm nach, als eine Stimme im knisternden Lautsprecher sie aufforderte einzutreten.

«Cava!», zischte sie auf dem Weg durch den Garten. «Wir haben keine Ahnung, was uns da drinnen erwartet!»

«Wenn es stimmt, dass Katja da ist, hatte er bereits eine halbe Stunde Zeit, sie verschwinden zu lassen!»

«Das war nur eine wilde Vermutung!»

«Aber eine sehr logische Vermutung. Wadim muss irgendwo privat untergekommen sein. Schau dir diese Festung an!»

Pawel Efimow kam in Anzug und Krawatte an die Tür. Er verzog keine Miene, als Cavalli sich mit erhobenem Polizeiausweis an ihm vorbeidrängte. Regina suchte unwillkürlich nach einem Hausangestellten, der auftauchte, um den Gästen Jacke und Mantel abzunehmen, doch Efimow schien allein zu sein.

«Herr Efimow», begann Regina freundlich und reichte ihm die Hand. Sein Griff war hart wie Stahl. «Bitte entschuldigen Sie die späte Störung.» Sie stellte sich vor. Aus dem Augenwinkel beobachtete sie, wie Cavalli angestrengt in die Stille lauschte. «Wir würden Ihnen gern einige Fragen zu Wadim Tatarenkow stellen.»

Efimow zeigte auf das Wohnzimmer. Er folgte ihnen in militärischem Schritt.

Regina setzte sich. Cavalli blieb stehen. Efimow zögerte. Er setzte sich so auf die äusserste Kante eines Sessels, dass er Cavalli im Auge hatte.

«In welcher Beziehung stehen Sie zu Wadim Tatarenkow?», fragte Regina.

«Er arbeitet für mich.» Efimow sprach mit einem schweren Akzent, der seinem geschliffenen Äusseren widersprach.

«In welcher Funktion?»

«Er ist zuständig für logistische Fragen in Zusammenhang mit Ersatzteilen für unsere Lastwagen.»

Regina wunderte sich, dass er so bereitwillig Auskunft gab. Vermutlich hatte er diese Fragen bereits den Zugern beantwortet. «Wo hat er seinen Arbeitsplatz?»

«In Nürnberg.»

«Weilt er zurzeit in der Schweiz?»

«Wir sind daran, die Abteilung umzustrukturieren. Das geschieht vom Hauptsitz in Zug aus.»

«Seit wann ist er hier?»

«Mitte Dezember.»

«Wie lange dauert die Umstrukturierung?»

«Das ist schwierig vorauszusehen.»

Cavalli stellte sich vor den Geschäftsmann. «Wissen Sie, warum Tatarenkow verhaftet wurde?»

Efimow bestätigte mit einem kurzen Nicken.

«Was sagen Sie dazu?»

«Sie haben den falschen Mann. Ich habe vollstes Vertrauen in Wadim. Er ist ein zuverlässiger, ehrlicher Angestellter.»

«Hat er Familie?», fragte Regina.

Efimows Blick wurde kurz vage. «Ja. Eine Frau und einen Sohn.»

«Wo wohnt er?»

«Für die Dauer seines Aufenthalts in Zug habe ich ihn als Gast aufgenommen.»

«Wo sind seine Frau und sein Sohn jetzt?», fragte Regina.

«Zu Hause. In Moskau.»

Cavalli bewegte sich unauffällig durchs Wohnzimmer, so dass er Sicht auf den Flur und das gegenüberliegende Esszimmer hatte.

Regina lehnte sich zu Efimow, damit er seine Aufmerksamkeit ganz auf sie konzentrierte. «Haben sie auch hier gewohnt?»

«Sie waren kurz zu Besuch.»

«Leben sie in Moskau oder Nürnberg?»

«Das müssen Sie Wadim fragen.»

«Haben Sie …» Reginas Handy klingelte. «Entschuldigen Sie.» Genervt zog sie es hervor und sah auf das Display. Es war Max Landolt. Verdammt!, die Zuger mussten sie gesehen haben, dachte sie und nahm ab.

«Kommt sofort da raus!», befahl der Staatsanwalt. Seine Stimme klang messerscharf.

«Natürlich», antwortete sie freundlich und lächelte Efimow an. «Das wünsche ich Ihnen auch.» Sie drückte auf Aus und erhob sich. «Herr Efimow, ich danke Ihnen für Ihre Zeit.» Aus dem Augenwinkel sah sie Cavallis erstaunten Ausdruck.

Der Russe begleitete sie zur Tür. Cavalli verabschiedete sich widerwillig.

Hundert Meter von Efimows Haus entfernt diskutierte der zuständige Zuger Staatsanwalt mit einem Offizier der Kantonspolizei. Als er Regina erkannte, bellte er sie wütend an. «Was fällt Ihnen ein! Wir bereiten eine Hausdurchsuchung vor, und Sie marschieren auf Zuger Kantonsgebiet einfach zu einem Verdächtigen und beginnen, mit ihm zu plaudern! Das wird Konsequenzen …»

«Es geht um das Leben eines Kindes! Das zählt mehr, als Zuständigkeiten auf Papier!» Sie erklärte ihre Vermutung.

«Efimow ist allein. Es hat niemand das Haus verlassen, und es ist niemand hineingegangen. Ausser Wadim Tatarenkow, den wir in diesem Moment auf der Wache befragen.» Zu Reginas Erleichterung hatte er sich etwas beruhigt.

Cavalli mischte sich in die Diskussion ein und fragte nach dem Stand der Befragung.

«Er schweigt. Wir können kein einziges Wort aus ihm herauspressen. Wir suchen nun nach Spuren seiner Familie.» Er wandte sich wieder an Regina. «Kein Angestellter von E. Transport weiss etwas davon, dass Tatarenkow eine Familie hat. Wir haben mit Nürnberg Kontakt aufgenommen.»

Jetzt war Regina verärgert. «Dieser Kontakt muss über mich laufen!»

«Sie waren nicht erreichbar», verteidigte sich der Jurist.

Das liess Regina nicht gelten. «Sie haben es gar nicht versucht!»

Ein behäbiger Polizist kam auf sie zu und verkündete, dass die Vorbereitungen abgeschlossen waren. «Alle sind in Stellung. Kann es losgehen?»

Der Staatsanwalt richtete sich auf. «Schlagt zu!»

Efimows Anwälte kamen zu dritt und drohten mit Klagen. Während sie mit Regina, dem Staatsanwalt und dem Einsatzleiter der Hausdurchsuchung stritten, schlich Cavalli in den oberen Stock des Hauses. Er durchkämmte die Schlaf- und Badezimmer, öffnete Schränke, Schubladen und sah unter den Betten nach. Im Gästebad blieb er stehen. Der Hauch eines süsslichen Geruches zog an ihm vorbei. Er schloss die Augen, um sich ganz auf seine Nase zu konzentrieren. Das Süsse war die oberste Schicht, darunter entdeckte Cavalli einen leicht pulvrigen Duft. Er bückte sich zum Lavabo und fand am Rand Zahnpastaablagerungen. Er setzte seine Suche mit der Gewissheit fort, dass kürzlich ein Kind in diesen Räumen gewesen war.

Das Doppelbett im Gästezimmer war ordentlich, die Bettwäsche aber nicht frisch. Sorgfältig löste Cavalli die obere Decke und schnupperte am Leintuch. Er erkannte Männerschweiss und feine weisse Spuren, die von einem Deo stammten. Der Geruch auf der anderen Seite der Matratze war anders. Cavalli konnte ihn nicht eindeutig einer Frau zuordnen, dazu war er fast zu herb. Aber er war sicher, dass zwei verschiedene Personen in diesem Bett geschlafen hatten. Er sah sich um. Wenn Wadim und Sweta sich dieses Bett geteilt hatten, wo schliefen dann die Kinder? Vermutlich im angrenzenden Zimmer. Cavalli öffnete die nächste Tür.

Dieser Raum war kleiner. Offenbar diente er als Fitnessraum. Man hatte die Geräte jedoch an die Wand geschoben, um Platz zu machen. Wofür? Übernachteten die Kinder hier? Auf dem Boden? Cavalli setzte sich in die Mitte des Raumes und betrachtete es aus der Perspektive eines Kindes. Hinter einer Haltevorrichtung für Hanteln entdeckte er zwei Matten, wie sie zum Turnen benutzt wurden. Sorgfältig rollte er eine auf und roch an der Oberfläche. Der Schaumstoff war zu penetrant, als dass er feinere Gerüche ausmachen konnte. Er untersuchte die Oberfläche unter der Deckenlampe. In einer feinen Rille entdeckte er ein langes, dunkles Haar. Aus seiner Hosentasche nahm er einen kleinen Plastikbeutel, den er für solche Fälle immer bei sich trug. Er sah sich nach einem Werkzeug um und entdeckte einen Schraubenzieher, mit dem die Geräte verstellt werden konnten. Er löste damit das Haar und liess es in den Beutel gleiten.

Cavalli hörte Schritte auf der Treppe. Hastig rollte er die Matte zusammen und versteckte den Beutel. Er stellte sich mit verschränkten Armen in die Mitte des Raumes.

«Was zum Teufel machen Sie hier!», herrschte ihn der Einsatzleiter an.

«Ich sehe mich bloss um.»

«Ich hoffe, Sie haben nichts angefasst!»

Cavalli machte eine einladende Geste. «Der Raum gehört Ihnen.» Er verliess das Zimmer und trabte die Treppe hinunter, wo Regina mit Landolt diskutierte, der soeben eingetroffen war.

«Ich hätte das nie von dir erwartet! Du hast den Ruf, dich genau an Vorschriften zu halten, und bis jetzt habe ich dich auch so erlebt», rügte Landolt. «Was ist bloss in dich gefahren?» Er sah Cavalli und presste die Lippen zusammen. «Verstehe.»

Das liess Regina nicht gelten. «Nein, Max, so einfach ist das nicht. Ich habe nicht gewartet, weil wir schon genug Zeit verloren hatten. Wenn Katja hier gewesen wäre, hätte jede Sekunde zählen können.»

Landolt streckte den Zeigefinger in die Höhe. «Wenn! Aber sie ist es nicht. Es ist besser, ihr fahrt nach Hause. Ich übernehme hier. Wir müssen sehen, dass wir das Vertrauen wieder herstellen, sonst wird die Zusammenarbeit schwierig.»

Regina drehte sich entmutigt um. Cavalli folgte ihr wortlos. Als sie bei seinem Wagen ankamen, sprach sie ihn darauf an. «Warum hast du dich nicht gewehrt? So kenne ich dich gar nicht.»

«Katja war hier!», verkündete er mit leuchtenden Augen.

«Was?» Regina blieb mit der Hand am Türgriff stehen. «Woher weisst du das?»

Cavalli erzählte ihr von der Zahnpasta. «Dort hat ein Kind die Zähne geputzt. Ausser, unser Mafioso mag Pingu-Zahnpasta!»

Regina lachte über die Vorstellung. «Trotzdem, auch

wenn ein Kind im Gästebad war, das heisst noch lange nicht, dass ...»

Cavalli zeigte ihr den Beutel. «Ich mache jede Wette, das Haar stammt von Katja!»

Jetzt wurde Regina ernst. Sie nahm den Beutel in die Hand. «Cava! Das ist ja ... du bist ...»

«Genial?»

«Ein Idiot! Warum hast du es nicht sofort gemeldet?»

Cavalli verengte die Augen. «Wenn Efimows Anwälte den Streit dort drinnen», er zeigte auf das Haus, «gewinnen, wird jeder Polizist und jeder Jurist sofort hinausgeschmissen! Und kein Beweisstück wird zulässig sein!»

«Dann ist auch dieses Haar nicht zulässig!»

«Nein, aber so wissen zumindest wir, dass Katja dort war, und haben einen Anhaltspunkt, wo wir weitersuchen müssen!»

Regina gab auf. «Gut, gut. Bringen wir es sofort ins IRM. Hahn hat bei dir schon öfters ein Auge zugedrückt.»

«Hahn hat vier Kinder», sagte Cavalli schlicht.

15

«Die Hausdurchsuchung wurde abgebrochen», verkündete Cavalli am nächsten Morgen.

«Das ist ja nicht zu fassen!» Gurtner schlug auf den Tisch. «Wie hat Efimow das geschafft?»

«Hat man wenigstens etwas gefunden?» Fahrni knabberte enttäuscht an einem Schokoriegel.

Cavalli verneinte. «Hahn erstellt das DNA-Profil des Haares, so schnell es geht. Leider kann er den chemischen Prozess nicht beschleunigen. Bis jetzt deutet alles darauf hin, dass es von Katja stammt.»

«Wenn sie sogar die Zähne putzt, ist das doch ein gutes Zeichen, oder?», fragte Fahrni.

Meyer stiess mit dem Ellenbogen die Tür auf. «Nürnberg hat angerufen.» Sie hielt ein Fax hoch. «Sweta Zhokuwa ist eine Prostituierte! Ledig, hat einen Sohn, dessen Vater unbekannt ist!»

Cavalli sprang auf. «Ledig? Dimka ist nicht Tatarenkows Sohn?»

«Nein! Die ganze Familiengeschichte, alles ist Teil einer grossen Lüge, um an Katja heranzukommen!»

«Eher, um an die Matrioschkas heranzukommen», korrigierte Fahrni. «Sweta war schon hier, bevor Katja die Matrioschka hatte.»

«Egal!», sagte Meyer. «Auf jeden Fall ist die ganze Sache konstruiert! Diese Sweta arbeitet seit acht Jahren in einem der exklusivsten Bordelle in Nürnberg. Und ratet einmal, wem es gehört?»

Fahrni schluckte die Schokolade herunter. «Efimow?»

«Genau. Natürlich gibt es keine Beweise dafür. Aber Efimow steht bei den Kollegen in Nürnberg schon lange in Verdacht, die Fäden im Rotlichtmilieu zu ziehen. Er hat seine Finger auch im Spiel, wenn es um Drogen geht.»

«Suchen sie nach Matrioschkas? Wissen sie etwas von dieser Lieferung?», fragte Cavalli.

«Nur, was wir ihnen weitergeleitet haben. Bis jetzt haben sie nichts gefunden. Vermutlich sind die Matrioschkas, die ans richtige Ziel gelangten, längst entsorgt. Ohne Inhalt, natürlich!»

Das sah Cavalli auch so. «Zurück zu Katja. Wir müssen herausfinden, wo er sie hingebracht hat! Sweta ist jetzt allein mit den Kindern. Wir können davon ausgehen, dass Efimow sie irgendwo versteckt. Ich will, dass ihr alles herausfindet, was über ihn bekannt ist. Alles! Egal, auf welchem Weg!»

«Wo sind die Matrioschkas?», fragte Fahrni plötzlich. «Ich meine, der ganze Stoff? Wadim hat ja alle wieder, bis auf die von Katja.»

«Kaum in Efimows Hausapotheke», sagte Meyer trocken.

Cavalli teilte ihre Meinung, dass das Heroin längst beim ursprünglich vorgesehenen Abnehmer gelandet war. «Überlassen wir das den Kollegen vom Gift.»

Meyer wartete, bis die anderen Polizisten die Kripoleitstelle verlassen hatten, und wandte sich dann an Cavalli. «Übrigens, ich sage zu. Wenn ich gefragt werde.»

Cavalli lächelte. «Hoffentlich!»

Regina las alle Unterlagen, die über Efimow eintrafen, Wort für Wort durch. Viermal rief sie im Laufe des Tages die Staatsanwaltschaft in Zug an, um zu fragen, wann Wadim an Zürich überstellt würde. Als sie zum vierten Mal von einem juristischen Sekretär vertröstet wurde, suchte sie verärgert Landolt auf.

Der Leitende Staatsanwalt versuchte sie zu beruhigen. «Tatarenkow hat noch kein einziges Wort gesagt.»

«Ich will, dass er hier befragt wird! Und zwar von Cavalli. Er wird ihn zum Reden bringen», befahl Regina.

«Regina, ich habe dich gestern gewarnt! Jeder Schritt wird nach Vorschrift geschehen! Cavallis Befragungsmethoden sind nicht über alle Zweifel erhaben. Tatarenkow hat die besten Anwälte, die man für Geld kaufen kann. Wir müssen vorsichtig sein. Wir dürfen uns keinen einzigen Fehltritt leisten.»

Regina sagte nichts mehr. Sie packte ihre Sachen und rief Cavalli an. «Ich muss raus hier. Ich kann nicht mehr klar denken», klagte sie. «Warst du heute schon im Kraftraum?»

«Im Kraftraum?»

«Ich will Efimows Geschäftsunterlagen mit dir durchgehen. Im Kraftraum geht das am besten. Es ist ruhig, mein Handy hat dort keinen Empfang, und ich mag es … wenn du …» Sie verstummte verschämt.

«Wenn ich vor lauter Keuchen kein Wort mehr über die Lippen bringe?»

«So ähnlich.»

Eine halbe Stunde später sass Regina auf einer Matte vor dem Laufband und hatte Efimows Unterlagen wie einen Teppich vor sich ausgebreitet. Cavallis Füsse schlugen gleichmässig auf und erinnerten sie an das vertraute Ticken der Wanduhr im Wohnzimmer ihrer Grossmutter. Sie las laut aus der Buchhaltung von E. Transport vor. «Kaum zu glauben, was man alles als Spesen verbuchen kann!»

«Bei den Reichen lernst du sparen», zitierte Cavalli. «Weisst du, wonach du suchst?»

«Klar», sagte Regina. «Nach einem Hinweis darauf, wo er eine Frau und zwei Kinder verstecken könnte.»

«Natürlich», kommentierte Cavalli mit erhobener Augenbraue.

Regina konzentrierte sich auf die Zahlen. Nach zehn Minuten sagte sie frustriert: «Irina würde auf einen Blick erkennen, was diese Zahlen aussagen.»

«Was verstehst du nicht?», fragte Cavalli.

«Alles!» Regina sah verärgert auf. «Ob es normal ist, fast 30000 Franken für Geschäftsessen auszugeben, oder ob da ein versteckter Hinweis liegt! Warum er Miete für Sitzungszimmer zahlt, wo er Besprechungen doch in seinen eigenen Gebäuden abhalten könnte, oder …»

«Wofür wird die Miete bezahlt?», fragte Cavalli.

«Sitzungszimmer. Für Besprechungen mit Kunden. Nicht

nur in Zug, sondern in … Locarno?» Regina runzelte die Stirn. «Und auf dem Zugerberg? In St. Moritz?»

«Wer vermietet die Räume?»

Regina blätterte weiter. «Das steht hier nicht. Er überweist das Geld auf ein Konto in Nürnberg.»

«Sein eigenes?»

«Es ist eine Firma.» Regina zuckte die Schultern. «Eine Transport Consulting Group, was immer das sein mag.»

«Jede Mietzahlung geht an diese Transport Consulting Group?»

Regina kontrollierte die Buchungen. «Ja.»

«Das müssen wir näher ansehen. Hat das die Zuger Staatsanwaltschaft nicht gemacht?»

«Ich finde nichts in den Unterlagen. Was geht dir durch den Kopf?»

«Ob Efimow an dieser Consulting Group beteiligt ist. Vielleicht verschiebt er so Geld.»

«Dann müssten die Räume ihm gehören», sagte Regina. «Du denkst … dass vielleicht … Katja?»

«Wir können davon ausgehen, dass ein russischer Millionär mehr als ein Haus hat. Locarno oder St. Moritz wären keine schlechte Wahl für Ferienwohnungen. O.k., der Zugerberg ist nicht gerade ein Kurort, aber nahe bei Zug.»

Regina machte sich Notizen. «Ich werde die Zuger bitten, das abzuklären.»

«Wir könnten auch einen kleinen Ausflug machen», schlug Cavalli vor. «Ein Spaziergang auf dem Zugerberg täte mir gut. Und ein Wochenende in St. Moritz oder Locarno klingt auch nicht schlecht.»

Regina zögerte. Bis die Kollegen in Zug die Abklärungen getroffen hätten, wäre wieder ein Tag verstrichen. Efimow hätte 24 Stunden mehr Zeit gehabt, Katja etwas anzutun. Sie stand auf. «Gehen wir!»

Cavalli sprang grinsend vom Laufband. «So gefällst du mir!» Er joggte zur Dusche, holte seine Sachen aus dem Büro und hielt Regina zwanzig Minuten später die Beifahrertür seines Volvos auf.

Der Feierabendverkehr staute sich im Sihltal. Während Regina die Abklärung der Sitzungsräume in Auftrag gab, trommelte Cavalli frustriert mit den Fingern auf dem Lenkrad. «Ich kann kein Blaulicht montieren, wenn wir eine private Ausfahrt machen», seufzte er, nachdem sie ihr Gespräch beendet hatte.

«Das will ich hoffen! Wenn die Zuger davon Wind bekommen, dass wir bereits unterwegs sind, bin ich geliefert.» Regina schaltete das Radio ein. «Klassik oder Rock?»

«Egal.»

Regina drehte am Knopf, bis sie auf eine Sendung über Heavy-Metal-Grössen stiess.

«Tu mir das nicht an!», bat Cavalli.

«Dir ist es egal», erinnerte Regina. Sie drehte die Lautstärke auf.

«Auf dem Rücksitz liegt irgendwo mein Gehörschutz. Reichst du ihn mir?»

Regina ignorierte ihn. Als sie durch Baar fuhren, schaltete sie plötzlich das Radio aus. «Frag doch die Erzengel!», schlug sie vor. Cavallis Halbbrüder lebten beide im Tessin, Gabriele als Anwalt, Rafaele leitete die Wertschriftenabteilung einer Grossbank.

Cavalli schnaubte. «Erst wenn es keinen anderen Weg gibt!» Er hatte zu beiden keinen Kontakt und wollte das nicht ändern.

«Kannst du für einmal deine absurden Aversionen vergessen?», sagte Regina wütend. «Es geht hier um das Leben eines Kindes!»

«Natürlich geht Katja vor!», entgegnete Cavalli kalt. «Ich sage ja, wenn es sein muss, frage ich sie. Aber ob meine Aversionen absurd sind oder nicht, geht dich nichts an!»

Regina drehte sich zu ihm um. Sie hatte es satt, immer auf Zehenspitzen zu gehen, wenn sie über Cavallis Vergangenheit sprachen. «Werd endlich erwachsen! Begrab diese sinnlose Eifersucht.»

«Eifersucht? Was hat das mit meiner Abneigung gegenüber zwei überangepassten, Geld jagenden blonden Idioten zu tun?»

«Die zufälligerweise das hatten, was du dir immer gewünscht hast: einen Vater und eine Mutter, die für sie da waren.»

«Bist du jetzt auch noch Psychologin?» Cavalli starrte eingeschnappt auf die Rücklichter vor ihm, an die er bedrohlich nah heranfuhr.

«Um eins und eins zusammenzuzählen, braucht man nicht Psychologie zu studieren», hielt Regina ihm vor.

«Du bist also eine Expertin, was Vergangenheitsbewältigung angeht? Du bekommst schon weiche Knie, wenn deine Mutter bloss anruft.»

«Immerhin rede ich mit ihr!»

Sie verfielen in ein feindseliges Schweigen, bis Cavalli an der Ortstafel von Zug vorbeifuhr.

«Wie lautet die Adresse?», fragte er ausdruckslos.

«Fahr einfach Richtung Zugerberg.»

«Wenn die Adresse kein Geheimnis ist, könnte ich das GPS einschalten.»

«Gehts auch ohne Sarkasmus?» Regina nannte die Strasse, eine Hausnummer war nicht aufgeführt. Müde schloss sie die Augen. Eine mechanische Stimme diktierte den Weg. Langsam liessen sie die Lichter der Stadt hinter sich. Obwohl die Tage deutlich länger waren, kam die Dunkelheit für Regina immer noch überraschend schnell. Vielleicht, weil die Dämmerung um diese Jahreszeit meist genau dann einsetzte, wenn sie das Büro verliess.

Die Strasse, die den Berg hinaufführte, wurde immer schmaler. Bald hatten sie die letzten Häuser hinter sich gelassen und tauchten in den Wald ein. Eine Kurve ging nahtlos in die nächste über, bis sie auf einer Ebene ankamen, die im Licht des aufgehenden Mondes weiss schimmerte. Am Waldrand hielt Cavalli an und schaltete das Licht aus. Rund 200 Meter vor ihnen lag ein zweistöckiges Chalet. Es war kein anderes Haus weit und breit zu sehen.

«Wie weit geht die Strasse noch?», fragte Cavalli.

Regina nahm eine Taschenlampe aus dem Handschuhfach und sah auf der Karte nach. Nur noch zwei Kilometer. Sie suchte in der Ferne nach weiteren Gebäuden, fand keine. Cavalli fuhr ohne Licht ein Stück weiter und bog in einen Weg ein, der wieder in den Wald zurückführte. Dort parkte er den Volvo ausser Sichtweite. Von hier aus war das Chalet gut zu sehen. Das untere Stockwerk war hell erleuchtet.

«Sieht aus, als fände gerade eine Sitzung statt», sagte Cavalli ironisch. Dann wurde er ernst. Die Haustür wurde aufgerissen, und die Umrisse einer Frau waren zu erkennen. Er lehnte sich nach vorne, als könnte er sie so besser erkennen. Ohne die Augen abzuwenden bat er Regina, ihm den Feldstecher zu reichen, der hinter ihrem Sitz verstaut war.

Regina zog die ganze Tasche hervor. Ausser einem Feldstecher befanden sich Werkzeug und Spurensicherungsmaterial darin.

«Hier», flüsterte sie. Aufgeregt versuchte sie, seinem Ausdruck zu entnehmen, ob es Sweta war, die in der Tür stand.

«Hat Pilecki nicht erzählt, sie sei blond?», fragte Cavalli unsicher. Die Frau in der Tür hatte schulterlange rote Haare.

«Haare kann man färben», sagte Regina. «Vor allem, wenn man gesucht wird.»

Die Frau starrte in die Dunkelheit hinaus und verschwand dann wieder im Haus.

Cavalli reichte Regina den Feldstecher. «Ich schaue nach. Bleib hier. Wenn ich in zehn Minuten nicht zurück bin, ruf Verstärkung!» Er zögerte und blickte zum Handschuhfach.

«Cava! Das ist zu gefährlich!»

«Ich muss wissen, ob die Kinder dort sind! Tatarenkow ist in sicheren Händen, und Efimow wird überwacht. Wenn es tatsächlich Sweta ist, dann ist sie allein.» Er öffnete das Handschuhfach und holte seine Reservewaffe hervor. Er hielt sie Regina hin. «Hast du schon einmal mit einer Glock geschossen?»

Sie riss die Augen auf. «Spinnst du? Ich werde bestimmt nicht auf einen Menschen zielen!»

Cavalli sah sie eindringlich an. «Regina! Nimm die Pistole! Sie wird dir Sicherheit geben.»

«Ich dachte, die Situation sei nicht gefährlich», hielt sie ihm vor.

«Ist sie auch nicht. Aber man sollte immer gewappnet sein. Wofür hast du all die Monate geübt? Damit du dich verteidigen kannst, wenn es nötig ist!» Er starrte nachdenklich auf die Glock und schüttelte den Kopf. Er zog seine SIG hervor und reichte sie Regina. «Hier, nimm meine Dienstwaffe. Mit der P228 kannst du umgehen.» Er füllte das Magazin der Glock und steckte sie ein. «Denk daran: zehn Minuten. Wenn ich bis dann nicht zurück bin, ruf Verstärkung.»

Regina beobachtete, wie er den Waldrand entlangschlich, den Blick auf das Haus vor ihm gerichtet. Seine geschmeidigen Bewegungen erinnerten sie an eine Raubkatze auf Beutesuche. Sie kaute nervös auf ihrer Unterlippe und überlegte, ob sie seine Anweisungen ignorieren und gleich Verstärkung rufen sollte. Wenn die Frau nicht Sweta war, bekämen sie gewaltigen Ärger. Cavalli war vorsichtig. Er würde kein unnötiges Risiko eingehen. Er konnte Gefahren gut einschätzen, sagte sie sich.

Inzwischen war er beim Chalet angekommen. Im Mondlicht erkannte sie, wie er ans Fenster schlich, ein dunkler Fleck, kaum erkennbar im Schatten der Hauswand. Plötzlich fuhr er hoch und rannte gebückt um die Ecke. Kurz darauf hörte Regina den Motor eines Autos. Sie bückte sich ebenfalls, obwohl man den Volvo von der Strasse aus nicht sehen konnte. Ein BMW fuhr an ihr vorbei. Sie nahm hastig den Feldstecher zur Hand, doch in der Dunkelheit konnte sie die Nummer nicht erkennen.

Der Wagen hielt direkt vor dem Chalet und verdeckte die Sicht auf die Haustür. Frustriert drückte Regina den Feldstecher an ihre Augen. Sie erkannte, wie jemand ausstieg und wie fast gleichzeitig die Haustür geöffnet wurde. Die Figur blieb stehen, ab und zu tauchte ein Arm in Reginas Blickfeld auf, der wild gestikulierte. Sie kurbelte die Fensterscheibe hinunter in der Hoffnung, etwas zu hören, aber sie war zu weit weg.

Cavalli hörte, wie die Autotür aufging. Im gleichen Moment wurde die Haustür aufgestossen, und eine schrille Frauenstimme schleuderte unverständliche Worte in die Dunkelheit. Cavallis Nackenhaare standen zu Berg, als er erkannte, dass die Frau russisch sprach. Vorsichtig wagte er einen Blick um die Ecke. Fünf Meter vor ihm stand Pawel Efimow und gestikulierte wütend mit den Armen. Jetzt war Cavalli sicher, dass es sich bei der Frau um Swetlana Zhokuwa handelte. Er fluchte innerlich, weil er dem Gespräch nicht folgen konnte. Efimow setzte dem Wortgefecht ein Ende, in dem er Sweta eine Ohrfeige verpasste. Sie schrie auf, und plötzlich tauchten hinter ihr zwei Kinder auf. Cavalli erkannte Katja, die erschrocken zu Sweta hoch sah. Neben ihr stand ein Junge. Mit ängstlichem Blick schielte er zu Sweta, dann zu Efimow und steckte schliesslich den Daumen in den Mund. Cavalli fand die Geste seltsam für ein Kind in seinem Alter. Ob Regina die Szene vom Volvo aus beobachtete? Oder verdeckte der BMW die Sicht? Cavalli löste seinen Blick nicht von Efimow, unsicher, ob der Mann eine Gefahr für die Kinder darstellte.

Plötzlich schnellte Efimows Hand hervor und packte Katja. Das Mädchen kreischte und wand sich. Sweta nahm ihren anderen Arm und zog daran. Sie richtete wütende Worte an Efimow, der sich bedrohlich über Katja beugte. Cavalli war wie ein gespannter Bogen, bereit, jederzeit einzugreifen. Er vermutete, dass Efimow Katja mitnehmen wollte und Sweta damit nicht einverstanden war. Doch seine Vermutung gründete bloss auf der Körpersprache der Beteiligten.

Ohne Vorwarnung liess Efimow Katjas Arm los. Sie verlor das Gleichgewicht und prallte gegen Sweta, die das Mädchen schützend an sich zog. Efimows Hand verschwand in seiner Tasche und zog eine Pistole hervor, die er auf Sweta richtete. Er stiess wütende Worte in ihre Richtung aus. Als Katja die Waffe sah, wirbelte sie herum und rannte ins Haus. Efimow schrie etwas, Sweta packte ihren Sohn und wurde grob durch die Tür gestossen.

Cavalli umklammerte den Griff seiner Glock und schlich bis zur Haustür. Er versuchte, die Lage einzuschätzen. Sein Instinkt sagte ihm, dass er nicht viel Zeit hatte. Efimow war eine Bombe, die jeden Moment explodieren konnte. Sweta und die Kinder waren in Gefahr. Vorsichtig stiess er mit dem Fuss die Tür auf, die nicht ganz ins Schloss gefallen war. Er betete, dass Regina ihn beobachtete und Verstärkung rief. Dann schlüpfte er in einen kleinen Eingangsraum, in dem Schuhe und Stiefel aufgereiht waren. Die Tür vor ihm führte ins Wohnzimmer. Er stahl sich mit gezogener Waffe an die Stimmen heran, die laut aus dem Raum vor ihm drangen. Der Holzboden knarrte unter seinen Füssen, und er blieb mit angehaltenem Atem stehen. Efimow war auf Sweta fokussiert, er nahm das Geräusch nicht wahr. Erleichtert stellte sich Cavalli vor der Wohnzimmertür in Position. Durch den Spalt erkannte er Efimow, der mit dem Rücken zu ihm stand. Mit einer Hand hielt er Katja, mit der anderen hatte er seine Pistole auf Sweta gerichtet.

Cavalli atmete tief durch. Er wusste, was er zu tun hatte. Er würde schnell sein müssen, um den Überraschungseffekt ausnützen zu können. Efimow würde nicht zögern zu schiessen, wenn er Cavalli entdeckte. Cavalli musste sicher sein, dass er Efimow überlegen war. Und so schnell, dass der Mafioso gar nicht erst auf die Idee kam, Katja als Schutzschild vor sich zu ziehen. Cavalli versuchte, Swetas Reaktion einzuschätzen. Würde sie sich ducken und rechtzeitig in Sicherheit bringen? Wo stand ihr Sohn? Cavalli liess seine Augen durch den Raum gleiten, konnte Dimka aber nirgends sehen. Vermutlich würde Sweta zu ihm rennen, mutmasste Cavalli. Doch wo war er?

Langsam stiess Cavalli die Tür etwas weiter auf und machte sich bereit. Er holte Luft, trat einen Schritt in den Raum und öffnete den Mund, um Efimow zuzurufen. Doch bevor ein Ton über seine Lippen kam, schrie einen Fussbreit neben ihm Dimka auf, der sich gegen die Wand neben der Tür gedrückt hatte. Cavalli zuckte zusammen. Efimow wirbelte herum und drückte um den Bruchteil einer Sekunde vor Cavalli ab.

Der Schuss klang wie eine Explosion im geschlossenen Raum. Cavalli spürte einen stechenden Schmerz in den Ohren, gleichzeitig riss ihn ein heftiger Schlag von den Füssen. Er sah, wie sich Swetas Mund verzog, hörte aber keinen Schrei. Alle bewegten sich wie in einem Stummfilm. Etwas brannte heiss in seiner Brust. Während er hinfiel, dachte er an Fasolins Schusswunde. Das Geschoss war unterhalb des linken Schlüsselbeins ins Herz eingedrungen. Dann schlug er mit dem Kopf gegen den Rand des Kachelofens, und der Raum wurde schwarz.

Als Regina sah, dass Cavalli dem Unbekannten ins Haus folgte, forderte sie Verstärkung an. Anschliessend erkundigte sie sich nach Efimows Wagen. Er besass einen Mercedes und einen BMW, erfuhr sie. Sie notierte die Nummernschilder. Von Cavallis Volvo aus konnte sie das Schild aber nicht erkennen. Sie beschloss, etwas näher ans Haus heranzugehen. Sie musterte die SIG-Sauer in ihrer Hand und widerstand der Versuchung, sie im Handschuhfach zu versorgen. Mit Unbehagen steckte sie die Waffe in ihre Manteltasche.

Der Schnee am Waldrand war fast zehn Zentimeter tief. Sie sank bis über die Knöchel ein, die Kälte liess sie frösteln. Ihre Absätze eigneten sich schlecht für einen Waldspaziergang. Langsam folgte sie Cavallis Fussstapfen. Als sie die halbe Strecke zurückgelegt hatte, hatte sie bessere Sicht auf das Nummernschild. Sie nahm den Feldstecher zur Hand und kontrollierte die Ziffern. Die Kälte, die sie jetzt spürte, hatte nichts mit ihren Füssen zu tun. Es war Efimows BMW. Wo waren die Polizisten, die ihn überwachen sollten? War er ihnen entwischt? Oder war die Aktion abgebrochen worden? Ohne zu merken, was sie tat, zog Regina die SIG aus der Manteltasche. Das kalte Metall machte ihr Mut. Sie ging weiter.

Cavallis Fussstapfen zeigten nach links, weg vom Wald über das Feld. Regina schaute über ihre Schulter, so wie Cavalli zuvor, und rannte bis zum Haus. Vor der Tür stand niemand mehr, doch aus dem Innern drangen laute Stimmen. Sie huschte um die Ecke und lehnte sich gegen die Hauswand. Sie atmete schwer, ihr Herz klopfte, als müsse es eine ganze Armee mit Sauerstoff versorgen. Ruhig, mahnte sie sich selber. Die Verstärkung wird jeden Moment eintreffen. Sie wischte ihre feuchte Hand am Hosenbein ab und richtete sich auf. Ohne es zu merken hatte sie die Achseln hochgezogen und so noch mehr zur Anspannung beigetragen. Die Sekunden kamen ihr wie eine Ewigkeit vor. Sie vergegenwärtigte sich in Gedanken alles, was sie über Efimow wusste. Sie sah seine rigide Haltung und sein glatt rasiertes, knochiges Gesicht vor sich. Er hatte etwas Asketisches, als geniesse er es, seinen Körper zu züchtigen.

Plötzlich wurde Regina durch einen lauten Schuss aus ihren Gedanken gerissen. Sie sog erschrocken Luft ein und kauerte instinktiv nieder. Sie verlor beinahe das Gleichgewicht, stützte sich auf einem eisigen Schneebrocken ab und versuchte, einen klaren Gedanken zu fassen. War das ein Warnschuss gewesen, oder hatte Cavalli auf Efimow gezielt? Er hatte im Verlauf seiner siebzehn Jahre bei der Polizei noch nie einen Menschen getötet. Seine Achtung vor dem Leben war so gross, dass er nie leichtfertig einen Schuss abgeben würde. War nun der Moment gekommen, vor dem er sich fürchtete? Bevor Regina sich über die Folgen Gedanken machen konnte, hörte sie den hohen Schrei eines Kindes. Sie schnellte hoch. Katja war vielleicht im Haus! Entsetzt schlug Regina ihre Hand vor den Mund, unfähig, sich zu bewegen. Wo blieb die Verstärkung? Sie lauschte angestrengt in die Stille, hörte nur Geräusche aus dem Haus: eine Frauenstimme, eine Tür, Schritte.

Regina versuchte zu begreifen, was in diesem Moment geschah. Die Geräusche kamen nun vom oberen Stockwerk, direkt über ihr. Brauchte Cavalli Hilfe? Wäre sie überhaupt eine Hilfe, ungeübt wie sie war? Oder würde sie Katja in noch grössere Gefahr bringen? Sie musste mehr wissen. Vorsichtig schlich sie Richtung Haustür. Sie zitterte und konnte die Pistole kaum halten. Die Tür stand offen. Sie trat ein.

Im kleinen Vorraum war es still. Die Bretter über ihrem Kopf knarrten, als schnelle Schritte darüber flogen. Sie sah sich nach einem Versteck um, falls Efimow auftauchte. Der Raum war fast leer. Sie würde sich nirgends in Sicherheit bringen können. Einen Moment lang überlegte sie, wieder hinauszuschleichen und im sicheren Innern des Volvos auf die Zuger Polizei zu warten. Sie riss sich zusammen und beschloss nachzusehen.

Die Tür vor ihr war angelehnt. Sie stiess sie vorsichtig auf und stockte. Sie begriff das Bild nicht, das sich ihr bot. Cavalli lag am Boden. Ein ungläubiges Lachen drohte aus ihr herauszubrechen. Sie wollte Cavalli vorwerfen, dass es nun wirklich nicht Zeit sei, irgendwelche Spielchen zu treiben. Wollte ihn mit dem Fuss schubsen, damit er aufstand. Sie starrte auf die rote Stelle auf seiner Brust. Seine Jacke war leicht zur Seite gerutscht, und Regina sah, wo das Geschoss ihn getroffen hatte. Ein Vorwurf lag ihr auf der Zunge: Warum trug er keine kugelsichere Weste? Was fiel ihm ein, sich ungesichert in Gefahr zu begeben?

Sie fiel auf die Knie und legte ihre Hand auf seine Brust. Sein Atem pfiff bedrohlich, und Regina erkannte, dass die Kugel seine rechte Lunge getroffen hatte. Die Luft strömte durch die Einschusswunde. Sie riss ihren Schal weg und zog ihn sorgfältig unter seinem Rücken durch. Dann kramte sie ein Heftpflaster aus ihrer Tasche und klebte die Wunde zu. Zum Schluss befestigte sie mit dem Schal ihre Handschuhe über der Wunde, so dass keine Luft ein- oder ausströmen konnte. Ihre Augen brannten, ihre Kehle war wie zugeschnürt.

Ein Weinen machte Regina deutlich, dass das Drama noch nicht zu Ende war. Als sie Katjas Stimme erkannte, hielt sie ihre eigenen Tränen zurück. Sie wurde ganz ruhig. Ihr Körper liess den Schmerz, den Cavallis Anblick in ihr auslöste, nicht mehr zu. Wie betäubt gehorchten die Glieder ihrem Kopf, ohne dass sie sie spürte. Katja war oben. Mit Efimow, der nicht davor zurückschreckte, Gewalt anzuwenden.

Regina schlich zur Treppe. Mit dem Daumen spannte sie den Hammer der Pistole. Bevor sie hochstieg, streifte sie ihre Schuhe mit den lästigen Absätzen ab. Mit jedem Schritt fühlte sie sich sicherer. Eine Wut breitete sich in ihr aus. Was fiel Efimow ein, solches Leid auszulösen? Sie dachte an Irina, die die schlimmsten Wochen ihres Lebens durchmachte. An Katja, die vermutlich zugesehen hatte, wie auf Cavalli geschossen wurde. Was hatte sie noch miterleben müssen? Was hatten ihr Efimow und Wadim angetan?

Aus dem Zimmer rechts der Treppe drang Swetas Stimme. Efimow redete wütend auf sie ein. Regina wagte nicht, den Kopf um die Ecke zu strecken. Zuerst musste sie wissen, wer sie sehen konnte. Sie versuchte, die Distanz der Stimmen einzuschätzen. Efimow schien näher bei der Tür zu sein. Dann stand er vermutlich mit dem Rücken zu ihr, überlegte sie.

Die Stimmen wurden lauter, Regina erkannte ein Njet. Swetas Tonfall war schrill. Sie sprach rasch, als müsse sie loswerden, was sich aufgestaut hatte.

Im Zimmer hinter Regina regte sich etwas. Sie drückte sich an die Wand und versuchte, den Überblick zu behalten. Sie zählte rasch die Türen: Es waren fünf. Rechts von ihr waren Efimow, Sweta und Katja. Daneben befand sich ein Badezimmer. Die Tür gegenüber war geschlossen. Ein weiteres Schlafzimmer, vermutlich. Anschliessend kam das Zimmer, aus dem sie das Geräusch vernommen hatte, dann eine weitere geschlossene Tür. Vielleicht eine Treppe in den Dachstock?

Es raschelte erneut im Zimmer. Regina war hin- und hergerissen. Wenn sie nachsah, was das Geräusch verursachte, lief sie Gefahr, selbst entdeckt zu werden. Wenn sie es ignorierte, hätte sie möglicherweise eine Gefahrenquelle im Rücken. Die Entscheidung wurde ihr abgenommen. Ein Junge kam aus dem Zimmer und starrte Regina an. Sein Daumen steckte im Mund, in der freien Hand hielt er ein Comic-Heft, an dessen Seiten er nervös zupfte. Er wirkte verstört, als verstehe er nicht, wo er sich befinde.

Regina legte einen Zeigefinger auf ihre Lippen und betete, er würde sie nicht verraten. Er blieb stehen und starrte sie weiter mit verwirrtem Blick an. Das muss Dimka sein, dachte Regina. Sie erinnerte sich, dass er in Katjas Alter war, doch er wirkte viel jünger. Einzelne helle Haare standen wie ein Kranz ab. Vermutlich hatte er den Kopf an einem synthetischen Material gerieben. Dimka begann, kleine Stücke vom Comic abzureissen. Er liess die Fetzen fallen, ohne den Blick von Regina zu lösen. Plötzlich schien er genug gesehen zu haben. So unerwartet, wie er aufgetaucht war, ging er weiter. Er marschierte auf seine Mutter zu, ohne nach links oder rechts zu sehen.

Regina wagte einen Blick in den Raum. Efimow stand tatsächlich mit dem Rücken zu ihr. Seine linke Hand hielt Katja am Genick fest, mit seiner Rechten hatte er eine Pistole auf Sweta gerichtet. Dimka spazierte an ihm vorbei, ohne ihn zur Kenntnis zu nehmen. Als Sweta ihren Sohn sah, stiess sie einen panischen Schrei aus. Katja schreckte auf und krallte sich an Efimows Arm fest. Der Russe handelte rasch. Er sah die Möglichkeit, Swetas Gehorsam zu sichern. Er packte Dimka mit der Hand, die die Pistole hielt, rechnete aber nicht mit Swetas Reaktion. Als sie die Waffe neben dem Kopf ihres Sohnes sah, stürzte sie sich auf Efimow. Sie ging mit ausgestreckten Armen direkt auf sein Gesicht zu und bohrte ihre Fingernägel in seine Haut.

Efimow brüllte laut und holte mit dem Knie aus. Er traf Sweta im Bauch, und sie fiel nach hinten. Dimka hob entsetzt die Arme und traf Efimows Handgelenk. Die Pistole flog aus seiner Hand und landete ausser Reichweite.

Jetzt oder nie, dachte Regina. Sie hatte keine Zeit, ihren nächsten Schritt zu überdenken. Sie trat in den Raum, richtete die Waffe auf Efimow und befahl ihm, sich nicht zu bewegen. Sie hörte ihre Stimme von weit weg, als gehöre sie jemand anders. Efimow sah sie überrascht an. Aus seinem rechten Auge rann ein dünner Blutstrahl, er drehte den Kopf so, dass er sie mit dem linken fixierte. Es war ihm nicht anzusehen, was er dachte. Sweta wimmerte am Boden, doch Regina wagte nicht, den Blick von Efimow zu lösen.

Efimows Pistole lag neben ihr. Die Distanz zum Boden schien aber unüberbrückbar. Mit dem Fuss schob sie die Waffe hinter sich, so dass Efimow nur mit Mühe an sie herankäme.

«Lassen Sie die Kinder los!», sagte Regina mit fester Stimme.

Efimow sah sie kalt an. Er zog Katja und Dimka vor sich und drückte ihre Köpfe aneinander. Mit seinen Händen umschloss er die beiden schmalen Kinderhälse. Dimka wirkte immer noch verwirrt; Katja begann wieder zu weinen. Ihre Tränen lösten in Regina eine ungeahnte Wut aus. Sie verstand, dass sie abdrücken würde, wenn es nicht anders ging, und hatte vor sich selbst Angst.

Sweta richtete beruhigende Worte an die Kinder, doch Efimow schnauzte die Frau an, bis sie verstummte. Dann redete er auf Katja ein. Er wiederholte immer wieder den gleichen Satz. Regina versuchte verzweifelt, den Sinn der russischen Worte zu begreifen oder wenigstens aus seinem Tonfall zu schliessen. Er hatte etwas vor, doch sie verstand nicht, was. Sweta schüttelte ängstlich den Kopf. Als Efimow die Geste sah, verengte er den Griff um Dimkas Hals. Der Junge riss die Augen auf und schnappte nach Luft. Sweta faltete die Hände und sah Efimow flehend an.

Regina überlegte, was passieren würde, wenn sie schoss. Hätte Efimow noch genug Zeit, zuzudrücken? Oder würde er die Kinder reflexartig loslassen? Sie verwarf die Idee gleich wieder. Solange sie ihn so in Schach halten konnte, bis Verstärkung eintraf, würde er die Kinder nicht verletzen. Wenn sie nur wüsste, was er Katja eintrichterte! Das Mädchen zitterte am ganzen Leib. Ohne Vorwarnung liess er sie los. Er bellte ihr Anweisungen zu, doch sie rührte sich nicht.

«Katja!», befahl Regina sanft aber bestimmt. «Stell dich hinter mich!» Sie wusste nicht, ob Katja genug Deutsch verstand, um zu begreifen, was von ihr verlangt wurde. Sie stand unschlüssig im Raum, ihr Blick jagte von Efimow zu Regina.

«Sweta! Sag Katja, sie soll sich hinter mich stellen!», forderte Regina die erstarrte Frau auf.

Efimow, der nun beide Hände frei hatte, drückte Dimkas Hals fester. Sweta schwieg.

Regina wollte Katja mit einer Hand hinter sich ziehen, hatte aber Angst, dass sie nicht genug Kraft hatte, die Pistole mit der anderen stabil zu halten. Ihre Schultern spannten jetzt schon. Sie hätte den schweren Mantel ausziehen sollen, fuhr es ihr durch den Kopf. Doch dafür war es zu spät. Sie konnte nur noch hoffen, dass Verstärkung eintraf, bevor Katja Efimows Anweisungen befolgte.

Cavalli hörte von weit weg Stimmen. Sie wurden lauter, dann wieder leiser. Er wollte sie nicht verstehen, es war zu schmerzhaft. Viel angenehmer war es, wieder in die Dunkelheit zu versinken, dorthin, wo Stille herrschte. Doch etwas liess ihm keine Ruhe und trieb ihn immer wieder ins grelle Licht zurück. Er blinzelte. Die Deckenlampe zündete ihm direkt ins Gesicht und verursachte stechende Kopfschmerzen. Er schloss die Augen wieder, doch die Schmerzen blieben. Er wollte die Hand heben, um den Schmerz mit den Fingern zu orten, da jagte ein kalter Blitz durch seinen Körper. Ein Pfeil, dachte er benommen. Elisi hatte ihn gewarnt. Sie sollten beim Spielen die Pfeilspitze mit Kork absichern, sonst würde jemand verletzt. Das kam ihm kindisch vor. Er wollte ein echter Kanati sein, der Grosse Jäger, und Hirsche, Wildschweine und Truthähne jagen, vielleicht sogar einen Bären, so wie seine Vorfahren. Elisi verstand nicht, dass es kein Spiel war. Es kränkte ihn, dass das Essen auf dem Tisch stand, wenn er abends aus dem Wald zurückkehrte. Sie glaubte nicht, dass er Beute mitbringen würde. Sie kaufte Fleisch im Supermarkt.

Steh auf!, befahl eine innere Stimme. Er versuchte, die linke Hand zu heben, und war überrascht, als er keinen Schmerz spürte. Er tastete seinen Kopf ab und entdeckte eine klebrige Beule. Er durfte nicht liegen bleiben. Wer am Boden blieb, stand nicht mehr auf. Als die amerikanische Regierung den Indian Removal Act verabschiedete, wurden fast hunderttausend Indianer vertrieben. Die Cherokee wurden zu Fuss nach Westen gejagt. Erschöpfung, Kälte, Hunger und Krankheiten rafften sie dahin. Auf dem Weg der Tränen starb ein Viertel des Stammes. Jeder, der hinfiel, blieb liegen. In der Schule hatten sie den langen Marsch von 1838 nachgespielt. Cavalli wollte nur mitmachen, wenn er John Ross spielen durfte, Principal Chief der Cherokee, der sein Volk in die Emigration führte ohne hinzufallen. Elisi hatte den Kopf geschüttelt. «Hinzufallen ist keine Schande, Tsi'skwa.» Ihre warmen Augen ruhten auf ihm. «Wichtig ist, dass du wieder aufstehst.»

Cavalli zwang sich, die Augen zu öffnen. Das gleissende Licht blendete ihn. Er wartete, bis seine Augen sich daran gewöhnten. Langsam nahmen die Gegenstände um ihn herum Gestalt an. Er sah eine Holzdecke und eine Lampe, verstand, dass er auf dem Rücken lag. Er drehte den Kopf zur Seite und wartete, bis die Punkte vor seinen Augen verschwanden. Als er wieder fokussieren konnte, erkannte er einen Kachelofen mit grün gemustertem Rand. Sorgfältig drehte er sich auf die linke Seite, die unverletzt schien. Der Schmerz verschlug ihm den Atem, und er war versucht, sich wieder zurückfallen zu lassen. Er hatte Mühe, seine Lunge mit Luft zu füllen. Er sehnte sich nach den starken, tröstenden Händen seiner Grossmutter, doch er war allein. Wie damals. Sie hatte ihn ins Flugzeug gesetzt, und zum ersten Mal war ihre Stimme hart gewesen. «Das musst du jetzt allein tun! Ich will keine Tränen sehen.» Elisi, die immer gesagt hatte, Tränen wären gesund, hatte ihm verboten zu weinen. Er hatte nicht verstanden, dass ihr eigener Schmerz viel zu gross war und sie mit dem Verlust ihres Enkels nicht zurechtkam. Sobald sie hinter der Milchglasscheibe verschwunden war, die Passagiere von Begleitern trennte, hatte er seinen Tränen freien Lauf gelassen, bis er ausgetrocknet war.

Ein anderes Weinen holte ihn in die Gegenwart zurück. Widerwillig krochen seine Ängste und seine Schmerzen zurück in sein Unterbewusstsein, er drückte die Tür mit aller Kraft zu. Er versuchte sich daran zu erinnern, was geschehen war. Erneut hörte er ein Weinen, dann Reginas Stimme. Blitzartig war er wieder da. Er stemmte sich mit dem linken Arm hoch, bis er halbwegs aufsass. Röchelnd lehnte er sich gegen den Kachelofen. Sein Blick fiel auf Reginas Schal, der eng um seine Brust und seinen rechten Arm gebunden war. Er öffnete den obersten Knopf seines Hemdes und wagte einen Blick darunter. Der Stoff klebte am Blut, so dass er die Wunde nicht sah. Ein irrationaler Gedanke blitzte auf: War er am Herz getroffen worden? Beinahe lachte er über sich. So wie es klopfte, kaum! Ausserdem war die Wunde rechts. Er dachte an die Schusswunden, die er auf Hahns Obduktionstisch gesehen hatte. Offenbar hatte Efimow seinen rechten Lungenflügel getroffen. Cavalli spürte nicht, wie weit die Kugel eingedrungen war, hatte aber Mühe zu atmen. Als er seine Hand auf die Wunde presste, verstummte das Pfeifen. Wenn er ganz langsam ginge und die Einschussstelle zuhielt, würde er es schaffen.

Plötzlich hielt er inne. Was wollte er schaffen? Verwirrt versuchte er zu begreifen, was so dringend war. Vom oberen Stock hörte er die Stimmen wieder. Eine männliche, die unverständliche Anweisungen bellte. Dann Reginas: «Lassen Sie die Kinder los!» Cavalli lächelte anerkennend. Sie liess keinen Zweifel daran, dass es ihr ernst war. Die Kinder! Katja! Es war ihr Weinen gewesen, das er gehört hatte! Sie war in Gefahr, und er lag untätig am Boden. Verärgert über sich selbst zog Cavalli die Beine an und drehte sich, bis er auf den Knien ruhte. Er wurde von einem heftigen Schwindelgefühl ergriffen und musste warten, bis der Raum sich nicht mehr drehte. Seine Augen wanderten über den Fussboden, er suchte seine Glock. Sie war weg. Er liess sich nicht entmutigen und kroch langsam zur Treppe. Als er bei der untersten Stufe ankam, war er schweissnass. Er sah hoch. Die Treppe kam ihm unendlich lang vor.

«Wichtig ist, dass du wieder aufstehen kannst!» Die Worte seiner Grossmutter hallten in seinem Kopf. Er versuchte, nur an die Stufe direkt vor ihm zu denken. Er hatte schon grössere Hindernisse überwunden. Er hatte die Reise über den Atlantik überstanden und war auf den Füssen gelandet. Er war auf seine ihm fremde Mutter zugegangen und hatte sich an der Hand aus dem Flughafen führen lassen, ohne zu weinen. Seine Beine hatten ihn getragen, obwohl er sich am liebsten auf den Boden gelegt hätte, um dort einzuschlafen, bis er wieder zu Hause erwachte. Doch er hatte lernen müssen, dass Einschlafen nur eine vorübergehende Flucht war. Er wachte immer wieder dort auf, von wo er fliehen wollte. Schlaf war ein einziger, grosser Betrug.

Er zählte die Stufen. Er musste noch acht überwinden, bis er oben war. Cavalli hörte eine zweite Frauenstimme, die er nicht einordnen konnte. Dann kam ihm Sweta in den Sinn. Natürlich, sie war auch im Haus. Sweta, Efimow, Regina, Katja, zählte er auf. Jemand fehlte. Seine Erinnerungen blitzten auf und versanken genauso schnell wieder. Seine Kindheit erschien ihm viel näher als die letzten Stunden. Oder waren es bloss Minuten gewesen? Wie lange hatte er bewusstlos dagelegen? Sein Zeitgefühl war durcheinander.

«Katja! Stell dich hinter mich!», hörte er Regina sagen. Sie schien zu wissen, was sie tat. Typisch Regina, dachte er. Im Schiessstand ziert sie sich, wenn es darauf ankommt, ist sie fest entschlossen. Wie damals, als sie ihn verlassen hatte. Er hatte ihr nicht geglaubt, dass es ihr ernst war. Er wollte sich ihr nicht ganz hingeben, das war sein gutes Recht. Er brauchte die Seitensprünge, um Distanz zu schaffen. Sie hatte damit gedroht, die Beziehung zu beenden, wenn er noch ein einziges Mal mit einer anderen Frau schlief. Er hatte ihr einfach nicht geglaubt. Jahrelang hatte sie geklagt, manchmal geweint, hatte ihn aber immer so akzeptiert, wie er war. Bis zum Tag, als sie ihn vor die Wahl stellte: «Entweder bin ich die einzige Frau in deinem Leben oder ich verschwinde.» Vierundzwanzig Stunden später hatte sie ihre Sachen gepackt, den Mietvertrag gekündigt und war zu ihrer Schwester gezogen. Dimka!, erinnerte er sich. Der Junge war noch im Haus. Warnlichter leuchteten auf: Dimka war eine Gefahr. Er war unberechenbar und verwirrt. Noch zwei Stufen.

«Sweta, sag Katja, sie soll sich hinter mich stellen!» In Reginas Stimme schwang plötzlich Unsicherheit mit. Etwas lief nicht so, wie sie es wollte. Sie brauchte Hilfe. Die letzte Stufe. Cavalli lehnte seine feuchte Stirn gegen die Wand, versuchte, seine Kräfte zu sammeln. Er klammerte sich an das Treppengeländer und zog sich auf. Die Welt wurde schwarz, und er sackte zusammen. Ein lautes Rauschen in seinen Ohren übertönte die Stimmen im Zimmer. Er kämpfte verzweifelt gegen die Ohnmacht, nahm leichte Atemzüge und wartete, bis die Übelkeit vorüberzog. Langsam wurde es wieder hell. Er spürte etwas Warmes auf seiner Hand und sah, wie rote Bluttropfen auf die braune Haut fielen. Er wusste nicht, woher das Blut kam. Er beschloss, auf den Knien weiterzugehen; aufzustehen war zu riskant. Als er zwei Meter hinter sich gebracht hatte, konnte er die Stimmen orten. Sie kamen aus dem Zimmer direkt neben ihm. Noch einen Meter. Efimow befahl etwas in messerscharfem Russisch.

Cavalli setzte sich hin und lehnte den Rücken an die Wand. Ganz langsam blickte er um die Ecke. Zwei Meter vor ihm stand Regina im Raum, breitbeinig, die Arme gestreckt. Er sah die Pistole in ihren Händen nicht, erkannte aber an ihrer Haltung, wie sie die SIG hielt. Sie verdeckte Efimow zur Hälfte. Der Russe hatte seine Hand um Dimkas Hals gelegt. Sweta kniete in betender Haltung auf der rechten Seite des Raums, neben einem schmalen Holzbett. Eine Nachttischlampe mit Granitsockel spendete warmes Licht. Katja stand unentschlossen zwischen den Fronten und zitterte am ganzen Körper.

Regina wiederholte ihren Befehl. «Katja, stell dich hinter mich! Jetzt, sofort! Hör nicht auf den Mann!»

Katja nahm einen vorsichtigen Schritt in Reginas Richtung. Efimow röhrte wütend, und sie erstarrte wieder. Sie schielte auf Reginas Füsse. Plötzlich erkannte Cavalli, wozu Efimow sie aufforderte. Neben Reginas Fuss lag eine Beretta, sie musste Efimow aus den Händen gefallen sein. Er wollte Katja dazu überreden, sie ihm zu reichen.

Cavalli versuchte, die Distanz zur Waffe abzuschätzen. Würde er es schaffen, sie zu erreichen, ohne zusammenzubrechen? Wenn er sie zu fassen bekäme, könnte er Regina Rückendeckung geben. Wie würde sie reagieren, wenn sie etwas hinter sich spürte? Würde sie sich erschreckt umdrehen und Efimow damit Gelegenheit geben, sie anzugreifen? Sie war unberechenbar, Cavalli wusste nicht, wie viel von seinen Anweisungen ihr geblieben waren. Wäre sie Polizistin, könnte er ihre Reaktion einschätzen.

Er musste das Risiko eingehen, bevor Katja Efimows Anweisungen befolgte. Der Russe hatte einen Trumpf in der Hand: seine Sprache.

«Adalii», flüsterte Cavalli auf Tsalagi, damit Regina sofort merkte, dass er es war. Er sah, wie sie leicht zusammenzuckte, glaubte, ihre Erleichterung zu spüren. Er konnte Efimows Gesicht nicht sehen, wusste nicht, ob ihn der Russe bereits entdeckt hatte. Die Stille im Zimmer war drückend, sogar Katjas Weinen war verstummt.

Cavalli spürte Augen auf sich und sah nach rechts. Sweta starrte ihn an. Ihre verschmierte Wimperntusche verlieh ihr etwas Gespenstisches, das durch ihr bleiches Gesicht verstärkt wurde. Nur ihre Lippen hoben sich knallrot ab, wie frisches Blut. Cavalli ekelte sich vor ihr, wie damals vor der fremden Frau, die ihn am Flughafen abgeholt hatte. Statt der mütterlichen Figur, die er erwartet hatte, war ihm eine unsichere Gestalt auf Stilettos entgegengekommen. Ihr Minijupe war so eng gewesen, das sie sich nicht richtig zu ihm niederbücken konnte; ihre Lippen so kräftig geschminkt, dass er Angst gehabt hatte, sie würde ihn damit aufsaugen. Cavalli riss seinen Blick von Sweta los und fokussierte auf die Beretta am Boden. Er rutschte den letzten Meter in den

Raum und streckte seine Hand aus. Von hier konnte er Katja gut sehen. Sie beobachtete ihn unsicher. Erinnerte sie sich an ihn? Wusste sie, dass er ein Freund von Pilecki war? Und wenn schon, dachte er. Welche Bedeutung hatte das für Katja? Wadim war auch ein Freund der Familie. Woher sollte sie wissen, wem sie trauen konnte?

Efimow bewegte sich nicht, als er Cavalli wahrnahm. Nur seine Augen jagten zu Regina. Er schien abzuwägen, wie ernst es ihr war. Er zögerte zu lange.

Erleichterung durchflutete Cavalli, als seine Hand die Pistole berührte. Erst jetzt wurde ihm klar, wie nackt er sich ohne Waffe gefühlt hatte. Als er seine Finger um den Griff schloss, strömte Energie von seinem Arm in seinen Körper. Die Schmerzen zogen sich zurück, und er hatte keine Mühe, die Pistole zu heben.

«Regina! Geh einen Schritt nach links», sagte er mit festerer Stimme.

Regina löste ihren Blick nicht von Efimow. Langsam schritt sie zur Seite und beobachtete, wie Efimow Dimka zuerst mitstiess, so dass er immer noch in ihrer Schusslinie war, dann wieder zurückzog. Er schien abzuwägen, von wem die grössere Gefahr ausging: von ihr oder von Cavalli. Zu ihrer Genugtuung schien er sich nicht entscheiden zu können. Er drehte den Kopf hin und her und musterte mit verengten Augen das Blut in Cavallis Gesicht. Schliesslich entschied er sich für Cavalli. Er zog Dimka so vor sich hin, dass er genau zwischen ihm und Cavalli stand.

Regina schluckte. Sie hatte freie Schussbahn. Die Entschlossenheit, die sie noch vor wenigen Minuten gespürt hatte, war mit Cavallis Erscheinen gewichen. Sie ärgerte sich, dass sie die Kontrolle über die Situation so leicht wieder abgab, und fragte sich, ob der Grund sein Beruf, seine natürliche Autorität oder gar sein Geschlecht war. Sie stellte sich vor, Meyer sässe am Boden und richtete ihre Waffe auf Efimow. Erleichtert merkte Regina, dass sie genauso die Führung abgeben würde. Cavalli hatte Situationen wie diese trainiert, er konnte Efimows Reaktion besser einschätzen. Er wusste genau, womit er rechnen musste. Jahrelange Routine diktierte seine nächsten Schritte. Sein Wissen war ihm in Fleisch und Blut übergegangen.

Sogar verletzt - Regina schob den Gedanken an seine Verletzung wieder beiseite. Sie durfte nicht daran denken, dass er mit seinen Bewegungen noch grösseren Schaden anrichten könnte. Wenn sie neben Katja und Dimka auch noch Angst um Cavalli hätte, würde Efimow als Sieger aus diesem Kampf hervorgehen. Sie konzentrierte sich wieder auf die beiden Kinder. Katja zögerte immer noch, und Regina fühlte mit ihr. Sie verstand, dass das Mädchen hin- und hergerissen war. Die Gewohnheit, Befehle zu befolgen, war stark. Sie hatte in ihrem kurzen Leben gelernt, das zu tun, was Erwachsene von ihr verlangten. Vermutlich waren die Anweisungen immer klar gewesen, sie hatte nie etwas in Frage stellen müssen. Dazu war sie noch zu jung. Das käme später, wenn sie merkte, dass weder Irina noch andere Autoritätspersonen immer Recht hatten. Vielleicht war ihr Vertrauen in Menschen schon heute unwiderruflich gebrochen.

Regina nahm noch zwei Schritte zur Seite. Sie stand jetzt fast hinter Efimow, so dass er sie nicht richtig sehen konnte. Das machte ihn nervös. Er drehte sich langsam, damit er sie im Auge behalten konnte. Dimka schob er mit einer Hand zur Seite, darauf achtend, dass der Junge weiterhin in Cavallis Schusslinie stand. Sweta war ganz aus seinem Blickfeld verschwunden.

Als sich Efimow drehte, war sein Bann über Katja gebrochen. Bevor jemand wahrnahm, dass sie sich bewegte, huschte sie aus dem Zimmer. Regina hörte leichte Schritte auf der Treppe, eine quietschende Tür, dann war es wieder still. Triumphierend blitzten ihre Augen Efimow an. Jetzt müsste er nur noch Dimka loslassen. Warum forderte ihn Cavalli nicht dazu auf? Regina schielte zu ihm und erschrak über sein Aussehen. Er hatte die Lippen fest aufeinandergepresst und schien zu schwanken. Er würde nicht mehr lange durchhalten, merkte sie entsetzt.

«Lassen Sie das Kind los!», rief sie energisch. «Sofort!» Efimow durfte Cavallis Schwäche nicht sehen. Sie musste seine Aufmerksamkeit ganz auf sich lenken. «Haben Sie mich verstanden?»

Efimows Nasenflügel bebten. Sein Gesicht verwandelte sich in eine hässliche Grimasse, und er drückte mit aller Kraft Dimkas Hals zu. Der Junge versuchte panisch, seine Lungen mit Luft zu füllen. Regina spürte seine Atemnot, während sie langsam den Abzug gegen sich zog. Efimows Blick hielt sie gefangen, er forderte sie heraus. Als ihr Finger beim Druckpunkt ankam, hörte sie in Gedanken Fahrnis Stimme: «Einfach durchziehen, schön gleichmässig.»

Aus dem Augenwinkel nahm sie einen Schatten wahr. Dann füllte ein ohrenbetäubender Schrei den Raum. Unfähig, sich zu rühren, sah Regina, wie Sweta sich erhoben hatte und mit der rechten Hand die Lampe auf dem Nachttisch packte. Sie hielt den schweren Granitsockel über den Kopf, als wolle sie einen Tennisaufschlag üben. Mit der linken Hand zeigte sie auf Efimow, der den Mund aufgerissen hatte und wie gelähmt auf die wütende Frau starrte. Drei Gefahrenquellen überforderten ihn, er hatte keine Zeit zu denken. Instinktiv liess er Dimka los und schlug beide Arme schützend über seinen Kopf.

Als Sweta den Stein mit voller Wucht auf ihn herabschmetterte, hörte man Knochen krachen, dann den dumpfen Aufschlag von Efimows Körper, der zu Boden fiel. Dimka blieb stehen und steckte den Daumen in den Mund.

Regina starrte auf den Kopf des Russen. Ein dunkler Fleck breitete sich zwischen seinen Beinen aus und verströmte den Geruch von Urin.

«Regina!», stiess Cavalli hervor. Er brachte nur ein Flüstern zustande.

Regina fiel neben ihm auf den Boden. «Leg dich hin!»

«Die Handschellen … an meinem Gurt …» Er lehnte sich gegen die Wand.

Regina blickte über ihre Schulter. Efimow regte sich nicht. Aber sicher war sicher. Sie löste die Handschellen von Cavallis Gurt und legte sie um Efimows Handgelenk. Dann befestigte sie den zweiten Ring an einem Heizungsrohr. Aus der Ferne hörte sie, wie drei Polizeifahrzeuge aus dem Wald kamen.

Sweta hatte Dimka auf ihren Schoss gezogen und sich über ihn gebückt, als wolle sie ihn vor der Welt beschützen. Dafür ist es zu spät, dachte Regina. Der Junge sah sie mit leerem Blick an und lutschte an seinem Daumen.

Katja! Wo war Katja? Regina sprang auf. Von unten hörte sie, wie die Tür aufgestossen wurde, dann Rufe. Cavallis Atem pfiff laut, und Regina zögerte. Er blinzelte und machte mit der Hand eine Geste, die sie zum Gehen aufforderte. Sie zwang sich, ihren Blick von seiner gebückten Gestalt loszureissen, sah aus dem Augenwinkel, wie er die Augen ganz schloss und wie sein Kopf zur Seite fiel. Auf der Treppe erklangen Schritte und weitere Rufe.

«Wir sind hier oben!», rief sie zurück. Kurz darauf tauchten vier Polizisten auf. Als sie Regina sahen, gingen sie in Stellung.

«W… Was?», stammelte sie überrumpelt. Dann merkte sie, dass sie die geladene SIG in der Hand hielt. Sie legte die Waffe langsam auf den Boden. «Wir brauchen einen Arzt!

Dringend! Flint, Staatsanwaltschaft», stellte sie sich mit erhobenen Händen vor, während ein Polizist ihren Ausweis aus der Tasche zog. Sie schilderte knapp die Ereignisse. Funkgeräte knisterten, die Rega wurde bestellt, Material aus den Fahrzeugen herbeigeschleppt.

Zwei Polizisten rannten ins Freie, um Katja zu suchen. Regina glaubte sich daran zu erinnern, dass eine Tür gequietscht hatte, nachdem Katja die Treppe hinuntergerannt war. Langsam zog sie die Türen auf, bis sie eine entdeckte, die ein ähnliches Geräusch verursachte. Es war die Kellertür.

«Katja?», rief sie sachte. «Ich bins, Regina. Bist du da?»

Keine Antwort.

Sie spürte einen Luftzug und tastete nach einem Lichtschalter. Sie fand ihn neben der Tür. Als der Keller in grellem Licht aufleuchtete, schritt sie leise die Treppe nach unten, um kein Geräusch zu überhören.

«Katja?», wiederholte sie.

Unter der Treppe waren Holzscheite gestapelt. Daneben stand eine Werkbank, und Regina sah frisches Sägemehl am Boden. Wadims Werkstatt, registrierte sie, als sie Patronenhülsen sah. Hier musste er die Matrioschkas bearbeitet und seine Deformationsgeschosse hergestellt haben. Ihre Augen streiften die Werkzeuge, doch sie fasste nichts an, um keine Spuren zu vernichten. Eine weitere Tür führte in eine Waschküche, die einen separaten Ausgang hatte. Hier stand die Tür offen. Regina, immer noch in Strümpfen, schlüpfte in ein Paar Gummistiefel, das neben der Waschmaschine stand, und stieg die Treppen hinauf ins Freie. Als sie oben ankam, entdeckte sie kleine Fussabdrücke im Schnee. Sie führten zum Wald. Regina folgte ihnen. Auf dem offenen Feld erkannte sie Polizisten, die ebenfalls nach dem Mädchen suchten. Weitere Polizeifahrzeuge fuhren auf das Haus zu, dann durchschnitt die Sirene eines Krankenwagens die Stille.

Am Waldrand erkannte Regina die Spuren nicht mehr. Sie rief nach Katja, zuerst sanft, dann immer durchdringender. Das Mädchen trug keine Jacke und keine Schuhe, war vermutlich verwirrt. Wo würde es sich verstecken? Dunkle Äste stellten sich Regina in den Weg, die Stille war gespenstisch. Regina versuchte, sich in Katjas Lage zu versetzen. Sie hatte als Kind nie viel im Wald gespielt, viel lieber hatte sie sich mit Büchern an warmen Orten verkrochen. Cavalli würde sie finden, schoss es ihr durch den Kopf. Er kannte den Wald wie seinen eigenen Körper. Er konnte jedes Geräusch einordnen, bewegte sich im Gestrüpp wie ein Fisch im Wasser. Die Äste bohrten ihre Dornen nicht in seine Kleider, um ihn zurückzuhalten. Sie schienen ihm Platz zu machen, während sie sich Regina in den Weg stellten. Es fiel ihr immer schwerer, die Gedanken an Cavalli beiseite zu schieben. Lag er im Krankenwagen, der nun die Strasse hinunterraste? Hatten seine Bewegungen zu massiverem Blutverlust geführt oder gar zu einem Lungenkollaps? Ein Schluchzer steckte in ihrem Hals, und sie konnte ihn nur mit Mühe herunterschlucken. In der Ferne hörte sie einen herannahenden Helikopter.

«Katja!», rief sie verzweifelt. «Wo bist du? Ich bringe dich nach Hause! Zu Mama!»

Sie hörte ein Japsen. Es kam von hinten. Sie ging einige Schritte zurück und horchte wieder in die Dunkelheit. Dann ertönte wieder ein kurzes, unterdrücktes Japsen. Regina folgte dem Geräusch bis zu einem dichten Strauch. Als sie ihn genau betrachtete, erkannte sie, dass der Strauch gar nicht dicht war, sondern dass sich Katja darunter zusammengerollt hatte. Erneut japste es. Das Mädchen hatte Schluckauf.

Regina lachte fast vor Erleichterung, als sie sich über die kleine Gestalt bückte. «Katjenka», sagte sie, wie sie es bei Irina gehört hatte. Sie liess sich auf die Knie fallen und zog das Kind sorgfältig hervor. Katja hielt die Augen fest geschlossen. «Katjenka, komm, ich tu dir nichts.» Sie zog sie auf ihren Schoss. Katja schlotterte, ihre Socken waren nass, ihre Haut eisig kalt. Regina öffnete ihren Mantel und zog das Mädchen an sich. Sie führte Katjas Beine und Arme um ihren Körper und schlug den Mantel über ihrem Rücken wieder zu. Es schaute nur noch ein dunkler Haarschopf hervor.

Beim Hauseingang traf sie auf Landolt.

«Regina! Alles in Ordnung?» Er wirkte besorgt. «Was ist hier vorgefallen?»

Der Zuger Staatsanwalt kam hinzu, gefolgt von einem Polizeioffizier.

«Gehen wir ins Wohnzimmer», befahl Landolt. Dann entdeckte er die Gestalt unter Reginas Mantel. «Ist das ...?»

«Katja. Das vermisste Mädchen», nickte Regina. Sie strich ihr über das dunkle Haar. «Ist noch ein Sanitäter im Haus? Oder ein Arzt?»

Katja protestierte, als der Arzt sie von Regina lösen wollte. Schliesslich gab er auf und untersuchte sie auf Reginas Schoss. Er stellte keine Verletzungen fest. «Keine sichtbaren», ergänzte er mit einem vielsagenden Blick.

Regina nickte stumm. Dann wagte sie zu fragen, wie es Cavalli ging.

«Er ist auf dem Weg ins Uni-Spital», wich der Arzt aus. «Mit der Rega.»

Panik stieg in Regina auf. Katja spürte sie sofort und begann ihrerseits zu zittern. Regina blickte auf das Mädchen. Katja hatte Bilder gesehen, die kein Kind sehen sollte. Sie brauchte jetzt ihre Mutter.

«Ich muss gehen», sagte Regina. «Wir dürfen keine Zeit mehr verlieren. Wenn Katja physisch in Ordnung ist, bringe ich sie jetzt nach Zürich.»

«Wir brauchen deine Aussage!», hielt sie der Zuger Staatsanwalt zurück. «Du bist die einzige, die erzählen kann, was heute Abend hier vorgefallen ist! Die Frau ist nicht ansprechbar, der kleine Junge auch nicht. Und Efimow …»

«Ist er …?» Regina wollte das Wort nicht in Katjas Gegenwart aussprechen.

«Nein, er ist nicht tot. Noch nicht», sagte der Staatsanwalt laut. «Aber sein Schädel sieht aus wie Brei.»

Regina legte ihre Hände über Katjas Ohren. «Das reicht! Ich fahre jetzt und gebe meine Aussage in Zürich zu Protokoll.» Sie suchte bei Landolt Hilfe.

«In Ordnung», sagte er. «Ich fahre euch.»

Erleichtert liess sich Regina auf den Rücksitz seines Audis fallen. «Hellmutstrasse», wies sie Landolt an. «Ecke Hohlstrasse. Gleich neben der Bäckeranlage.»

Katja murmelte unverständliche Worte in ihren Armen. Regina hörte «Mama» und «Snjeg», dann verstummte sie. Regina legte ihre Wange auf den kleinen Kopf und schloss ihre Augen.

Mit einem Ruck erwachte sie, als Landolt seine Hand auf ihre Schulter legte. «Wir sind da.»

Reginas Augen sprangen auf, und sie sah, dass sie direkt vor Pileckis Wohnung standen. Katja schlief in ihren Armen. Ihr warmer, weicher Körper gab Regina ein Gefühl von Geborgenheit. Der sanfte Atem auf ihrem Hals weckte eine Zärtlichkeit, die sie noch nie gekannt hatte. Benommen öffnete Regina die Autotür. Sie verliess widerwillig den warmen Kokon, wollte den kleinen Körper nicht von ihrem trennen.

«Ich möchte allein hochgehen», flüsterte Regina mit rauer Stimme, als Landolt ihr folgte.

Er nickte und setzte sich wieder in den Wagen.

Jemand hatte die Haustür unverschlossen gelassen. Regina stiess sie mit der Schulter auf und stieg sachte die Treppe hoch, um Katja nicht zu wecken. Vor Pileckis Wohnungstür blieb sie stehen und knöpfte ihren Mantel auf. Sie fuhr ein letztes Mal über Katjas Rücken, rieb ihre Wange noch einmal an der weichen Haut und küsste sie. Dann drückte sie die Klingel.

Pilecki blies eine Rauchwolke aus, als er die Tür öffnete. Dann blieb die Hand, die die Zigarette erneut zu seinem Mund führen wollte, auf halber Höhe stehen. Auf seinem Gesicht zeichnete sich eine Mischung von Freude und Skepsis ab, als traue er seinen Augen nicht. Er öffnete seinen Mund, doch es kam kein Ton heraus.

«Es geht ihr gut», sagte Regina leise. Über die schrecklichen Ereignisse des Abends würde sie ein anderes Mal berichten, wenn sich Irina und Pilecki davon überzeugt hatten, dass Katja körperlich unversehrt war.

Pilecki trat zur Seite, damit Regina eintreten konnte. Hinter ihm war Irina erschienen und starrte mit glasigen Augen auf das kleine Bündel in Reginas Armen. Plötzlich setzte sie sich in Bewegung, sie schien über den Boden zu gleiten, lautlos und unsicher. Sie streckte ihre Hand aus, musste sich vergewissern, dass sie wach war und dass ihre Augen ihr keinen Streich spielten. Sie begann zu zittern.

«Ist sie … ist sie …» Tränen füllten ihre Augen und liefen über.

Erst jetzt begriff Regina, dass Katja keinen Wank machte. «Sie schläft!», erklärte sie hastig. Sie löste Katjas Arme und schob sie von ihrem Körper weg. Kühle Luft streifte ihren Bauch und legte sich an Katjas Stelle.

Katja protestierte und blinzelte verwirrt. Irina unterdrückte einen Schrei, als sie ihre Tochter in die Arme schloss. Sie sank auf den Boden, hin- und herschaukelnd, und liess ihren Tränen freien Lauf. Pilecki kniete vor sie hin, und Regina sah, wie seine Schultern bebten. Sie schlich rückwärts hinaus und zog die Tür hinter sich zu.

Als sie die Treppe hinunterstieg, fühlte sie sich wie im

freien Fall. Sie ertrug die Leere kaum, die sich ihr eröffnete und Raum für die Angst schuf, die seit Stunden an ihr nagte. Cava, Cava, wiederholte eine Stimme in ihrem Inneren. Lag er noch im Ops? War er … Regina presste die Hände auf ihre Ohren, als könnte sie ihre Gedanken so zum Verstummen bringen. Sie platzte zur Haustür hinaus und rannte beinahe auf Landolts Wagen zu.

«Alles in Ordnung?», fragte er, als er ihren angsterfüllten Ausdruck sah.

Regina schluckte. «Hast du etwas von Cava …» Sie brach den Satz ab. Warum sollte ihm das Spital von Cavallis Zustand berichten? «Nichts. Entschuldige.» Plötzlich schlug sie sich vor die Stirn. «Christopher! Mein Gott, ich habe Chris vergessen! Er weiss von nichts!»

«Wer ist Christopher?» Landolt verstand nicht, was Regina so aus der Fassung brachte. War Cavalli ihr Partner? Oder stand sie wegen den Ereignissen unter Schock? «Regina, kannst du erzählen, was heute Abend vorgefallen ist?»

«Fahr bitte nach Witikon! Chris ist Cavallis Sohn. Er wohnt bei ihm … und weiss von nichts.»

«Das Spital hat bestimmt seine Angehörigen benachrichtigt», versuchte Landolt sie zu beruhigen.

«Chris hört nicht einmal einen Bombenalarm, wenn er schläft», sagte Regina.

Als Landolt Richtung Witikon fuhr, schilderte sie, was geschehen war. Er hörte stumm zu. Regina sah ihm nicht an, was er davon hielt, dass sie die Abklärung nicht den Zuger Kollegen überlassen hatte.

Obwohl sie dreimal klingelte, kam Chris nicht an die Tür. Sie schloss mit dem Reserveschlüssel auf, den ihr Cavalli für Notfälle gegeben hatte. Hatte er an eine Situation wie diese gedacht?, fragte sich Regina traurig.

Als sie neben dem schlafenden Jugendlichen kniete, dachte

sie an Katja. Sie hatte Chris kennengelernt, als er in ihrem Alter war. Er hatte aber Reginas hilflose Versuche, Nähe zu schaffen, abgelehnt. Sie war in seiner Gegenwart immer unsicherer geworden und schliesslich froh gewesen, als der Kontakt ganz abbrach. Sie fragte sich, ob sie zu früh aufgegeben hatte. Vielleicht hatte sie die Gefühle, die Katja heute Abend in ihr ausgelöst hatte, damals nicht zugelassen.

Endlich wachte Chris auf. Es dauerte lange, bis er begriff, was passiert war. Regina wartete auf Tränen oder eine ängstliche Berührung, doch er starrte nur auf ihre Füsse.

«Warum trägst du Gummistiefel?», fragte er.

16

Das Uni-Spital erinnerte Regina an eine alte Dame, die sich weigerte, mit der Zeit zu gehen. Seltsam, dass hier Spitzenmediziner am Werk waren, dachte sie, als sie die altmodische Eingangshalle betrat. Sie fragte am Informationsschalter nach der Kantine. Obwohl sie seit einer Woche täglich hier war, hatte sie noch nie dort gegessen.

Chris wartete schon auf sie. Er sass in einer Ecke, die Beine weit von sich gestreckt, und fingerte an seinem MP3-Player herum.

«Tut mir leid, ich konnte nicht früher weg», begrüsste Regina ihn.

«Kein Problem.» Er reichte ihr die Hand, ohne aufzustehen. «Es gibt heute Spaghetti nach Tessinerart, was immer das sein mag.»

Regina setzte sich. «Bringst du mir einen gemischten Salat? Dann lese ich inzwischen den Vertrag durch.»

Chris schob ihr einen Umschlag über den Tisch und stand auf. Er blieb erwartungsvoll neben ihr stehen. Sie holte fünfzig Franken hervor und gab sie ihm. Nachdem er sich in die Schlange eingereiht hatte, vertiefte sie sich in den Lehrvertrag. Es war ein Standardtext, juristisch gab es nichts daran auszusetzen. Das hatte sie auch nicht erwartet, doch sie hatte Chris dafür gelobt, dass er den Inhalt überprüfen lassen wollte. Und fühlte sich geschmeichelt, dass er sich an sie gewandt hatte, gestand sie sich.

«Alles in Ordnung», berichtete sie, als er zurückkam.

Er nahm den Vertrag ohne grosse Freude und richtete seine Aufmerksamkeit auf die Spaghetti vor ihm.

«Chris», sagte Regina. «Du machst das nicht nur deinem Vater zuliebe, oder?» Als er nicht antwortete, beugte sie sich vor. «Chris! Du beginnst eine Lehre als Koch. Willst du das wirklich?»

Er zuckte die Achseln. «Es ist besser als gar nichts. Ich muss ja nicht immer als Koch arbeiten, und mein Chef ist o.k.»

«Wenn du ohne Einschränkungen wählen könntest, was würdest du tun?»

Chris schaufelte Spaghetti in den Mund. Nach einer Weile sagte er: «Zeichnen.»

«Und hast du dir schon überlegt, einen Beruf zu wählen, der in diese Richtung geht?»

«Klar. Hochbauzeichner oder so, aber das will jeder werden. Und dafür braucht man einen Abschluss der Sek A. Ausserdem …» Er zögerte und musterte Regina verlegen.

«Ja?»

«Vielleicht … wenn ich einen Lehrabschluss habe, vielleicht kann ich nachher etwas anderes machen. Wie … zum Beispiel … eine Kunstschule oder so.» Er senkte den Blick rasch.

«Das ist eine gute Idee!» Regina fragte sich, ob er das Durchhaltevermögen hatte, eine Lehre auf einem Beruf zu absolvieren, der ihn nur mässig interessierte. Immerhin hatte er genug vom Jobben, das war doch ein gutes Zeichen, sagte sie sich, auch wenn sie vermutete, dass der Schock über Cavallis Verletzung ihn dazu bewogen hatte, einzulenken. Es war, als hätte Chris gehofft, die gute Nachricht würde seinen Vater rascher genesen lassen. Regina hoffte, dass er die Lehre nicht erneut abbrechen würde, wenn der Alltag wieder einkehrte. «Wie geht es ihm heute?»

Christopher zuckte die Schultern. «Besser. Er flucht schon, dass er nicht aufstehen darf.»

Regina lächelte. «Das klingt vielversprechend! Hat er schon nach Hanteln gefragt?»

Die Vorstellung entlockte Christopher ein Grinsen. «Noch nicht.» Dann wurde er wieder ernst. «Der Arzt hat gesagt, wenn die Kugel nur zwei Millimeter weitergegangen wäre …»

Regina schluckte. «Ich weiss.» Das Geschoss war durch Cavallis rechten Lungenflügel gedrungen und in seiner Wirbelsäule stecken geblieben. Er hätte querschnittgelähmt sein können.

Chris stand auf. «Ich muss zur Arbeit.» Er steckte den Umschlag ein. «Danke.»

Regina liess den Rest ihres Salates stehen und ging auf die Chirurgie. Während sie den langen Gang entlangschritt, dachte sie an Christophers Worte. Zwei Millimeter hatten Cavalli vor einem Leben im Rollstuhl getrennt. Und wäre der Schuss ganz aus seinem Rücken ausgetreten, wäre seine Lunge kollabiert. Die Grenze zwischen Leben und Tod war so fragil und wurde täglich neu gezeichnet. Während der Stunden, die Regina an Cavallis Bett verbracht hatte, führte sie sich vor Augen, wie leer ihr Leben ohne ihn wäre. Die Angst um ihn liess seine Unzulänglichkeiten verblassen. In Regina war der Entschluss gereift, das zu nehmen, was Cavalli zu bieten hatte, und auf das Übrige zu verzichten. Sie wollte ihm nicht länger seine Fehler vorwerfen, sondern sich über die Zärtlichkeit und das Vertrauen freuen, die er ihr schenkte. In seiner Gegenwart fühlte sie sich lebendig, und zum Leben gehörten nun einmal auch Enttäuschungen.

Erwartungsvoll trat sie aus dem Lift und ging auf sein Zimmer zu. Vor seiner Tür zögerte sie. Vielleicht war er wieder eingeschlafen, auch wenn Chris behauptete, er sei viel munterer. Am Abend zuvor war er hellwach gewesen und hatte nach Efimow gefragt. Kaum hatte Regina zu erzählen begonnen, war er wieder abgedriftet. Sie klopfte nicht, sondern stiess leise die Tür auf, um ihn nicht zu wecken.

Vorsichtig trat sie ein. Kurz darauf erstarrte sie. Es dauerte einen Moment, bis Regina begriff, was sie sah: eine weisse Schürze, blond gewelltes Haar, lange Finger auf Cavallis Handgelenk. Reginas Atem stockte, und die Türfalle rutschte ihr aus der Hand. Als die Tür ins Schloss fiel, schreckte die junge Frau auf.

«Ihr Puls ist in Ordnung», sagte sie und sammelte Blutdruck-Messgerät und Thermometer ein.

Regina wurde klar, dass die Pflegerin nur ihre Arbeit tat. Sie schämte sich für ihre Reaktion, doch gleichzeitig erkannte sie, dass Cavallis Seitensprünge immer noch schmerzten. Sie war noch nicht so weit.

Er sah der Pflegerin nach, als sie das Zimmer verliess, und blickte dann zu Regina. «Wo warst du so lange?»

Regina stellte den Tomatensaft, den sie ihm mitgebracht hatte, neben sein Bett.

«Ich dachte schon, du kommst nicht mehr», sagte Cavalli müde. «Deine Mittagspause ist längst vorbei.»

Regina betrachtete ihn aufgewühlt.

«Was hast du?»

«Ich … nichts», brach sie die Erklärung ab, als sie sein bleiches Gesicht sah.

«Wo warst du?», murmelte er.

«Ich habe Chris getroffen. Wir haben zusammen gegessen. Ich wusste nicht, dass du auf mich wartest.» Sie sah auf die Uhr. «Du hast Recht, es ist spät. Hier, deine Bücher.» Sie legte ihm einige Bücher hin und machte sich bereit zu gehen.

«Gehst du schon wieder? Wie geht es Katja?», fragte Cavalli, um den Abschied hinauszuzögern.

«Katja?» Regina blieb stehen. «Den Umständen entsprechend gut, glaube ich. Juri und Irina werden von eurem Psychologen betreut. Irina hatte sich gewehrt, aber Juri hat sich für einmal durchgesetzt. Er weiss, wie wichtig das ist. Er hat unbezahlten Urlaub genommen.»

«Urlaub?», fragte Cavalli. «Er ist … mein Stellvertreter.»

«Jasmin hat alles im Griff.» Zum Glück, dachte sie. Cavalli würde seine Arbeit nicht so schnell wieder aufnehmen, wie er dachte.

Als hätte er ihre Gedanken gelesen, sagte er: «Ich bin bald wieder auf den Beinen.»

Regina erzählte ihm nicht, was auf ihn wartete: Hanisch bestand darauf, Cavallis Vorgehen genau zu untersuchen. Er hatte sich eine Feindin geschaffen, die ihm ebenbürtig war.

«Hat Wadim gestanden?», fragte Cavalli.

«Nein. Er schweigt wie ein Grab.» Regina stellte ihre Tasche wieder ab. «Das würde ich an seiner Stelle auch. Weisst du, was seine Kollegen mit ihm anstellen, wenn er redet?»

Cavalli versuchte zu nicken.

«Aber die Beweise sprechen für sich», fuhr Regina fort. «Und die Ermittlungen in Deutschland laufen auf Hochtouren. Die Rauschgiftverbindungsbeamten des BKA haben Folgeobservationen veranlasst, fast sechzig Beamte arbeiten inzwischen am Fall. Du weisst, wie es läuft. Bis gegen alle Beteiligten ein Ermittlungsverfahren eingeleitet ist, wird es Jahre dauern. Aber bereits ist klar, dass viel mehr hinter dieser Geschichte steckt als die wenigen Kilogramm Heroin, die in Zürich gelandet sind.»

«Und Efimow? Hat er … überlebt?» Cavallis Augen fielen zu.

Regina schüttelte den Kopf. «Er ist gestern Abend gestorben.»

«Es gibt Schlimmeres», flüsterte Cavalli.

«Sein Tod ist mir egal», seufzte Regina. «Aber ich hätte es Sweta gegönnt, wenn er überlebt hätte.»

Plötzlich war Cavalli wieder wach. «Sie wusste, worauf sie sich eingelassen hatte.»

«Ja, vielleicht.» Regina wollte sich nicht auf eine Grundsatzdiskussion über Prostituierte einlassen. Die Märzsonne spielte mit den kahlen Ästen im Park des Uni-Spitals, und Regina stellte sich vor, wie sich die Strahlen auf dem See spiegelten.

«Regina?» Cavallis Stimme war leise. «Setzt du dich noch ein bisschen zu mir?»

Sie trat an sein Bett und strich über seine Hand. «Ich kann nicht. Noch nicht.» Sie spürte seine Augen auf ihrem Rücken, als sie das Zimmer verliess.

Draussen wandte sie ihr Gesicht der Sonne zu. Die Strahlen wärmten ihre Stirn, sie spürte, dass der Frühling nahte. Statt Richtung Helvetiaplatz zu fahren, nahm sie den Neuner und fuhr ans Bellevue. Dort kaufte sie in einer Buchhandlung David Albaharis «Mutterland». Sie war gespannt darauf, was Marko an der Geschichte so fasziniert hatte. Während sie zum See spazierte, schlug sie eine beliebige Seite auf. «Sie glaubte an das, was geschah, und nicht an das, was hätte geschehen können», las sie und wich einer Gruppe Touristen aus. Am Seeufer setzte sie sich auf eine Holzbank und liess ihre Füsse über dem Wasser baumeln. Ein gieriger Schwan verfolgte penetrant ihre Bewegungen. «Wenn der Tod geschah, glaubte sie an den Tod, aber solange das Leben währte, glaubte sie an das Leben.»

Reginas Handy klingelte. Sie erkannte die Nummer ihrer Mutter und drückte auf Aus. Dann schaltete sie das Telefon ganz ab und schlug das Buch auf der ersten Seite auf.

Weitere Titel von Petra Ivanov
im Appenzeller Verlag

In einer Kehrichtverbrennungsanlage in Zürich-Nord wird in einer Auto-Dach-Box die Leiche einer vergewaltigten und erwürgten jungen Frau gefunden. Bezirksanwältin Regina Flint und Kriminalpolizist Bruno Cavalli machen sich auf die Suche nach den Tätern. Je verworrener die Spuren werden, desto klarer das Motiv: Geld. Bis ein zweiter Mord geschieht.

Petra Ivanov · **Fremde Hände**
448 Seiten, ISBN: 978-385882-390-8

In der Brandruine einer Asylunterkunft in Zürich wird die Leiche von Thok Lado, einem Asylsuchenden aus dem Sudan, gefunden. Erste Untersuchungen ergeben, dass der junge Mann bereits vor dem Brandausbruch tot war. Bezirksanwältin Regina Flint und Kriminalpolizist Bruno Cavalli begegnen sich an der Brandstelle und haben wieder gemeinsam einen Fall zu lösen.

Petra Ivanov · **Tote Träume**
400 Seiten, ISBN: 978-385882-425-7